KB043577

팀장님은
休가중

팀장님은
휴가중
이경하 장편소설

팀장님은
휴가중

지은이 이경하
펴낸이 이형기
펴낸곳 도서출판 가하

초판인쇄 2015년 10월 12일
초판발행 2015년 10월 19일
출판등록 2008년 10월 15일 제 318-2008-00100호

주소 서울 영등포구 양평로 67, 1209 (당산동5가, 한강포스빌)
전화 02-2631-2846 **팩스** 02-2631-1846

www.ixbook.co.kr

ISBN 979-11-295-8701-5 03810

값 9,800원

차 례

프롤로그

오늘은 첫눈이 오는 날이었다. 퇴근 시간이 가까워지면서 눈발이 더욱 거세어졌기에 퇴근길을 걱정하는 마음으로 심란한 날이기도 했다. 그런 날, 실내의 기온까지도 영하로 뚝 떨어트리는 목소리가 들려왔다.

"잠깐만요. 이 기획안, 분명 내가 안 된다고 했던 것 같은데?"

하루라도 그냥 넘어가면 서운한 모양이다. 기어코 퇴근 10분을 앞두고 사달이 벌어졌다.

LH그룹의 계열사 중 하나인 ㈜LH와 ㈜온화의 합동 프로젝트로 큰 성공을 거둔 아웃도어 브랜드 NVU의 2팀 VMD(Visual Merchandising) 팀의 오산나 팀장의 날카로운 목소리가 사무실 안을 서늘하게 만들었다.

새로 들어온 신입이라는 이유만으로 팀원들 대신 총대를 메고 오 팀장 앞에 기획안을 내민 사원의 얼굴이 새하얗게 질려버렸다. 군대에 막 입대한 초년병처럼 숫기 없는 신입사원은 군기가 바싹 든 얼굴을 한 채 주변 팀원들을 둘러보았다. 누구 한 명이라도 도움을 주길 간절히 바랐지만 어느 하나 나서는 사람이 없었다.

미안하다, 김 사원. 오늘의 제물은 너만으로 하자.

모두의 사인을 읽어버린 김 사원, 두 눈 꼭 감은 채 금기어와 마찬가지인 사실을 조심스럽게 꺼냈다.

"그게…… 1팀 팀장님께서 오케이를 주셔서……."

"1팀?"

1팀이라 외치는 오 팀장의 목소리는 새빨간 매니큐어를 칠한 손톱으로 칠판을 긁는 느낌과 흡사했다. 그랬기에 등골이 서늘해지며 온몸에 소름이 돋아버렸다. 김 사원은 땀으로 축축하게 젖은 손바닥을 바지춤에 문질러 닦으며 다시 주변 팀원들을 둘러보았다.

제발, 제발 누가 좀 도와주세요!

하지만 목소리로도 나오지 못한 용기 없는 S.O.S.는 팀원들에 의해 묵살당하고 말았다. 그도 그럴 것이 가차 없는 시린 눈빛과 가시 돋친 독설, 빠져나갈 구멍 없는 지적질을 듣는 것만으로도 제1차 멘탈 붕괴가 일어날 판인데 하필이면 그녀가 그들의 상사요, 그 상사가 ㈜온화의 하나뿐인 외동딸이라는 사실은 모두에게 두 배의 스트레스로 작용했기 때문이었다.

미안하다, 신입.

팀원들은 모두 책상에 머리를 박고 눈치만 살폈다. 브랜드 창설 때부터 론칭을 한 지금까지 그녀와 함께 일을 해온 결과, 그녀의 목소리 톤이 소프라노 버금갈 정도로 올라갔을 때엔 숨소리 하나 내지 않고 죽은 척하는 것이 상책이라는 것을 깨달은 뒤였다. 곰의 포효가 잦아들 때까지, 곰의 분노가 스스로 진정될 때까지 죽은 척하는 것은 인간들의 상식이자 서바이벌의 원칙이었다.

하지만 정작 포효하는 곰의 입장은 사뭇 달랐다.

"방금 뭐라고 했어, 신입? 제대로 또박또박 다시 말해봐."

"……1팀 팀장님이 이 기획안으로 바꾸라고 하셔서."

"1팀? 또 1팀?"

"그게……, 네에."

"이건 우리 팀 기획안이야. 1팀과 2팀, 엄연히 경계가 뚜렷한 부서 아니던가? 하나로 묶어놨다고 해도 그렇지, 어째서 우리 기획안이 1팀으로 넘어간 거야? 내가 제1시안을 리젝트 했는데 왜 오케이가 난 거냐고! 반대로 내가 오케이 한 2시안은 왜 리젝트로 바뀌어 있는 거지?"

"저, 저도 중간에서 참 난감해요. 아시잖아요, 1팀 팀장님."

"1팀 팀장은 알면서 나는 모르니? 너, 1팀이야, 아니면 2팀이야!"

오 팀장의 혈압 그래프가 상승세를 보이다 그대로 펑!

폭탄이 터지듯, 화산이 폭발하듯 터져버렸다. 원래 지니고 있던 폭탄의 모양이 사라지고 잔해들만 산산이 흩어져 남고 만 것처럼, 푸르렀던 산림 위로 시뻘건 용암이 뒤덮인 것처럼, 이성의 끈을 놓고 만 오 팀장에게는 상식도, 기본도 통할 리 없었다.

오 팀장은 애꿎은 신입사원을 뚫어져라 노려보다가는 이내 자리를 박차고 일어났다. 그녀의 무게를 지탱하고 있던 회전의자가 오 팀장의 돌 것 같은 심경을 대변해주듯 팽그르르 돌았고, 바닥에 부딪쳐 거슬리는 소리를 내는 하이힐이 그녀의 불편한 심기를 온 천하에 까발렸다.

기획안이 든 딱딱한 검은색 파일을 들고 1팀과 2팀을 연결해주는 유리문 앞에 선 오 팀장이 뾰족해진 눈매로 유리문 너머의 광경을 훑어봤다. 폭풍 전야라는 말이 딱 들어맞게 고요한 분위기의 1팀을 바라보는 오 팀장의 입매가 표독스럽게 말려 올라갔다.

"이젠 더 이상 못 참지. 참으면 등신이지, 성인군자지! 부처 예수 알라지! 그런데 나는 성인군자가 아니지. 못 되지!"

오 팀장이 두 눈을 가느다랗게 떴다. 빈틈 하나 찾을 수 없을 정도로 완벽한 화장을 한 오 팀장의 얼굴에 지울 수 없는 분노가 자리 잡았다.

MD(Merchandising)를 일컬어 1팀, 1팀을 일컬어 마이더스의 손이라고 부른다. 그런 1팀의 수완가는 ㈜LH의 막내아들이자 1팀의 팀장직을 맡고 있는 태풍이었다.

머리카락을 멋드러지게 왁스로 고정시킨 그는 한눈에 보기에도 패션에 일가견이 있는 패션 피플이었다. 굵은 눈썹은 신경질적이었지만 그조차 매력처럼 느껴질 정도로 준수한 외모의 소유자였다. 그린 듯한 눈매는 보다 깊었고 눈동자는 우수에 젖은 듯 촉촉했다. 곧고 높은 콧날과 단호한 입술, 날렵한 턱선과 큰 키까지 주변의 이목이 단번에 집중될 정도의 인물이었다.

어릴 적부터 체계적인 학습을 통해 LH그룹을 위해 자라온 그는 재작년부터 아버지 태 회장의 부름을 받고 실무에 뛰어들었다. 발령받은 곳은 장녀 태우리가 사장으로 있는 ㈜LH. 그리고 그에게 주어진 미션은 LH에 아웃도어 브랜드를 론칭하고 성공시켜 보여라!

혼자 실행해야 하는 미션이라면 이런저런 실수와 만회를 통해 배우고 성장할 텐데 문제는 막내 길들이기에 합심한 양가 어른들이었다. 맨 처음 양가에서 진행한 프로젝트에 누군가가 연관이 되어 있다는 사실을 알았을 때, 태풍은 중얼거렸다.

"환장하겠네."

그리고 그 누군가가 오랜 앙숙, 오산나라는 것을 알았을 때 탄식을 했다.

"죽으라는 거지."

두 집안의 자제들을 강압적으로 한 공간에 묶어두고, 그들의 희생을 통해 탄생한 것이 LH 아웃도어 브랜드 NVU. 그리고 오랫동안 경영을 공부했던 태풍은 MD팀 팀장을, 패션과 디자인을 공부한 뒤 여러 매장에서 디스플레이 경험을 쌓은 산나는 VMD팀 팀장이 되었다.

그게 사달이었다.

왜?

지금처럼 사사건건 부딪치는 일이 잦았기 때문이었다.

예고도 없이 사무실로 들어와 책상 위에 소리 나게 파일을 던진 산나가 씩씩거리며 태풍을 노려보았다. 무슨 일 때문인지 충분히 가늠이 되었지만 태풍은 애써 아는 척하지 않았다. 대신 무슨 일이냐는 듯 뻔뻔한 얼굴로 눈을 게슴츠레 떴을 뿐이었다.

"이럴 거면 날 왜 데리고 온 겁니까, 태 팀장님?"

산나의 물음에, 그녀가 사무실 안으로 들어와 파일을 던질 때까지 제대로 된 눈길 한 번 주지 않고 있던 태풍이 비로소 그녀를 바라봤다. 그러고는 얄밉게 고개를 기울인 채 느릿하게 대꾸했다.

"왜 데리고 왔을 거라고 생각합니까?"

왜긴 왜야. 엿 먹이려고 데리고 온 거겠지.

산나는 치아로 아랫입술을 짓이기고는 눈앞의 태풍을 죽일 듯 노려봤다.

"이 브랜드, 맡고 싶지 않다고 아버지께 의사 분명히 밝혔어. 승진을 앞두고 있던 나를 굳이 데리고 와서 예전에 다 끝낸 VMD 자리에 앉힌 건 또 뭔데?"

"오 팀장."

"왜, 태 팀장?"

"여기 회사야."

"어쩌라고."

"밥 말아먹듯 반말 지껄이고, 성에 안 찬다고 달려와 징징댈 수 있는 곳이 아니라고 말하는 거다."

방금 전까지만 해도 낮잠을 즐기던 고양이처럼 나른하게 대답하던 태풍이 순식간에 산나를 매섭게 질책했다. 그의 질책에 어이없다는 투로 눈썹만 꿈틀거리고 서 있던 산나의 표정에 태풍은 이제야 만족스럽다는 듯 방금 전의 여유로운 톤으로 되돌아왔다.

"VMD 실무는 오래전에 끝마쳤으니 이제 팀장 시켜주잖아요, 오 팀장."

"그럼 나한테 맡겨주면 될 일이지, 왜 굳이 MD (Merchandising) 팀에서 배 놔라 감 놔라 하는 건데?"

"순서가 바뀌었어. 감이 먼저고 그 다음이 배야."

"야!"

팀장실이 전장과 다름없다. 산나의 고함에 두 사람이 옥신각신하는 소리를 가만히 듣고 있던 팀원 한 명이 조용히 자리에서 일어나 열려 있던 유리문을 슬그머니 닫았다. 팀이 개설된 이래 한두 번 보는 광경이 아니었기에 대처하는 방법도 익숙했다.

문이 닫히는 소리를 들었지만 산나는 뒤를 돌아보지 않았다. 대

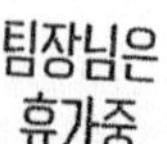

신 폭발하고자 하는 기운을 축적시키기라도 하려는지 태풍을 뚫어져라 노려봤다.

“어디 다른 회사를 가봐. 이런 데가 있나. 1팀이 2팀 하는 일까지 일일이 신경 쓰면서 이래라저래라 컨트롤 하는 회사는 내가 본 적이 없어.”

“그럼 이제라도 보면 되잖아?”

“너 진짜…….”

“로마에 왔으면 그 법을 따라야지.”

“우리 회사와의 합작 브랜드잖아?”

“어쩌겠어? 우리 쪽 지분이 더 많은 것을.”

매번 느끼는 거지만 산나가 아무리 따져대도 마지막을 장식하는 것은 태풍이었다. 태풍의 말 한 마디에 입을 다물고 마는 상황이 반복되자 산나는 묘하게 진 것 같은 기분에 바싹 약이 올랐다.

분에 못 이겨 씩씩대는 산나의 얼굴을 가만히 들여다보고 있던 태풍이 고개를 끄덕이며 회전의자를 박차고 일어났다. 그러고는 책상 앞에 걸터앉아 산나의 얼굴을 바라봤다.

“그래, 그럼 왜 안 된다고 퇴짜를 놨는지 말해주지. 잘난 2팀의 오 팀장, VMD가 무엇인지 말해보지.”

“비주얼 머천다이징, 즉 디스플레이를 도맡는 분야.”

“그럼 VMD가 하는 일은?”

“장난해? 지금 나, 강의 들으러 온 학생이야? 시험 봐, 지금?”

까랑까랑한 목소리로 대꾸하는 산나를 향해 태풍이 턱짓으로 그녀를 재촉했다. 산나는 그런 태풍을 지그시 노려보다가 하는 수 없다는 투로 그가 원하는 대답을 내놓았다.

"SI(Store identity) 콘셉트와 매뉴얼 개발, 매장 디스플레이, 팝(POP), 프로모션 행사 등 매장 비주얼을 처음부터 끝까지 책임지는 것입니다, 태 팀장님."

"그런데 오 팀장은 왜 그 기획안을 오케이 했지?"

"소비자의 구매 욕구를 충족시키기 위해서는 차별화된 전략과 브랜드 스토리가 필요하죠. 그래서 그 기획안에 사인한 겁니다."

"때론 참신함보다 전형성이 각광받을 때가 있지. 전형적이라는 건 오랜 시대를 거쳐 검증되었다는 이야기고, 고리타분하다는 말은 많은 사람들에게 널리 사용되었기 때문에 그렇게 느낄 수 있는 거고, 뻔하다는 건 눈에 읽히지만 그만큼 친숙하다는 이야기도 되니까."

그렇게 대답한 태풍이 날카로운 눈으로 산나 너머의 어딘가를 바라봤다. 그의 시선이 향한 곳에는 멀끔한 수트 차림의 남자가 이마를 짚은 채 서 있었다.

"쯧."

못마땅한 나머지 저절로 탄식이 새어나오자 산나가 예민하게 반응했다.

"뭐가 못마땅해서 그렇게 혀를 차는 건데?"

"하아."

"한숨까지 쉬었어?"

"내 대답은 여기까지야. 어쨌든 그 시안은 안 돼."

"고분고분 네, 알겠습니다, 그렇게 수긍하려고 내가 온 줄 알아? 제대로 대답하란 말이야, 뭐가 안 되는지. 미래지향적인 기획안을 놔두고 왜 시대에 역행하는 그 기획안을, 왜 고리타분한 방식을 고수하려고 드는지……."

"배보다 배꼽이 커서 되겠어?"

태풍의 대답은 간결했다. 단호한 그의 대답에 그를 물끄러미 바라보던 산나는 입술을 잘근잘근 깨물었다. 더 이상의 타협은 없다고 말하는 그의 모습 때문이었다.

"나는 디스플레이도 예술의 하나라고 생각해. 게다가 디스플레이는 가게의 얼굴이자 품격을 말해주지. 브랜드 론칭에만 성공했지, 제대로 된 브랜드 네임을 얻는 데엔 실패했다고 본다고, 난. 우리나라 사람들은 엄청 싸거나 특출나게 비싸지 않으면 구매를 하지 않아. 이렇게 어정쩡한 가격에 애매한 느낌으로는 고급 브랜드라는 인식을 제대로 줄 수 없다는 말이야."

"고급 브랜드라는 인식을 주자고 책정된 예산의 두 배가 넘는 돈을 쓰자고? 지금 우리 매장이 전국에 몇 군데나 오픈했는지 알아? 그 매장들마다 돌아다니며 네가 오케이 한 기획안대로 디스플레이하면 제대로 예산 초과야. 성공한다는 보장도 없이 그 돈을 쓸 순 없어."

"고객들의 관심을 자극하고 구매를 유도하는 건 디스플레이가……."

산나의 말이 채 끝나지도 않았을 때, 누군가가 유리문을 두드렸다. 노크 소리에 두 사람의 시선이 유리문을 향하자 1팀 사원이 문을 열고 빼꼼 고개를 내밀었다.

"저어, 죄송합니다만 팀장님."

예쁘장한 얼굴로 2팀에까지 소문이 나 있는 사원, 수진이었다. 관심이 없는 척 일관하고 있었지만 그렇다고 눈이 안 보이고 귀가 막힌 것은 아니었기에 산나도 익히 알고 있었다.

하지만 산나가 수진에게 5초 이상의 시선을 주고 있는 이유, 그것은 단지 수진이 유명했기 때문이 아니었다.

"아, 수진 씨. 들어와요."

태풍이 보다 부드럽게 말하자 수진이 산나를 바라보며 난감하다는 기색을 표시했다.

"아직 대화 중이신 것 아닌가요?"

"다 끝났어요."

대화 중인 걸 알았으면 그만 나가지, 이런 말을 채 산나가 하기도 전에 태풍이 방어에 나섰다. 그 꼴이 기가 막히고 우스웠기에 산나는 이를 으드득 갈고 물러나는 수밖에 없었다.

"잠깐만, 오 팀장."

두 사람을 한 번씩 노려보고는 팀장실을 빠져나가려는데 태풍이 산나를 불러 세웠다. 그러고는 그녀가 두고 간 검은 파일을 흔들어 보였다. 산나는 태풍에게 다가가 그의 손에 들린 파일을 낚아챘다.

"하!"

짧고 간결하게 웃음을 터트린 산나는 그대로 팀장실을 빠져나갔다. 멀어지는 그녀의 등 뒤로 태풍의 시선이 끈질기게 따라붙고 있다는 사실도 모른 채.

양팀 팀장들의 폭격에 1팀 팀원들은 숨을 죽인 채 주어진 일의 마무리 작업에 박차를 가했다. 그때쯤, 자판 두드리는 소리 하나마저 나지 않는 고요한 사무실에 문 열리는 소리가 벼락처럼 울려 퍼졌다.

팀장실에서 산나가 나온 것이다. 산나가 나오기 무섭게 그 앞에서 서성이던 명한이 한숨을 푹 내쉬었다.

"보고하러 다녀온 사이에 일을 쳤네, 오 팀장."

명한의 말에 산나는 그를 노려보며 방금 전 가지고 온 파일을 그의 품에 안겨주었다.

"네가 널 데리고 온 이유가 뭐라고 생각해?"

"실력?"

"웃기지 마. 너, 낙하산이야. 낙하산이 무슨 말인지 몰라? 내 인맥을 통해 들어온 거야. 그럼 너, 내 편 들어야 할 의무가 있어. 내 편 들라고 데리고 온 거니까."

"난 언제나 네 편이지."

"그런데 왜 기획안에 네 사인이 있는 건데?"

산나의 오른팔이자 패션 디렉터인 유명한은 통제 불가능한 산나를 바라보며 낮은 신음까지 흘렸다. 내내 애정을 가지고 기획한 일들이 태풍 선에서 꺾인 까닭에 터지고 만 것이다. 그것도 크리스마스와 신정 연휴가 낀 기나긴 겨울 휴가를 앞두고.

"일단 가자. 가서 이야기해."

명한이 산나를 달래 2팀 사무실로 데려가는 모습을 지켜보고 있던 1팀 팀원들이 하나 둘씩 참고 있던 숨을 토해냈다.

"대박."

긴 겨울을 버티고 따뜻한 봄이 온 것처럼, 사무실 내 팀원들은 막 깨어나는 새싹처럼 밝아진 얼굴을 하고 하나둘씩 자리에서 일어났다. 동상처럼 굳어 있던 몸을 이리저리 움직이며 풀고 나서야 말하기 좋아하는 팀원 하나가 혀를 내둘렀다.

"그나저나 수진 씨 대단하네요. 폭풍 속에 끼어들 생각을 다 하다니. 깡이 좋은 건지, 백이 좋은 건지."

"백이라니? 무슨 말이야, 그게?"

"왜, 그 소문 있잖아요. 수진 씨가 태 팀장님 애인이라고."

소리를 잔뜩 줄이고 하는 말에 팀내 소식에 빠삭한 팀원 하나가 비웃음을 터트렸다.

"누가 누구 애인이라고?"

"사귀는 거 아니에요?"

"말이 되는 소리를 해."

"왜 말이 안 돼요? 두 분 사이 무척 좋으시던데. 게다가 수진 씨를 보는 팀장님 눈빛도 어딘가 묘했고요."

어수룩한 얼굴로 두 사람의 관계를 넘겨짚는 팀원에게 고참은 집게손가락을 설레설레 흔들어 보이고는 소문을 정정했다.

"방금 들어오신 분 있지?"

"제2팀 팀장님이요?"

"그분이 태 팀장님 와이프셔."

"네에?"

"와이프가 바로 옆에서 딱 버티고 있는데 누가 누구 애인이 돼? 말도 안 되지."

"오 팀장님이 태 팀장님 부인이시라고요? 어째서요?"

수긍보다 부정이 먼저, '어떻게'가 아닌 '어째서'가 먼저.

그 물음이 이상하게 들렸기에 고참은 너털웃음을 터트리며 되물었다.

"어째서라니?"

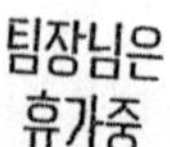

"믿기지가 않아서요."

"하긴 이런저런 소문이 많긴 하지. 결혼이 정해진 당시에도 이런저런 말이 많았거든. 하나 확실한 건……."

"뭔데요?"

"아직까지도 뭐가 제대로 된 사실인지 모른다는 거야. 그저 두 사람이 결혼했다는 것 외엔."

고참의 말에 직원은 듣지 말았어야 할 비밀을 들었다는 얼굴을 하고 팀장실을 번갈아 바라봤다. 마침 팀장실에서 나오던 수진이 아는 척을 하며 웃어 보였지만 사실을 알게 된 직원의 눈에는 그저 부부 사이를 훼방 놓는 한 마리 불여우로밖에 보이지 않았으니 참 신기한 일이었다.

01. 결혼의 이유

인터뷰는 회사 소회의실에서 이루어졌다. 패션 잡지 중에서도 꽤 영향력이 있는 〈센스〉에서는 팀내 분위기와 작업에 대한 부분을 세세하게 인터뷰하고 싶어 했기에 산나는 1팀과 2팀 사무실을 안내한 뒤에야 소회의실 의자에 앉을 수 있었다.

"그럼 이제 제대로 시작해볼까요?"

직원이 들고 온 커피 한 모금으로 마른 입술을 축인 산나가 화사한 미소를 지어 보였다. 그러자 인터뷰어는 들고 온 파일을 펼쳐 정리하고는 생긋 웃었다.

"우선 감사합니다, 오산나 팀장님. 30분으로는 좋은 인터뷰 따내기에 좀 빠듯한 시간인데 넉넉히 두 시간이나 할애해주시고요."

"제가 부탁드린 건데 당연히 그래야죠."

"그런데……."

"네?"

"함께 인터뷰하시기로 했던 부군께서 안 보이시네요?"

인터뷰어의 질문에 평온했던 산나의 얼굴에 그림자가 졌다. 안 그래도 그 일 때문에 잔뜩 예민해져 있는 상황이었기 때문이었다.

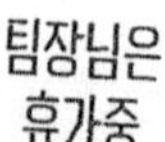

방금 전, 인터뷰어가 포토그래퍼를 대동하고 팀을 돌아다닐 때였다. 1팀을 돌 때에도 팀장만은 없었다. 인터뷰 할 예정이라고 아침 무렵에 그에게 상기시켜주었던 산나였기에 더욱 의아했다. 팀원 한 명에게 몰래 어딜 갔냐고 하니까 외근 중이란다. 외근은 다음 주에 나간다고 하지 않았냐니까 오늘 꼭 가봐야 한다면서 나갔단다.

일부러 피한 거다, 이 남자.

'망할 자식.'

일부러 산나를 엿 먹이려는 의도로 지금 안 나가도 될 외근을 나갔다는 사실에 산나는 이를 바드득 갈았다. 물론 카메라를 들이밀고 있는 인터뷰어 앞에서였기 때문에 입가에 드리운 미소는 지우지 않은 채로 말이다.

"생각지도 못하게 바쁜 일이 생겨버려서요. 죄송해요."

누군가의 앞에서 '그 인간'의 입장을 위한 변명을 하게 될 줄은 꿈에도 몰랐다. 얄미운 얼굴의 태 팀장은 회사 근처 어딘가에서 커피라도 한잔하면서 승리의 미소를 짓고 있을 것이 분명했다. 그 생각을 하니 아까 전에 먹은 점심이 체한 듯 속이 더부룩하고 꽉 막혀오는 듯했다.

하지만 그런 산나의 속을 알 리 없는 인터뷰어는 순진한 눈망울을 빛내며 마주 웃었다.

"아니에요. 투샷을 찍지 못해 아쉽긴 하지만 오 팀장님께서 시간을 내주신 것만으로도 좋습니다, 저희는."

그렇게 말한 인터뷰어가 질문지를 들어 올렸다. 산나는 커피를 마시며 인터뷰어의 행동에 초점을 맞췄다.

"그럼 인터뷰를 시작하기 전에 질문에 대한 대략적인 내용을 말씀드리자면, 흠흠, 일단 오산나라는 사람에 대해 알아야 오 팀장님의 일에 대한 이해도가 높아질 거라고 생각해서 먼저 오 팀장님의 개인적인 일들에 대한 질문부터 드릴 예정입니다."

아하.

인터뷰어의 말에 산나는 보일 듯 말 듯한 미소를 삼켜버렸다. 아주 약간의 콧방귀가 섞여 있었던 것도 같지만 산나의 앞에 앉아 있는 인터뷰어에게는 들리지 않을 정도였기에 괜찮았다.

삼킨 미소에 콧방귀가 섞여 있었던 이유, 그것은 산나가 인터뷰어의 속내를 읽어버렸다는 것을 의미했다. 인터뷰어가 에둘러 말하기는 했지만 그들의 속마음은 이거였다. 산나의 브랜드에 인터뷰의 포커스를 맞출 생각이 아니라는 것.

애초에 〈센스〉에서는 ㈜온화와 LH그룹의 합병과도 같은 결혼에 대해 인터뷰를 하고 싶어 했다는 것을 알기에 그리 놀랍지도 않았다. 6개월 전부터 인터뷰를 위해 컨택트를 했지만 번번이 거절당했던 〈센스〉는 산나의 인터뷰 요청이 들어오기가 무섭게 이번이 기회라고 생각하는 중일 테다.

예상했던 일이었기에 산나는 침착하게, 차분히 가라앉은 눈으로 인터뷰어를 바라봤다.

"제가 대답할 수 있는 일이라면 뭐든지요."

그렇게 말하는 산나의 얼굴에 핀 미소가 북풍처럼 싸늘했기에 인터뷰어는 침을 삼키는 것으로 긴장을 풀고자 노력했다.

"이제 시작하겠습니다."

산나는 고개를 끄덕이며 시작하라는 손짓을 했다. 그녀의 작은 손짓 하나에도 오랜 시간 동안 몸에 밴 교양이 묻어 있었다.

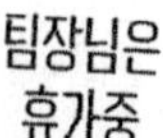

“㈜온화의 외동딸인데도 불구하고 다른 재벌 2세들과는 사뭇 다른 행보를 밟아오셨습니다. 상당히 독특하다고 할 수 있을 정도로 바닥에서부터 시작하셨는데요, 이유를 들을 수 있을까요?”

첫 질문은 무난한 편이었다.

‘밑밥을 깔고 시작하겠다?’

퍽 비뚤어진 생각을 가진 산나의 눈빛이 순간 깊어졌다. 그녀가 바닥부터 시작해야 했던 이유가 생긴 날을 회상한 탓이었다.

대학교에 진학한 뒤 1년, 급작스럽게 진로를 틀기로 마음을 먹은 산나가 아버지를 독대했을 무렵이었다.

「패션보다는 디스플레이 쪽에 관심이 더 많아요. 그쪽으로 나가려고요.」

부잣집 외동딸로 19년을 산 그녀에게 망설임이나 두려움은 없었다. 부모님은 늘 그녀에게 관대했고 그녀가 하는 일에는 반대를 하지 않았다. 갖고 싶은 것은 뭐든 가졌고, 하고 싶은 일은 뭐든 할 수 있었다. 그렇기에 그때까지만 해도 산나는 이번에도 아버지가 반대하지 않을 것이라고 생각하고 있었다.

「못 해준다.」

산나의 기대와 달리 오 회장은 냉정했다. 그 대답에 짐짓 놀랐지만 그것도 잠시, 산나는 퉁명스럽게 대꾸했다.

「왜요?」

「하던 대로 패션이나 전공해. 그 뒤에는 한 몇 년 경영에 대해 배우고, 그 다음에는 실무 경험을 쌓아. 내가 패션 전공을 허락해준 것도 패션 브랜드를 다수 보유하고 있는 우리 기업 경영에 도움이 될까 해서였으니까 조용히 졸업이나 해라.」

아버지의 반대에도 자신의 의지를 굽힐 생각은 없다는 듯, 산나는 자신의 계획을 밝혔다.

「유학 생각 중이에요. 아무래도 넓은 세상에서 많은 것을 보는 게 나을 것 같아서요.」

「외화 낭비야.」

「그 흔한 해외 연수나 유학도 안 보내주시더니 이번에도 반대세요? 오 회장님, 너무하시네. 딸한테 너무 야박하게 구신다.」

「그럼 선 봐.」

오 회장의 단호한 한 마디에 산나는 이제 알겠다는 듯 한숨을 푹 내쉬었다. 얼마 전 저녁식사 때 지나가는 말로 듣기도 했고, 어머니 장 여사를 통해 자세한 이야기를 들은 적도 있었기 때문이었다. 분명 장 여사에게 밝힌 거절 의사가 오 회장의 귀에 들어간 것이다. 그리고 오 회장은 한 번 내뱉은 말은 꼭 지키는 사람이고.

산나는 먹히지 않을 것을 알면서도 오 회장에게 세상의 상식을 요구했다.

「오 회장님, 저 고작 대학교 1학년생입니다.」

「그래서?」

「1학년 주제에 뭔 선이에요? 결혼하려면 한참은 멀었는데.」

「지금 약혼 해두고, 스물다섯쯤에는 결혼 해.」

「참 말 안 통하시네.」

「말 안 통하는 건 너지. 싫으면 관둬. 유학이니, 공부니 다 없던 일로 치고 여기에서 경영학이나 전공해. 전공한 다음에는 얌전히 박혀서 내가 하라는 일 하고, 회사 공부 하다가 적당할 때 물려받으면

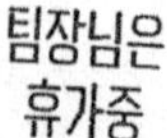

되잖아.」

「아버지!」

「약혼을 하면 보내주마. 하고 싶은 공부 마음껏 하고 원하는 것도 다 시켜주마. 물론 집이며 차며 품위 유지비까지 넉넉하게 지원해주지.」

「만일 싫다고 한다면요?」

「돈 가지고 치사하게 굴고 싶지 않다만 알다시피 내가 협박할 수 있는 게 돈밖에 더 있니?」

「한 기업의 회장님이 졸부처럼 구시기 있어요, 없어요?」

「자식 일에 냉정해질 수 있는 부모가 몇이나 되겠니?」

「아빠!」

산나는 오 회장에게 빽 소리를 지른 뒤 곧장 문을 부술 것처럼 닫고 방에 틀어박혔다. 그로부터 만 하루가 지난 뒤 그녀는 한 가지 결론을 내렸다. 오 회장의 협박과도 같은 명령에 따를 수 없다! 이렇게 순순히 지다가는 평생 오 회장의 손바닥에서 굴러다니다 전사할 가능성이 높다. 그렇다면 내 찬란한 청춘과 인생은 어찌 되는가?

결론은 하나다. 아파야 청춘이요, 청춘이니 뭐든 가능하다. 몸으로 부딪치자. 까짓 돈이야 벌면 그만, 아끼면 그만이다!

물론 시간이 지난 다음에야 그 생각이 얼마나 안일한 것이었는지 깨닫게 됐지만 말이다.

그때를 떠올린 산나는 아직도 분이 풀리지 않는다는 투로 주먹을 꽉 쥐었다. 날카롭게 다듬은 손톱으로 보드라운 손바닥 피부를 찔러대며 그녀는 보다 화사한 미소를 지었다.

"자식을 위하는 마음이야 어느 부모 못지않으신 분들이세요. 세상 어느 부모가 자식을 사지로 몰겠어요? 있으면 더 해주고 싶고, 없어도 해주고 싶은 게 부모 마음이죠. 하지만 전 외동딸이잖아요? 여태껏 온실 속에서 자라왔으면 세상 험한 줄 모른다며, 모름지기 큰일을 할 사람이 세상을 몰라서는 안 된다고 하셨어요."

협박이 먹히지 않았다고 정말 물질적 지원을 단번에 끊어버릴 줄은 몰랐다. 오 회장, 독하다.

자신의 바닥 생활이 자의보다 타의에 가까웠다는 사실이 분하고 원통했던 산나는 어금니를 앙다물었다. 비행기 티켓을 끊은 뒤, 카드가 끊겼다는 사실을 알고 얼마나 절망했던가. 덕분에 어릴 적부터 부유한 삶을 살아온 그녀가 생각한 '맨몸으로 부딪치기'가 얼마나 무모하고 세상물정 모르는 일이었는지 피부로 느낄 수 있었던 지난 세월이었다.

"네에. 큰일이라고 하시는 것은 오 회장님의 뒤를 이을 차기 주자로 벌써 오 팀장님이 내정되셨다는 건가요?"

"어머, 속단하지 마세요. 아직 정해진 건 아무것도 없답니다. 하지만 요즘 누가 남녀 구분을 해요? 여자라도 그 정도의 능력이 된다면 충분히 한 기업을 이끌어나갈 수 있다고 생각한답니다. 물론 그때를 위해 바닥부터 시작한 거고요. 바닥을 쳐야 더 높은 곳을 향해 비상할 수 있지 않겠어요?"

오 회장, 이 인터뷰 기사를 보면 뒤로 넘어가실지도 모른다. 오 회장의 뒤를 이을 차기 주자를 산나가 언급했다는 사실에 뒷목을 잡으실지도 모른다. 아, 어쩌면 주식이 급락할지도.

그 일을 생각하는 산나의 입가에 미소가 드리워졌다. 어쨌든 오 회장에게 백 날 천 날 말해봤자 먹히지 않을, 뒤를 잇겠다는 산나의 입장 표명은 온 세상을 향해 제대로 했으니 그것으로 만족했다.

"6개월 전, LH그룹의 차남과 깜짝 결혼식을 올리셨어요."

"그랬죠."

"그 결혼에 대해 온갖 루머가 떠돌아다니는 것은 알고 계시나요?"

인터뷰어의 질문에 산나의 단단한 가면에도 미세한 금이 생겼다. 웃고 있는 입술 꼬리가 파르르 떨리며 경직된다 싶었지만 산나는 그런 위기를 무사히 넘기고 대답을 했다.

"그러게요. 급작스럽게 치러진 결혼이라 그런지 온갖 추측들이 난무하더라고요. 일일이 해명할 수도 없고, 그러자니 변명 같아 가만히 있었더니 소문이 가라앉긴커녕 더 부풀더라고요? 정략결혼이다, 계약 결혼이다, 계약서를 썼다더라, 사실은 둘이 앙숙이라더라, 부부 생활도 하지 않는 표면상의 부부라더라, 또 뭐가 있었죠? 잘 기억이 안 나네요."

"그럼 그 소문이 다 사실이 아니라는 건가요?"

"당연히 사실이 아니죠. 그렇게 보일까 봐 일부러 조용하게 결혼식을 올린걸요. 우리 두 사람의 이야기는 지인들은 다 알고 있었답니다. 깜짝 결혼식처럼 되긴 했어도 저희에게는 오랫동안 계획해온 결혼이었고요. 사랑으로 맺어진 관계를 그렇게 오해하시니 당사자들은 마음이 무척 아프네요."

간드러지는 산나의 목소리는 퍽 인공적이었다.

아프긴 개뿔. 분할 지경인데.

산나의 마음의 소리가 인터뷰어에게 전해질 리 만무했다. 인터뷰어는 테이블 위의 녹음기를 조금 더 가깝게 밀어놓은 뒤, 질문지에 무언가를 적었다.

"그럼 그 소문에 관련해 몇 가지 질문을 드려도 될까요?"

"물론이죠."

"일단 두 분이 어떻게 처음 만나시게 됐는지, 그 첫 만남이 궁금합니다."

인터뷰어의 질문에 두 사람의 첫 만남을 떠올리는 산나의 눈빛이 깊어졌다. 그녀는 언젠가, 첫 만남이 있었던 그때로 기억을 더듬었다.

정말 '첫' 만남은 일곱 살, 가족 모임에서였다. 태풍이 열일곱의 나이로 유학을 떠나기 전까지는 티격태격하며 친분이라고 하기에는 껄끄러운 관계를 다졌었고, 태풍이 스물셋의 나이에 한국으로 들어온 뒤부터는 얼굴을 보고 지내지 않았으니 딱히 그럴싸한 친분 관계도 없었다. 태풍과 만나 술 한잔 기울이고 대화다운 대화를 하기 시작한 것은 그가 스물다섯이 되던 해였다. 그가 스물일곱이 되던 해 ㈜LH에 입사하면서부터 NVU 브랜드 창설에 의기투합을 했고, 그때까지만 해도 두 사람은 '아는 것은 꽤 많지만 그리 친하지만은 않은, 어쩌면 퍽 나쁘다고도 볼 수 있는 사무적인 관계'를 유지했었다.

하지만 분명 인터뷰어가 듣고 싶어 하는 두 사람의 '첫 만남'은 단어 그대로의 만남이 아닐 터였다.

인터뷰어가 듣고 싶어 하는 두 사람의 '첫 만남'은 지금으로부터 1년 6개월 전, 자주 가는 프라이빗 바에서였다. 한쪽 다리를 절뚝거리면서 나타난 그녀를 본 태풍이 처음으로 했던 말은 아직도 기억에 남아 있었다.

「꼴이 그게 뭐야?」

「내 꼴이 뭐.」

「꼭…….」

태풍은 한쪽 눈을 찌푸린 채 말을 잇지 못했다. 그도 그럴 것이 산나의 꼴이 뭐라고 딱 잘라 단정 짓기 힘들었기 때문이었다. 산나는 새하얬을 것으로 추정되는 투피스를 입고 있었다. 군데군데 흙먼지로 추정되는 얼룩이 묻어 있었고 다리 부분과 재킷 부분이 찢겨 있었다.

「꼭 약혼을 하러 나가려고 준비하고 있다가 이건 아무래도 안 되겠다 싶어서 2층 내 방 창가에서 뛰어내린 극단적인 꼴이라고 생각해?」

뾰족하게 날이 선 산나의 말에 태풍은 그저 순순히 고개를 끄덕이는 수밖에 없었다.

「……듣고 보니 그러네.」

「아, 짜증 나. 매일 마시던 걸로.」

산나는 요란한 소리를 내며 태풍의 곁에 자리를 잡고 앉았다. 하지만 앞에 서 있던 바텐더가 멍한 얼굴로 자신을 바라보며 움직일 기미를 보이지 않자 그녀는 신경질적인 목소리로 다시 주문했다.

「모히토나 한 잔 줘욧!」

「성질은. 너 같은 여자 만날까 봐 무섭다, 내가.」

「누가 만나자고 했어? 괜히 시비야.」

「쯧.」

「혀 차지 마. 안 그래도 오늘 기분 엿 같으니까.」

말본새하고는.

태풍은 고개를 설레설레 저으며 심술이 덕지덕지 묻은 산나의 얼굴에 꽂혀 있던 시선을 거두었다.

「병원부터 가지 그러냐.」

「그래서 병원에 왔잖아? 진통제 처방 받으려고.」

그렇게 대꾸한 산나는 허브 잎과 라임이 적절하게 어우러져 상큼한 모히토 잔을 흔들어 보였다. 그녀는 단숨에 반 정도를 비워버리고 나서야 살겠다는 투로 탄성을 내뱉고는 평소와 다른 태풍을 향해 몸을 돌려 앉았다.

「넌 왜?」

그녀의 물음에 테킬라를 샷으로 음미하던 태풍이 그녀를 힐끗거리며 되물었다.

「뭐가?」

「술집에서 마주친 적도 없는 놈이 왜 여기 있느냐고.」

「놈이 뭐냐, 놈이.」

그의 입술 사이로 피식피식 새어나오는 웃음이 덧없게 느껴지는 이유가 뭘까?

산나는 오늘따라 다른 녀석이 이상했고, 또 궁금했다.

「마실 일이 있으니까 그러지.」

「꼴은 왜 그런데?」

「왜, 좋아하는 여자 결혼식에 추레해 보이기 싫어서 잔뜩 꾸미고 다녀온 다음 완벽한 실연에 혼자 처량하게 술이나 마시고 있는 걸로 보이냐?」

결혼식에 다녀왔구나. 그렇다면 그 '꼴'이 이해가 된다.

고개를 끄덕거리던 산나의 미간에 주름이 잡힌 것은 이해하고 3초 후의 일이었다.

「뭐? 좋아하는 여자?」

산나의 뒤늦은 고함이 날카로웠다. 두 눈을 동그랗게 뜬 채 믿기지 않는다는 얼굴로 자신을 바라보는 그녀의 표정에 태풍은 괜히 기분이 나빴는지 퉁명스럽게 투덜거렸다.

「왜, 나는 좋아하는 여자 하나쯤 있으면 안 되는 거냐?」

「아니, 그렇다기보다…….」

산나가 고개를 저었다. 젖는 그녀의 두 눈빛이 공허했기에 그를 지켜보던 태풍 역시 되레 어색해지고 말았다.

「한 잔 더!」

「한 잔 더!」

한동안 불편한 침묵을 지키며 각자 다른 생각에 빠져 있던 두 사람은 동시에 잔을 비우고 바텐더를 향해 빈 잔을 내밀었다. 그렇게 아슬아슬한 두 사람을 지켜보던 바텐더는 빈 잔을 채워주며 걱정의 한 마디를 남겼다.

「이러다 두 분, 취하십니다.」

그날, 나름대로 역사적이라고 할 만한 만남을 떠올린 산나가 불편한 얼굴을 했다. 태풍의 입에서 나온 '좋아하는 여자'와 '결혼식'의 상관관계를 다시금 떠올려야 했기 때문이었다. 하지만 그것도 잠시, 산나는 언제 그랬냐는 듯 눈앞의 인터뷰어의 앞에서 사랑에 빠진, 꿈꾸는 소녀를 완벽히 연기해냈다.

"맞선을 봐야 하는 날이었어요. 조건에 맞는 만남은 싫다며 발코니에서 뛰어내린 날이었죠. 뛰어내려 정처 없이 돌아다니다가 문득 아는 사람의 결혼식이 오늘이라는 걸 기억해냈어요. 늦었지만 몰래 결혼식장에 들어갔죠. 그런데 그 사람이 맨 뒷줄에 혼자 서 있었어요. 보자마자 이 사람이구나 싶었죠. 그날 하필이면 부케가 제게 온 거예요. 마침 옆에 있던 그 사람과 함께 부케를 받았죠. 그러고는 둘이 바에 가서 술을 한 잔 했어요. 분위기가 참 좋았던 걸로 기억해요."

풍성하게 말아 올린 속눈썹을 깜빡거린 산나는 수줍은 미소를 지으며 물결치는 긴 머리카락을 뒤로 넘겼다. 인터뷰어가 보기에는 '사랑에 빠진 전형적인 여자'의 모습이었기에 의심할 여지도 없었다.

"와, 로맨틱하네요. 예전에 드라마에서 본 것 같은 일이 실제로 벌어지다니, 정말 운명처럼 느껴지셨겠어요."

인터뷰어의 대답에 산나는 허를 찔린 얼굴을 하고 눈알을 데굴데굴 굴렸다. 어쩐지 입 밖으로 거짓말이 술술 나온다 했더니 언젠가 봤던 드라마의 내용과 똑같은 모양이다. 참 한탄스럽기 그지없다.

'그 드라마의 내용이 내가 꿈꾸던 이상과 거의 일치한다는 거야? 참, 이 와중에도 로맨스는 챙겨요.'

꿈과 현실은 다르다고 했던가. 자신이 꿈꾸는 이상과 판이하게 다른 지금의 현실을 기억해낸 산나가 씁쓸한 얼굴을 하고 검지로 미간 언저리를 꾹꾹 눌렀다. 자신의 복잡한 현실에 깊이 개입해 있는 사람이 아직까지도 모습을 보이지 않은 남편, 태풍이기에 그를 떠올릴 때마다 산나는 두통을 느꼈다.

"그럼 첫 키스는 어땠나요?"

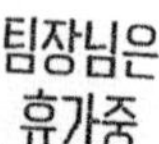

인터뷰어의 질문의 내용이 점점 회사 브랜드에 대한 내용과 동떨어지기 시작했다. 하지만 애초에 산나가 계속 거절 의사를 밝혔던 잡지 〈센스〉에 러브콜을 보낸 이유와는 꼭 맞아떨어졌다.

자신과 새 가족의 사생활을 밝히는 것, 그것이 진실이든 거짓이든.

"이 이상 물어보시면 곤란한데."

산나는 퍽 난감하다는 얼굴로 웃으며 인터뷰어의 질문에 대한 완벽한 답을 찾아 두 눈을 굴리기 시작했다.

첫 키스라…….

키스보다 먼저 떠오르는 것은 비명에 가까운 자신의 신음소리였다.

지금으로부터 약 1년 6개월 전, 명림 호텔 딜럭스 스위트 룸.

「하앗, 아앙, 아아앙!」

산나의 목소리가 큰 객실 안을 가득 채웠다. 킹사이즈 침대 밑으로는 두 남녀가 벗어던진 옷가지가 여기저기 흩어져 있었고, 옷을 벗어던진 두 사람은 침대 위에서 서로에게 뒤엉켜 있었다.

「빨리, 제발 빨리!」

산나는 앓는 소리를 내며 뾰족하게 세운 손톱으로 태풍의 매끈한 맨 등을 긁어댔다. 그런 그녀의 성화를 이기지 못한 태풍은 굵은 땀을 뚝뚝 흘려대며 피스톤 동작에 박차를 가했다.

태풍은 거친 동작으로 자신의 욕망을 풀어냈다. 그의 움직임이 매서워질 때마다 그를 채 견뎌내지 못한 산나가 침대 헤드에 머리를 찧어댔지만 본인은 그 사실을 모르고 있었다. 그저 온몸을 휘몰아치는 쾌감에, 살갗에 와 닿는 사람의 온기에, 태풍의 지금 이 순간을 자신이 소유하고 있다는 감각에 집중했을 뿐이었다.

「읏!」

절정의 순간이 목전으로 다가왔다. 그의 커다란 손이 잔뜩 휜 그녀의 허리를 붙들었다. 다른 한 손은 그녀의 가슴을 움켜쥔 채였다. 그녀의 가장 깊은 곳까지 꾸역꾸역 들어와 더 깊은 곳을 향해 몸부림치던 그가 그녀를 끌어안았다.

「하앗! 아으응!」

산나가 가느다란 팔을 들어 태풍을 끌어안았다. 그러고는 손을 더듬어 그의 입술을 찾았다. 몽롱해진 눈꺼풀을 힘겹게 뜬 그녀가 배싯 웃으며 그의 입술을 문지르자 태풍이 강한 힘으로 그녀의 손목을 붙들었다. 그는 그녀의 손가락을 느릿하게 핥더니 이내 고개를 내려 그녀의 입술을 차지했다.

깊어서 녹을 것 같은 키스가 이어졌다. 두툼한 입술, 뜨거운 혀, 부드러운 움직임, 사랑을 속삭이는 듯한 달콤한 촉감. 그 모든 것이 사랑스러워진 순간, 그가 파정했다. 짧은 신음을 흘리며.

「하아아.」

잔뜩 긴장했던 산나가 푹신한 매트리스에 몸을 묻었다.

부드러운 촉감의 이불을 끌어 알몸을 가린 뒤 쏟아지는 잠에 취하려는데 짓궂은 표정을 한 태풍이 그녀의 몸을 뒤집어 엎드리게 만들었다.

「이 정도로는 어림도 없어.」

산나는 태풍의 저돌적인 소유욕을 그날 처음으로 목격했다. 그리고 그것이 얼마나 거침없고 야만적일 수 있는지 피부로 느낄 수

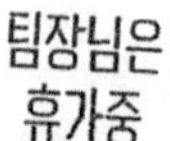

있었다.

그때의 기억을 떠올린 산나의 뺨 언저리가 발개졌다. 현실과 단절된 공간에 오로지 두 사람만이 존재하는 것처럼 서로를 탐하던 그때의 기억이 생생했기 때문이었다. 짐승과도 같은 본능만 있었던 시간, 오산나의 틀을 벗어버린 채 제멋대로 날뛰었던 그날.

'그날 이후 내 인생이 완전히 뒤바뀌고 말았지.'

눈을 내리깔고 있던 산나는 대답을 기다리는 인터뷰어의 눈빛을 느끼고 고개를 들었다.

"집 앞에 절 데려다주던 날이었어요. 날이 꽤 추웠는데 전 옷을 얇게 입고 있었거든요. 부들부들 떨고 있으니 그 사람이 손을 꼭 잡아주더라고요. 왜, 라는 말을 묻기도 전에 눈빛이 마주쳤죠, 뭐. 꼭 첫눈 같은 키스라고 하면, 아실까요?"

"로맨틱하네요. 첫눈 같은 키스."

첫눈은 개뿔. 눈보라 같은 키스, 혹은 진눈깨비 같은 욕정이라는 말이 더 어울린다. 질척질척하게 녹아 도로를 더럽히는 진눈깨비는 첫 키스라는 달콤하고도 순정적인 단어에 어울리지 않았다.

"그럼……."

인터뷰어가 또 다른 질문을 하기 전, 산나가 재빠르게 선수를 쳤다.

"결혼에 대한 질문은 여기까지 하고, 이제 브랜드에 대한 부분으로 넘어가죠?"

산나가 단칼에 잘라내자 인터뷰어는 아쉽다는 듯 입맛을 다시며 마지막 질문으로 지금까지의 내용을 매듭지었다.

"그럼 마지막으로 여쭤볼게요. 말이 많던 결혼이었어요. 예상하셨을 텐데도 불구하고 결혼을 감행하신 이유가 있으신가요?"

인터뷰어의 마지막 질문은 처음으로 산나에게서 미소를 빼앗아갔다. 가장 중요한 질문이자 산나에게는 난제일 수 있는 질문이었다. 핵심을 찔린 탓일까, 더없이 심각해진 얼굴로 인터뷰어를 가만히 바라보던 산나가 입을 열었다.

"사랑하니까요."

차분한 그녀의 목소리가 옅게 떨리고 있었다. 방금 전까지만 해도 대답 하나하나에 담뿍 담겨 있던 화사한 미소는 쏙 빠지고 없었다. 진실하게 반짝이는 그녀의 눈빛에 인터뷰어조차 매혹된 것처럼 할 말을 잃어버린 사이, 산나는 예의 그 미소를 되찾았다.

"그 사람을 향한 마음이 우리가 함께 론칭한 브랜드를 꼭 닮았어요."

"이렇게 홍보로 넘어가시는 건가요?"

"그만큼 애정을 담아 만들어내고 있다는 말이죠."

그렇게 얼마간 브랜드에 관한 이야기를 나눴을까. 산나는 회의실 문에 자그맣게 난 유리창 너머의 태풍과 눈이 마주쳤다. 산나를 비웃는 듯한 미소가 그의 얼굴에 어른거리고 있었기에 잠시 느슨한 표정을 짓고 있던 산나는 두 눈에 힘을 주었다.

작게 열린 문틈 사이로 태풍이 빼꼼 고개를 내밀었다.

"제가 너무 늦은 건가요?"

"어머, 아니에요. 어서 들어오세요."

인터뷰어가 반색을 하고 반기자 태풍은 고개를 까닥거리며 회의실로 들어왔다. 그 와중에 성이 잔뜩 난 산나와 눈이 마주치긴 했지만 태풍은 대충 눈인사만 한 뒤 그녀의 옆에 자리를 잡고 앉았다.

"미안합니다. 도착한 지는 꽤 됐는데 잠시 밖에 서 있었어요."

"네?"

"인터뷰 내용이 무척 흥미롭더군요. 이를테면 오산나 팀장의 연애담?"

태풍이 대답하며 옆에 앉은 산나를 흘깃거리자 그녀는 단숨에 붉어진 얼굴로 씩씩거렸다. 물론 산나를 처음 보는 인터뷰어는 그녀가 부끄러움에 양볼을 붉힌 줄 착각하고 있었지만 태풍은 알 수 있었다. 지금 산나는 분통을 삭히지 못한 탓에 잔뜩 상기된 얼굴을 하고 있다는 사실을.

"어디부터 들은 건가요?"

산나가 먼저 뾰족한 목소리로 물었다. 태풍은 그 질문을 애써 피하지 않았다. 어깨를 으쓱하며 그가 들은 사실을 이야기했을 뿐.

"나와 나눈 로맨틱한 첫눈 같은 키스, 부터?"

"하!"

"나를 너무 사랑해서 결혼했다든가, 내가 론칭한 브랜드를 꼭 닮았다든가 하는 내용 정도요."

그렇게 말하는 태풍의 두 눈이 산나를 뚫어져라 바라봤다. 제대로 된 진실을 요구하기라도 하는 듯.

추궁을 하는 듯한 그의 눈빛에 산나는 입술을 살짝 비틀더니 이내 산뜻한 미소로 그 감정을 가려버렸다.

"어쩌면 저 혼자 인터뷰한 게 나았을지도 모르겠네요. 이 사람이 이렇게 무뚝뚝하거든요. 뭐, 그 점에 제가 푹 빠진 건지도 모르죠. 문제는 제겐 매력적인 이 사람의 이런 성향이 인터뷰 자체에는 부정적인 영향을 끼쳤을 거라는 점."

"대부분 남자들이 그렇죠. 대외적으로 드러나게 애정표현 하는 걸 꺼려하잖아요?"

"여자들은 무척 좋아하는데 말이죠. 그런 점에서 전 서구적인 애정표현 문화를 선호한답니다."

산나가 까르르 웃으며 태풍의 어깨에 가볍게 머리를 기댔다. 잠시 쉬고 있던 포토그래퍼가 두 사람의 다정한 한 컷을 건지기 위해 사진기의 셔터를 눌러대는 사이, 화제의 두 사람은 테이블 밑에서 팽팽한 기 싸움에 집중하고 있었다.

'악!'

가장 먼저 화풀이를 한 사람은 태풍이었다.

뭐가 어쩌고 저째? 첫 키스가 어떻고 사랑이 어떻다고?

어깨에 기대오는 그녀가 어이없어 태풍이 그녀의 어깨를 세게 움켜쥐자 산나는 하이힐 뒷굽으로 태풍의 구두를 찍어내렸다.

'으악!'

그러게, 누구 때문에 하는 인터뷰인데 땡땡이야? 예고한 대로 진작 와서 고분고분하게 웃었으면 이런 짓은 안 하잖아?

인터뷰어와 포토그래퍼에게 들리지 않는 태풍의 비명은 마치 우아한 자태를 뽐내며 호수 위에서 유유히 헤엄을 치는 백조의 처절한 발길질과도 같았다.

02. 계약 결혼의 현실

눈보라가 매서웠다. 이틀 동안 그치지 않고 내린 눈은 첫눈이라고 하기에는 혹독하기 짝이 없는 함박눈이었다. 그 눈발을 헤치고 고급 오피스텔 건물 앞에 멈춰 선 검은색 세단 뒷좌석의 문이 열렸다. 카키색의 앵클부츠가 불쑥 나오는 것과 동시에 검은색 우산이 펑, 소리를 내며 펼쳐졌다.

"수고하셨어요."

안을 향해 생긋 웃어 보인 산나는 베이스 워터백을 팔에 걸치고는 유유히 눈보라를 뚫고 오피스텔 안으로 들어섰다. 들어서기가 무섭게 하루 종일 그녀의 얼굴에 떠올라 있던 미소가 지워졌다. 미소가 사라진 그녀의 얼굴은 휘몰아치는 눈보라처럼 차가웠고 냉랭했다.

차오르는 분노를 꼭꼭 씹어 삼키는 것처럼 그녀는 치미는 감정을 꾹 눌러 참는 중이었다. 엘리베이터가 5층에 도착했다는 알림음을 내며 열리자 정신이 든 산나는 흐트러짐 없는 걸음걸이로 집 앞에 당도했다.

문고리를 잡아당겨봤다. 문은 단단히 잠겨 있었다. 산나가 올 것을 알고 있으면서도 문을 걸어 잠근 장본인이 생각났기에 그녀는 이를 바드득 갈았다. 그녀가 인기척까지 냈음에도 문 너머의 동거인은 내다볼 생각조차 없는 듯했기에 그녀는 신경질적인 손놀림으로 도어록 슬라이드를 열었다.

"치사한 자식."

인터뷰에 뒤늦게 나타난 것으로도 모자라 인터뷰가 끝나자마자 쌩하니 사라져버린 태풍을 떠올린 산나는 씩씩댔다.

인터뷰가 끝나기가 무섭게 곧장 제1팀 팀장실로 가 그의 책상을 엎어버렸음에도 분은 풀릴 기미가 보이지 않았다. 사무실을 엉망진창으로 만든 뒤에야 2팀으로 돌아갔던 산나는 퇴근시간에 맞춰 다시 1팀 팀장실로 갔다. 팀장실은 주인을 잃어버린 채 여전히 엉망이었다.

"태 팀장은?"

빈 사무실을 확인한 산나가 의아한 얼굴로 남아 있던 직원 한 명에게 태풍의 소재를 묻자 직원은 아무렇지도 않게 대답을 했다.

"태 팀장님 퇴근하셨는데요."

"뭐?"

되묻는 산나의 목소리는 기분 나쁜 하이톤이었다. 문제가 생길 때마다, 그래서 산나의 심기가 불편해질 때마다 나오는 특유의 발성에 퇴근 준비를 서두르던 직원의 움직임이 단번에 멎었다. 화려한 외모에 속아 그녀를 허투루 보면 안 된다는 것쯤은 이미 간파한 직원이었다. 생각보다 능력이 있고, 생각보다 완벽주의자고, 그래서 자신이 세운 계획에서 조금이라도 흐트러지는 일이 있으면 불쾌한 기색을 서슴없이 드러내는 상사가 바로 오산나였기 때문이었다.

"못…… 들으셨어요?"

"이렇게 눈이 오는데 그 인간이 웬일로 대중교통을 이용한대?"

"대중교통이라뇨? 차 끌고 가셨는데."

"뭐?"

이번에는 좀 더 높은 톤의 목소리였다. 백두산 찍을 기세로 올라가는 그녀의 목소리가 공포의 전조처럼 울려 퍼지자 직원은 불안에 떨었다. 우르르 몰려 퇴근하던 직원들에게 먼저 가라고, 불은 내가 끄고 가겠노라 인심 한 번 썼을 뿐인데 그 덕분에 독박까지 단번에 쓰게 될 처지에 놓인 직원은 목도리를 마저 두르지 못한 채 눈을 굴렸다.

"어, 차 키 가지고 가시던데."

"무슨 차 키? 오늘 내 차로 같이 왔는데."

직원의 말에 산나가 날카롭게 대꾸했다. 눈이 올 거라는 일기예보가 있었다며, 소중한 애마를 위험한 눈길에 굴릴 수가 없다며, 쪼잔하게 굴지 말고 카풀 하자고 꼬드겼던 태풍이 무슨 수로 차를 끌고 간단 말인가?

그러다 번쩍! 산나의 머릿속을 스치고 가는 광경이 있었다. 2팀 팀원들에게 퇴근하라고 인사까지 마친 뒤 급하게 화장실을 가느라 잠시 자리를 비웠던 그때. 소리소문 없이 사라졌던 태풍의 뒷모습을 본 것도 같았다. 그때야 화장실도 급했고 별다른 생각 없이 넘겨버렸기에 그가 태풍인지 확인할 생각도 하지 않았지만, 지금 생각해보니 이상했다. 태풍과 꼭 닮은 뒷모습을 한 그 남자의 발걸음이 향하던 곳이 1팀이 아닌 2팀 쪽이었기 때문이었다.

"설마 태 팀장, 퇴근한다고 하고 2팀으로 가던가?"

"네. 잠깐 2팀 다녀오시더니 차 키 뱅글뱅글 돌리시면서 기분 좋은 얼굴로 퇴근하시던데요?"

당했다!

"자동차라는 고철 덩어리에게 애정을 담아 '베티'라는 애칭까지 붙여놓은 그 멍청이가!"

자신이 자리를 비운 사이, 태풍이 자신의 차 키를 훔쳐 달아났다는 사실에 분노한 산나는 울컥하는 마음을 억누르지 못하고 바락 소리를 질렀다. 그 모습에 놀란 직원이 경직된 얼굴로 되물었다.

"네?"

산나는 금방이라도 울 것같이 구는 직원에게 손짓을 했다.

"아, 아무것도 아니야. 어서 퇴근해."

그러고는 악랄하기 짝이 없다고밖에 생각이 되지 않을 정도로 하루 종일 오산나 골탕 먹이기에 열을 올리는 태풍을 어떻게 처리해야 할지 심각하게 고민했다.

산나의 고민은 비밀번호 네 자리 숫자를 누르는 동안에도 계속됐다. 가장 잔인하고 아픈 방법으로 복수를 해주고 싶지만 딱히 떠오르는 것이 없어 더욱 약이 올라 있었다.

삐빅.

현관문이 열리는 소리를 들으며 슬라이드를 소리 나게 내린 산나는 대문이 태풍이라도 되는 것처럼 노려보다 현관문을 열었다.

집 안은 눈보라가 휘몰아치는 외부와 철저하게 차단이 된 것처럼 따뜻했고, 또 밝았다. 보란 듯이 온 집 안의 불을 밝게 켜둔 산나의 원흉, 태풍은 현관이 제대로 보이는 거실 소파에 편안하게 앉아 책 한 권을 읽고 있었다. 절반 넘게 읽어가는 그 책의 제목은 「마누라 죽이기」.

"이제 와?"

산나가 안으로 들어오는 소리에 태풍은 쳐다볼 생각도 하지 않고 반사적으로 물었다. 그 물음에 산나는 대답하지 않은 채 장대 우산을 우산 꽂이에 쑤셔 넣고, 다 젖은 스웨이드 소재의 앵클부츠를 벗어 던졌다. 주차장에서 현관까지 걸어오는 거리는 퍽 짧았지만 휘몰아치는 눈보라에 비싼 가방마저 다 젖어버렸다.

한 마디로 꼴이 엉망이었다. 원래대로라면 본인의 차를 끌고 지하 주차장에 내려와 건물과 연결되어 있는 내부 엘리베이터를 통해 편안하게 집까지 들어왔어야 했다. 비싼 돈을 들여 고급 주상복합 아파트를 산 이유도 비가 오든, 눈이 오든 나갔던 모습 그대로 집에 들어오기 위함이었다.

그런데 태풍이 다 망쳐버렸다. 그것도 오늘 하루 전체를!

참고 참다 참을 수가 없어진 산나는 방으로 향하려다 말고 냅다 거실로 걸어가서는 들고 있던 가방을 소파 위에 팽개쳐버렸다.

"이렇게 치졸한 인간이었니?"

들끓는 산나의 목소리에도 태풍은 여전히 평정을 유지하고 있었다.

"들어왔으면 씻지그래?"

산나의 질문은 깡그리 무시해버리는 그의 태도에 하루 종일 참아왔던 분노가 터져버렸다. 꾹꾹 눌러왔었기에 터지는 소리도 요란했다.

"대체 뭣 때문에 심사가 뒤틀렸기에 하루 종일 못 괴롭혀서 안달인 거야? 비싼 밥 먹고 그렇게 할 일 없어?"

"누가 누굴 괴롭힌다는 건지."

태풍은 고개를 설레설레 흔들다 읽고 있던 책을 소리 나게 덮어버렸다. 책을 소파 앞 탁자 위에 올려놓은 그는 팔짱을 낀 자세로 비스듬히 산나를 올려다보며 물었다.

"너지?"

"뭐가?"

"내 방 책상 다 쓸어버린 거, 너 맞지?"

못 본 줄 알았는데 본 모양이다. 태풍의 질문에 산나는 뜨끔해서는 두 눈을 동그랗게 떴다.

줄곧 변화구만 던져대다 이제 와서 직구를 던지는 태풍에게 고분고분하게 굴 산나가 아니었다. 애초에 그럴 시기는 지났다.

"잘 모르겠는데?"

산나가 새초롬한 얼굴로 어깨를 으쓱거리자 태풍은 그녀가 얄밉다는 듯 한참 동안 노려보다 이내 발치에 두었던 커다란 플라스틱 통을 집어 들었다.

"그럼 이건?"

태풍의 질문에 산나의 미간이 좁아졌다.

"그게 왜?"

"빨래는 각자 하자고 했잖아. 구분하지 않고 섞어서 돌려버린 거, 너잖아."

세탁실에 있어야 할 빨래통이 왜 밖에 나와 있나 싶었는데 이걸 따지기 위해 들고 나온 모양이다. 심지어 책까지 읽으며 계속 기다린 거다.

독한 놈.

산나는 눈 하나 깜짝하지 않고 따져대는 태풍을 바라보며 비아냥거리듯 중얼거렸다.

"깜빡했다."

"깜빡했다?"

"사람이 그럴 수도 있지. 설마 내가 실수 한 번 했다고 일종의 보복을 행사한 거야? 아니지?"

산나의 물음에 태풍은 이렇다 할 대답 없이 그녀를 바라봤다. 바라보는 표정에서 '흐훙, 어떨 것 같아?'라는 조소 섞인 질문이 되돌아오는 것 같기도 했다. 태풍의 표정을 가만히 지켜보고 있던 산나는 그가 빨래에 대한 보복을 했다는 결론을 냈다. 눈에는 눈, 이에는 이, 계산이 확실한 녀석이니 '고작 빨래 하나 가지고?'라고 되물어봤자 입만 아플 뿐이라는 것을 산나는 잘 알고 있었다.

"자꾸 이러지?"

태풍이 못마땅하다는 듯 중얼거렸다. 팔짱을 끼고, 오른쪽 다리를 꼬고, 고개까지 비스듬히 기울인 그는 불만이 가득하다는 것을 온몸으로 표현하는 중이었다. 그 모습에 산나는 울컥했다.

'나는 뭐 불만이 없는 줄 알아? 있으면 더했지 없지는 않다고!'

모든 일의 발단은 오산나고 피해자는 자신이라는 투로 구는 태풍의 모습에 어이가 없다 못해 억울할 지경이었다. 산나는 불만 가득한 목소리로 투덜거렸다.

"내가 뭘."

"계약서 쓰자고 한 사람, 너야."

"그런데?"

"네가 안 지키고 있잖아. 계약서 제1조항, 공사는 확실히 구분한다. 아니었어?"

태풍의 물음에 산나가 한쪽 눈을 찌푸렸다.

지나가던 어느 누군가가 두 사람의 이런 현실성 없는 대화를 들었다면 놀라 까무러쳤을지도 모르는 일이다. 아니, 어쩌면 생각지도 못한 일들이 발발하는 요즘 같은 시대에 웃고 넘어갈지도 모른다. 영화를 너무 많이 봤구만, 혀를 끌끌 차며.

하지만 이것이 두 사람의 현실이었다.

정략결혼이다, 계약 결혼이다, 계약서를 썼다더라, 사실은 둘이 앙숙이라더라, 부부 생활도 하지 않는 표면상의 부부라더라.

현재 수면 아래에서 떠도는, 일명 카더라 통신이 전해주는 소문은 전부 사실이었다. 물론 개중에는 오해와 억측으로 부풀려진 내용도 존재할 수 있었지만 어느 정도의 뼈대와 틀은 완벽하게 사실대로였다.

산나는 1년 전, 태풍과 계약서 한 통을 작성했다. 물론 그 내용을 알고 있는 사람은 당사자와 공증을 해준 자문 변호사뿐이었다. 양가 부모님에게도 철저히 비밀로 부쳐진 혼전 계약서는 현실적인 내용부터 우스꽝스러울 정도로 사소한 내용까지 포함하고 있었고, 더불어 법적인 효력이 있었다.

그 계약서의 첫 조항이 바로 공사의 구분이었다. 그리고 그 조항은 산나가 누누이 어기는 것이기도 했고.

"구분하려고 노력 해. 네가 건들지만 않으면."

"프로젝트를 진행하다가 1팀과 2팀의 마찰이 생기면, 그럴 때마다 정신을 잃고 달려들 건가?"

"말에 가시가 있다? 말은 바로 해. 내가 감정만 앞서는 어린애도 아니고. 내가 말한 '건드린다'의 의미는 두 부서의 마찰이 아니잖아? 네 말투와 말하는 방식을 뜻하는 거야. 가만히 보면 늘 은근한 어조로 비꼬면서 날 건드려. 내가 성질부릴 걸 알면서. 그 점만 조심하면 네가 원하는 공사 구분, 확실히 해준다고."

"내 말투를 지적하기 전에 앞뒤 생각하지 않고 받아버리는 네 성격부터 돌아봐."

"이것 봐, 또. 네가 잘못 알고 있는 사실이 하나 있는데 그건 내가 꽤 유능한 인재라는 거야. 덧붙여서 그 유능한 인재는 일에 관해서는 완벽을 기하려고 노력하고 있고."

"한 가지가 아니라 두 가지네. 그것보다 거짓말은 왜 해?"

태풍의 질문에 산나는 대답을 미루고 주방으로 걸어갔다. 거실이 훤히 보이는 오픈형 주방에는 색과 디자인이 다른 냉장고가 두 대 있었는데 하나는 분홍빛의 스메그 냉장고였고, 다른 하나는 철제 양문형 냉장고였다. 산나는 자신의 취향을 반영한 '오산나용' 스메그 냉장고 문을 열어 일렬로 줄을 세워놓은 산펠레그리노 한 병을 꺼냈다. 집에 오자마자 이어진 설전에 타는 목부터 축이는 것이 급선무였다.

간신히 목을 축인 산나는 한 박자 쉬었다가 되물었다.

"무슨 거짓말?"

산나의 물음에 인내심을 발휘하며 그녀의 반응을 기다리고 있었던 태풍이 쉬지 않고 답했다.

"인터뷰. 웬만큼 다 들었어."

아항.

산나는 곱게 다듬은 한쪽 눈썹을 치키며 가늠하는 눈초리로 태풍을 바라보았다. 물론 탄산수를 마시는 척, 들고 있던 초록 빛깔 병으로 얼굴 표정을 가리면서 말이다.

산나는 어깨를 으쓱이며 대수롭지 않은 투로 대꾸했다.

"별로 안 했어."

"소설을 썼더구만 거짓말을 안 해?"

앙큼하기까지 한 산나의 거짓말에 태풍이 기가 막힌다는 투로 비아냥거렸다.

애초에 물 먹일 작정을 하고 인터뷰를 피한 것이 분명했지만 그녀가 어떤 식으로 대답하고 있을지 궁금했던 태풍은 호기심을 참지 못하고 인터뷰가 진행되고 있는 소회의실 앞으로 다가갔다. 그리고 그는 두 귀로 똑똑히 들었다. 한 그룹의 고명딸이라는 여자가, 이름만 대면 알 법한 유명 브랜드의 팀장이 양심의 가책 하나 없는 얼굴을 하고 태연하게 거짓을 자행하는 현장을 목격하고 만 것이다.

그녀가 가증스러운 얼굴로 '사랑하니까'라는 대답을 내놓았을 때, 태풍은 진심으로 치를 떨었다.

"그렇다고 그렇게 치졸하게 복수를 해?"

"복수 아니었어."

"복수가 아니면 뭔데?"

"그냥 내키지 않았달까?"

"너야말로 계약 사항 어길래?"

산나가 건수를 잡았다는 투로 태풍을 몰아붙였다. 그들이 작성한 계약서에는 서로가 필요할 때 도와줘야 한다는 조항이 들어 있었다. '필요하다'는 상황은 꽤 구체적으로 설정되어 있었다. 두 사람이 부부로서의 의무를 다해야 할 상황이 올 경우, 그 책임을 다한다고 적혀 있었다. 즉 가족 모임이나 파티, 경조사는 물론이거니와 회사의 손익에 관련된 부분이 걸려 있을 경우, 서로 상대방이 원하는 조건을 따라줘야 한다는 것이다.

그런 점에서 오늘, 태풍은 그 조건을 어긴 셈이었다. 오늘의 인터뷰는 회사의 매출과도 깊은 연관이 있었을뿐더러 가족을 포함한 대중에게 노출되는 언론이라는 점에서 부부의 의무가 '필요한' 경우였다.

그런데 이 남자, 생각보다 뻔뻔했다.

"네 말대로 인터뷰는 나 없이 진행되는 편이 더 좋았을 거고, 차 먼저 타고 온 건…… 깜빡했어, 나도."

"하! 깜빡할 게 없어서 나를 깜빡해?"

방금 전 산나가 태풍에게 한 것처럼, 태풍도 산나의 행동을 태연자약하게 흉내 내며 천진난만한 표정으로 응수했다. 동생이었다면 벌써 날라차기 한 방을 선사했거나, 머리에 알밤을 먹였거나 둘 중 하나였다.

"보복 맞네."

산나는 어금니를 바드득 갈았다.

"계획적이진 않았어."

"하지만 고의성이 다분하잖아?"

"고의적이라고 다 복수는 아니지."

"네 덕분에 난 인터뷰어에게 한 약속을 못 지켰고, 그로써 내 신용은 한 단계 다운그레이드 됐고, 인터뷰 내내 난 마음 졸였고, 혼자 수습하느라 진 빼야 했고. 더 말해줘? 차 키까지 홀랑 가져가버린 것도 모르고서 내 차 키를 찾느라 퇴근이 늦어졌고, 네가 가져간 뒤로 전화도 안 받는 덕분에 혼자 열 올렸고, 그러느라 김 기사에게 연락하는 시간이 지체됐어. 엄청나게 눈은 내리는데 연락마저 늦게 했으니 기다리는 시간도 두 배, 집에 도착하는 시간도 두 배. 눈보라에 코트, 구두, 가방, 다 젖었어. 도합 얼마만큼의 값어치를 하는 줄은 너도 잘 알 거야."

"수습 잘했으니 됐고, 집에 도착했으니 됐고. 젖은 것들이야 마를 테고, 얼룩이 생겨 마음에 들지 않는다면 새로 사면 될 테고. 지나간 일은 지나간 일이니 시간을 되돌리지 않는 한 나는 내가 했던 행동을 되돌릴 수도 없어. 너도 잘못한 점 있고 나도 유치하게 굴긴 했어. 이제 이쯤에서 타협하는 것으로 끝낼까?"

태풍이 산뜻하게 대꾸했다. 그 말에 산나의 얼굴은 단번에 구겨져버렸다.

산나는 그저 꼬치꼬치 따져대는 것을 좋아하는 여자도 아니었고, 다 끝난 일을 가지고 귀찮게 굴 생각도 없었다. 그런 그녀가 태풍의 애꿎은 화풀이 덕택에 죽어났다는 말을, 하나씩 따져가며 퍼부은 데에는 그만 한 이유가 있었다. 사과, 혹은 변명이 듣고 싶은 거였다.

사과를 한다면 받아줄 생각이었다. 물론 자신의 잘못을 인정하고 그 사과를 되돌려줄 용의도 있었다. 만일 그가 변명을 선택한다면 그 역시 이해하려고 노력했을지도 몰랐다. 어쨌든 그가 변명이라도 한다는 것은 어느 정도는 미안하다고 생각한다는 것이었고, 그렇다면 그가 산나를 여자는 아니더라도 친구로서 생각은 하고 있다는

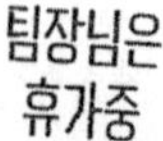

의미가 되니까.

하지만 그는 둘 중 무엇 하나도 선택하지 않았다. 산나는 그에게 여자도, 친구도 아니었다는 반증이었다.

"정말 이런 남자였어?"

무책임한 태풍의 태도에 화가 치밀어 올랐기에 덩달아 산나의 목소리도 높아졌다. 그에게 거는 기대가 높아질수록 실망만 크다는 것을 같이 산 6개월 동안 배웠건만 어째 습득이 제대로 되지가 않았다.

태풍이 자조적으로 웃었다.

"이런 남자인 줄 모르고 결혼한 거였어?"

"질렸다, 정말."

"애초에 경고했어. 매우 친절하게 경고했는데도 날 선택한 건 너야. 그럼 날 견뎌내는 것 또한 네 책임이지."

태풍의 눈빛이 서릿발처럼 차가웠다. 아주 오래전, 태풍과 떨어져 있기 직전, 같은 고등학교에 다니던 무렵까지 둘 사이는 이렇게까지 어렵지 않았었다. 태풍 역시 이렇게 차갑지만도 않았었다.

그런데 대체 무엇이 그를 변하게 한 걸까?

산나는 변해도 너무나 변해버린, 친구라고 부르기에도 어폐가 있는 태풍을 멍하니 응시했다.

하지만 그만큼 나도 변했으니까.

아주 잠시 감상에 빠졌던 산나는 고개를 털어버리고 예의 날카로운 얼굴로 대꾸했다.

"내가 선택한 것도 있지만 네가 선택한 것도 있잖아. 왜 그건 쏙 빼놓는 거야?"

"내 선택이 중요하긴 했었나?"

"나와의 결혼을 선택한 것도 너야. 그럼 너도 어느 정도의 의무는 해야 하잖아."

이번에는 산나가 이겼다. 태풍이 반박할 말을 찾지 못한 채 침묵을 고수했으니 말이다. 하지만 그 침묵은 그다지 오래가지 못했다.

"그런데 말이다."

태풍의 다소 가라앉은 목소리에 말끔하게 비운 탄산수 병을 만지작거리고 있던 산나는 고개를 들었다.

"뭐가?"

"네가 말하는 대로 고분고분 말을 듣는다고 가정해보자."

"뜬금없이 그게 무슨 말이야?"

"그렇게 가정한다면 이 결혼은 계약 결혼이 맞을 것 같아? 아니, 이건 계약 결혼이 아니라 종신 노예 계약이 되는 거야. 내가 무슨 이유로 네 노예를 자청해야 하지? 부부 종신형에 처해진 것도 억울한데."

종신형이란다, 형(刑). 잘못을 저지른 두 남녀를 억지로 묶어 평생토록 같이 살게 하는 끔찍한 벌, 부부 종신형.

태풍이 하고픈 말의 의미를 어렵지 않게 파악한 산나는 불만스럽다는 투로 들고 있던 유리병을 탁자 위에 소리 나게 내려놓았다.

"말을 꼭 그 따위로……."

"사랑의 노예라면 또 모르겠다."

산나의 말이 끝나기도 전 태풍이 대꾸했다. 평소의 그답지 않은 언사였기에 그를 바라보는 산나의 두 눈이 가느다랗게 변했다. 그의 심중을 헤아려보기라도 하려는 투였다.

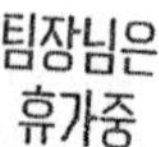

"종신 노예 계약으로 날 묶어두고 싶으면 먼저 날 사랑에 빠지게 만드는 게 좋을 거다."

"헛소리 하는 성격은 아니었는데, 좀 변했다?"

"헛소리가 아니라 조언이지. 난 원래 친절했잖아, 처음부터."

농담 따먹기라도 하려는 심산인가.

산나는 태풍의 심중을 파악하지 못한 채 짧게 실소를 터트렸다.

"나한테서 사랑받고 싶니, 너?"

"주겠다는데 생각은 해봐야지."

"뭘 어쩌자는 건지 모르겠어, 너."

"피차일반이야."

한 마디도 져줄 생각이 없는지 태풍은 꼬박꼬박 대꾸하며 긴 다리를 펴 탁자 위에 올려놓았다. 그러고는 방금 전 읽다 만 책을 집어 들고는 책갈피가 끼워져 있는 부근을 폈다. 이 정도에서 그만 대화 같지도 않은 말씨름을 접자는 의미였다. 하지만 산나는 물러날 수 없었다. 한 가지 일이 더 남아 있었으니까.

"그래, 오늘 일은 그렇다 쳐."

산나는 소파 위에 던져두었던 가방을 집어 그 안을 뒤졌다. 그러고는 그 안에서 찾은 것을 탁자 위로 던졌다.

탁.

소리를 내며 탁자 위에 안착한 것은 비행기 티켓이었다. 태풍은 탁자에 티켓이 떨어지는 소리에 잠시 눈만 흘깃거렸을 뿐, 다시 책에 집중하고 있었다.

그 모습을 못마땅하게 바라보고 있던 산나가 말했다.

"알고 있지? 내일이야. 내일도 안 오기만 해봐. 그땐 정말 끝이니까."

그렇게 말한 산나는 오늘 해야 할 말은 모두 끝냈다는 투로 가방을 챙겨들고 곧장 오른쪽, 그녀의 방으로 향했다.

두 사람이 살고 있는 커다란 아파트는 가운데 주방과 거실을 두고 양옆에 방 두 개와 욕실 하나가 각각 있는 구조였다. 덕분에 신혼부부가 사는 신혼집이라고 하기에는 다소 삭막한 그곳은 생활의 철저한 분리가 가능했다.

오른쪽은 산나의 공간, 왼쪽은 태풍의 공간.

두 사람은 호적을 합치되 생활은 분리해서 사는 계약서에 도장을 찍은 것이다. 호적을 함께 나눠 쓰는 것처럼 집도 나눠 쓰는 룸메이트, 그것이 1년 전 산나가 태풍에게 한 '미친 제안'이었다.

오른쪽, 그녀의 공간으로 향하려던 산나가 다시 그 자리에 멈춰 섰다. 그녀는 여전히 책에 몰두하고 있는, 혹은 그런 척을 하고 있는 태풍을 바라보았다.

"정말 궁금해서 묻는 건데, 하나만 물어보자."

그녀의 말에 태풍이 느릿하게 고개를 들었다.

"나한테 사사건건 시비 거는 이유가 뭐야? 재미있어?"

그렇게 묻는 산나의 목소리는 심각했다. 그에게 따지기 위함이 아니었다. 정말 순수하게 궁금했기 때문이었다. 사소한 일 하나에도 그냥 지나치지 못하는 태풍은 꼭 산나가 지나가려고 하면 발을 걸어 넘어트리고, 산나가 원피스를 입으면 치맛자락을 들춰버리는 심술쟁이 같았으니까. 스물아홉이 칠 만한 장난치고는 퍽 유치했다.

산나의 질문에 태풍이 고개를 기울이며 픽 웃었다.

"대답이 듣고 싶어?"

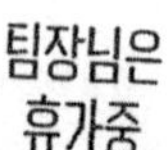

"듣고 싶어."

"후회할 텐데."

"말이나 해봐. 후회할지 말진 내가 정할 테니."

산나의 재촉에 태풍은 어쩔 수 없다는 듯 어깨를 으쓱거리고는 대수롭지 않다는 듯 대답했다.

"욕구불만이야. 좀 많이 쌓였거든."

그렇게 말한 태풍이 살풋 어두워진 눈으로 산나를 지그시 바라봤다. 그의 눈빛이 자신의 옷을 하나 둘 벗겨내고 있다는 것을 모를 산나가 아니었다. 그의 가라앉은 두 눈이, 매섭게 번뜩이는 눈빛이 무엇을 원하고 있는지. 무엇을 생각하는지. 무엇을 되새기는지 잘 알고 있었기에 산나는 흔들리는 두 눈으로 그를 바라보다 이내 뒤도 돌아보지 않고 자신의 구역으로 사라져버렸다.

쿵.

문 닫히는 소리가 고독한 공간에 외롭게 울렸다. 그 소리를 끝으로 혼자 남은 태풍은 의중을 파악하기 힘든 묘한 눈빛으로 산나가 사라진 언저리를 바라보다가 이내 읽던 책으로 시선을 돌렸다. 책을 읽는 그의 눈빛은 사뭇 건조하고도 사나웠다.

다음 날, 인천 국제공항.

산나는 출국 게이트 앞에서 초조하게 발을 구르고 있었다. 게이트에 들어갈 수 있는 마지막 기회가 될 때까지 태풍은 나타날 기미를 보이지 않고 있었다.

"이럴 줄 알았다면 오늘만큼은 같이 움직이는 건데."

너무 안이하게 생각했다. 어젯밤 할 수 있는 최대치까지 분노와

불평을 털어놓은 것으로 그가 조금이나마 마음을 고쳐먹었다고 멋대로 판단해버린 모양이었다. 제멋대로 내린 결론은 언제나 생각지 못한 결과를 초래했다. 그것도 무척 나쁜 쪽으로.

산나는 출입구를 봉쇄하려는 직원들에게 겨우 양해를 구한 뒤, 마지막 지푸라기를 잡는 심정으로 태풍에게 전화를 걸었다. 기다리다 못해 30분 전부터 전화를 걸었었지만 휴대전화는 꺼져 있는 상황이었고, 그가 지금 이 타이밍에 마음을 고쳐먹고 꺼놓은 휴대전화를 다시 켤 인간도 아니었지만 어쨌든 산나에게는 최선의 방법이었다.

– 지금 거신 전화는…….

"아, 젠장!"

산나는 바락 성질을 냈다. 그녀의 고함 소리에 공항을 바삐 오가던 사람 몇몇이 돌아봤지만 그녀는 그들의 시선에 신경을 쓸 여유조차 없었다.

"저, 손님, 어떻게 하실 건가요?"

산나는 입술을 잘근 깨물고 출국 게이트 쪽으로 한 발자국 다가섰다. 토론토발 비행기는 이제 곧 출발 예정이었다.

「너희, 신혼여행은 어떻게 할 거니?」

「조금 미룰 생각이에요.」

「얼마만큼? 너무 미뤄도 안 좋아. 이번 겨울에 휴가를 좀 길게 잡아도 좋으니 그때 맞춰서 다녀오렴.」

「그땐 토론토로 출장이 잡혀 있는데요.」

「잘됐네. 둘이 출장 다녀와. 출장 끝나고 나면 근처 어디로든 여행을 다녀오면 되잖니?」

출장과 신혼여행, 그리고 대외적인 명목까지 두루 갖춰진 오늘의 일정. 태풍은 오늘도 보기 좋게 산나를 바람맞혔다. 산나는 출국 게이트 안으로 발을 내딛기 직전, 태풍의 휴대전화에 음성 메시지를 남겼다.

"내가 말했지? 여행 따위 같이 가지 않아도 되니까 공항에 동행만큼은 하자고. 이왕 찍힐 거 다정한 한 컷으로 한 장 찍고 개인 시간 즐기자고!"

어금니 사이로 새어나오는 산나의 목소리는 가히 음험했다. 풀리지 않는 분노로 이글대는 목소리가 살기등등했다.

"이 구제불능. 넌 진짜 개자식이야."

한 마디 욕설이 산나의 입에서 터져 나왔다. 하지만 그녀는 그 욕설로도 영 개운치가 않은지 한참 동안 끊어버린 휴대전화를 노려보고 있다가 이내 당당한 걸음걸이로 출국 게이트를 지나쳤다.

산나의 한 손에는 형편없이 구겨진 토론토행 비행기 티켓이 들려있었다.

03. 숨바꼭질, 그리고 숨은 사실 찾기

Bar, Private.

화려하진 않지만 고급스러운 디자인의 간판이 어둠 속에서 반짝이고 있었다. 프라이빗이라고 이름 붙은 바는 손님들이 찾아와 자기만의 시간을 갖는 공간이라는 뜻이기도 했지만 말 그대로 철저히 프라이빗한 공간이었다. 회원제로 운영되는 그곳은 대중에게 노출이 되어 있지 않았음에도 불구하고 사람들의 발길이 끊이질 않는 곳이었다.

그 프라이빗 바의 마담, 혜언은 스물여덟이라는 나이에 제법 성공한 축에 들었다. 웬만한 와인 디캔팅과 칵테일 제조는 어렵지 않게 해내는 그녀는 늘 단정한 옷차림을 하고 바를 지키고 있었다. 조금 긴 단발의 그녀는 마담답지 않은 옅은 화장을 하고 있었다. 단정한 그녀의 이목구비에 어울리는 화장법이었다.

산나처럼 키가 크고 시원시원한 이목구비를 한 혜언이었지만 풍기는 분위기는 사뭇 달랐다. 수려한 외모에 독기 서린 목소리, 완벽한 몸매를 자랑하는 산나가 화려한 장미 같은 여자인 반면, 혜언은 단정하고 수수하지만 기품이 넘치는 난초 같은 여자였다.

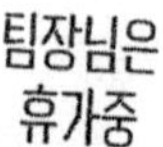

"자."

잔잔한 음악과도 같은 그녀의 목소리가 귓가를 간질이자 잠시 생각에 잠겨 있던 태풍이 고개를 들었다.

"무슨 생각을 그렇게 해?"

혜언의 부드러운 목소리에 태풍은 방금 전까지 하고 있었던 생각을 지워버리려는 듯 고개를 흔들었다.

"별거 아니야."

짤막하게 대꾸를 한 그는 그녀가 내미는 잔을 받아들었다. 기포가 올라오는 소다수에 라임과 블루베리 몇 알이 동동 떠 있었다. 그는 블루베리의 푸른 빛깔로 변해가는 소다수를 받아 입에 대는 것 같더니 다시 잔을 내려놓았다.

"블루베리 라임. 네가 늘 마시던 거야. 찾는 사람이 너밖에 없어서 네가 올 때만 만드는데 만들 때마다 느껴. 색이 참 곱다고."

"사실 이거 별로 안 좋아해."

"안 좋아해?"

"소다수도 별로고, 블루베리는 내 입맛에 너무 새콤하고, 라임은 너무 시고."

"그런데 왜 마셔?"

"그러게. 그런데 왜 마실까?"

태풍은 질문에 질문으로 응수하며 몽롱한 눈빛으로 잔을 뱅글뱅글 흔들었다. 그러다 불쑥 무슨 생각이 났는지 자잘한 웃음을 터트리고는 입을 열었다.

"소다수 하니까 생각이 나는 건데, 어느 날 집에 들어가 보니 그 녀석이 집에 와 있지 않겠어?"

혜언은 그가 언급한 '그 녀석'이 언젠가 보았던 오산나라는 그의 아내라는 것을 어렵지 않게 유추해냈다.

"배가 고픈지 집 안 구석구석을 뒤진 모양이야. 배달 음식은 영 내키지 않을 때가 있잖아? 그래서 집 안을 뒤지기 시작한 모양인데 자기 냉장고에는 먹을 게 없었던 모양이야. 없는 게 당연해. 언뜻 보니 줄지어 세워놓은 산펠레그리노, 견과류를 섞어 먹는 유기농 요거트, 레몬 몇 알에 블루베리 정도가 전부였거든. 하여간 그 녀석은 뭐든 유기농에 쓸데없이 비싸고 이상한 것들만 먹어."

투덜거리는 녀석치고 아내에 대해 꽤 빠삭하게 알고 있다. 혜언은 알 수 없다는 눈빛으로 태풍을 바라보며 그가 무의식중에 짓는 미소를 관찰했다.

"그런데 뒤지고 뒤지다 내 선반에서 라면을 발견한 모양이더라고. 라면 봉투 뒷면 설명서를 열심히 읽어보다가는 물을 끓이기 시작하는데 산펠레그리노로 끓이는 거 있지? 웃기지도 않아서. 라면에 산펠레그리노가 몇 병 들어간 줄 알아?"

"그러게 왜 그랬어?"

"뭘?"

"오늘 공항에서 만나기로 했다며. 후회할 정도면 그냥 가지 그랬어."

"후회? 누가? 내가?"

"후회하는 게 아니라면 왜 여기 앉아서 그 사람이 농축된 것 같은 음료를 시키는 건데? 같잖은 추억이나 떠올리면서 감성팔이나 하고. 청승맞다고, 정말."

혜언의 날카로운 말에 태풍이 아아, 짧게 탄성을 내뱉으며 고개를 끄덕거렸다. 왜 오해했는지 알겠다는 듯 웃어 보인 그가 고개를 저으며 단호하게 대답했다.

"후회를 하는 게 아니야. 속 시원해하는 거지."

그렇게 말한 태풍의 눈이 반짝였다. 짓궂은 장난이나 사악한 아이디어가 떠올랐을 때의 눈빛을 한 그는 방금 전 확인한 음성 메시지를 떠올렸다.

「내가 말했지? 여행 따위 같이 가지 않아도 되니까 공항에 동행만큼은 하자고. 이왕 찍힐 거 다정한 한 컷 찍고 개인 시간 즐기자고!」

「이 구제불능. 넌 진짜 개자식이야.」

피식, 웃음이 나왔다. 태풍은 그 웃음을 숨길 생각도 하지 않은 채 카운터 위에 올려두었던 휴대전화를 흔들어 보이며 혜언에게 투덜거렸다.

"안 그래도 한 마디 들었어. 개자식이래, 나보고."

태풍은 키득키득 웃으며 이렇게 돌아가는 상황이 재미있다는 듯 관망하는 자세를 취했다. 빙글빙글 돌리던 잔에서 기포가 어느 정도 빠져나가자 한풀 김이 빠진 액체를 단숨에 절반정도 마셔버렸다. 와인 잔을 닦고 있던 혜언이 그 모습을 지켜보다 조용한 목소리로 물었다.

"왜 안 간 거야?"

"가겠다고 답한 적 없거든."

"설마 지금 일부러 안 갔다고 말하는 거야?"

혜언의 고운 이마가 엉망으로 찌푸려진 순간, 태풍은 그녀의 기대를 깨트리지 않겠다는 투로 대답했다.

"설마는 늘 사람을 잡지."

무엇을 생각하고 있는 건지, 속내를 알기 힘든 태풍은 진심으로 즐겁다는 듯 웃고 있었다. 그랬기에 그를 바라보는 혜언의 눈이 조금 더 가늘어졌다.

"그럼 혹시 여기에 온 이유도……."

의심스러운 혜언의 목소리에 태풍은 대답을 아끼며 의미심장하게 미소 지었다.

"이제 좀 괜찮아?"

명한의 물음에 충혈된 눈을 한 산나가 그를 올려다봤다. 빨갛다 못해 까매진 얼굴을 한 산나가 씩씩거리며 찾아왔을 때에 비해서는 퍽 차분해진 느낌이었기에 그는 안심한 얼굴로 주방 캐비닛에 기대섰다. 산나에게 먼저 뜨거운 차를 내어주느라 자신의 것은 미처 준비하지 못했던 그는 막 내린 커피가 든 머그잔을 들고 있었다.

"아까보다는."

"그거 다행이네."

"다행? 내가 제일 싫어하는 게 뭔지 알아?"

산나의 뾰족한 질문에 명한은 뜨거운 커피를 한 모금 들이켜며 고개를 끄덕였다.

"알지. 낭비하는 걸 제일 싫어하잖아?"

"그래, 그런데 그 자식 때문에 지금 난 돈 낭비에 시간 낭비까지, 아주 손해가 막심해."

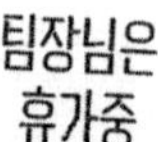

방금 전의 일이 생각났는지, 산나는 두 주먹을 불끈 쥐고 파르르 떨었다. 차분한 눈빛으로 그 모습을 지켜보던 명한은 고개를 설레설레 저으며 날카로운 한 마디를 던졌다.

"감정 낭비는 왜 빼?"

"뭐?"

산나가 되묻자 명한은 아무 말도 하지 않았다는 투로 어깨를 으쓱거렸다. 그 모습을 못마땅하게 바라보고 있던 산나는 더 이상 추궁할 생각이 없다는 듯 방금 전의 화제로 말을 돌렸다.

"이럴 줄 알았다면 비행기에 탔을 거야."

"비행기 타지 그랬어?"

"타려고 했지. 타려고 했는데……."

산나는 생채기가 날 정도로 입술을 세게 깨물고는 생각에 잠겼다.

몇 시간 전, 출국 게이트가 봉쇄되기 전까지만 해도 그 게이트로 들어가려고 했던 산나였다. 하지만 마지막 선택의 기로에서 그녀는 게이트에서 돌아서 나오는 것을 택했다. 사실 마음이야 혼자 비행기 타고서 토론토로 날아가버리고 싶었지만, 궁금했다. 오산나가 떠나고 난 다음의 상황이.

하지만 생각 혹은 기대와 달리 별다른 상황은 펼쳐지지 않았다. 만나기로 한 약속 장소에서 꿈쩍도 하지 않고 기다려봤지만 태풍은 늦게나마 오지도 않았고, 꺼두었던 전화를 켜지도 않았다. 그리고 산나는 한 가지 사실을 알아냈다.

"그 자식, 지금 여자랑 있어."

험악한 목소리로 중얼거린 산나의 눈가가 미세한 경련으로 실룩거렸다. 그 모습을 지켜보고 있던 명한은 깊은 한숨을 내쉬며 들고 있던 머그잔을 캐비닛 위에 내려놓았다.

"어떻게 안 건데?"

"뭘 어떻게 알아? 뒷조사 시킨 거지."

"아하."

"몇 명만 들쑤시면 쉽게 알 수 있지, 그 자식 있는 곳 정도는."

"대단하네."

"프라이빗 바에 있더라고. 그 바의 마담이랑."

여자를 만나느라 공증까지 받고 계약했던 사항 같은 것은 까맣게 잊어버린 것이다. 그 사실이 산나를 더욱 분노케 했다. 꽤 오랜 시간 잠잠하던 녀석이 왜 며칠에 한 번씩 그녀를 괴롭히지 못해 안달이 난 사람처럼 구는지, 그 이유를 알 수 없어 산나는 더욱 답답했다.

설마 이혼이라도 하고 싶은 건가?

언젠가 봤던 '바 프라이빗'의 마담을 떠올린 산나는 무의식중에 손톱을 잘근 깨물었다.

예뻤어, 그 여자.

지금도 떠오르는 선명한 외모가 산나의 마음을 복잡하게 만들었다.

"이럴 줄 모르고 시작한 일 아니잖아?"

잠시 혼자만의 생각에 빠져 있던 사이, 산나에게 가까이 다가온 명한이 옆자리에 앉았다. 소파 한쪽에 무게가 실리는 느낌에 비로소 정신이 들었다는 듯 고개를 든 산나는 기운 빠진 목소리로 대답했다.

"아니지."

아닌 게 아니라 내가 친절하게 등까지 떠밀어줬지. 공증 받은 계약서에 '각자 다른 사람과 연애를 해도 된다. 단 사랑이라는 명분 하에 이혼을 요구하거나 언론에 노출이 될 경우, 명시된 금액과 회사 지분을 지불한다'는 조항까지 만들었으니 말이다.

"괜찮을 거라고 생각했는데 막상 현실로 닥쳐오니 열이 뻗치네. 얼마를 요구해야 할까?"

"얼마?"

"금전적 손해 보상은 받아야지."

티켓만 날아간 거라면 말도 안 한다. 이건 분명히 계약서에 제시된 제3조항을 어긴 것이다. 그뿐인가? 제2조항까지 덩달아 얽혀 있는 문제다. 돈과 지분만으로는 어림도 없다.

계속되는 공격에 연속해서 패한 산나는 어떻게 녀석을 쓰러트릴까, 고민에 고민을 거듭하고 있었다. 녀석이 가장 원하는 것, 혹은 소중하게 생각하는 것을 알아야 약점으로라도 활용할 수 있을 텐데 산나는 그에 대해 아는 것이 너무 없었다.

'소중한 것. 프라이빗 바의 마담인가? 정말?'

혼자 떠올린 가능성에 멋대로 상처를 받은 산나가 고개를 푹 숙이자, 곁에서 그녀의 변화무쌍한 감정 변화를 지켜보고 있던 명한이 진심으로 궁금하다는 듯 질문했다.

"대체 너희들은 왜 그렇게 싸우지 못해 안달인 거야?"

"그러게. 나도 그게 궁금하네."

"가끔 보면 궁금해. 서로 싫어하는 건지, 아니면 사랑하는 건지."

"여기에서 사랑이 왜 나와?"

"누가 그러데. 미움과 사랑은 종이 한 장 차이라고."

"흥. 그런 놈을 누가."

콧방귀를 뀐 산나는 입술을 배죽거렸다.

'하여간 부잣집 자제들이란. 29년간 높아진 콧대가 하루아침에 낮아질 수도 없는 노릇이고. 그놈의 자존심 싸움 한 번 치열하게 한다, 정말.'

명한은 고개를 살래살래 흔든 뒤, 산나를 향해 몸을 틀었다.

"들어나 보자. 왜 그렇게 태풍을 싫어하는지."

"왜냐니? 네가 잘 알 것 아니야."

"초반 브랜드 론칭 때문에 만나 일을 할 땐 이 정도까진 아니었던 것 같은데."

"그땐 서로 무시한 거지."

"그럼 계속 무시해."

말처럼, 계획처럼 마음이 흘러가주면 쉽지.

입술을 비죽거린 산나는 언젠가, 실수이자 시작과도 같았던 그날 밤의 일을 떠올렸다.

'그날 밤, 그날 밤이 문제였어!'

그녀가 묻어왔던 과거의 기억들을 떠올리게 만든 것은 1년 6개월 전의 그날 밤이었다. 그리고 그날부터 뛰쳐나온 기억들은 지독하게 산나를 괴롭혔다.

산나 17세.

쉬는 시간 끝나는 종이 치는 순간, 산나는 직감했다. 며칠째 이어지는 패턴으로 보아 오늘도 그 일은 산나를 빗겨가지 않을 것이라고. 때맞춰 멀리서부터 다급한 발소리가 들려왔다.

"오산나, 오산나!"

하루에 한 번이라도 산나의 이름이 불리지 않으면 섭섭한지, 오늘도 누군가가 그녀의 이름을 호명했다. 복도 저 멀리에서부터 들리던 고함에도 꼼짝하지 않고 책상을 지키고 있던 산나는 교실 뒷문이 열리고 나서야 고개를 들었다.

"오산나!"

"……무슨 일이야?"

무슨 일일지 대충 짐작은 하고 있었지만 산나는 아무것도 모르는 얼굴로 물었다. 그 물음에 막 교무실에서 달려온 여학생이 대답했다.

"주임 호출."

교무실에서 나오는 산나의 표정이 썩 좋지 않았다. 며칠 내내 이어진 똑같은 심부름에 잔뜩 신경질이 난 얼굴을 한 산나는 애꿎은 입술만 물어뜯으며 자신의 기분과 정반대로 화창한 창밖을 노려보았다. 그러고는 방금 전, 주임 선생과 나눴던 대화를 떠올렸다.

"어쩌면 좋으니? 오늘도 똑같은 심부름인데."

"이제 곧 수업시간이에요."

"봐줄 테니 태풍이나 좀 찾아와."

"선생님."

"넌 용케도 잘 찾아오더라? 내가 찾으려고 돌아다니기만 하면 이 녀석이 어디 숨었는지 꽁꽁 숨어 나오질 않아."

"저 말고 다른 아이들도 많잖아요? 걔, 친구도 많아요."

"데리고 와."

"하지만……."

산나는 무언가에 한번 꽂히면 무섭게 그것만 파고든다고 해서 붙은, 미저리라는 별명을 가지고 있는 주임 선생을 뚫어져라 바라봤다. 그는 현재 며칠 전부터 열혈 반항을 일삼으며 수업 땡땡이에 돌입한 태풍에게 꽂혀 있었고, 또 심부름꾼으로는 오산나를 찍은 상태였다.

주임 선생의 눈빛으로 보건대 한 마디만 더 했다가는 썩 좋은 소리를 듣지 못하겠다 싶어 산나는 입술을 부루퉁하게 내밀었다. 그리고 모든 화살을 태풍에게로 돌렸다.

"왜 하필이면 나야?"

그 질문에는 많은 의미가 함축되어 있었다. 이를테면 지금 태풍이 실천하는 열혈 반항이 꼭 산나를 골탕 먹이려고 하는 짓 같다는 것 정도.

딩동.

휴대전화 문자 수신음이 들렸다. 그 소리에 휴대전화를 집어 든 산나는 미간에 주름을 그었다.

"그렇지 않고서는 이런 문자를 보낼 리가 없잖아?"

그렇게 중얼거린 산나는 방금 온 문자 메시지를 확인했다.

[괜히 여기저기 뒤지면서 힘 빼지 마. 오빠 옥상에 있다.]

"이걸 확 주임한테 일러버려?"

산나는 이를 바드득 갈며 교무실 쪽을 향해 발길을 돌리려다 말고 주먹을 꽉 쥐었다.

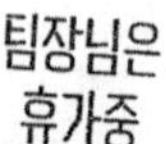

「태풍이 잘 부탁한다.」

태풍의 형 태양의 부탁을 떠올린 까닭이었다.

"오빠만 아니었으면 정말."

산나는 혼자 중얼거리다 한숨을 푹 내쉬었다. 태양 오빠를 생각해서 참자며 혼자 다짐을 한 다음, 그녀는 옥상으로 걸음을 옮겼다.

'그리고 문제가 발생했지.'

그때의 일을 떠올린 산나의 눈빛이 깊어졌다. 태풍을 찾아 옥상으로 갔을 때 그녀는 바닥에 떨어져 있던, 그리고 막 태운 것이 분명한 담배꽁초와 한 여학생을 벽으로 몰아붙인 채 키스를 하고 있던 태풍을 볼 수 있었다.

"그것뿐이면 다행이게?"

오래전 일이었음에도 불구하고 생생하고 또렷한 기억에 산나의 두 눈이 뾰족해졌다. 산나의 혼잣말에 명한이 무슨 의미냐는 듯이 되물었다.

"뭐?"

명한의 목소리에 깊은 생각에서 깨어난 산나가 맑아진 눈빛을 하고 그를 바라봤다.

"그 녀석은 늘 내가 싫어하는 짓만 골라서 하고 다녔어. 어릴 적엔 사이가 퍽 괜찮았어. 왜냐, 내가 녀석보다 덩치도 크고 힘도 셌거든. 그 녀석, 예전에는 내 부하였단 말이야."

"풋. 부하?"

"그런데 변했어. 언제부터였지, 내가 당하기 시작한 게? 원피스를 입고 있으면 원피스를 들추고, 길을 걷고 있으면 괜히 발을 걸고.

그나마 학교에 들어가기 시작하면서부터는 조금 덜 유치해지긴 했어. 그래도 유치한 건 마찬가지였지만."

"어떻게 유치했는데?"

"같은 반에 들어갔을 때였나? 호랑이 선생님이 계셨는데 숙제를 안 해 오면 단단히 혼을 내는 분이셨어. 어느 날, 내가 깜빡하고 숙제를 안 한 거야. 녀석은 알고 있었어, 내가 숙제를 안 했다는 걸. 그랬는데도 언질 하나 주질 않더라."

"네가 착각한 건 아니고?"

"아니야. 그런 게 한두 번이 아니었거든. 녀석이 아무리 무시를 해도 난 열심히 조잘거리는 성격이었으니 눈치도 없이 이런저런 말을 멋대로 쏟아놨다고. 도시락을 잊어버리고 학교에 등교하던 날엔 학교에 도착해서야 그 사실을 알려주더라니까. 아, 우리 집이랑 그 녀석 집이 꽤 친분이 두터워서 학교 다닐 적엔 같이 다녔거든. 부모님 뜻대로 묶인 거지. 기름 한 방울 안 나오는 나라에서 애들 학교 보내는 데에 차 두 대를 굴리기는 아깝다고 하셨거든. 일종의 카풀이랄까? 어쨌든 그런 일들이 비일비재했다고. 더 기분 나빴던 건 뭔지 알아?"

"뭔데?"

"개무시."

"뭐?"

"말 그대로 날 지나가는 똥개처럼 무시했다니까. 그래도 난 걔를 친구라고는 생각했거든. 왜냐, 유치원 시절부터 쭉 같은 학교를 다녔으니까. 우리 의지랑 상관없이 부모님들끼리 친했긴 했지만 그래도 자주 보는 사이였거든. 그런데 언제부터인가 날 무시하는 거야."

"착각 아니고?"

"자의식 과잉이라고 생각하나본데, 그 자식의 싸늘하기 짝이 없는 얼굴을 보면 너도 생각이 달라질 거야."

그렇게 대꾸한 산나는 한숨을 푹 내쉬고는 태풍의 행동을 되새겼다.

"말 그대로 무시였어. 그나마 학교 등교할 때까지는 괜찮았거든. 하지만 일단 학교에 도착한 뒤부터는 무슨 일이 생겨서 내가 찾을 때면 걔는 모르는 척을 했어. 누군지 모른다, 너 나 아냐는 식으로 일관했지. 길을 걷다 마주쳐도 내가 아는 척을 하려고 하면 그냥 지나치기 일쑤고, 그래서 옆에 있던 친구들이 날 모르냐고 물어보면 모르는 애라면서 그냥 가더라. 그런데……."

이상한 건 그때부터였어. 고등학교 1학년 2학기 말.

모르쇠로 일관하던 그 녀석이 뜬금없이 시비를 걸어오던 시기.

'고분고분하던 녀석이 땡땡이를 치기 시작하면서 난 주임 선생의 부름을 받고 녀석을 찾으러 다녀야 했었지.'

"그런데?"

깊은 생각에 잠겼던 산나는 명한의 물음에야 가까스로 정신을 차린 뒤 고개를 살래살래 저었다.

"아무것도 아니야."

그렇게 말하면서 생각에 잠기는 산나의 모습을 지켜보고 있던 명한이 잠시 침묵을 지키다 물었다.

"그럼 좋아하게 된 계기는 뭔데?"

명한의 물음에 산나가 고개를 치켜들었다. 방금 전까지 하고 있던 모든 생각이 단번에 날아가버린 듯한 얼굴을 한 그녀는 커다란 두 눈을 더욱 동그랗게 뜬 채 입을 달싹거렸다.

무슨 귀신 씨나락 까먹는 소리야?

그런 말을 하고 싶었나 보다. 하지만 산나는 그 말을 채 입 밖으로 내뱉지 못한 채 명한의 시선을 피했다. 늘 당당하고 거침없었던 그녀가 내보인 짧은 진심은 소파 앞 탁자에 꽂혀버렸다.

시선을 피한 산나의 눈빛은 흔들리고 있었다.

어두운 골목 거리에서 반짝이는 '바 프라이빗'의 간판이 있는 곳. 은밀한 느낌의 그곳에서 서로를 마주보고 있는 두 남녀는 아직도 끝나지 않은 대화를 계속하고 있었다.

"그럼 혹시 여기에 온 이유도……."

의심 가득한 혜언의 목소리에 태풍이 의미심장하게 웃었다. 그 웃음이 짓궂고 사악했지만 혜언은 마냥 그를 미워할 수만은 없었다. 그 미소 속에 자리 잡은 복잡한 마음을 잘 알고 있었기 때문이었다.

웃고 있는 태풍의 얼굴이 문득 쓸쓸해 보였다.

"대체 왜?"

어림짐작은 하고 있었지만 태풍이 꼭 물어봐달라는 듯한 표정을 하고 있었기에 혜언은 표면적인 질문을 이어나갔다. 이번만큼은 태풍도 대답을 했다.

"그 여자, 궁금해서라도 내가 어디에 있을지 찾아볼 여자니까. 지금쯤 배알이 꼴려 죽을 지경이겠지."

"그럴 줄 알면서 왜 그랬어."

"내가 이런 짓을 할 때마다 열을 올리는 녀석이거든. 난 그 녀석의 복장을 뒤집어놓는 게 좋아. 그 얼굴을 보는 것도 좋고."

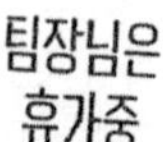

"너도 참……."

피곤하게 산다.

참 일그러졌다, 너.

혜언은 차마 내뱉지 못한 말을 삼키고는 태풍의 얼굴을 바라봤다.

"가만히만 있으면 참 잘생기고 멀쩡한 놈인데."

혜언의 눈이 태풍을 훑었다. 언젠가 바에 들렀던 그의 형을 기억한다. 태풍보다 네 살이 위라던 태양이 베일 듯 날카로운 분위기의 소유자라면 태풍은 그보다는 훨씬 부드러운 호남형에 속했다. 날카로운 눈매는 비슷했지만 태풍은 조금 더 순한 눈매를 가지고 있었다. 아몬드처럼 동그랗고 사슴처럼 깊지만 그 속에 감추어진 매서움이 묘하게 어우러져 그의 매력이 되었다.

태풍을 미워할 수 없는 이유 중 하나는 저 순진무구해 보이는 눈빛 때문이다, 혜언은 생각했다.

태풍이 쿡쿡 웃으며 물었다.

"왜, 알고 보면 미친놈 같아?"

"딱히 부정은 못 하겠다."

쿡쿡, 낮게 웃은 태풍은 품속에서 담배를 꺼내 한 개비 입에 물었다. 혜언은 클럽의 마담다운 센스로 재빨리 지포라이터를 꺼냈다.

"불?"

그녀의 물음에 태풍은 대답 대신 입에 문 담배를 내밀었다.

찰칵 소리와 함께 지포라이터가 열렸고 이내 담배 끝이 파사삭 소리를 내며 타올랐다. 불이 붙은 담배를 한 번 깊이 빨아올린 태풍은 길게 연기를 뿜어냈다.

그 모습을 지켜보던 혜언이 지나가는 목소리로 중얼거렸다.

"부잣집 자제들은 다 그래?"

"글쎄. 우리 누나랑 형은 멀쩡하다고 생각하는데? 평범한 남매가 아니라서 속속들이 잘 아는 편은 아니지만."

"다른 사람들은 만져보지 못할 부를 누리면서 사는 덕에 평범한 사람들보다 많은 기회가 있는 건 참 좋아. 수준 높은 교육, 교양, 문화, 그 외의 많은 것들을 익히고 배울 수 있으니까. 그런데 다 동전의 양면 같아."

"뭐, 그렇게 생각할 수 있지."

"특히 그 강한 자존심에 한해서는 더욱더."

혜언이 한 부분을 콕 찔러 말하자 표정 변화 없이 그녀의 말에 대충 맞장구를 쳐주던 태풍이 무슨 의미냐는 듯 눈썹을 치켜 올렸다. 대답을 원하는 것처럼 보였지만 혜언은 그 답을 줄 생각이 없었다. 그저 의미심장한 눈빛으로 바라봤을 뿐.

그런 혜언의 생각은 이랬다.

오랜 교육을 통해 몸에 밴 예의와 겸손은 칭찬해줄 만하다. 사업을 할 때나 숱한 사람들을 만날 때 진가가 발휘되니까. 하지만 이 둘은 태어나서부터 지금까지 내로라하는 기업의 자제로 살았고, 그랬기에 강한 자존심이 겉으로 천박하게 드러나지만 않을 뿐 그 속에서 꿈틀대고 있었다. 그건 서로를 만날 때 확실하게 드러나는 점이었다.

'사랑에 있어서는 치명적인 단점이지, 그건.'

거기까지 생각한 혜언은 고개를 젓다 말고 멈칫했다.

그 누구에게도 보여주지 않는 자존심, 베일에 싸인 그것을 서로에게 남김없이 보여준다는 건…… 혹시, 어쩌면?

의심이 가득한 눈을 한 혜언은 태풍의 속내가 궁금하다는 듯 물었다.

"왜 그렇게 싫어하는 건데?"

"왜냐고?"

혜언에게 되묻는 태풍의 눈빛이 깊어졌다. 산나와 있었던 일을 기억해내려는 그의 눈빛은 열일곱 살, 자유분방한 소년으로 되돌아가 있었다.

"키스는 해본 적 있냐?"

태풍이 물어보며 한 걸음, 산나에게 가깝게 다가왔다. 원래부터 지기 싫어하는 성격이기도 했지만 태풍에게만큼은 더더욱 지기 싫었던 터라 산나는 물러나지도 않은 채 고개를 꼿꼿이 들고서 태풍을 노려보고 있었다.

"대답해야 해?"

"대답하는 게 좋을걸?"

"……없어."

산나의 대답에 태풍은 그 대답을 기다렸다는 듯 기분 좋게, 그러나 심술궂게 웃었다.

"고등학생씩이나 돼서 키스 한번 못한 게 자랑은 아니지?"

"자랑도 아니지."

지지 않고 꼬박꼬박 대답하는 산나가 밉기도 하고, 야속하기도 하고. 분명 그 조그만 머리통에는 태양만이 가득할 테고, 덕분에 태풍이 끼어들 틈 따위는 전혀 없었다.

그래도 끼어들 테다.

이글거리는 두 눈을 한 태풍은 곧장 산나에게 다가가 그녀의 팔뚝을 잡았다.

"지금 뭐 하는 거야?"

"내가 뭐 하는지 지켜보면 알 거야."

그렇게 말하고 작게 웃은 태풍은 산나의 작은 머리통을 감싸 안고는 그대로 입을 맞췄다. 입안으로 산나가 내지른 고함이 사라진 것도 같았다. 하지만 그딴 고함 따위 알 게 뭔가. 태풍은 며칠 내내 그를 괴롭혀왔던 산나의 보드라운 입술을 차지했다는 사실에 집중했을 뿐이었다.

"읍, 읍!"

산나가 거세게 반항을 했다. 그녀의 팔을 단단히 부여잡고 있긴 했어도 마구잡이로 휘두르는 힘에는 속수무책이었다. 잠깐 놓친 사이 그녀가 휘두르는 팔에 머리를 맞고 어깨까지 맞았다. 짧은 신음이 흘러나왔지만 태풍은 다시 그녀의 팔을 잡았다. 그러다…….

"악!"

태풍이 짧은 신음을 흘리며 그녀에게서 떨어져 나왔다. 도톰한 그의 입술에 빨갛게 핏방울이 맺혔다. 야무지게 태풍의 입술을 깨문 산나는 두 눈에 눈물이 그렁그렁한 채로 그를 노려보고 있었다.

"나쁜 놈! 미친놈! 이 빌어먹을 개자식!"

손등으로 입술을 문지르곤 있었지만 방금 전의 말캉했던 촉감을 지우기란 꽤 힘든 일이었다. 분에 못 이겨 빨갛게 변해버린 얼굴을 한 산나가 씩씩거렸다. 가슴이 거칠게 들썩거리는 모습을 바라보며 태풍은 금방이라도 울 것 같은 얼굴로 또 웃었다.

"첫 키스 한번 못해봤다는 말을 듣고 내가 무슨 생각을 한 줄 알아? 잘됐다. 더러운 놈이 된 김에 아예 더러운 기억으로 남아버릴 수 있겠다."

그 말을 끝으로 태풍은 다시 산나에게 키스를 했다. 그녀의 턱을 단단히 잡아 고정시킨 다음, 그대로 그녀의 입술을 삼켜버렸다. 키스는 부드럽지도, 그렇다고 다정하지도 않았다. 그저 무식하게 입술을 맞대고 끓어 넘치는 소유욕을 내보이는 행위에 불과했다.

급격한 변화의 시작은 언제였을까?

태풍이 기억하는 산나는 말괄량이 골목대장 그 자체였다. 함께 다닐 때면 태풍을 부려먹고, 호령하고, 온갖 위험한 짓을 일삼도록 시키는 못된 아이. 그녀와 놀다 들어오는 날이면 늘 눈물을 흘렸었고, 상처를 입었었다. 콱 죽어버리거나 어딘가로 떠나 영영 돌아오지 말았으면 하는, 꽤 잔인한 소원까지 빌었을 정도였다.

그랬던 관계에 변화가 생긴 것은 중학생이 막 되었을 무렵이었다. 초등학생이 되었을 적에는 그녀가 입은 원피스를 들춘다던가, 발을 건다던가, 착석하려고 할 때 의자를 뺀다던가 하는 장난들로 소소한 복수를 했었던 태풍은 중학생이 되던 무렵 급격히 성장하기 시작했다.

여자아이 치고 꽤 큰 키를 자랑하는 산나를 따라잡은 것도 그 무렵 즈음이었다. 골격이 커지고 근육량이 증가하며 키가 커졌다. 덕분에 주먹질과 발길질을 일삼던 말괄량이를 제압할 수 있게 되었다. 그리고 맨 처음 그녀의 짓궂은 버릇을 제압했던 날, 그는 깨달았다. 산나와 자신은 무척이나 다르다고.

남녀 간의 변화를 깨달았을 때엔 무척이나 당황했다. 그리고 첫 몽정을 한 날, 꿈에서 산나를 본 그 날, 다른 사람들은 잠이 든 새벽에 몰래 나와 젖은 속옷을 빨아야 했던 그 날. 태풍은 산나를 '여자'로 인식했다. 얼굴을 마주볼 수 없었고, 제대로 된 대화를 할 수도 없었다. 이 전엔 대체 어떤 말을 주고받았고, 어떤 식으로 학교를 같이 다녔었는지 생각조차 나지 않았다. 더불어 죽어버렸으면 좋겠다고 생각한 여자아이의 손짓에 가슴이 떨려버렸다는 사실에 큰 충격을 받아야 했다.

바야흐로 질풍노도의 시기였다. 그가 감당할 수 없는 태풍이 가슴 속에 휘몰아쳤다.

그리고 열일곱 살이 되던 해, 고등학교에 진학했다. 1학기가 지날 때까지 변화는 없었다. 태풍은 여전히 산나를 무시했고, 산나도 그런 그를 경멸하는 눈초리로 바라보곤 했다. 어차피 2학기가 되면 오래 전부터 준비해왔던 유학을 떠날 참이었으니 그런 눈빛과도 이젠 이별이었다.

그런데 문제가 생겼다. 유학을 떠나기 2주일을 남겨두고 한 가지 사실을 알게 된 것이다.

유학이라는 명목 하에 실컷 밖에서 놀고 들어오던 날 밤, 아버지 서재에서 흘러나오는 심각한 목소리를 들었다.

"예전부터 고민하던 문제였지."

아버지에게 혼이 날까 두려워 까치발을 하고 거실로 들어오던 태풍은 서재에 불이 환하게 들어와 있는 것을 확인하고 놀라 계단을 차마 올라가지 못한 채 자리에 주저앉고 말았다.

"하지만 회장님. 우리는 그렇다 쳐도 태양이까지는 좀. 게다가 그 아이도 아직 어리고요. 고등학생밖에 되지 않은 아이를."

"이제 슬슬 진지하게 생각을 해봐야 해."

부모님의 대화에 숨을 죽인 채 기회를 엿보던 태풍은 두 분의 대화에서 누나와 형이 언급되자 귀를 쫑긋 세웠다.

'누나랑 형이 왜?'

태풍은 방으로 올라가야 한다는 목적도 잊어버린 채 어느새 부모님의 대화에 귀를 기울이고 있었다.

"우리와는 약속을 했소. 결혼만큼은 녀석이 원하는 사람과 하게 해주겠다고."

"정말 그러실 생각이세요?"

"그건 두고 봐야지. 일단 우리는 그렇게 됐으니 그 다음은 태양인데……."

"이제 겨우 스물하나에요."

"나도 그 나이에 약혼했어. 뭐가 그렇게 대단한 일이라고."

"하지만 그 아이는 기업 일에 관심이 없어 보여요. 요즘 열심히 하는 것도 외조부와 거래를 한 모양이던데. 학교 이사장직을 물려받을 생각인가 보던데요."

경계를 하는 듯한 임 여사의 말투에 태 회장의 날카로운 시선이 그녀에게 꽂혔다.

"자네는 자네 아들이 많이 걱정되나 보구만."

태 회장의 한 마디에 임 여사가 몸을 가늘게 떨었다. 본처와 후처의 자식인 태우리와 태양은 아무리 마음으로 품으려고 해도 품어지지 않는 아이들이었다. 곁을 주지 않고 정을 주지 않는 그 차가운 아이들을 떠올린 임 여사가 입술을 잘근 깨물었다. 그리고 아무리

어머니의 노릇을 하려고 해도 제 배 아파 낳은 자식만 못했다.

"그러니 더더욱 좋은 혼처가 필요하지. 기업을 물려받을 것이 아니라면 아내가 든든한 배경이 되어 주어야 하지 않겠어?"

"그래서 누굴 생각하시는 건가요?"

"온화의 외동딸, 오산나."

태 회장의 입에서 산나의 이름이 나온 순간, 태풍은 어째서인지 모르게 벼락을 맞은 기분이 들었다. 벼락이 온 몸을 관통한 것처럼 눈앞이 번쩍하더니 이내 현기증이 느껴졌다.

왜?

이유를 물어도 알 수 없었다. 그저 숨이 꽉 막히고 눈앞이 어질어질했을 뿐.

"지금 당장 약혼을 시킬 것은 아니네. 산나가 열아홉이 될 때까지는 기다려야 할 테지. 온화와 지금까지의 친분을 유지하려면 결혼만큼 좋은 일이 어디 있겠나? 게다가 그 집에는 딸 하나밖에 없질 않은가? 우리 짝으로는 손색이 없지."

"그 아이가 찬성할까요?"

"딱딱한 아이지만 살을 섞고 살다보면 그 마음도 녹을 거라 생각하네. 다행히 산나 그 아이가 태양을 좋아하고 하니, 조금 더 쉬울 거라 생각해."

그 말을 들은 밤, 태풍은 한 가지 사실을 깨달았다. 오랜 기간 동안 산나가 미웠던 이유.

「오빠, 양이 오빠아!」

헤드록을 걸고, 억센 말을 내뱉고, 짐을 맡기던 그 말괄량이가 단 한 사람, 태양 앞에서는 고분고분해졌기 때문이다. 단 한 번도 보지 못한 눈빛에, 발그스름한 홍조에, 다정한 목소리에, 나긋나긋한 태도에. 태양의 앞에서 여자아이처럼 구는 그 모습에 기분이 나빴다. 태양만 나타나면 어미 새를 본 아기 새처럼 종종거리며 쫓아다니는 산나가 미웠던 거다. 태풍 따위는 그저 태양을 기다리는 동안의 요깃거리였다는 듯 구는 산나가 너무나도 싫었던 거다.

"아아, 제기랄."

태풍은 계단을 올라가야 한다는 생각도 하지 못한 채 그 자리에 주저앉아 양 손에 얼굴을 파묻어버렸다.

"아, 씨팔. 이딴 것 알고 싶지 않았다고."

깨닫기 싫은, 그래도 계속 거부해왔는지도 모를 사실에 태풍은 허무한 눈으로 천장을 바라봤다.

다음 날부터 태풍의 반항은 시작됐다. 반항은 출석거부로 드러났다. 하지만 그것으로 인해 얻은 것이 있었으니 태풍을 찾는 주임 선생이 산나를 대동했다는 점이었다.

정보를 얻으면 응용력이 생긴다. 자신이 땡땡이를 칠 때마다 주임 선생이 산나를 보낸다는 정보를 얻은 태풍은 그날 이후로 그 상황을 악용하기 시작했다. 그럴 때마다 산나는 성가시다는 얼굴을 하고 온갖 짜증을 냈지만 태풍은 그 상황이 썩 만족스러웠다. 나쁜 짓을 하면 산나가 관심을 보인다는 것은 오래 전부터 경험으로 터득한 사실이었다.

[괜히 여기저기 뒤지면서 힘 빼지 마. 오빠 옥상에 있다.]

문자를 보냈다. 열 받아 자리에서 방방 뜰 산나가 눈앞에 그려졌다.

태풍은 피식 웃으며 몰래 피우던 담배를 바닥에 던져 버렸다. 처음 피우는 담배였기에 매캐한 연기가 폐 가득 차오르는 순간 마른기침을 한동안 쏟아내야 했지만 그 다음부터는 썩 괜찮았다.

"후우."

이대로 가다가는 태양과 오산나의 결혼식에나 귀국을 할지도 모른다는 생각에 가슴 한켠이 뻐근하고 답답해져 왔다.

"하필 왜 이제서!"

이런 중대한 사실을 깨닫게 됐는지도 모를 일이고, 왜 하필이면 오산나가 그 주인공인지도 이해 못할 일이고, 같잖은 고백 따위를 하고 유학길에 오르자니 콧방귀나 끼며 비웃을 산나가 뻔했고, 그랬기에 느낌은 좋아하는 마음보다 지는 마음이 더 컸고.

"아, 거 참 복잡하네. 씨팔."

사랑은 눈치 챘을 때엔 곁에 다가와 있다고 어느 누가 그랬더라? 젖어드는 건지, 스며드는 건지, 물이 드는 건지……하여간 시인을 자처하고 나설 법한 감성 짙은 놈들이 지껄이는 말 따위 알게 뭐야!

혼자 지껄인 태풍이 마지막 담배 연기를 길게 내뱉는 순간, 어디선가 낭랑한 목소리가 들려왔다.

"어? 담배!"

한 번도 본 적 없는 여자아이였다. 가슴 쪽에 하얀색 명찰이 달려있는 것으로 봐서는 같은 1학년인 모양이었다. 태풍이 눈살을 찌푸린 채 마지막 남은 담배 연기까지 허공에 뱉어버리자 여학생은 고개를 까닥거리며 곁으로 다가왔다.

"너, 태풍?"

"날 알아?"

"알아. 유명하잖아, 너. 넌 혹시 내가 누군지 알아?"

"글쎄."

"모를게 분명해. 하지만 담배를 피운 시점에서 내가 누군지는 확실히 알고 있는 게 좋을 걸."

"선도부냐?"

"딩동댕."

낭랑한 그 목소리에 태풍이 인상을 팍 구겼다.

"선도부가 수업시간엔 왜 옥상에……."

혼자인 줄 알았던 공간에 누군가 있다는 사실이 썩 불쾌했던 태풍이 여학생에게 따져 물으려는 찰나, 옥상 문이 열리는 소리가 들려왔다.

끼이이익.

철문 열리는 소리와 함께 들려오는 저벅저벅, 발걸음 소리.

그 소리에 민감하게 반응한 태풍이 여학생을 잡아 벽에 바싹 밀어붙였다.

"지금 뭐하는……."

"쉿!"

태풍이 한 손으로 여학생의 입을 막아버렸다. 옥상 왼쪽 편 코너에 쌓아놓은 책걸상 뒤편으로 숨은 태풍은 숨죽인 채 발소리의 주인공을 기다렸다.

그를 찾는 선생일 가능성이 높았다. 산나에게 문자를 보낸 것은 방금 전이고, 산나가 그 문자를 받자마자 옥상으로 뛰어 올 리는 없다고 생각했으니까.

'오산나 이외의 사람에게 내가 여기에 있다는 걸 들키면 안 돼!'

오직 그 생각뿐이었다. 태풍이 땡땡이를 치는 단 하나의 이유는 오산나의 발걸음을 자신에게 향하게 하기 위함이었기 때문이다.

여학생이 입이 막힌 채 커다래진 두 눈을 꿈뻑거리고 있는데 태풍의 등 뒤에서 익숙한 비웃음 소리가 들려왔다.

"하! 장난하는 것도 아니고."

들릴 듯 들리지 않는 혼잣말이 태풍의 귓가를 스친 순간, 태풍은 여학생의 입에서 손을 떼어내고 등을 돌렸다. 돌아본 곳에는 지금까지 그가 오매불망 기다리고 있던 산나가 서 있었다. 반가움도 잠시, 그 속내를 들키고 싶지 않은 태풍이 추켜 올라가려는 입 꼬리를 일그러트렸다.

"아, 너냐?"

태풍이 심드렁하게 물으며 여학생에게서 떨어져 나가자 더 없이 뾰족해진 산나의 시선이 태풍에게서 여학생으로 옮겨갔다. 말없이 지켜보는 산나의 시선이 묘했던 것일까, 여학생은 상황이 어떻게 돌아가는지는 모르겠지만 피하고 볼 일이라는 생각에 어깨를 으쓱거렸다.

"어쨌든 지금은 순순히 물러가지만 태풍, 난 네가 한 짓을 기억하고 있어."

장난기 다분한 여학생의 의미심장한 발언에 산나의 한쪽 눈이 가늘어졌지만 태풍은 그 사실을 눈치 채지 못했다. 그는 땡땡이라는 죄목에 더해져 무거운 처벌로 이어질지 모르는 흡연에 대해 온 신경이 쏠려 있었기 때문이었다.

"그냥 깨끗이 잊어라, 선도부원."

의미심장한 말에 의미심장한 대답. 그것이 그저 흡연을 잊어버리

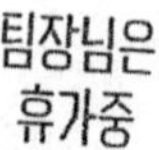

라는 경고의 말인 줄은 꿈에도 모르는 산나는 방금 전 본 묘한 각도의 두 사람을 떠올렸다. 엉망으로 쌓여 있는 책걸상 더미 너머의 두 남녀는 입술을 겹치고 있는 것처럼 보였고, 산나는 자연스럽게 그 상황을 오해하고 말았다.

여학생이 자리를 비켜주는 것을 확인한 산나가 못마땅한 눈으로 태풍을 바라봤다.

"뭘 보여주고 싶은 건데?"

"무슨 말이야?"

"일부러 이러는 거잖아. 내 말이 틀려?"

산나의 물음에 잠시 침묵을 지키고 있던 태풍이 피식 웃으며 대답했다.

"틀리지 않아."

순순한 태풍의 대답 탓이었을까. 원하던 대답을 들었음에도 산나의 표정이 썩 좋지만은 않았다. 인상을 구긴 채 멍한 얼굴로 서 있는 산나의 면전에 대고 태풍이 말을 곱씹었다.

"네 말이 맞다고, 오산나."

"내 말이 맞다고 인정하는 건 네가 날 고의적으로 괴롭히고 있다는 걸 인정하는 거나 다름이 없는데?"

산나가 새치름하게 뜬 눈으로 태풍을 바라보며 질책하자 그는 어깨를 으쓱거리며 피식 웃었다.

"고의적이긴 한데 여기엔 어느 정도 네 책임도 있어. 미저리한테 찍힌 건 너잖아?"

"미저리한테 찍히지만 않았어도 이런 수고는 덜었을 텐데. 그치?"

그렇게 말하는 산나의 목소리에 잔뜩 날이 서 있었다. 꾹꾹 누른 목소리로 태풍을 비난하는 그녀의 말투에 태풍이 입술을 비틀었다.

"하여간 성질은."

"하!"

태풍의 마지막 발언이 참으려고 노력했던 산나의 공을 모두 무너트리고 말았다. 산나는 더 이상 참을 수 없다는 듯 폭발하고 말았다.

"너야말로 악질이야."

"장난 조금 친 것 가지고 악질이라고 할 것까지야."

"장난?"

산나가 믿을 수 없다는 얼굴로 두 눈을 부릅떴다.

"너 땡땡이친다는 이유로 난 미저리 한테 찍혀서 널 찾으러 다녀. 그것도 수업 시간에. 그런데 너는 그걸 알면서도 한결같이 도망만 다니지. 나한테 장소를 예고하는 수고를 하면서 말이야. 고의적으로 날 움직이게 만드는 것도 용서가 안 되는데 지금 누가 누구에게 성질이 더럽다는 말을 하는 거지?"

"정색까지 하고."

"널 보면 늘 궁금해. 자두 언니나 버들 오빠에게 어떻게 너 같은 동생이 있는지."

산나의 말에 태풍의 얼굴이 단숨에 구겨졌다.

태 회장이 태우리 모친을 만난 장소가 자두나무 앞이라고 해서 우리의 이름을 자두나무의 리(李)를 따다 쓰려고 했다는 것은 유명한 일화였다. 더불어 태양이 태어날 때에 별장에 버드나무를 심어

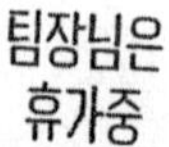

버들 양(楊)을 쓰려고 했고, 뒤이어 태어난 태풍은 단풍이 아름다운 가을에 태어났다고 해서 단풍 풍(楓)을 쓰려고 했다는 여담이 있었다.

그 이야기를 들은 후로 산나는 장녀 태우리를 자두 언니, 장남 태양을 버들 오빠, 태풍을 단풍이라는 애칭으로 부르고는 했다. 문제는 그 애칭이 아니었다. 잘난 남매를 위에 둔 덕에 누구에게나 비교의 대상이 되곤 한다는 사실이 태풍의 속을 뒤집어 놓았다.

태어나서 지금껏 들어왔던 비교였지만 그게 산나의 입을 타고 나온다는 것이 태풍을 견딜 수 없게 만들었다.

"뭐라고 했냐, 너?"

"그렇게 대단한 언니와 멋진 오빠 밑에 어떻게 너 같은 놈이 있냐고. 그게 궁금하다고."

"말 다 했어?"

"다 했을까?"

산나가 표독스럽게 되묻자 태풍은 그런 그녀를 지그시 바라보고 있다가 한풀 꺾인 투로 완전히 다른 화제를 꺼냈다.

"네가 모를까 봐 하는 말인데 누나는 넉넉할 우(優)에 영리할 리(悧)를 써. 형은 좋을 량(良)을 쓰고."

"뜬금없이 이름 뜻이나 풀이하고 있는 이유가 뭐야?"

"나는 무슨 한자를 쓰는 줄 알아?"

태풍의 질문에 산나가 눈썹을 찌푸렸다.

"뭐?"

모른다는 뜻이다. 예상은 했지만 대답하지 못하는 그녀의 모습에 조금은 실망스러웠던 태풍은 한숨을 푹 내쉬며 대답했다.

"풍성할 풍(豊). 혹시 모를까 봐."

"모르면 왜?"

"난 알거든. 네 이름. 착할 산(㦃), 아리따울 나(娜)."

정확히 짚어내는 태풍의 태도에 산나가 부글부글 끓는 얼굴을 하고 태풍을 노려봤다.

"요점을 벗어난 것 같거든?"

"아직 시작도 안 했어, 요점은. 멀쩡한 이름 놔두고 그딴 식으로 부르지 말라는 뜻이야. 그딴 식으로 부르면서 비교 같은 걸 할 바에는 말이지."

"그럼 그딴 유치한 장난은 그만둬. 언니나 오빤…… 이런 유치한 짓 따위 안 해."

"네가 비교하고 싶은 건 나랑 형이겠지. 애꿎은 누나는 빼지 그래?"

"그래? 그럴까, 정말?"

서로에 대해 잘 알고 있는 만큼 어떤 말을 해야 서로에게 상처가 될지 잘 알고 있는 두 사람은 상처 입히는 것에 혈안이 되어 있는 듯했다. 아픈 부분을 골라 긁어버린 산나 덕분에 태풍의 두 눈에서도 불똥이 파지직 튀었다.

"적어도 태양 오빠는 너처럼 더럽게 굴진 않아."

"……더러워?"

"더럽지 안 더러워? 여자애랑 입을 맞추든 껴안든, 하려면 마음대로 해. 단, 너희 둘만 있는 곳에서. 변태처럼 사람 불러놓고 보란 듯이 키스나 하고 있지 말라는 소리야!"

악을 쓰는 산나의 목소리에 태풍의 심기가 불편해졌다. 사람 면

전에 대놓고 그런 말을 할 줄은 몰랐던 탓이기도 했고, 산나가 오해하는 일을 한 적은 없었기에 억울하기도 했다. 하지만 태풍은 구질구질한 변명을 하는 대신 다른 방법을 택했다.

"키스는 해본 적 있냐?"

태풍이 물어보며 한 걸음, 산나에게 가깝게 다가갔다. 원래부터 지기 싫어하는 성격이기도 했지만 태풍에게만큼은 더더욱 지기 싫었던 터라 산나는 물러나지도 않은 채 고개를 꼿꼿이 들고 태풍을 노려보고 있었다.

"대답해야 해?"

"대답하는 게 좋을걸?"

"……없어."

산나의 대답에 태풍은 그 대답을 기다렸다는 듯 기분 좋게, 그러나 심술궂게 웃었다.

"고등학생씩이나 돼서 키스 한번 못한 게 자랑은 아니지?"

"자랑도 아니지."

지지 않고 꼬박꼬박 대답하는 산나가 밉기도 하고, 야속하기도 하고. 분명 그 조그만 머리통에는 태양만이 가득할 테고, 덕분에 태풍이 끼어들 틈 따위는 전혀 없었다.

그래도 끼어들 테다.

이글거리는 두 눈을 한 태풍은 곧장 산나에게 다가가 그녀의 팔뚝을 잡았다.

"지금 뭐 하는 거야?"

"내가 뭐 하는지 지켜보면 알 거야."

그렇게 말하고 작게 웃은 태풍은 산나의 작은 머리통을 감싸 안고는 그대로 입을 맞췄다. 입 안으로 산나가 내지른 고함이 사라진 것도 같았다. 하지만 그딴 고함 따위 알게 뭐람, 태풍은 며칠 내내 그를 괴롭혀왔던 산나의 보드라운 입술을 차지했다는 사실에 집중했을 뿐이었다.

"읍, 읍!"

산나가 거세게 반항을 했다. 그녀의 팔을 단단히 부여잡고 있긴 했어도 마구잡이로 휘두르는 힘에는 속수무책이었다. 잠깐 놓친 사이 그녀가 휘두르는 팔에 머리를 맞고, 어깨를 맞았다. 짧은 신음이 흘러나왔지만 태풍은 다시 그녀의 팔을 잡았다. 그러다…….

"악!"

태풍이 짧은 신음을 흘리며 그녀에게서 떨어져 나왔다. 도톰한 그의 입술에 빨갛게 핏방울이 맺혔다. 야무지게 태풍의 입술을 깨문 산나는 두 눈에 눈물이 그렁그렁한 채로 그를 노려보고 있었다.

"나쁜 놈! 미친놈! 이 빌어먹을 개자식!"

손등으로 입술을 문지르곤 있었지만 방금 전의 말캉했던 촉감을 지우기란 꽤 힘든 일이었다. 분에 못 이겨 빨갛게 변해버린 얼굴을 한 산나가 씩씩거렸다. 가슴이 거칠게 들썩거리는 모습을 바라보며 태풍은 금방이라도 울 것 같은 얼굴로, 또 웃었다.

"첫 키스 한번 못해봤다는 말을 듣고 내가 무슨 생각을 한 줄 알아? 잘 됐다. 더러운 놈이 된 김에 아예 더러운 기억으로 남아버릴 수 있겠다."

그 말을 끝으로 태풍은 다시 산나에게 키스를 했다. 그녀의 턱을 단단히 잡아 고정시킨 다음, 그대로 그녀의 입술을 삼켜버렸다. 키스 한번 해본 적 없던 태풍이었기에 키스는 부드럽지도, 그렇다고 다정하지도 않았다. 그저 무식하게 입술을 맞대고, 끓어 넘치는 소유욕을 내보이는 키스였을 뿐이었다.

산나의 반항을 채 이기지 못한 태풍이 그녀에게서 다시 떨어져 나갔다. 태풍의 입술에서 배어나온 핏방울에 두 사람의 입술은 발갛게 물들어 있었다.

태풍은 엉망진창이 된 입술을 문질러 닦으며 중얼거렸다.

"네 말이 맞아. 나, 개자식이야."

그렇게 중얼거린 태풍의 눈동자가 새카맣게 가라앉아 있었다. 소년에서 사내아이로 탈바꿈한 두 눈이 위험하게 번들거린 순간, 다시금 키스가 이어졌다. 이상한 점은 그 세 번째 키스를 할 때, 산나가 전처럼 반항하지 않았다는 것이었다.

내가 떠나도 잊어버리지는 못하겠다, 오산나. 아무리 기억 속에서 지우려고 해도 네 첫 키스는 빌어먹을 태풍과 했으니까.

안됐다, 오산나.

꼴좋다, 오산나.

약간은 슬프고, 조금은 안타까운 태풍의 중얼거림은 그의 입속에서 사라졌다.

그때의 기억을 떠올린 태풍이 눈을 몇 번 깜빡였다. 열일곱 소년의 눈빛이 스물아홉 청년의 눈빛으로 바뀌어 있었다.

"싫어하는 말만 골라서 내뱉는 것도 능력이야."

"뭐?"

"왜, 그런 사람 있잖아? 콤플렉스만 골라가며 찔러대는 사람. 말을 나누다 보면 열 받아 미쳐버릴 것 같아 나도 모르게 상처받을 말을 하게 되는."

태풍은 혜언을 향해 대답하며 기억 속의 오산나를 눈앞에서 지워버렸다. 안 그래도 누나와 형에게 콤플렉스를 가지고 있던 태풍에게 늘 비교성 짙은 말을 하던 산나. 덩치 좀 크다고 어릴 적부터 제멋대로 굴던 것도 짜증이 나는데 알고 보니 자신의 마음속까지 점령하고 있었던 그 오산나.

복잡하기 짝이 없는 태풍의 얼굴을 바라보고 있던 혜언이 진심으로 궁금하다는 듯 되물었다.

"그렇다면 왜 결혼을 한 거야?"

"어?"

"그렇게 싫었으면 결혼하지 않았으면 되잖아. 그런데 왜?"

혜언의 물음에 태풍은 의미심장한 미소를 지었다. 그리고 언젠가 했던 아버지와의 계약을 떠올렸다.

"네 말이 맞아. 나, 개자식이야."

그렇게 중얼거린 태풍의 눈동자가 새카맣게 가라앉아 있었다. 소년에서 사내아이로 탈바꿈한 두 눈이 위험하게 번들거린 순간, 다시금 키스가 이어졌다. 이상한 점은 그 세 번째 키스를 할 때, 산나는 전처럼 반항을 할 수 없었다는 점이었다.

내가 왜?

미쳤어, 오산나!

다른 사람도 아니고 태풍이었다. 그토록 서로 죽일 것처럼 굴던 태풍, 그 녀석이 성질을 이기지 못하고 한 키스에 살짝 설렌 것도 같았다. 처음에는 미친 듯이 반항했지만 그 키스가, 그 목소리가, 그 눈빛이 와 닿을 때마다 몸에서 힘이 빠지고 말았다.

'당하는 건 난데 왜 네가 억울한 것처럼 보이니?'

심지어 슬퍼 보이기까지 하는 그의 눈은 촉촉하게 젖어 있었다. 지금 두 사람의 키스가 마치 진짜인 것같은 착각이 들 정도로, 그 눈빛은 달콤했고 또 진실한 것처럼 느껴졌다.

"미친놈."

아니, 미친년!

산나는 옥상에서의 키스를 떠올리며 베개에 얼굴을 묻어버렸다. 그리고는 발장구를 치듯 발버둥을 쳤다. 그녀의 발버둥에 매트리스가 팡팡 소리를 냈다.

"뭐지? 이게 대체 뭐지?"

산나는 발갛게 상기된 얼굴을 하고 멍하니 천장을 바라보았다. 손으로는 미세하게 부풀어 오른 아랫입술을 매만졌다. 그러자 옥상에서의 키스의 감촉이 다시금 되살아났다.

문제는 그 키스에서 시작이 되었다. 첫 키스이기에 그저 마음이 설레는 것인지, 상대가 태풍이기 때문에 마음이 설레는 것인지 진지하게 고민을 하게 되었기 때문이다. 더불어 혼란이 찾아왔다. 지금까지 줄곧 태양을 흠모한다고 믿어 의심치 않던 산나는 갑작스럽게 마음을 비집고 들어온 태풍으로 인해 어지럽기까지 했다.

"어쩌니? 아빠한테 매일 태양 오빠랑 결혼시켜 달라고 졸라댔는데."

지금까지 자신이 내뱉었던 말들이 주마등처럼 스치고 지나가는 탓에 그녀는 접싯물에 코를 박아버리고 싶은 심정이 되어버렸다. 어릴 적부터 노래를 부르듯 '태양 오빠의 신부가 될 거에요'라는 말을 하고 다녔고, 철이 들면서도 '태양 오빠가 나의 영원한 사랑'이라고 읊조리며 다녔다. 영원 따위 없다는 사람들의 말에 당신들의 영원은 없을지라도 내 마음은 변치 않으니 나의 영원을 증명해 보이겠다며 큰소리를 떵떵 치기까지 했다.

그런데 이게 뭐야?

하필이면 아버지 오 회장이 태 회장을 만나 태양과 산나의 약혼에 대해 진지하게 대화를 나눴다는 말을 들은 직후, 이런 일이 벌어지고 말았다.

"어쩌지? 이대로 태양 오빠랑 약혼을 해도 되는 거야? 마냥 좋아해도 되는 거야?"

결국 그 날 밤, 산나는 뜬 눈으로 밤을 새우고 말았다. 그리고 그녀가 낸 한 가지 결론은 태풍과 만나 그가 벌인 일에 대해 담판을 지어야겠다는 것이었다. 하지만 산나가 오랜 고민 끝에 태풍을 만날 결정을 하고 난 다음은 이미 늦어 있었다.

"……그게 무슨 말이에요? 태풍이 유학을 가다니요?"

"네게 말을 안 한 모양이구나? 오래 전부터 결정되어 있던 일이었어."

우리에게서 사정 설명을 들은 다음, 산나는 땅이 무너지는 것을 경험했다.

"일언반구, 힌트조차 주지도 않고……."

그래도 방학 때엔 귀국할 거라는 우리의 말은 산나 귀에 들리지 않았다. 그저 태풍이 한 짓은 산나의 마음을 흔들고 배신한 것, 그 이상도 이하도 아니었기 때문이었다.

그때의 일을 떠올린 산나가 발갛게 충혈된 눈을 하고 명한을 바라봤다. 애꿎은 그를 질책하기라도 하는 눈빛이었다.

"너 때문에 기억하고 싶지 않은 일까지 떠올랐잖아."

그렇게 말한 산나가 들고 있던 머그잔을 탁자에 내려놓고 자리에서 일어났다.

"이제 슬슬 가야겠어."

"가다니? 어디로?"

"호텔."

산나의 깔끔한 대답에 명한은 그녀를 따라 엉거주춤 일어나다가 말고 눈살을 찌푸렸다.

"무슨 호텔을 가. 방도 많은데 그냥 여기서 자."

"여기서 잘 거면 우리 집에서 자지."

"남편 얼굴 보기 싫어서 그러는 거 아니야?"

"맞아. 자기 때문에 비행기 안 탔다는 생각은 하게 하고 싶지 않거든."

"그럼 여기서 자. 아침에 공항까지 데려다 줄게."

명한의 말에 산나가 키득거리며 웃었다. 그 웃음의 의미를 파악하기 힘들었기에 명한이 미간을 모은 순간, 산나가 웃음을 지운 채 그를 바라봤다.

"내가 너무 소탈하게 굴었지, 그 동안?"

"뭐?"

"너무 편하게 생각하는 것 같아서 하는 말이야, 유명한. 이래봬도 나, 법적으로 유부녀라고."

"누가……불륜이라도 저지르자고 했나?"

"배 밭에서는 갓끈도 고쳐 묶지 말고, 참외 밭에서는 신발 끈도 고쳐 묶지 말라고 했어. 물론 네가 한 제안, 순수한 배려라는 것쯤은 알아. 우리, 오랜 친구니까. 그런데 세상 시선은 그렇지 않으니까."

산나가 생긋 웃으며 명한의 어깨를 툭툭 두드렸다.

"간다. 택시 불렀으니까 안 나와도 돼."

머문 자리까지 아름다운 그녀, 오산나.

여지 하나 남기지 않고 사라지는 그녀의 뒷모습을 바라보며 명한은 들리지 않을 한숨을 길게 뿜어냈다.

"……네가 생각하는 것처럼 순수하지 않아, 전혀."

그 말이 산나에게 닿을 리 만무했지만 명한의 시선은 오래토록 산나가 있었던 곳에 머물러 있었다.

그리고 그 다음 날, 산나는 태풍 없이 비행기를 탔다. 그리고 태풍은 퀵 서비스를 통해 산나가 보낸 이혼 서류를 받아야 했고, 뒤이어 태 회장과 임 여사의 꾸중을 함께 받아야 했다.

「이혼이라니, 이게 무슨 소리야? 당장 가서 새아가 데리고 와!」

애초에 산나가 토론토에 도착했다는 소식을 듣고 난 뒤 출발하려던 태풍의 계획은 단번에 어그러졌다. 더불어 태풍이 산나를 찾아 토론토에 도착했을 때, 산나는 이미 칸쿤으로 사라지고 없었다.

04. 사건의 재구성-1

자신의 결정이 제 발등을 찍어버릴 수 있다는 것을 배운 것은 지금으로부터 1년 6개월 전이다.

1년 6개월 전, 산나는 미용실에 앉아 머리를 할 때까지도 자신이 어떤 상황에 처할 것인지 예상조차 하지 못하고 있었다. 머리를 다 하고 메이크업 아티스트에게서 화장까지 완벽히 받고 난 그녀는 장 여사의 손에 이끌려 백화점 VIP룸에 앉아 고상한 원피스를 보면서부터 그때에야 무언가 잘못되고 있다는 것을 깨달았다.

"장 여사님, 나는 이게 어떻게 돌아가는 상황인지 감을 못 잡겠네."

산나는 찰랑찰랑하게 편 긴 머리카락을 우아하게 틀어 올린 모습을 하고 못마땅한 표정으로 주변을 둘러봤다. 산나의 트레이드마크나 다름없는 풍성하고 탱글탱글한 긴 곱슬머리를 쫙쫙 편 것도, 답지 않게 틀어 올린 우아한 머리 스타일도 마음에 안 들었고 그녀가 평소에 즐겨 하는 섹시한 스모키 메이크업이 아닌, 청순미를 강조한 투명 화장 역시 영 어색하기만 했다. 그런데 이젠 코디네이터가 청담동 며느리 룩으로밖에 보이지 않는 얌전한 투피스를 줄줄이 선

보인다. 그러니 묘하게 흘러가는 이 상황을 의심하지 않을 수가 없는 지경에 이를 수밖에.

그런데도 장 여사는 깔끔하게 딸의 질문을 무시해버린 채 마음에 드는 투피스 두 벌을 꺼내 와 산나의 얼굴에 대 보느라 정신이 없었다. 산나와 어울리는 투피스를 고르는 것이 최대의 관심사라는 것처럼 행동하고 있었지만 산나는 장 여사가 고의적으로 자신을 무시하고 있다는 것을 알고 있었다.

와인 빛깔이 고운 오토만(ottoman)에 다리를 꼬고 앉아 인상을 쓰고 있던 산나가 입술을 질끈 깨물었다.

"장 여사님."

"얘가 의외로 얌전한 투피스가 안 어울려. 조금은 도발적인 느낌이 더해지는 게 좋지 않을까?"

장 여사는 산나를 투명인간 취급하며 투피스를 고르는 일에 열중하고 있었다.

"장 여사님!"

산나가 언성을 높여 다시 한 번 부르자 비로소 장 여사가 그녀를 돌아보았다.

"큰 소리 내지 마."

"그러니까 이게 무슨 일인지 설명부터 해주면 쉬워지잖아요."

"무슨 일이긴. 다 네가 벌인 일이지."

"내가 뭘 벌였기에 이 난리인데, 아침부터."

산나는 100개도 넘는 실핀과 헤어스프레이 덕택에 단단히 고정된 머리채 덕분에 가벼운 두통까지 느끼고 있었다.

손가락도 들어가지 않을 만큼 단단한 머리카락 사이로 옷핀의

뭉툭한 부분을 집어넣어 가려운 부분을 긁는 산나를 한심하게 바라보고 있던 장 여사가 양손에 들고 있던 투피스를 직원에게 넘겨준 다음 가슴 앞에 팔짱을 척 꼈다.

"네 나이가 몇이지?"

"방년 스물일곱이올시다."

"계약을 했을 때보다 2년이 더 흘렀어. 그렇지?"

"계약이라니, 무슨 계약?"

"아버지와 너 사이엔 계약이 존재하잖니?"

눈 하나 깜빡하지 않고 말하는 장 여사 덕분에 산나는 기억상실증에 걸린 사람이라도 되는 것처럼 두 눈을 깜빡거렸다. 기억을 더듬어봐도 떠오르는 계약이라고는 없기에 장 여사의 당연하다는 태도가 어색하기까지 했다.

"그러니까 그게 무슨 계……."

산나의 목소리에 짜증이 담겼다. 계속해서 그녀를 몰아세우는 장 여사를 향해 신경질적인 말을 내뱉으려던 순간, 산나의 머릿속에 어느 날의 기억이 불현듯 떠올랐다.

열아홉의 어느 날. 대학교 1학기를 거의 끝마칠 때 즈음, 아버지에게 유학 이야기를 꺼냈다 반대로 약혼을 강요당했던 일이 떠올랐던 것이다.

「그럼 선 봐.」

「오 회장님, 저 고작 대학교 1학년생입니다.」

「그래서?」

「1학년 주제에 뭔 선이에요? 결혼하려면 한참은 멀었는데.」

「지금 약혼 해두고, 스물다섯쯤에는 결혼 해.」

그날의 대화를 기억해낸 산나의 이마에 주름이 잡혔다.

"설마……."

믿기지 않는다는 듯 말을 해도 그것은 번복할 수 없는 사실이었다.

「말 안 통하는 건 너지. 싫으면 관둬. 유학이니, 공부니 다 없던 일로 치고 여기에서 경영학이나 전공해. 전공한 다음에는 얌전히 박혀서 내가 하라는 일 하고, 회사 공부 하다가 적당할 때 물려받으면 되잖아.」

「약혼을 하면 보내주마. 하고 싶은 공부 마음껏 하고 원하는 것도 다 시켜주마. 물론 집이며 차며 품위 유지비까지 넉넉하게 지원해주지.」

그렇게 말한 아버지에게 고함을 치고는 앞뒤 재지 않고 먼저 끊어놓은 비행기 표만 들고 토론토로 날아갔던 산나였다. 하지만 그로부터 3개월 후, 산나는 넘기 힘든 현실의 벽을 깨닫고 귀국을 하고 말았다.

유학생의 신분으로 일을 할 수도 없었고, 한다고 해도 한인 음식점에서의 서빙이 고작이었다. 생활이야 아르바이트로 그럭저럭 해결해나갈 수 있었지만 미리 내야 하는 학비는 어쩔 도리가 없었다. 온타리오 학생 지원 프로그램(OSAP) 혜택은 영주권자나 시민권자들만 받을 수 있었기에 일단 학비를 해결하는 것부터가 여의치 않았다.

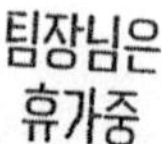

심지어 유학생들은 현지 학생들과 달리 두 배가 넘는 학비를 내야 했기에 온몸으로 부딪치는 것조차 쉽지 않았다.

덕분에 산나는 3개월을 버티다 결국 항복의 백기를 흔들며 아버지 앞에 나타나고 말았다. 미래를 담보로 현재의 찬란한 청춘을 만끽하겠다는 의미였다.

"내가 항복할게요, 아버지."

그렇게 나타난 산나는 꼴이 말이 아니었다. 비싼 스파에 가서 관리를 받고 편안하게 살던 것과 180도 다른 삶을 3개월 동안 살았던 탓이었다.

서재에서 가죽 의자에 앉아 책을 읽고 있던 오 회장은 그런 딸의 모습을 냉정한 눈으로 훑어보며 물었다.

"네가 토론토에 간 지 3개월이 지났던가?"

"제가 졌어요."

"네가 내린 결론은 뭔지 말해보거라."

오 회장의 단호한 목소리에 산나는 꽉 쥔 주먹을 등 뒤로 숨기고는 낮은 목소리로 대답했다.

"약혼, 할게요."

아버지의 승리였다.

"물질적인 것에 져서 무척 억울하고 자존심이 상하지만…… 어쩌겠어요? 제가 원하는 건 공부를 계속하는 거고, 그러기 위해선 아버지의 도움이 필요한데."

"그게 현실이라는 거다. 네가 처한 현실의 벽이 얼마나 높은지 처절하게 깨달았겠지. 네가 할 수 있는 건 앞으로 네가 어떤 식으로 살아갈지 생각하고 그 방법을 강구하는 거야."

"그 방법이 약혼이에요?"

아무리 생각해도 분이 풀리지 않는지 산나는 아버지를 추궁하는 듯한 말투로 물었다. 그 물음에 오 회장은 대답도 없이 침묵을 지키고 있다가 서랍에서 작은 봉투 하나를 꺼내 책상 위에 내려놓았다.

"뭐예요?"

산나의 목소리가 까칠했다. 그녀는 오 회장을 뚫어져라 바라보다가 이내 아버지가 내민 봉투를 받아 들었다.

"약혼에 대해 자세히 듣지도 않고 거부한 건 너잖니."

오 회장의 설명을 들으며 산나는 봉투를 열었다. 그 안에서 나온 것은 매끈하게 생긴 남자의 증명사진이었다.

오 회장이 사진에 대한 설명을 덧붙였다.

"상대는 LH그룹 장남이야."

"LH그룹 장남……."

"그래, 태양."

맞았다. 봉투 안에서 나온 것은 태풍의 형 태양의 사진이었다. 오랫동안 산나가 입버릇처럼 말해온 흠모의 대상이자 동경의 대상이었다. 어린 소녀가 아이돌의 뒤를 쫓듯, 오랫동안 뒤쫓았던 태양의 얼굴을 못 알아볼 산나가 아니었다. 다만, 태양의 이름을 듣는데 태풍의 얼굴이 먼저 떠올랐기에 산나는 마냥 기뻐할 수만은 없었다.

태양 오빠의 얼굴을 보는데 왜 네가 떠오르는 거니?

열일곱 첫 키스의 추억을 안겨준 채 그대로 떠나버린 태풍. 녀석을 미워하고 미워하며 곱씹는 사이에 벌써 2년이 흘러버렸다. 그러고는 연락두절……. 녀석의 행방을 먼저 묻는 것은 자존심이 상했으니 녀석이 먼저 자신을 찾기를 기다렸건만, 빌어먹을 태풍 자식은 산나 따위는 안중에도 없다는 듯 굴었다.

이번 방학에도 귀국했다는 것 같던데.

방학마다 귀국을 했지만 감감무소식인 태풍 탓에 산나는 그에 대한 마음을 꼬깃꼬깃 접어버리고는 서랍 깊은 곳에 쑤셔 넣은 지 오래였다.

시시각각 변하는 산나의 표정을 지켜보고 있던 오 회장이 이상하다는 듯 물었다.

"표정이 왜 그렇지? 난 우리 딸이 기뻐하는 얼굴을 보고 싶었는데."

이 사실을 알게 되면 펄 듯이 기뻐할 딸의 얼굴을 보고 싶었던 오 회장은 방금 전부터 시무룩한 딸의 표정을 살피느라 바빴다. 그런 아버지의 마음을 아는지, 모르는지 산나는 심각해진 얼굴로 대충 대답했다.

"……기뻐요."

그때의 일을 떠올린 산나의 두 눈이 가늘어졌다. 아버지에게 순순히 항복을 선언하고 나선 지 벌써 8년. 일언반구 없었던 부모님인지라 당연히 그 일은 서서히 잊혀갔다. 그런데 그 일을 잊지 않은 두 분은 예고도 없이 일을 진행시키고 있었던 모양이었다.

산나는 골치 아파졌다는 듯 한 손으로 이마를 짚었다.

"그때 그 약혼 말씀이세요?"

"그래."

장 여사의 대답에 산나는 두 눈을 질끈 감았다. 그녀는 열아홉에서 스무 살이 되던 해에 진행되었던 자신의 약혼식을 떠올렸다.

태양이 스물넷, 산나가 스물이 되던 해에 두 사람의 약혼식이 열렸다. 서울 시내 한복판에 위치한 명림 호텔 신관의 파티룸에서 성대하게 열린 약혼식은 양가 집안 가족들과 몇몇 지인들을 모시고 치러졌다.

"LH그룹의 장남 태양 군과 ㈜온화의 외동딸 오산나 양의 약혼식에 참석해주신 귀빈 여러분, 감사합니다."

사회자의 안내 멘트와 함께 약혼식이 절차에 따라 진행되었다. 정작 약혼을 통보받은 당사자들은 멀뚱멀뚱한 얼굴을 하고 꿔다놓은 보릿자루처럼 서 있어야 하는 자리였고, 약혼을 주선한 양가 집안 어른들은 더없이 행복하다는 얼굴로 두 집안의 화합을 다시 한 번 다지는 절차를 거쳤다.

그날, 산나는 오랜만에 태양의 얼굴을 보았다. 어릴 적에 몇 번 놀아준 적이 있던 태양은 상상보다 더 멋있고 완연한 남자가 되어 있었다. 하지만 생각보다 메마른 눈빛을 지녔고, 또 목표가 있는 것처럼 보였다.

"잘 지내지?"

한 떨기 꽃처럼 아름다운 차림을 하고 있던 산나가 먼저 인사를 건넸다. 그녀의 곁에서 뚝 떨어지는 정장 차림을 하고 무표정하게 서 있던 태양은 산나를 향해 난감하다는 미소를 지어 보였다.

"이렇게 만나게 돼서 유감이다."

"나야 뭐, 늘 오빠와 결혼하겠다고 떼를 썼던 애니까."

하지만 지금은 그때의 순수한 마음은 없었다. 그랬기에 태양을

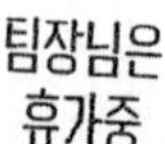

보며 마주 웃는 산나의 얼굴에 씁쓸함이 번져나갔다. 두 사람의 약혼을 축하해주기 위해 찾은 귀빈들을 향해 억지 미소를 지으며 선 산나가 눈을 굴렸다. 100명이 넘는 손님들 가운데 누군가를 찾는 듯 보였다.

손님들을 향해 시선을 꽂아둔 채로 산나가 태양에게 물었다.

"언니는 어디 있어?"

"언니?"

"우리 언니."

산나가 찾는 사람은 태양의 누나 태우리였다.

"아아, 글쎄. 알아서 잘 돌아다니고 있겠지. 화장실에 갔나. 룸 안에는 없는 것 같네."

태양은 산나를 따라 손님들을 둘러보며 대답했다. 태양의 대답을 들으며 잠시 뜸을 들이던 산나는 아까 전부터 먼저 물어보고 싶었던 본론을 꺼냈다.

"태풍은……?"

산나의 물음에 태양이 고개를 돌려 그녀를 바라봤다. 의미심장한 1초의 시선이 끝나고 나서야 그는 산나가 실망할 법한 대답을 꺼냈다.

"오려나 모르겠다. 바쁘다고 난리를 치던데."

"아……."

"왜, 궁금하니?"

"아니, 그냥."

태양의 물음에 대충 웃음으로 얼버무린 산나가 숙였던 고개를 드는 순간, 누군가의 강렬한 눈빛과 마주치고 말았다. 안 올 줄 알았던 태풍이 열일곱일 때보다 훨씬 성숙해진 얼굴을 하고 파티 룸 입구에 서 있었다. 그는 입구에 비스듬히 기대서서는 방실 웃고 있던 산나를 노려보고 있었다.

대체 언제부터…….

산나는 묘한 긴장감과 기대감에 몸을 파르르 떨었다. 무려 2년 만의 재회였기에 그가 어떤 식으로 반응할지 궁금하기도 했다. 정수리의 머리털이 오소소 곤두서는 느낌과 함께 머리끝부터 발끝까지 긴장감이 휘몰아쳤다. 덕분에 구부정하게 서 있던 산나는 저도 모르게 척추를 곧게 폈다.

하지만 그런 산나의 마음과는 사뭇 다른 심정이었는지, 태풍은 그저 그 자리에 서서 태양과 산나의 투 샷을 바라보다 소리소문 없이 사라져버렸다.

동상이몽이었을까.

곁에 다가온 손님에게 인사를 한 짧은 찰나를 견디지 못한 것인지, 잠시 한눈을 판 사이 그가 사라졌다는 것을 깨달은 산나는 얕은 한숨을 내쉴 수밖에 없었다.

인생 최악의 약혼식을 기억해낸 산나는 눈살을 찌푸렸다.

"그건 그때 이미 파투 난 것 아니었어요?"

산나는 스물하나가 되던 해, 토론토에서 파혼을 통보받았다. 열일곱의 어느 날, 태양바라기였던 그녀를 한순간 뒤흔들어버린 태풍 탓에 태양을 향한 마음이 그리 열렬하지 않았기에 일방적이었던 파혼이 그리 충격적이지는 않았다.

다만 충격적이었던 것은 태양이 스물한 살일 적 갓 부임해 온 신임 교사를 마음에 품었다는 것, 두 사람이 헤어져야 했던 계기가 학교 내 루머가 퍼졌기 때문이라는 것, 그래서 태양이 그 신임 교사를 지키기 위해 이사장님인 외조부와 계약을 한 것, 그리고 스물다섯이 되던 해에 다시 만나 그 사랑을 꽃피웠다는 것 정도였다.

산나도 그 여자를 만난 적이 있었다. 맹나연이라며 자신을 소개한 서른 살의 여자는 강단 있는 눈매를 하고 있었다. 미인형의 외모는 아니었지만 행동이나 성격이 매력적이었고, 무엇보다도 놀라웠던 것은 그녀의 곁에 있던 태양이었다.

무미건조하고 메말랐던 태양이 촉촉하게 젖은 대지처럼 미소 짓는 모습은 꽤나 충격으로 다가왔고, 그 모습을 보며 산나는 두 사람의 지원군을 자처했다. 나연의 칭찬 때문에 넘어간 것은 단연코 사실이 아니었다.

「태양, 이 사람이 이사장 대리로 학교에 왔을 때 소문이 났었어요. 내정된 약혼자가 있다는 소문이었는데 고작 스물다섯에 약혼자가 있다는 사실보다도 충격이었던 게 뭔지 알아요? 완벽에 가까운 약혼자의 스펙이었어요.」

「제 소문이 어떻게 났었는데요?」

「집안 빵빵한 어디 그룹의 손녀라더라, 보유한 주식만 100억대가 넘고 외모는 전지현, 두뇌는 김태희, 몸매는 이하늬라더라.」

「어머.」

「그런데 이렇게 직접 보니 놀라워요. 집안이나 주식 보유 현황은 내가 모르지만 이것 하나는 알겠어요. 외모와 몸매는 사실이었네요, 정말.」

「칭찬이 과분하세요.」

「사실인걸요. 산나 씨를 만나고 보니 이젠 태양이 이해가 안 가. 대체 여자 보는 눈이 어떻게 된 거야? 취향이 이상해, 정말. 외모에 몸매에 집안까지 좋은데 나이까지 어리잖아! 분해 죽겠네.」

실로 유쾌하고 다정한 사람이었다. 나연을 만나 대화를 한 것은 고작 몇십 분이었지만 태양이 왜 그녀를 선택했는지, 왜 그녀에게만 마음을 열었는지는 충분히 이해할 수 있을 정도의 시간이었다.

"속도 없지. 원하는 게 있으면 달려들어서라도 쟁취할 것이지, 그냥 그렇게 놔줘?"

잠시 파혼의 날을 기억하고 있는데 장 여사의 못마땅한 음성이 귓가를 파고들었다. 오래전부터 태양만을 부르짖었던 딸을 잘 알고 있는 장 여사는 속수무책으로 짝을 빼앗긴 산나가 퍽 안쓰럽기만 했다.

"어쨌든 태양 오빠는 행복하고, 누구라도 하나 행복하면 되는 거지."

"쯧쯧. 네 복을 네가 걷어차고 그러는구나. 태양을 붙잡았으면 정략결혼이라도 네가 원하는 상대랑 행복해질 수 있었어. 이제는 아버지가 정한 상대와 꼼짝없이 약혼에 결혼까지 해야 하는 상황이질 않니?"

"장 여사."

"난 네 편이 되어줄 수 없다."

다소 냉정하게 들리는 장 여사의 말투에 산나가 두 눈을 동그랗게 떴다.

"내가 유치원생도 아니고 무슨 편. 유치하게 편 가르기 하자는 겁니까, 장 여사님?"

"지금까지는 몇 번이고 네 바람막이가 되어줬지만 이번만큼은 그럴 수 없다는 이야기야."

"그건 또 무슨 소리래요? 파혼했으면 끝이지, 뭘 또."

태어나서 지금까지 줄곧 봐온 만큼 오 회장의 성격과 그 패턴을 잘 알고 있는 딸이 순진하기 짝이 없는 대답을 하자 장 여사는 한숨을 내쉬고는 다시 투피스로 시선을 돌렸다.

"태양과의 결혼은 파투가 났지."

"애초에 약혼은 태양 오빠와 한 거잖아요?"

"그렇다고 네 약혼 자체가 없던 사실이 되는 건 아니잖니?"

장 여사의 질문에 산나가 키득키득 웃으며 중얼거렸다.

"그럼 다음 상대는 누군데요? 태양 오빠가 안 됐으니까 태풍인가?"

첫째가 안 된다면 둘째로 약혼을 물려주려나, 농이 섞인 말을 내뱉었는데 이상하게 장 여사에게서는 대답이 없었다. 입을 꾹 다문 채 심각하게 투피스를 고르는 장 여사를 가만히 바라보던 산나가 입을 연 순간.

"장 여……."

"시간도 없는데 이걸로 하자. 넌 어떠니?"

"……좋아요. 그것보다도……."

"그래, 그럼. 이걸로 하죠. 입고 갈 거니까 입고 온 옷이나 포장해주고."

의도적인 걸까?

장 여사는 산나가 질문을 할 여유도 주지 않은 채 휘몰아치듯 상황을 정리해버렸다. 멋대로 고른 투피스를 산나에게 들린 채 피팅룸 안으로 밀어 넣어버린 장 여사가 커튼을 치고 돌아서버리는 모습에 산나는 질문할 타이밍을 잃은 채 입을 벌리고 서 있어야만 했다.

먼저 백화점을 떠나버린 장 여사로 인해 산나는 김 기사가 모는 세단을 타고 집으로 돌아올 수밖에 없었다. 집에 돌아오자마자 경호원들의 손에 끌려 죄수처럼 방으로 올라가고 만 산나는 이게 어떻게 돌아가는 상황인가 싶어 눈살을 찌푸리고 섰다.

"뭐야, 정말 태풍이 약혼자가 된 거야?"

대답을 잽싸게 피해버린 장 여사의 낌새가 이상하긴 했지만 묘하게 기대가 되는 것도 사실이었다.

"기대는 무슨. 미쳤구나, 오산나."

산나는 한 손으로 맨 이마를 짝 소리 나게 때리고는 다시 주변을 둘러봤다. 오늘따라 경호원들을 배치시킨 집 분위기가 이상한 가운데, 산나는 창가로 다가가 대문과 정원을 내려다보았다.

"그런데 이상하단 말이지. 보안을 위해 경호원들을 배치시킨 거라면 당연히 정원이나 대문에 경호원들이 서 있어야 하는데 왜 집안 곳곳에, 그것도 내 방 앞에 서 있냐는 말이지."

산나는 검지로 턱을 살살 긁으며 생각에 잠겼다. 그러다 이내 방문으로 다가가 문을 살짝 열었다. 문이 열리기가 무섭게 밖에서 지키고 서 있던 경호원들이 앞을 막아섰다.

"나오시면 안 됩니다."

"왜 안 됩니까?"

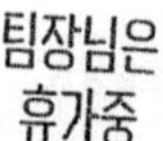

"회장님 명령입니다."

"무슨 명령을 받으셨는데요?"

"맞선이 진행되기 전까지는 방 안에 얌전히 모시라고 하셨습니다."

"호오, 앞으로 벌어질 일이 진짜 맞선이었단 말이죠?"

산나가 두 눈을 동그랗게 뜨고는 재미있다는 듯 중얼거리자 유도심문에 걸려든 경호원이 낭패감 짙은 얼굴로 입을 꽉 다물었다.

"뭐, 뭐든 좋다 이거야. 대신 잠깐만 나갔다 올게요."

"안 됩니다."

"집 밖에 나가는 게 아니라 아버지 서재에 좀 다녀오려고요. 여쭤봐야 할 것도 있고, 간 김에 책 몇 권 가져오게요. 할 것도 없어 심심하다고요."

산나가 순진함을 가득 담은 두 눈을 동그랗게 뜨고 몇 번 깜빡거리자 살벌하게 문 앞을 지키고 서 있던 경호원들의 기세가 살짝 꺾였다. 다른 곳도 아니고 집 안을 돌아다닌다는데 굳이 막아설 필요가 있나 싶은 모양이었다. 서로의 얼굴을 바라보고 눈치를 살피던 경호원 두 명은 결국 슬그머니 문 앞에서 물러났다.

"곧장 올라오셔야 합니다. 어차피 현관문에도 저희 팀원들이 배치되어 있으니 나가실 수 없습니다."

"알아요, 알아. 맞선이 뭐 그리 큰 대수라고. 나도 기운 빼고 싶지 않다고요."

그렇게 말한 산나는 방 밖으로 걸음을 내디뎠다. 2층에서 내려와 서재 앞에 서 있기 전까지도 산나는 자신이 내뱉은 말에 책임을 질 작정이었다. 경호원에게 한 말에는 거짓은 추호도 섞여 있지 않았으니까.

하지만 인생이 계획대로 흘러가지 않듯, 산나의 마음도 서재 앞에서 달라졌다. 정확히 말하면 서재 안에서 흘러나오는 부모님의 대화를 듣고 난 다음, 상황이 급변했다는 게 맞았다.

"……로 알고 있던데."

노크를 하려다 어머니 장 여사의 목소리에 멈칫하고 말았다. 두 분이 무슨 대화를 하는지 약간의 호기심이 밀려왔기 때문이었다.

"그래?"

"제대로 알려줘야 하지 않겠어요?"

"제대로 어떻게 알려줄 건가? 사랑하는 사람이 생겼다며 태양에게서 파혼을 통보받은 것으로도 모자라 태풍에게까지 거절당했다고?"

"여보."

"LH그룹과 사업적으로 너무 깊이 연관되어 있어 쉽게 발을 빼진 못하지만 참 아쉽게 됐어. 태양과의 약혼으로 완벽한 결속을 약속받았다고 생각했는데 이것 참, 배신당한 느낌이야."

오 회장의 허탈한 목소리가 산나의 귓전을 맴돌았다. 그 소리를 들으면서 산나는 다리의 감각이 사라지는 것을 느꼈다. 방금 전까지 가졌던 희미한 기대감이 단번에 사라지면서 차가운 냉기가 등골을 타고 정수리까지 올라갔다.

'뭐? 태풍이…… 날 깠다고?'

산나의 동공이 순식간에 커졌다.

"애초에 LH와 손잡고 브랜드를 론칭한 건 회사에 젊은 얼굴이 필요했기 때문이기도 했지만 두 집안의 목하 방황 중인 두 아이의 마음을 잡아두기 위함이었지. 그런데 아무래도 내 생각이 짧았나 보오."

오 회장의 말은 귓가에 채 닿기도 전에 공중분해가 되고 말았다. 지금 산나의 머릿속을 가득 채우고 있는 것은 단 한 가지 사실, 태풍이 그녀를 거절했다는 것밖에는 없었다.

'그랬단 말이지?'

열일곱의 키스에 목을 매고 있는 것은 아니었다. 10년 전의 일에 집착한다는 것은 말이 되지 않았다. 그런데 왜 하필 지금 이 순간, 그날의 기억이 고스란히 떠오르는 것일까? 그날의 감정까지 고스란히 되살아나는 것일까?

산나는 태풍의 말간 얼굴을 기억해냈다. 브랜드 론칭 때부터 지금까지 퍽 사무적인 관계를 지속해온 녀석의 얼굴을.

「수고했어, 오 팀장. 프라이빗 바에 가서 자축이라도 할 겸 한잔 할까?」

녀석은 담백한 얼굴로 그렇게 지껄였었다. 강산이 바뀌고도 남을 정도의 시간이 흐른 후라 그때의 일에 연연하는 것도, 따져 묻는 것도 모양새가 가히 좋지만은 않았기에 산나도 그의 제안을 쿨하게 받아들였다.

그래, 이제 모든 게 정리가 된 거구나.

이렇게 서로 깔끔하게 대화를 나눌 수 있는 것을 보니 우리 둘, 어른이 됐구나.

태풍과 마주 앉아 이야기를 나누며 그런 생각까지 했다. 이렇게 아무 감정도 없이 깔끔할 수 있다면 혹시 모를 정략결혼에 동의하고 아무렇지 않게 살아갈 수도 있겠다 싶었다. 태양과의 약혼이 파투 난 다음, 산나도 내심 이제는 태풍이 도마 위에 오를 것이라 기대를 했었던 차였다.

'그런데 뭐? 누가 누굴 까?'

산나의 두 눈에서 화르륵 불이 일었다. 그녀는 서재 문을 노크할 생각도 하지 못한 채 그대로 방으로 올라오고 말았다. 책 몇 권을 가지고 오겠다던 산나의 말을 기억하고 있는 경호원이 그녀의 비어 있는 손을 살폈지만, 그녀는 아버지가 바쁘신 것 같다며 말끝을 흐리고 방 안으로 들어왔다.

깊은 생각에 잠긴 듯 빈방 한가운데에 멍청하게 서 있던 산나가 사나운 손길로 휴대전화를 집어 올렸다.

[어디야? 지금 나 좀 봐.]

태풍에게 문자를 보내놓고는 주변을 두리번거렸다. 그녀는 침대 옆에 내려놓고는 정리할 생각조차 하지 않았던 쇼핑백을 뒤져 새로 산 플랫슈즈 한 짝을 챙겼다. 작은 가방에 지갑을 넣고 크로스로 단단히 멘 그녀는 망설임 없이 창가로 향했다.

"그냥 뛰어내리면 다리 하나 나가는 걸로는 끝나지 않을 것 같은데."

준비를 마치고 2층에서 정원까지의 높이를 가늠해보던 산나는 입술을 잘근잘근 씹었다. 하지만 이대로 지체하다가는 생판 모르는 남자와 약혼을 하고 결혼까지 고속으로 진행될 것 같았기에 그녀는 서둘러 침대 시트를 빼내 커튼과 엮기 시작했다.

산나는 커튼이 매달린 긴 봉을 최대한 길게 빼내 창가에 걸어두고 거기에 커튼과 시트를 묶은 천을 단단히 동여맸다. 창문을 열어 긴 천을 밑으로 던진 다음, 다시 한 번 높이를 가늠해봤다. 바닥까지 채 닿지는 않았지만 이젠 뛰어내릴 수 있겠다 싶었기에 산나는 침을 한 번 꼴깍 삼키고 양손을 비볐다.

준비는 모두 끝났다.

고작 약혼이야 마음의 준비를 하고 있었으니 하면 그뿐이건만 산나는 태풍이 자신을 거절했다는 말을 듣고 이성적인 판단을 할 수가 없었다. 다칠 수도 있는 무모한 짓을 저지르면서도 이것이 불합리한 짓이라는 것을 자각하지 못한 산나는 호기롭게 약한 천 한 줄에 자신의 무게를 실었다.

시작은 좋았다. 하지만 일은 그녀가 끈을 잡고 벽에 양발을 붙이며 한 걸음, 또 한 걸음 내디뎠을 때 벌어졌다.

툭, 투둑!

천의 매듭이 가느다란 커튼 봉을 강하게 압박하기 시작하자 그 봉이 부서질 것처럼 찌그러지기 시작했다. 브이 자 형태로 휘기 시작한 커튼 봉은 창틀을 긁으며 바깥으로 빠져나오기 시작했고, 그 덕분에 산나는 그대로 정원 바닥에 고꾸라지고 말았다.

좌좌좌좌악.

"아, 젠장!"

값비싼 투피스는 엉망이 된 지 오래였고, 빈틈없이 틀어 올린 머리는 여기저기 빠져나가 산발이 되어 있었다. 이럴 바에야 머리를 풀어버리는 게 낫다 싶어서 산나는 머리카락을 헝클어트리기 시작했지만 초강력 스프레이와 수많은 핀이 방해가 되어 금세 포기하고는 주차해놓은 차로 향했다.

삐빅.

도어록이 해제되는 소리를 들으며 산나는 아직까지도 감감무소식인 휴대전화를 들여다봤다. 떨어지면서 다친 건지 발목이 시큰거리고 있었지만 산나의 머릿속에는 태풍을 만나야 한다는 생각만이 전부였다.

05. 사건의 재구성-2

아이가 정원에서 뛰어다니고 마음껏 흙 놀이를 하며 자라길 원한다며 서울 외곽 지역에 전원주택을 마련한 덕택에 이수의 결혼식은 자택에서 진행이 됐다. 정원에서 그녀가 가꾼 소박한 들꽃들이 군데군데 자리 잡고 있었고, 그들이 직접 담근 모과청이 선물로 준비되어 있었다.

이수는 단정한 하얀 원피스와 보석이 알알이 박힌 머리띠를 하고 입장을 했다. 손에는 그녀를 꼭 닮은 안개꽃 부케가 들려 있었다. 신랑 기주 역시 단정한 양복 차림이었다. 신부는 서른셋, 신랑은 마흔. 늦은 나이에 치르게 된 결혼식이었지만 서로를 마주보는 두 사람은 그 누구보다도 행복한 미소를 짓고 있었다.

태풍은 결혼식이 진행되고 있는 이수의 집에서 행복해 보이는 두 사람을 지켜보고 있었다.

"행복해 보이지?"

태풍의 곁에 서 있던 누나 우리가 조용히 속삭이자 태풍은 먹먹해진 얼굴을 한 채 대답을 아꼈다. 그럴 수밖에 없었던 것이 가족과 지인들만 모인 조촐하고 소박한 결혼식은 눈물이 날 정도로 아름답고 성스럽게 느껴졌기 때문이었다. 더불어 결혼식을 올리는 신부 나이수가 태풍의 오랜 짝사랑 상대였다는 것도 이유가 될 수 있었다.

이수는 우리와 동갑내기 친구였다. 우리가 정략결혼을 통해 지금의 남편 우성을 만났던 시기에 이수는 우연한 계기로 기주를 만났다. 신데렐라가 유리구두 한 짝을 떨어트리고 사라지듯 나이수는 속마음이 담긴 다이어리를 떨어트리고 사라졌다. 그것이 계기였다.

시작이야 어떻든 이수는 스물일곱 꽃다운 나이에 그와 열렬한 연애를 했고 그 끝에 아이를 가졌다. 기주는 그녀가 스물일곱일 때 결혼식을 올리려고 했지만 임신을 했으니 결혼 자금을 모아야 한다는 이수의 반대에 부딪쳐 웨딩 촬영만 먼저 하고 함께 살기 시작했다. 그리고 그때 미루어둔 결혼식을 이수가 서른셋이 되던 오늘에서야 올리게 된 것이었다.

"누나가 아까워, 아무리 봐도."

태풍은 멍한 눈빛으로 꽃처럼 웃는 이수를 바라봤다. 열아홉의 나이에 만난 이수는 어느새 서른셋의 아이 엄마가 되어 있었다. 그녀에게 열렬한 구애를 했음에도 불구하고 돌아오던 한결같은 대답을 떠올린 태풍의 눈빛이 깊어졌다.

「그거, 사랑 아니야. 넌 지금 누군가에게 이 모습을 보여주고 싶은 거잖아?」

「다시 한 번 곰곰이 생각해봐. 지금 네가 누굴 떠올리고 있는지. 정말 나이수라는 이름의 나라는 여자니, 아니면 나를 닮은 다른 누군가니?」

사랑이라고, 사랑이라고, 보는 순간 첫눈에 반했다고 여겼었는데 이수의 대답을 듣는 순간 한 마디도 하지 못했다. 그리고 잊었다고 생각했던 여자아이의 이름을 떠올렸다.

오산나. 아무리 지우려고 노력해도 잊히지 않던 그 이름.

이수의 대답에서 자신이 이수를 통해 산나를 보고 있었다는 사실을 깨닫고 만 태풍은 다시 한 번 좌절할 수밖에 없었다.

"네 사랑은 안녕하신가?"

이수를 지켜보고 있는데 곁에서 불쑥 누군가가 말을 걸어왔다. 나이수, 태우리, 배이지. 세 친구들의 이름에 공통으로 '이'라는 말이 들어간다고 해서 붙은 모임의 이름 쓰리플. 그 쓰리플의 마지막 멤버, 이지였다.

평소에 괄괄한데다 직설적인 성격으로 유명한 이지의 등장에 태풍은 그녀를 흘깃 바라보고는 심드렁하게 대꾸했다.

"내 사랑이 안녕할 리가. 저렇게 떠나갔는데."

"정말?"

"뭐가?"

"아니, 내가 예전에 이수에게서 들은 말이 있어서."

이지는 어깨를 으쓱하고는 언젠가 이수에게 들었던 말을 떠올렸다. 제대로 된 연애를 하고 싶다며 부르짖던 이수에게 조언이랍시고 곁에 있는 태풍을 만나보라고 했을 때, 이수는 고개를 살래살래 저었었다.

「누군가에게 보여주고 싶은 것 같아.」

「뭘?」

「태풍은 날 좋아한다고 고집을 부리고 있는 것 같은데 사실은 그게 아니라는 말이야. 언제 한 번 만난 적이 있어. 태풍이 진짜 좋아하는 여자아이.」

「좋아하는 아이가 따로 있단 말이야?」

「아마도. 두 눈 부릅뜨고 날 노려보는데 그 아이가 틀림없는 것 같았어. 태풍은 내가 그 여자아이와 닮은 부분이 있다고 생각하는 모양이야. 나한테서 그 아이와 닮은 부분을 찾으려는 게 보여.」

아주 오래전의 기억을 더듬은 탓에 구석구석 변질된 부분이 있을 것 같았지만 디테일이 다르다고 해도 기둥 줄거리는 맞았다. 잠시 생각하는 이지를 지켜보고 있던 태풍이 먼저 선수를 쳤다.

"무슨 말을 할지 알겠어. 그런데 내 마음이 진짜였든, 아니면 내가 누나를 통해 허상을 본 거든, 내가 누나를 쫓아다닌 시간은 진짜였고 또 그 마음도 진짜였으니까 이런 장면을 볼 때마다 씁쓸한 건 사실이라고."

"많이 컸는데, 태풍."

"그냥 오래전 내 마음에 대한 묵념 정도랄까. 축하하는 마음은 진심이지만 나는 그때 그 시간을 되새기게 되는 거니까. 추억에 젖으니 감상적이 되네, 사람이."

때마침 우리의 품에 안겨 있던 조카 가온이 울음을 터트렸다. 아무리 칭얼대도 자신을 챙겨주는 사람이 하나도 없자 그만 울음을 터트리고 만 것이다. 가온의 곁에 서 있던 누나 라온이 한숨을 폭 내쉬는 순간, 우리가 우성에게 가온을 넘겨주었다.

"여보, 애 좀 데리고 나가 있어."

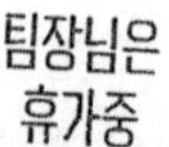

“참, 누굴 닮아 이렇게 까다로운지.”

우성이 투덜거리며 가온을 안고 밖으로 나가자 우리가 어깨를 으쓱했다. 그 모습을 지켜보고 있던 태풍은 방금 전까지 그득하게 차오르던 감상을 지우고 시니컬하게 지껄였다.

“참 똑똑한 조카야. 울고 싶은 삼촌을 대신해 울어주잖아.”

태풍의 한 마디에 집안사람들이 모두 박장대소를 터트렸다. 물론 신랑 기주는 불편하다는 기색을 애써 숨기지 않았지만 말이다. 문제는 가온의 울음에 덩달아 울음을 터트린 이수의 둘째 우현이었다. 아이가 울음을 터트리자 이수의 오빠 이든이 재빨리 아이를 데리고 밖으로 나갔지만 식은 더 이상 진행될 수가 없었다. 오직 엄마바라기인 우현의 성격을 잘 아는 이수이기에 이든을 뒤쫓아나갈 수밖에 없었기 때문이었다.

“이거 원. 이 자리에 나이수를 사랑하는 남자만 몇 명이야?”

기주가 머리를 긁적거리며 하객들 쪽으로 걸어오자 다시 한 번 하객들 사이에서 유쾌한 웃음이 터져 나왔다. 마흔이 됐는데도 노련한 섹시미가 더해진 신랑 기주를 지켜보고 있던 태풍이 한 마디 거들었다.

“같이 산 지도 벌써 6년이나 됐는데 이제 누나 좀 자유롭게 놔줘요.”

“아직 태풍 군이 미혼이라 모르는 모양인데, 놔주는 건 배려가 아니야. 끈질기게 집착을 하고 소유권을 주장하고 사랑을 해야 그게 부부 사이의 미덕이지.”

태풍에게 지지 않을 정도로 시크하게 대답한 기주가 곧장 그에게 다가왔다. 태풍은 자리에서 일어나 그에게 손을 내밀었다.

"축하드립니다. 축하를 원, 몇 번을 하는 건지."

"좋잖아? 축하는 받으면 받을수록 좋다고."

"축의금 두 배로 받으려는 수작인 거 다 압니다."

태풍이 짓궂게 말하자 그의 손을 마주잡았던 기주가 장난스럽게 그의 손을 뿌리쳤다.

"게다가 축하하는 횟수만큼 실연당하는 횟수도 증가하고 있다는 사실 좀 알아주십쇼."

"내가 워낙 끈질기게 자근자근 밟아놓는 성격이라."

기주는 피식 웃으며 태풍의 어깨를 툭툭 두드렸고, 태풍은 가만히 고개를 저었을 뿐이었다.

식과 피로연이 끝났다. 이수와 기주와 인사를 하고 돌아가려는데 멀리서 누군가가 태풍을 불렀다. 다름 아닌 누나 우리였다.

"왜?"

"집에 갈 거니?"

"아니."

"어디, 약속 있어?"

"약속은 없는데 그냥 자주 가는 바에 들렀다 가려고. 왜?"

퉁명스러운 태풍의 물음에 우리는 묘한 눈빛으로 그를 지그시 바라봤다. 그러다 이내 걱정이 담뿍 묻어나는 목소리로 그의 안부를 재차 확인했다.

"잘 지내고 있는 거 맞지?"

그녀의 물음에 태풍은 바람 빠지는 소리를 내며 고개를 저었다.

"뜬금없이 걱정하는 거야?"

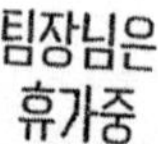

"걱정이야 늘 했어."

"누나 나이 들었다. 예전에는 본인만 알더니."

"얘는."

우리가 미소를 머금고 고개를 저은 뒤 손을 흔들었다. 아이 셋의 엄마라고 하기에는 아직도 젊고 예쁜 그녀에게서는 이제 뼛속 깊이 새겨져 있던 냉기가 사라지고 없는 듯했다.

"조심해서 잘 가고, 연락하자."

매형 우성과 정략으로 맺어진 인연이었지만 서로 마음을 맞추고 사랑을 나누며 살게 된 덕분에 오랫동안 우리를 사로잡고 있던 고독이 많이 무뎌진 것 같았다.

'사랑의 힘이 대단하긴 한가 보다.'

우리와 작별 인사를 하고 헤어졌다. 오랜만에 이수와 단란한 그녀의 가정을 목격했기 때문일까, 지나치게 감상적으로 변해버린 태풍은 묘하게 가라앉은 상태로 주차해두었던 차에 올라탔다. 차에 타서도 한참 동안 그대로 앉아만 있던 그가 시동을 막 걸었을 무렵, 고요한 공간에 휴대전화 문자 알림음이 울려 퍼졌다.

[어디야? 지금 나 좀 봐.]

산나였다. 그녀와 입씨름을 할 여유가 없었기에 태풍은 그녀의 문자를 확인만 하고 말았다. 하지만 무슨 생각에서였는지, 그대로 휴대전화를 집어넣으려다 말고는 산나에게 답장을 보냈다.

[무슨 일이야? 일 이야기야?]

답장을 보낸 지 5초도 지나지 않아 문자가 되돌아왔다.

[아니야. 사적으로 할 이야기가 있어.]

[뭔데.]

[만나서 해.]

산나는 물러날 생각이 없는 듯했다. 집요하게 만남을 요구하는 산나의 문자를 가만히 들여다보고 있던 태풍은 얕은 한숨을 내뱉으며 앞머리를 쓸어 올리듯 이마를 문질러 넘겼다.

"하아, 오늘은 만날 기분이 아닌데."

중얼거리며 핸들에 이마를 박은 태풍은 몇 초 지나지 않아 허리를 곧추세우고 앉았다. 몇 번 함께 갔던 프라이빗 바에서 만나자는 문자를 산나에게 남긴 뒤, 그는 차에 시동을 걸고 곧장 출발시켰다.

지하로 연결되는 계단에서 푸른 빛이 어스름하게 빛나고 있었다. 어둡고 좁은 공간을 밝히는 빛을 따라 어렵지 않게 계단을 밟아 밑으로 내려간 태풍이 바 프라이빗에 당도하자 마담 혜언이 반갑게 아는 척을 해왔다.

"왔어?"

혜언은 마치 방금 전에 본 사람처럼 편안하고 자연스러운 인사를 건네왔다. 태풍은 그런 혜언의 인사에 대충 반응하고는 주변을 두리번거렸다. 아직 이른 시간대라 그런지 테이블은 텅텅 비어 있었다.

평소와는 사뭇 다르게 행동하는 태풍의 모습에 그를 지켜보던 혜언이 질문했다.

"누구 올 사람 있어?"

"응. 만나기로 했어, 여기에서. 그런데 아직 안 온 모양이네."

"테이블로 줄까?"

"아니. 그냥 여기 앉을게. 얼굴 마주 보고 있을 정도로 살가운 사이도 아니고, 그렇게 마주보고 있다가는 내가 무슨 짓을 저지를지도 모르겠고."

"무슨 짓이라니?"

"무슨 짓이든."

나쁜 짓일 수도 있고, 좋은 짓일 수도 있고.

의미심장한 태풍의 발언에 혜언이 알 듯 모를 듯한 눈빛으로 바라보다가 이내 시선을 돌렸다. 카디건을 집어 팔에 걸고 핸드백을 어깨에 멘 그녀가 생긋 웃으며 바에서 빠져나왔다.

"그래? 즐겁게 있다가 가."

"당신은 어딜 가는데?"

"약속이 있어. 바텐더에게 서비스 잘해주라고 말하고 갈게."

태풍은 더 이상 꼬치꼬치 묻지 않고 혜언에게 인사를 했다. 그녀와 교대 근무를 하게 된 바텐더가 고개를 까닥 숙여 인사하자 태풍은 눈짓으로 아는 척을 해 보인 뒤 깊은 생각에 빠져들었다.

태풍 스물한 살.

방학을 틈타 뉴욕에서 한국으로 짧게 귀국한 태풍은 친구들과 만나 회포를 풀기도 전, 태 회장에게 호출을 당했다. 가족이 모여 식사를 하는 '간단한' 자리라는 설명만 듣고 온 터였다.

오랜 시간 비행으로 인해 시차 적응도 잘되지 않은 상황에서 억지로 모임에 끌려간 태풍이 상냥한 태도를 취할 수 있을 리 없었다. 뚱한 표정으로 태 회장과 우리와 마주보고 앉아 있는데 태양이 예약한 룸으로 여자 하나를 데리고 들어왔다.

그때부터 태풍의 심기는 불쾌해졌다.

"맹나연입니다."

자신을 그렇게 소개한 여자는 태양의 곁에 자리를 잡고 앉았다. 태양의 고등학교 시절 담임이었다는 여자는 태양과 미래를 꿈꾸고 있다며 태 회장의 허락을 구했다. 그제야 태풍은 지금 이 자리가 단순히 가족들이 모여 식사를 하는 자리가 아니라 태양의 색싯감을 만나 조건을 따져보는 자리라는 것을 알아챘다.

예상외로 태 회장이 나름대로 상식적인 사람이라는 것을 태풍은 그날 처음으로 알았다. 극심한 반대를 예상했던 터라 태 회장이 순순히 결혼을 허락하자 지금 이 상황이 어리둥절하기까지 했다.

"대체 왜?"

내심이 밖으로 튀어나온 모양이다. 태풍의 혼잣말에 모든 사람의 이목이 쏠렸고, 특히 태양은 동생을 찢어발길 듯이 두 눈을 부라렸다. 그 눈빛에 발끈한 태풍은 숨기지 않고 제 마음을 드러냈다.

"내가 뭘 잘못 말했어? 아버지가 아무 말도 없이 허락한다는 게 웃기잖아. 다들 그렇게 생각하잖아?"

태풍의 말에 태양이 으드득 이를 갈았다. 단 한 사람, 나연만이 놀라거나 불쾌한 표정 하나 없이 태풍의 생각에 동의를 표했을 뿐이었다.

"저도 그렇게 생각합니다. 솔직히 반대하실 거라고 생각했거든요. 마음 단단히 먹고 나온 건데 조금 맥이 빠지네요. 이유를 여쭤봐도 될까요?"

나연의 질문에 태 회장이 잠시 침묵을 지키다 속내를 조금 털어놨다.

"이유는 간단하네. 태양, 저 녀석이 어려서부터 마음고생을 심하게 했어. 갈피를 잡지 못하고 방황하느라 스물이 넘어서도 고등학교에 있었지. 말은 하지 않았어도 난 그런 둘째가 늘 마음에 걸리고 신경이 쓰였네. 누구든 좋으니 이 아이가 마음 붙일 사람이 있다면 좋겠다는 생각을 누누이 해왔는데 자네가 나타나질 않았겠나?"

하! 기가 막힐 노릇이다.

태 회장이 언제부터 저렇게 인자하고 자상한 아버지였던가, 태풍은 다시 한 번 생각해봐야 했다. 여성 편력을 자랑하며 각기 다른 여자에게서 세 명의 배다른 자식들을 낳아놓은 것으로도 모자라 비정상적인 가정에 적응하지 못하고 방황하는 자식들에게 마음 한 자락 내어주지 않았던 태 회장이…… 뭐? 마음이 가고 신경이 쓰인다? 어림 반 푼어치도 없는 소리다.

태양이 마음에 밟히는 자식이라면 태우리는 어떻고? 또 자신은 어떤 자식인가? 무시해도 좋을 자식인 것인가? 그렇게 신경 쓰이지 않는 자식인가? 드러내놓고 표현하지 않았다고 해서 이런 식으로 속내를 매도당하는 것은 사양하고픈 태풍이었다.

태풍은 점점 사나워지는 표정을 거침없이 드러내 보이며 아버지와 태양이 사랑한다는 여자에게 반감을 표현했다.

하지만 그래봤자 태풍은 고작 스물하나. 이렇다 할 힘도, 능력도 없는 어린 학생에 불과했다. 그러니 태풍이 안간힘을 써도 일어날 일은 일어나게 되어 있었다.

"태양에게 약혼자가 있다는 사실에 대해서는 어떻게 생각하시는가?"

태 회장이 나연을 향해 입을 연 순간, 태풍의 미간에 깊은 골이 파였다.

스무 살이 되던 해, 산나와 태양의 약혼식에 어떤 마음을 안고 갔는지 너무나 생생하게 기억이 났다. 혹시나 하는 마음으로 그 일이 무산되길 바랐지만 그 약혼은 태풍의 의지와 상관없이 산나가 열아홉이 되던 해에 확정이 되었다. 산나의 동의하에 이루어진 약혼이라고 들었고, 그 점이 한동안 태풍을 심하게 괴롭혔다.

산나가 스무 살이 되던 해, 태양과 산나는 공식적으로 약혼식을 올리게 되었다. 식 날짜가 확정되었다는 통보를 받은 날, 태풍은 뜬눈으로 밤을 새웠다. 그리고 다짐했다. 진심으로 축하해줄 수 없을 바에야 차라리 두 사람의 약혼식에 불참하겠다고.

두 사람의 약혼식 따위 보고 싶지 않았기에 가지 않겠노라 다짐을 했지만 그 자리에 서 있을 산나가 어떤 표정을 하고 있는지 궁금해 하는 수 없이 참석하고 만 그때. 드레스를 입은 그녀의 모습이 보고 싶다는, 참으로도 철없는 생각을 하고 말았던 그날. 태풍은 보았다. 태양의 곁에서 홍조를 드리운 채 말갛게 웃고 있는 그녀를.

'행복할 테지. 어릴 적부터 형만 바라보고 자라왔고, 형과 결혼을 하겠다고 노래를 부르던 아이인데.'

차마 약혼식장 안으로 들어가지 못하고 문 밖에서 두 사람을 지켜봐야만 했던 심정을 어떻게 표현할 수 있을까. 태풍은 두 사람의 약혼식을 끝까지 보지 못한 채 그곳을 빠져나와야만 했다. 자신에게 보여주던 꿍한 표정이 아닌, 환한 미소를 짓고 있는 산나를 보면 자신의 초라함을 몇 번이고 깨달아야만 했기 때문이었다. 그녀에게 있어 태풍이라는 존재는 별것도 아니라는 사실과 태양과 태풍의 차이는 하늘과 땅만큼이나 크다는 점을 새삼 인지시켜주었기에…… 태풍은 그 자리에서 도망치고 말았다.

네가 행복하면 됐다고 태풍은 자위했다. 더불어 평소에는 그에게서 찾아볼 수 없던 배려와 양보를 몸소 실천하기까지 했다. 그것이야말로 태풍이 산나에게 해줄 수 있는 단 한 가지 일이었고, 그것이 그의 사랑법이었다. 그런데…….

"듣긴 했습니다만 제 상식으로는 쉽게 이해되는 상황이 아니라서요. 얼떨떨합니다."

"솔직하니 좋구만."

"드라마나 소설로만 봤지, 제 주변에서 있을 수 있는 일이라고는 생각해본 적이 없어서 솔직히 어떻게 반응해야 할지도 모르겠습니다."

"파혼은 쉽네. 자네가 내 조건을 받아들인다면 말이지."

그런데…… 쉽단다. 누군가에게는 이를 악물고 버텨내야 했던 그 상황이, 피눈물을 흘리며 견뎌내야 했던 상황이…… 쉽다는 말로 종결이 되었다. 태풍에게 있어서는 단 한 마디로 정리를 할 수 있는 가벼운 일이 아니었음에도 태 회장과 태양은 종이 한 장을 팔랑 넘겨버리는 것처럼 쉽게 처리했다.

그게 견딜 수 없을 만큼 억울했다.

산나가 그렇게 쉬워지고 말았다는 사실이.

태풍이 견뎌야 했던 사랑이 덧없게 느껴졌기에.

억울했다, 진심으로.

"윽!"

억눌린 신음소리가 참으려고 해도 앙다문 어금니 사이로 새어나왔다. 그토록 혼자이길 고집했던 태양이 곁을 누군가에게 내어줬다는 것은 축하해줘야 하는 일이었지만 그래도 태풍은 여전히 속이 쓰렸다.

태 회장이 돌아간 자리에는 세 남매와 나연만이 남았다. 한바탕 태풍이 몰아치고 난 다음처럼 네 사람의 얼굴에서는 긴장감이 사라지고 대신 황망함이 자리를 잡고 있었다. 넋이 나간 사람들처럼 한동안 침묵을 지키며 자리에 앉아 있는데 처음부터 심기가 불편했던 태풍이 거칠게 으르렁대며 날을 세웠다.

"대단하다, 정말."

"무슨 소리야?"

"형, 지금 오산나를 까겠다는 얘기잖아?"

태양의 말을 빌리자면 태풍은 '태씨 집안 삼남매 중 가장 편안한 삶을 살고 있는 막내'였고 '집안 문제로 인한 것이 아닌, 그저 사춘기 소년의 질풍노도를 앓고 있는 귀요미'쯤 되는 아이였다. 만 스무 살이 갓 넘은 청년, 태풍은 우리의 냉기와 태양의 열기를 고루 갖추고 있었다.

태풍의 물음에 태양이 막내를 놀리듯 빈정거렸다.

"그렇다면?"

"그렇다면? 나한테 묻는 거야?"

"파혼할 생각이야. 그런데 그게 왜? 네게 문제될 것이 있나?"

그 대답이 태풍의 성질을 제대로 긁어버렸다. 태풍은 부글부글 끓는 얼굴로 태양을 노려보다가는 더 이상 참지 못하고 냅킨을 냅다 던져버린 채 자리를 박차고 나가버렸다.

"씨팔!"

나연의 직업병을 도지게 만드는 한 마디 욕설과 함께.

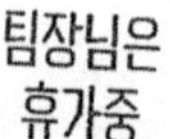

레스토랑을 박차고 나가는 태풍의 모습에 태양이 냅킨으로 입가를 닦고는 자리에서 일어났다. 그러고는 나연에게 양해를 구했다.

"잠깐만 나갔다 올게. 아무래도 녀석을 따라가봐야 할 것 같아."

자신이 생각해도 태풍을 너무 긁었다 싶었는지 태양이 자리에서 일어났다. 그 모습을 지켜보며 나연은 부드러운 미소를 지어주었다.

"다녀와."

태양은 태풍을 따라 룸에서 나갔다. 문을 박차고 룸을 빠져나간 태풍은 야외로 연결이 되어 있는 발코니에서 담배를 한 대 태우고 있었다. 어렵지 않게 태풍을 찾은 태양이 가까이로 다가가 먼저 손을 내밀었다.

"언제부터 피운 거야?"

태양의 질문에 태풍은 비뚜름한 시선으로 그를 흘깃 바라보고는 다시 담배 연기를 깊이 들이마셨다. 태양은 그런 태풍에게 한 걸음 가까이 다가갔다.

"한 개비 더 있냐?"

태풍은 대답하지 않고 품 안에서 담뱃갑을 꺼내 내밀었다. 태양이 한 개비를 꺼내 입에 물자 태풍은 빨갛게 타오르는 담배 끝을 마주대고 불을 붙여주었다. 태양이 몇 번 빨아올리자 그가 문 담배 끝에 불이 붙었다.

두 남자는 한동안 말없이 담배를 태웠다. 그러다 태풍이 먼저 담배를 비벼 끄고 어렵사리 말을 꺼냈다.

"형이 포기해."

"뭐?"

"나이 차이도 많이 나고, 집안 차이도 많이 나고. 현실적으로 불가능해. 그냥 형이 포기하고 산나와 결혼해."

태풍의 입에서 그런 말이 나올 줄은 상상도 하지 못했던 태양은 심각해진 얼굴로 동생을 돌아봤다.

"태풍."

"그래라, 형. 내가 형이 하라는 대로 다 할게. 형이 저번에 내 시계 멋지다고 했지? 그거 줄게. 또 뭐가 있지? 형이야 나보다 가진 게 훨씬 많지만 원한다면 내가 가진 것도 더 줄게. 우리 회사 주식은 어때?"

"태풍!"

"제발 그래라, 형. 내가 예전부터 제대로 형 취급도 안 하고, 어리광만 부리고, 그래서 형이 많이 화나 있는 거 알아. 이젠 제대로 살게. 형한테 제대로 된 동생 노릇도 하고, 괜한 반항 일삼는 짓도 그만두고."

"하아."

"그러니까 형, 원래 정해진 대로 산나랑 결혼해."

부탁한다고 들어줄 수 있는 일이 아니었음에도 태풍은 이성을 잃은 사람처럼 간절하게 태양에게 빌었다. 앞뒤 가리지 않고 막무가내로 구는 태풍의 모습이 낯설기 그지없었기에 태양은 무슨 말을 하려다 멈칫하고는 동생의 얼굴을 바라봤다.

'이 녀석이 원래 이런 성격이었나?'

물론 태양 자체가 살가운 성격이 아니었던 데다가 새어머니가 들어온 이후로 제대로 적응하지 못하고 방황한 탓에 어린 동생에게 신경을 쓸 마음의 여유라고는 없었다. 그랬기에 태풍을 알아보려는 노력도, 이해할 수 있는 시간도 없었다. 하지만 태풍은 나름대로 유연성을 자랑하며 집안에 제대로 적응해나갔다. 유들유들한 성격에 순발력이 더해져 누나와 형에게 치이지 않는 방법을 스스로 터득한 아이이기도 했다.

그런데 그런 녀석이 이상했다. 무시를 하거나 괜한 발길질로 자신의 마음을 표현한 적은 있었어도 이렇게 저돌적인 모습은 보인 적 없던 태풍이었기에 태양의 충격은 더 컸다.

잠시 침묵을 지키고 있던 태양은 혼란스러운 얼굴을 뒤로하고 태풍에게 질문을 했다.

"단도직입적으로 물어볼게. 너, 산나 좋아해?"

"……무슨 소리야?"

"나도 지금까지 확실하지 않아서 말을 하지 못했는데 언제부터인가 그런 느낌이 들었어. 처음에 온화 쪽이랑 그런 말이 오갈 때에도 난 관심이 없었거든? 그런데 내가 뜻도 표명하지 않고 방치를 한 까닭인지 약혼식이 진행되더라고. 물론 그때야 외할아버지께 내 인생을 저당 잡혀 있었고, 그 계약 조건이 시키는 대로 뭐든 하는 거였기 때문에 약혼식도 치렀지만……. 그 약혼도 산나가 찬성했기에 한 거지만 이제는 사정이 달라졌어. 그건 산나도 마찬가지일 거라고 생각해."

"무슨 근거로!"

"……글쎄. 무슨 근거일까?"

그렇게 중얼거린 태양은 치기 넘치는 어린 동생의 얼굴을 물끄러미 바라봤다.

"내가 볼 땐 그래. 너도 네 입장을 확실하게 표명하는 게 좋아.

좋다, 싫다, 명확히 구분하지 않고 미적지근하게 있다가는 윗분들의 손아귀에서 마구잡이로 휘둘릴 테니까."

태양의 말에 태풍이 입을 다물었다. 복잡함이 가득 담긴 눈망울이 촛불처럼 힘없이 흔들리고 있었다.

태풍은 잠시 망설이다 확실치 못한 대답을 했다.

"그건…… 오래전 일이야."

오래전의 일이었다. 열일곱, 처음 그 마음을 깨닫고서 비행기에 오를 수밖에 없었던 태풍은 타이밍이라는 것을 놓친 뒤로 계속 이것도, 저것도 아닌 불확실한 마음을 안고 있었기 때문이다. 하지만 늘 산나에게 무슨 일이 일어날 때면 그 마음은 일순 선명해지곤 했다. 태양에게서 파혼 통보를 받게 될지도 모른다는 사실을 알게 된 오늘 같은 날 말이다.

좋아하거나 싫어하거나. 흑과 백처럼 간단하게 나눌 수 있는 마음이 아니었다. 다만 한 가지, 녀석이 상처 받는 모습만은 보고 싶지 않았다.

순식간에 얼굴을 스치고 지나가는 태풍의 감정 변화를 지켜보고 있던 태양이 한숨을 푹 내쉬었다.

"그래, 그건 그렇다 치자. 그래도 난 지금 네가 왜 산나와 날 엮지 못해 안달인지 이해가 안 간다. 저 안에 있는 그 여자, 내가 진심으로 사랑하는 사람이야. 내가 마음을 준 세상에 단 한 사람이고, 그래서 평생을 함께하고 싶은 여자야. 20년 만에 처음으로 만났고, 잃지 않기 위해 5년이라는 시간을 버텼어. 그런데도 내 마음은 처음과 변함이 없더라. 넌 그런 여자를 포기할 수 있겠어?"

"하지만 형."

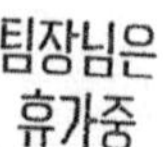

태풍은 두 눈을 질끈 감았다 떴다. 그 짧은 찰나에도 태풍의 머릿속엔 산나의 말간 얼굴이 떠올랐다 사라졌다.

“형이 그러면 산나는 어떻게 해? 그 자식, 어릴 적부터 줄곧 형만 보고 자라왔어. 형이 좋다고 졸졸 따라다녔잖아. 어릴 적 장래희망에도 형과 결혼하고 싶다고 써 냈던 애야. 알잖아, 형.”

“어릴 적 이야기야, 다. 나이가 들면 생각도 바뀌게 되어 있어.”

“생각이라고? 생각으로 어쩌지 못하는 게 마음인데, 형도 그걸 알면서 그렇게 말을 해?”

“풍아.”

“불쌍하잖아. 걔 불쌍해서 어떡해.”

금방이라도 울음을 터트릴 것 같은 얼굴을 한 태풍이 그새 쉬어버린 목소리로 중얼거렸다. 하지만 어쩌랴. 태양이 그에게, 또 산나에게 해줄 수 있는 것은 아무것도 없는데.

“불쌍하게 여겨서 만나는 건 사랑이 아니잖아.”

그렇게 대답한 태양은 태풍의 어깨를 몇 번 두드려주고는 나연이 기다리고 있을 룸 안으로 사라졌다. 그렇게 사라지는 태양의 뒷모습을 지켜보며 태풍은 한 손으로 얼굴을 가린 채 벽에 등을 기댔다. 손에 잡힐 듯 잡히지 않는 어린 날의 마음은 그때나 지금이나 어렵기는 마찬가지여서 태풍은 속수무책 손을 놓고 멍하니 지켜보는 수밖에 도리가 없었다.

그날의 기억을 떠올린 태풍이 피곤하다는 듯이 고개를 들었다. 한 손으로 눈가를 문지른 그는 바텐더가 내민 테킬라 한 잔을 목구멍 안으로 넘겨버리고는 눈살을 찌푸렸다.

"오늘따라 술이 쓰네."

술잔에 해결하지 못할 마음이라도 담겨 있는 모양이었다. 쓰디쓴 술을 한 방울까지 모두 마셔버린 태풍이 바텐더를 향해 빈 잔을 밀어주는 순간, 입구에서 떠들썩한 소리가 들리더니 이내 그녀가 등장했다. 방금 전까지도 그의 마음을 어지럽히던 장본인, 오산나가.

06. 사건의 재구성-3

프라이빗 바로 들어서는 산나의 모습은 가히 형편없었다. 업스타일로 고정시켜놓은 머리를 풀어버리려다 실패한 탓에 머리는 산발이었고, 2층에서 벽을 타고 내려오다 추락하는 바람에 값비싼 투피스 치맛단은 찢어져 있었다. 그뿐만이 아니었다. 산나에게 어울리지 않던 투피스의 새하얗던 색깔은 그녀가 스프링클러를 켜놓은 화단에 구름으로써 먼지투성이 잿빛으로 변하고 말았다.

산나가 엉망인 모습을 하고 등장하자 인기척에 입구로 고개를 돌렸던 태풍의 두 눈이 순식간에 커졌다. 들어오자마자 태풍과 눈이 마주치자 산나는 대수롭지 않게 손을 들어 몇 번 흔들어 보인 뒤 절뚝거리며 태풍의 곁에 앉았다.

"읏차! 길이 너무 막혀. 오는 데 생각보다 시간이 오래 걸렸지 뭐야?"

혼자 중얼거리는 산나의 모습을 별다른 대꾸 없이 지켜보고 있는데 그 태도가 이상했는지 이내 그녀의 눈길이 태풍에게 향했다.

"뭐야? 왜 그런 눈으로 쳐다봐?"

산나가 멋쩍은 얼굴로 머리를 매만지며 묻자 태풍은 잠시 뜸을 들이다 입을 열었다.

"꼴이 그게 뭐야?"

"내 꼴이 뭐."

"꼭……."

태풍이 한쪽 눈을 찌푸린 채 산나의 모습을 훑어봤다. 그는 차마 말이 이어지지 않는다는 투로 한숨을 푹 내쉬었다.

"누구랑 싸우고 오는 길이야?"

태풍의 질문에 산나가 피식 웃어버리고는 입고 있던 재킷을 벗어 의자 등받이에 걸어놓으며 중얼거렸다.

"꼭 약혼하러 나가려고 준비하고 있다가 이건 아무래도 안 되겠다 싶어서 2층 내 방 창가에서 뛰어내린 극단적인 꼴이라고 생각해?"

피식피식 웃으며 대답하는 산나의 모습을 뚫어져라 바라보던 태풍의 미간에 주름이 잡혔다. 약혼이라는 가장 신경 쓰이는 단어가 산나의 입에서 언급이 되었지만 그것보다 놀라운 점은 2층에서 뛰어내렸다는 행동이었다.

왜 이렇게 애가 무모한 거야?

너 미쳤어?

다친 곳은 없고?

머릿속으로 수많은 질문이 떠올랐다 사라졌지만 그 어느 것 하나 입 밖으로 내뱉을 수 없었던 태풍은 어금니를 꽉 깨무는 것으로 얕은 분노를 삼킬 수밖에 없었다. 그러다 문득 산나의 돌발 행동과 무슨 일이 있어도 오늘 꼭 만나야 한다며 그녀가 보낸 문자가 오버랩이 되었다.

"설마 너……."

"뭐!"

태풍이 채 말을 끝내기도 전에 산나가 뾰족하게 대꾸했다. 날이 선 그녀의 목소리에 태풍은 입을 꼭 다물고 그녀의 말간 얼굴을 바라보다 고개를 내저었다.

"아니야. 어쨌든…… 듣고 보니 그러네."

"아, 짜증 나. 매일 마시던 걸로."

태풍의 밍밍한 대답이 영 실망스러웠던지 산나는 요란한 동작으로 이마를 문지르더니 바텐더에게 주문을 했다. 하지만 앞에 서 있던 바텐더가 멍한 얼굴로 바라보며 움직일 기미를 보이지 않자 그녀는 신경질적인 목소리로 다시 주문을 했다.

"모히토나 한 잔 줘욧!"

"성질은. 너 같은 여자 만날까 봐 무섭다, 내가."

"누가 만나자고 했어? 괜히 시비야."

"쯧."

"혀 차지 마. 안 그래도 오늘 기분 엿 같으니까."

말본새 하고는.

태풍은 고개를 설레설레 저으며 심술이 덕지덕지 묻은 산나의 얼굴에 꽂혀 있던 시선을 거두었다. 바텐더가 그녀에게 모히토 한 잔을 내미는 것을 바라보고는 고개를 돌리는데 그의 시선에 산나의 팔뚝이 보였다.

가느다랗고 흰 피부에는 날카로운 무언가에 스친 자국들이 불긋불긋하게 올라와 있었고, 개중에는 찢어져서 딱지가 앉은 상처도 있었다. 그러고 보니 바에 들어올 때에도 절뚝거렸던 기억이 났다.

태풍은 반사적으로 산나의 팔목을 붙잡았다. 그러자 산나가 무슨 일이냐는 듯 눈을 동그랗게 뜨고 그를 바라봤다.

정말 괜찮은 거 맞아?

아무리 봐도 상태가 안 좋은데.

2층에서 뛰어내렸다면 거의 자살 행위나 다름없는 것 아니야? 몸이 멀쩡한 게 더 이상하다고!

하고 싶은 말은 많았는데 그의 뜻은 소리가 되어 입 밖으로 나오지 못했다. 대신 그 많은 말을 압축한 한 마디를 내뱉었을 뿐이었다.

"병원부터 가지 그러냐."

앞뒤가 잘린 그 말은 퍽 퉁명스럽게 들리기까지 했다.

태풍의 말이 싱거웠는지 산나는 따끔거리는 팔뚝을 문지르고는 앞에 놓인 잔을 집었다.

"그래서 병원에 왔잖아? 진통제 처방 받으려고."

오산나 그 자체처럼 보이는 모히토가 그녀의 손에서 찰랑거렸다. 산나는 잔을 들어 단숨에 반을 비워버리고 나서야 살겠다는 듯 탄성을 터트렸다.

"캬! 좋다. 역시 이 맛에 모히토를 마시지, 내가."

무모하고, 대책 없고, 감정적인 이 여자를 어떻게 해야 할까.

태풍은 한숨을 내쉬며 고개를 내저었다. 아까부터 지끈지끈 아팠던 머리가 이제는 숫제 깨질 것만 같았다.

"할 말 있다며. 해봐."

태풍은 한 손으로 얼굴을 문지르고는 바텐더를 향해 빈 잔을 내밀었다. 바텐더가 빈 잔에 테킬라를 채우는 동안, 태풍은 엉망진창인 꼴을 정리하지도 않고 달려와야 할 정도로 급박했던 산나를 바라봤다.

"왜, 내 꼴이 우스워?"

"무슨 대답이 듣고 싶은 건데? 괜히 날 세우지 말고 네가 하고 싶은 말을 해."

툭, 말이 터졌다. 이놈의 말이란 꼭 반사 신경과도 같아서 산나의 목소리가 높아진다 싶으면 절대로 좋은 소리가 나오질 않는다. 의지를 배반하고 상냥하지 못한 말이 튀어나오자 태풍은 입을 앙다물고 두 눈을 질끈 감았다. 낭패감이 얼굴 전체를 뒤덮었다.

애초에 태풍은 상냥한 성격이 못 되었다. 집안사람들 중 태풍이 가장 상냥한 축에 속할 정도로 사람들은 나긋나긋하지 못했다. 유전적인 성향과 더불어 후천적 발달 쪽으로 변명을 조금 더 덧붙이자면, 태어나서 지금까지 마음을 드러내지 않고 감추는 법만 배웠을 뿐, 솔직하게 다가가는 법을 배우질 못했던 탓도 있었다. 배운 적이 없으니 방법 자체를 몰랐고, 덕분에 태풍은 사람과 깊이 인연을 맺거나 마음을 공유하지 못하고 살아왔다.

"하여튼 말 한번 예쁘게 하는 꼴을 못 봤어."

산나가 입술을 불퉁하게 내밀고 투덜거렸다. 이게 다 걱정이 돼서 성질을 부린 거라고 변명을 하자니 낯간지러웠기에 태풍은 고개를 저었다.

'하던 대로 해, 태풍.'

속으로 중얼거린 태풍은 산나의 손목을 단단히 붙잡아 고정시키고는 인상을 빡빡 쓰며 앞에 있던 바텐더를 불렀다.

"여기!"

"네. 뭐가 더 필요하십니까?"

"구급상자 있죠? 좀 빌립시다."

태풍의 말에 바텐더가 잠깐만 기다리라는 말을 남기고 무릎을 굽혔다. 손님들에게 보이지 않는 바 건너편 수납장 안을 뒤지기 시작한 모양이었다. 그 모습에 산나가 입술을 비죽거렸다.

"괜찮아. 뭘 구급상자까지."

그렇게 중얼거리는 산나의 목소리는 한풀 꺾여 있었다. 그녀가 태풍에게 잡힌 손목을 비틀며 작게 반항을 하자 태풍은 손아귀에 한층 힘을 주었다.

"괜찮긴 뭐. 무슨 배짱으로 이러고 다니는 거냐?"

"침 바르면 낫는다, 뭐."

"퍽이나 낫겠다. 세균 감염으로 상처 제대로 곪아봐야 정신 차리지?"

"남이야 곪든, 낫든. 언제부터 신경 썼다고 그래?"

"신경을 써줘도 하여간."

툴툴거리는 산나의 입을 한 대 야무지게 때리고 싶다는 생각을 하면서 태풍은 인상을 쓴 채 산나의 피부에 난 생채기들에 집중했다.

"너 이러고 다니는 거 남들에게 민폐야."

"민폐는 무슨."

"이런 걸 보는 사람들 마음이 얼마나 불편하겠어? 험한 꼴이라도 당했나, 아프겠다, 저 사람 어쩌지, 온갖 상상 다 할 거 아냐? 남들에게도 민폐고 너 자신에게도 민폐야. 멀쩡히 잘 살고 있으면서 왜 사람들이 이런저런 이상한 상상을 하게 만들어?"

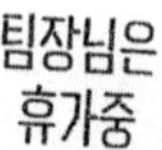

유도심문까지는 아니었어도 산나와의 자연스러운 대화를 통해 저도 모르게 속내를 비추고 만 태풍이었다. 잔소리를 하듯 종알거리는 태풍을 물끄러미 바라보고 있던 산나가 반항을 멈추었다.

"마음이 불편했어?"

"뭐?"

산나의 질문에 그녀의 손목을 잡고 이리저리 살펴보던 태풍이 고개를 들었다. 덕분에 산나는 당혹감이 스치는 그의 눈빛을 보고 말았다. 아주 짧은 찰나였지만 그 찰나가 꼭 그의 진심 같다는 느낌이 들었다.

"너 말이야, 마음이 불편했냐고. 솔직히 다른 사람들 생각은 별로 신경 쓰지 않는데 네 생각은 듣고 싶네?"

"무슨 말이 듣고 싶은 건데?"

"네가 무슨 생각을 했는지. 정말 마음이 불편했어? 어디에서 험한 꼴을 당했나, 아프겠다, 또 뭐라고 했더라? 그것 말고 또 무슨 상상을 어떻게 했는데?"

"그게 중요해? 상대가 누구든 험한 상상을 했다는 자체를 걱정해야지."

"걱정했구나!"

산나가 명랑하게 소리를 질렀다. 안 그래도 커다란 그녀의 두 눈이 튀어나올 것처럼 동그래졌다. 직설적인 그녀의 물음에 태풍이 주춤 뒤로 물러났다.

그 순간, 수납장에서 구급상자를 찾은 바텐더가 자리에서 일어났다.

"여기 구급상자요."

그 말 한 마디에 두 사람 사이에 정적이 흘렀다. 태풍에게 바텐더의 타이밍은 구원이나 다름없었지만 산나에게는 교묘한 방해에 지나지 않았다.

각기 다른 마음을 품은 두 사람은 안심한 얼굴로, 또는 불만스러운 얼굴로 입을 다물어버렸다.

태풍은 바텐더가 건네준 구급상자를 열었다. 식염수를 묻힌 솜뭉치로 그녀의 상처를 살살 쓸어 소독하고는 연고를 발라주었다. 일회용 밴드까지 붙여주고 나서야 고개를 들었는데 언제부터 바라보고 있었던 건지 모를 산나의 눈과 딱 마주치고 말았다.

"소리 한 번 안 내냐, 어째?"

사람을 꿰뚫을 것 같은 시선이 부담스러웠기에 태풍은 멋쩍은 투로 어색한 정적을 깼다. 그러자 산나가 제정신을 되찾았는지 눈을 깜빡거리고는 시선을 피했다.

"다리 이리 내."

"뭐?"

"다리. 다리도 다친 거 아니야? 절뚝거리면서 들어왔잖아."

태풍이 바에 팔꿈치를 대고 앉아 산나를 바라봤다. 태풍의 관심이 자신의 다리로 옮겨가자 산나가 의외라는 듯 눈썹을 들어 올렸다.

"꽤 날카롭게 날 봤는데?"

"다리 길이가 다른 사람처럼 오버를 하면서 절뚝절뚝거리는데 누군들 못 알아볼까. 오뚝이도 아니고."

태풍이 밉살맞게 대꾸하자 산나가 눈을 치켜뜨고는 불만스럽게 입을 오물거렸다.

"세심하다고 칭찬해주려고 했는데 다 취소야."

"알았으니까, 자."

"아, 됐어. 뭘 다리까지."

"그런 꼴로 앉아 있으면 괜히 신경 쓰여서 술도 제대로 못 마셔. 네가 무슨 이야기를 하려는 건지는 모르겠지만 그 이야기도 잘 못 들을 것 같아. 그러니까, 자."

태풍은 산나를 향해 돌아앉은 채 자신의 무릎을 툭툭 두드렸다. 무릎 위로 발을 올려놓으라는 제스처에 산나는 밉지 않게 흘겨보다가 에라 모르겠다 하는 몸짓으로 플랫슈즈를 벗었다. 그러고는 양쪽 다리를 태풍의 무릎 위로 올렸다.

그러자 태풍이 무슨 짓이냐며 한쪽 눈썹을 휙 들어 올렸다. 그러고는 하는 말이.

"어? 나는 나처럼 돌아앉으라는 얘기였는데?"

놀리는 듯한 그의 말투에 산나가 눈을 가늘게 뜨고 그를 노려보았다.

"윽."

산나가 입술을 깨문 채 그의 무릎 위로 올려놓은 다리를 내려놓으려는데 태풍이 잽싸게 그녀의 종아리를 잡았다.

"뭐야, 왜 잡아?"

산나가 토라진 목소리로 팩 쏘아붙이자 태풍은 작게 웃으며 산나를 달랬다.

"농담이야."

"아, 이거 놔."

"농담이라니까 그러네. 봐봐, 어디 많이 다쳤나."

태풍은 발버둥을 치는 산나의 종아리를 단단히 부여잡고 그녀의 발목부터 살폈다. 커피색 스타킹을 신고 있었기에 맨 다리가 제대로 보이지는 않았지만 발목만큼은 도톰하게 부풀어 있는 것이 보였다.

"많이 부었네. 어디에서 어떻게 뛰어내렸기에, 쯧."

"그래도 꽤 단단하게 동아줄을 만들었다고. 그건 멀쩡했는데 창틀에 끼워놓은 커튼 봉이 그렇게 약할 줄이야. 그게 변수였어."

산나의 설명을 들으며 머릿속으로 그 광경을 상상하자 눈앞이 아찔해지고 말았다. 대체 어쩌자고 그런 짓을 저지른 걸까? 웬만한 남자들도 하기 힘든 일을 저질러놓고 상처투성이의 몸으로 바로 뛰어온 산나는 정작 아무 생각이 없어 보였다.

태풍은 헛웃음만 삼키며 두껍게 부풀어 오른 산나의 발목을 살펴봤다.

"이 꼴을 하고 여기까지 어떻게 온 거야, 대체?"

태풍이 혀를 내두르며 묻자 산나는 별로 대단할 것 없다는 듯 어깨를 으쓱거리며 대답했다.

"차 타고."

"2층에서 뛰어내렸다며."

"착지까지 완벽하게 해낼 줄 알았는데 거기까진 못했어. 아무래도 연습 좀 해야 할까 봐. 착지에 좋은 운동이 뭐가 있을까? 암벽 등반? 아님 기계체조?"

"영화를 너무 본 거지."

"아까웠어. 나 되게 멋있었는데 간발의 차로 고꾸라지고 말았다고."

"2층에서 뛰어내린 정도면 분명 집안에 경호원들이 파다하게 깔렸던 모양이지?"

"잘 아는구나."

"너희 집 김 기사가 여기까지 데려다준 거야?"

"풋."

순진하기까지 한 태풍의 질문에 산나가 웃음을 터트리고 말았다. 양쪽 다리를 태풍 쪽으로 쭉 뻗은 채로 앉아 있던 그녀는 팔짱을 끼고 그를 바라보았다.

"김 기사는 무슨. 내가 내 차 끌고 왔어."

"……이 상태로 운전을 했다고?"

"아까까지는 괜찮았어. 그냥 조금 시큰거리는 정도?"

"이렇게 부었는데? 이거 아무래도 안 돼. 병원 가야지."

"그냥 살짝 삔 것 가지고 무슨 병원까지. 됐어. 파스 붙이고 쉬면 다 나아."

산나가 손을 내저었다. 발목을 삔 것 가지고 병원에 가는 번거로움을 감수하기도 싫었는데 오늘만큼은 집에 돌아가고 싶지도 않았다. 병원에 가서 진료를 받게 되면 분명 부모님이 그녀의 위치를 파악하기가 더 쉬워질 것이라는 판단을 내린 산나는 단호하게 고개를 저었다.

"그래도 갈 땐 대리 불러야 할까 봐. 발목이 좀 아파오는 걸 보니 운전은 무리야."

"일어나. 지금 그냥 집으로 가."

"무슨 소리야?"

"집에 가서 쉬라고."

얘가 뭘 모르네, 또.

태풍이 단호하게 말하자 산나는 고개를 저었다.

"뭘 모르나 본데 나 지금 집에서 일종의 탈출을 감행했어. 약혼이랍시고 얼굴도 모르는 어느 대단한 집안 자제를 집으로 초대한 모양인데 내가 그걸 일방적으로 깠다고. 이런 상황에서 내가 집에 가서 두 발 뻗고 편히 쉴 수 있을 것 같아?"

"그럼 어떻게 하려고?"

"호텔 갈 거야."

"호텔?"

"병원엔 기록 남아서 가기 싫어. 이 나이에 경호원들에게 붙잡혀 가고 싶지 않다고."

"호텔은 어쩌게? 호텔도 기록이 남아."

태풍의 말에 일순 산나의 눈이 반짝 빛났다. 대답 없이 자신을 바라보는 산나의 모습에 잠시 주춤한 태풍이 슬그머니 뒤로 상체를 뺐다.

"뭐야, 그 눈빛은?"

"네가 도와줘."

"뭐?"

"네 이름으로 예약하라고, 호텔."

"너…… 그러려고 날 불렀어?"

"겸사겸사. 할 말은 따로 있어. 할 말 하려고 부른 김에 호텔 예약도 부탁하는 거야."

부탁하는 사람치고는 태도가 꽤 건방지다. 네가 들어주지 않으면 어쩔 거냐는 표정으로 턱을 치켜든 산나를 얄밉다는 시선으로

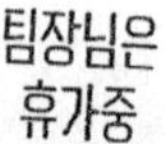

바라보던 태풍이 고개를 돌렸다.

“할 이야기가 뭔데? 아니다. 그보다 이 다리부터 어떻게 하고 이야기하자.”

발가락을 꼬물거리며 여유를 부리는 산나를 흘겨본 태풍은 곧장 구급상자를 뒤졌다. 접착식 파스는 없었지만 안티푸라민 연고는 있었기에 잠시 망설이다가 결국 산나의 발목을 잡았다.

“찢는다.”

그렇게 말한 태풍은 산나의 대답이 떨어지기도 전에 그녀의 발목을 감싸고 있던 스타킹을 찢었다. 부직 소리를 내며 스타킹의 올이 나가는 순간 산나가 짧게 신음했다.

“읏!”

그 소리에 태풍의 손길이 멎었다.

“뭐야? 왜 그런 소리를 내?”

“내…… 소리가 뭘.”

“이상하잖아. 이상한 짓 하는 것도 아닌데.”

태풍이 중얼거리자 덕분에 두 사람 사이에 어색한 기류가 흘렀다. 자신이 무슨 소리를 냈는지 인지하지 못하고 있었던 산나는 그의 지적에야 비로소 지금 상황이 낯 뜨거울 수 있다는 사실을 알아챘다.

“뭐, 그냥 응급처치하는 상황이잖아.”

어떡하지? 제대로 의식하고 말았어!

산나는 도톰한 아랫입술을 질끈 깨물고는 고개를 숙였다. 그러자 방금 전까지 아무렇지도 않게 내밀었던 자신의 다리가 보였다. 투피스를 입은 채라 태풍에게 다리를 올리고 있었더니 그녀의 허벅지가 고스란히 노출되었다. 게다가 다리를 압박하는 스타킹까지 신었으니 산나 본인이 보기에도 자신의 다리가 제법 섹시하게 느껴졌다.

'그런데 그 스타킹을 찢기까지 했으니. 가만, 이런 생각을 하는 내가 이상한 건가?'

괜한 생각에 멋대로 얼굴이 뜨거워지자 산나는 한 손을 들어 턱을 긁는 척하며 얼굴을 가렸다.

'저 자식은 멀쩡하니 처녀 스타킹을 멋대로 북북 찢는데 나는 왜 혼자 이 모양인 건지. 아니, 그보다 누구 스타킹을 찢어봤기에 이렇게 능숙한 거야? 올 안 나간다는 광고 보고 비싸게 산 스타킹인데 이거 안 되겠구만! 너무 잘 찢기잖아! 망할 과대광고.'

산나는 눈살을 찌푸리며 고개를 숙인 태풍을 바라봤다. 동그란 귀가 발갛게 물든 것도 같았지만 어두운 조명 탓에 제대로 확인하기란 쉽지 않았다.

태풍이 찢은 스타킹 사이로 산나의 맨살이 드러났다. 태풍은 단단한 껍질을 깨고 나온 보드라운 열매처럼 드러난 맨살을 잠시 바라보더니 이내 연고를 손에 묻혔다.

발목에 이질적인 감촉의 연고가 묻었다. 연고는 태풍의 손가락 끝에서 그의 온기를 타고 녹아내리면서 산나의 온기와 뒤섞였다. 느낌이 이상야릇했다. 그냥 말 그대로 접질린 발목에 연고를 발라주는 것뿐이었지만, 그의 피부와 발목이 맞닿을 때마다 산나는 감전이라도 된 것처럼 간헐적으로 움찔거렸다.

그녀가 느끼는 감전은 태풍에게도 전염이 되었다. 물론 산나는 자신이 느끼는 감각에만 집중했기에 그의 변화를 알아채지 못했지만 태풍 역시 같은 열기를 동시에 느끼고 있었다. 그녀의 발목을 문지르는 손이 가늘게 떨리고 있었고, 그녀의 피부에 닿는 손끝이 타들어갈 것처럼 뜨거워졌다.

"아……."

일순 산나가 신음을 흘렸다. 그 소리에 놀란 태풍이 화들짝 놀라며 그녀에게서 손을 떼었다.

"왜, 아파?"

"아, 아니."

산나가 속눈썹을 파르르 떨며 고개를 저었다. 이렇게 틈틈이 보이는 모습이 여성스러웠기에 문득 예쁘다는 생각을 했다.

'말만 그런 식으로 하지 않으면 더 예쁠 텐데.'

그러다 문득 태풍의 눈에 허벅지 바깥쪽 상처가 보였다. 태풍이 무의식중에 그곳을 향해 손을 뻗자 산나가 놀랐는지 눈에 띄게 움찔거렸다. 그제야 자신이 한 짓을 깨달은 태풍은 변명하듯 중얼거렸다.

"상처가 보여서."

"아, 음. 이제 됐어. 고마워."

"약 발라줄까?"

"아니, 이 정도는 괜찮아."

"그래, 그럼."

어색함 때문일까, 두 사람의 대화는 찰기 없는 떡처럼 뚝뚝 끊어졌다. 산나가 다리를 내리고 옷매무새를 정리하는 사이, 아주 짧은 침묵이 머물렀다. 태풍은 그 사이 구급상자를 정리하고 손에 묻은 연고를 냅킨으로 닦아냈다.

"할 말 있다며. 이제 해봐."

"말했다시피 오늘 약혼을 할 뻔했어."

"그래, 그랬다며."

"예고도 없이 이뤄진 일이라 길을 걷다 벼락을 맞은 것처럼 얼떨떨했어."

"신세 한탄이나 하려고 날 부른 거야?"

"설마. 내가 어느 날 갑자기 벼락을 맞게 된 이유가 너 때문이라는 걸 알게 돼서 널 부른 거지."

산나의 눈빛이 순식간에 도발적으로 불타올랐다. 방금 전까지 상처를 보살펴주던 그의 태도에 원래의 목적을 잊고 있었음이 분명했다. 잊고 있었던 일이 떠오르자 보드라워졌던 마음이 순식간에 경직되었다.

그런 그녀의 눈빛과 말투만으로도 태풍은 그녀가 왜 그런 문자를 보냈는지, 왜 이런 무모한 짓을 하면서까지 그를 만나러 왔는지 깨달았다.

「아직 아이들이 어리고 또 순하지도 않잖습니까? 대학을 졸업하고 난 뒤, 일을 핑계로 같이 붙여놓으면 좀 자연스러울 것 같습니다만.」

「그럼 프로젝트 하나를 함께 진행하도록 해보지요. 아이들의 능력도 파악할 겸, 아이들이 친해질 겸.」

「친해지다 눈이 맞아 정분이 나면 더 좋을 일이고요.」

태양과 산나의 파혼이 진행됐던 날, 서재에서 통화를 하던 아버

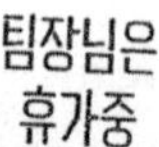

지의 목소리를 들었다. 가장 먼저 든 생각은 태양의 대타로 산나와 결혼을 하라는 건가? 그러고 나서 든 생각은 이것이었다. 이놈의 집구석, 상식이나 개념이라는 게 있기는 한 건가?

그날 처음으로 마음속에 확실한 다짐을 했다. 그것은 물 흐르는 대로 우유부단하게, 부모님의 뜻대로 휘둘려도 그만이라고 생각했던 태풍이 변하기 시작한 시점이기도 했다.

절대 아버지의 뜻대로 움직이는 인형이 되지는 않을 작정이었다. 더불어, 만약 하게 된다고 해도 산나가 먼저 태풍을 원하기 전에는 결혼 따위 하지 않을 생각이었다.

"네가 깠다며, 날."

산나의 질문에 태풍이 곧은 시선으로 그녀를 바라봤다.

"그래."

"이유가 뭐야?"

"그게 꼭 듣고 싶어? 그러려니 하고 넘어가는 법이 없어, 너는."

그래서 꼭 험한 말을 하게 만들지.

태풍은 그 뒤의 말은 삼켜버리고 이글거리는 산나의 두 눈을 직시했다. 산나는 물러날 생각이 없어 보였다.

"난 들어야겠어. 무슨 생각으로 거절한 건지."

"생각이라. 거절하는 데 무슨 이유가 필요하다고 생각해?"

태풍의 대꾸에 산나의 얼굴이 일순 어두워졌다.

내가 싫다는 말인가?

태풍의 말에서 풍기는 뉘앙스가 그랬기에 산나는 울컥 기분이 나빠지고 말았다. 그런 산나의 표정 변화를 지켜보며 태풍은 말을 이었다. 자신의 뜻이 산나에게 제대로 전해질 수 있을지는 100퍼센

트 확신이 가지 않았지만.

"난 늘 누나와 형의 대타였어. 이젠 형이 파혼했다고 결혼까지 내가 대타로 뛰어야 한다는 건 말이 안 되잖아?"

"윽."

"한평생 형만 바라보고 산 여자와 결혼을 하기엔 내가 너무 불쌍하지 않아?"

내 마음이 불쌍해. 난 그런 여자의 뒷모습만 바라보며 평생 살아야 하잖아?

"나를 우선으로 생각해주는 여자가 좋아, 난. 내가 그 여자의 남자주인공이라도 평생 행복할 거라는 보장이 없는데, 하물며 너한테 나는 평생 남자 조연일 거잖아?"

"그건…… 모르는 거잖아."

"모르는 일에 내 인생을 걸라고? 그건 도박이나 마찬가지야. 내 인생을 담보로 해야 하는 도박이라면 난 빠질래."

"내 곁에서는 행복할 자신이 없다는 말이지?"

그렇게 묻는 산나는 금방이라도 울음을 터트릴 것처럼 보였다. 그랬기에 태풍은 그녀의 질문에 대답을 하지 않고 고개를 돌렸다.

"애초에 말도 안 되는 일이었어. 조선시대도 아니고, 결혼 상대를 물려받는다는 건 들어보지도 못했어. 비상식의 끝을 찍어주시는 일이지, 이건."

"덕분에 난 생판 모르는 사람이랑 약혼을 하고 결혼까지 하게 생겼잖아!"

산나가 참지 못하고 바락 소리를 질렀다. 억울하다는 듯 들리는 그녀의 목소리는 마치 태풍과의 약혼을 기다렸다고 말하는 것 같았기에, 외면하듯 고개를 돌렸던 태풍은 산나를 바라봤다.

설마…….

거침없이 표현하는 그녀임을 안다. 오래전, 태양에게 사랑을 고백할 때도 그랬고, 오늘처럼 약혼을 피해 도망칠 때도 그랬다. 호불호가 확실한 그녀인 만큼 태풍은 처음부터 그녀에게 기대를 걸어볼 생각조차 하지 않았다.

그런데 지금, 무언가 다른 느낌이 들었다. 성질을 내고, 불만을 표현하고, 뾰족하게 구는 것은 평소와 같은데 태풍을 향한 태도가 달라졌다. 안중에도 없다는 듯 굴던 느낌이 아니었다. 초조하게 입술을 깨무는 것도, 동공이 흔들리는 것도, 두 눈이 물기로 반들거리는 것도…… 태풍에게는 한 번도 보여주지 않던 감정 변화였다.

설마.

그녀의 세심한 감정 변화까지 놓치지 않겠다는 듯 눈을 가늘게 뜬 태풍이 조심스러운 질문을 던졌다.

"나랑 하고 싶어?"

태풍의 물음에 산나가 두 눈을 동그랗게 뜨며 되물었다.

"뭐?"

태풍은 날카로운 눈빛을 거두지 않은 채 산나에게 그녀의 진심을 종용했다.

"나랑 결혼을 하고 싶은 거냐고."

07. 그날의 기억

"나랑 결혼을 하고 싶은 거냐고."

그녀가 '결혼을 하고 싶다'는 것보다는 누구와 하고 싶은지, 그 구체적인 상대가 중요했다. 그랬기에 태풍은 그녀의 시선을 사로잡은 채 놓아주지 않았다. 오랜 눈 맞춤을 견디지 못한 그녀가 무너지는 순간 드러날 진짜 감정을 놓치지 않기 위해서였다.

하지만 감정이 드러나기도 전, 산나가 먼저 태풍의 시선을 피했다.

"영 모르는 사람과 하는 것보다야……."

'네가 낫지'로 이어질 말이 더없이 불쾌했고, 그의 자존심을 긁었다. 남자를 단번에 초라하게 만드는 산나의 발언에 태풍은 매서워진 얼굴로 그녀를 노려봤다.

"결혼을 뭐라고 생각하는 거야, 너."

"집안끼리의 결합, 기업 간의 합병. 아니야? 내 의지가 충분히 반영되지 않는다는 건 알아. 부모님이나 주변을 둘러봐도 그랬고, 어릴 적부터 그렇게 배워오기도 했어. 그러니 난……."

"해보지도 않고?"

분노했다는 말이 맞을 것 같다. 태풍은 진심으로 분노했다. 누군가를 사랑했다는 여자라고 하기에는 포기가 빨랐고 마음 정리도 쉬웠다. 무엇 하나 치열하게 가져보려는 노력 따위 해보지도 않은 채 손을 놓고 현실에 안주하려는 태도가 그의 분노를 불러 일으켰다.

자기 자신을 비추는 거울을 본 느낌이라서 그랬는지도 모른다. 산나를 통해 자신이 어떤 인간인지 확실히 알게 된 태풍은 자괴감으로 인한 묘한 슬픔을 느꼈다.

너무 많은 것을 갖고 태어났기 때문일까.

어릴 적부터 열망을 가지고 무언가를 바랐던 적이 없었던 것 같다. 갖고 싶은 것을 위해 노력하는 대신 누군가와 계약하는 법을 배웠다. 원하는 것을 갖기 위해서는 중요한 것 하나를 내놓아야 한다는 것을 알았고, 그랬기에 그 트레이드의 가치를 매기는 법을 터득했다. 세상과 타협하는 것과 이득이 되지 못하는 것은 가차 없이 버리는 것이 옳다고 믿었다.

그랬기에 세상 사람들이 말하는 노력이란 이득이 남지 않는 싸움에 열을 올리는 것이라고 생각했다. 노력하는 과정보다는 실질적으로 손에 넣을 수 있는 결과를 중요시했기에, 어쩌면 그렇기 때문에 태풍의 손에는 지금 아무것도 없는 것일지도.

많은데…… 없었다.

그것을 깨달은 순간, 태풍은 알았다. 이렇게나 똑같은 우리 두 사람이 결혼을 하면 안 된다. 분명 텅 빈 마음을 끌어안고 살면서 쇼윈도 부부로서 살아가게 될 것이다. 서로를 불행하게 만들고 말 것이다.

"아는 사람을 원하는 거면 나 말고 다른 사람을 찾아봐. 혹시 모르지. 모르는 사람과 하는 결혼이 더 나을지도."

"읏."

"곰곰이 생각을 해보면 나올 대답인데 그게 궁금해서 여기까지 달려온 거야?"

"……본인 입으로 확인을 받고 싶었거든."

망설임이 가득 담긴 산나의 목소리에 태풍이 그녀를 뚫어져라 바라보다 물었다.

"너, 날 좋아하냐?"

"……뭐?"

"혹시나 해서 묻는 거야. 너 지금 실연당한 여자처럼 굴고 있잖아."

자아도취와도 같은 말을 내뱉는 데에는 큰 용기가 필요했다. 그런데 태풍의 질문을 다른 의도로 이해한 산나는 당치 않다는 듯 비웃음을 날렸다.

"오랫동안 알고 지낸 너랑 결혼을 하는 게 차라리 낫다는 말이 어째서 그런 식으로 와전이 되는 거야?"

애초에 산나가 과민반응을 한 이유는 따로 있었다. 태풍의 그 말이 정곡을 콕 찔렀기 때문에. 자기 자신에게는 관심조차 없어 보이는 남자 앞에서 네가 좋다고 말할 수가 없었기 때문에. 덧붙여 그의 형이 좋다고 떠들어댔던 세월이 있으니 낯부끄러워서.

"웃겨. 네가 네 입으로 말했잖아? 한평생 네 형만 바라보고 산 여자랑 같이 살고 싶지 않다고. 그런데 무슨 말이 더 필요해?"

"……그럼 됐고."

산나의 대답에 태풍이 아쉽다는 듯 입맛을 다셨다.

"처음에는 나도 기업 간 합병처럼 결혼을 생각했는데 형을 보니까 생각이 바뀌었어. 집안도 집안이지만 난 이왕이면 마음이 통하는 사람과 하고 싶어."

"마음이 통하는 사람이라면…… 사랑하는 사람?"

그 질문에 태풍이 대답을 하지 않자 산나의 두 눈이 순식간에 커다래졌다.

"사랑하는 사람 있었어?"

"너는 있는데 나라고 없을까."

태풍의 대답에 산나는 입술을 잘근 깨물었다. 태풍이 태양을 그 상대라 오해한다는 것은 알고 있지만 어떻게 정정하는 것이 좋을까 고민하는 사이에 그녀는 말할 타이밍을 놓쳤고, 덕분에 어색한 침묵에 사로잡혔다.

잠시 침묵이 이어졌다. 그 덕분에 실내에 은은한 음악이 흐르고 있다는 것을 깨달았다. 한동안 음악에 집중한 채 선율을 따라가던 산나는 마침내 침묵을 참지 못하고 입을 열었다.

"넌 왜? 흠흠."

갑작스러운 화제 전환이었기 때문일까. 산나는 멋대로 갈라져 나온 목소리 때문에 마른기침을 했다.

그녀의 질문에 새로 나온 테킬라를 음미하던 태풍이 그녀를 힐끗 바라봤다.

"뭐가?"

"술집에서 마주친 적도 없는 놈이 왜 여기 있느냐고."

"놈이 뭐냐, 놈이. 나 여기 단골이야. 네가 몰라서 그렇지."

"흐음, 술을 잘하는 편은 아니잖아?"

"남자는 술집에 술만 먹으러 가진 않아."

"무슨 말이야?"

"가끔은 여자를 보러 가기도 한다는 말이지."

태풍이 짓궂게 웃으며 중얼거렸다. 무슨 뜻인지 궁금했던 산나가 미간을 좁히자 태풍은 어깨를 으쓱대며 가벼운 농지거리를 건넸다.

"여기 마담이 무지 예쁘거든."

태풍의 대답에 산나는 못 말리겠다는 듯 고개를 저었다. 그러고는 그에게로 완전히 틀었던 방향을 바로 돌리고는 잔을 들었다. 그런 그녀의 뾰로통한 모습이 귀엽다는 듯 태풍은 쿡쿡 웃고는 다시 제대로 된 대답을 꺼냈다.

"마실 일이 있으니까 그러지."

"꼴은 왜 그런데?"

"왜, 좋아하는 여자 결혼식에 추레해 보이기 싫어서 잔뜩 꾸미고 다녀온 다음 완벽한 실연에 혼자 처량하게 술이나 마시고 있는 걸로 보이냐?"

결혼식에 다녀왔구나. 그렇다면 그 '꼴'이 이해가 된다.

고개를 끄덕거리던 산나의 미간에 주름이 잡힌 것은 그 말을 이해하고 나서 3초 후의 일이었다.

"뭐? 좋아하는 여자?"

산나의 뒤늦은 고함이 날카로웠다. 두 눈을 동그랗게 뜬 채 믿기지 않는다는 얼굴로 바라보는 그녀의 표정에 태풍은 괜히 기분이 나빴는지 퉁명스럽게 투덜거렸다.

"왜, 나는 좋아하는 여자 하나쯤 있으면 안 되는 거냐?"

"아니, 그렇다기보다……, 아까는 사랑하는 사람이 있다며."

"그러게. 좀 많다. 그런데 원래 남자들은 그래. 예쁜 여자, 좋아하는 여자, 사랑하는 여자, 결혼하고 싶은 여자가 다 따로 있지."

"이해 안 돼."

"형만 바라보고 살아온 너는 이해를 못 하겠지. 난 그런 너를 이해한다."

"하!"

일부러 미운 말만 골라 하는 건가, 아니면 그게 그의 진심인가.

태풍의 대답이 기가 막혔는지 산나가 그를 노려봤다. 노려보는 눈에 어찌나 힘을 줬는지 눈이 금세 붉게 충혈되었다. 산나는 잠시 씩씩대며 태풍을 노려보다 남은 모히토를 단번에 들이마셨다.

"그것도 꽤 독한데. 그렇게 마시다 취한다, 너."

"남이야 취하든 말든."

좋은 말이 나올 리 없는 상황이었다. 산나가 팩 쏘아붙이자 머쓱해진 태풍이 고개를 돌렸다. 그러고는 자기도 안 되겠는지 남은 테킬라를 단번에 목구멍으로 넘겨버렸다.

"한 잔 더."

"나도 같은 걸로."

두 사람이 동시에 빈 잔을 바텐더에게 내밀었다. 바텐더가 잔을 거둬 가자 잡을 만한 것이 사라지고 말았다. 어색한 분위기를 이겨낼 좋은 핑계거리이자 복잡한 마음을 토해낼 수 있게 만들어주던 술잔이 사라지고 나자 순식간에 불안해지고 말았다.

괜히 손톱을 매만지다 곱게 바른 매니큐어를 긁어내기 시작한 산나가 한숨을 토해냈다. 그러고는 끓어오르는 성질을 이기지 못하고 양손으로 머리를 긁었다. 머리를 헝클어트리고 나서야 속이 좀 풀렸다는 듯 손을 빼내려는데 멈칫.

"어?"

산나가 눈썹을 찌푸렸다. 스프레이와 핀으로 단단히 고정되어 있는 머리카락이 평소처럼 찰랑거리지 못했기 때문에, 그 틈으로 파고들어간 그녀의 손가락이 빠지지 않는 참사가 벌어지고 만 것이다.

"뭐야?"

"어, 어쩌지? 손이 안 빠져."

"이젠 별."

"알아, 별 짓 골라서 다 한다 이거지? 어쨌든 좀 도와줘!"

산나가 울상을 지으며 태풍에게 뒤통수를 들이밀었다. 양손이 머리카락에 엉켜 박힌 채로 머리를 들이미는 산나의 모습에 태풍은 어이없다는 듯 가벼운 웃음을 터트리고 말았다.

"가지가지 한다, 정말."

그의 웃음에 애정이 섞여 있었다는 것을 산나는 전혀 눈치 채지 못했다.

산나의 숱 많은 머리카락 사이에 박혀 있던 핀이 하나 둘 빠지기 시작했다. 고정되어 있던 머리카락 한 줌이 그녀의 어깨로 사뿐히 내려오자 숨통이 트인다는 듯 산나의 입에서 나지막한 한숨이 흘러나왔다.

태풍은 조심스럽게 그녀의 머리에서 핀을 계속 빼냈다. 어찌나 많은지 원목 테이블 위에 수북하게 쌓였음에도 끝이 날 기미가 보이지 않았다.

"아주 촘촘히도 꽂혀 있네."

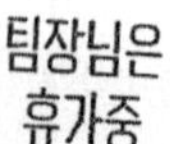

"미용실 언니가 손이 야무지더라고. 한 올이라도 흘러내리면 용서하지 않을 기세로 핀을 촘촘히 꽂더라."

그렇게 말한 산나는 입술을 씰룩거렸다. 예상외로 그의 손길이 무척 조심스러웠고, 머리카락을 한 줌씩 잡아 어깨 위로 내려놓을 때의 손길 역시 부드러웠기에 뒤통수 어딘가가 근질근질한 느낌이었다.

목덜미로 그의 숨결이 느껴졌다. 고작 머리핀을 빼주는 것뿐인데 그의 손길이 왜 이렇게 예민하게만 느껴지는 건지, 산나는 가슴속이 간질거리는 느낌 때문에 괜히 코를 킁킁거렸다. 코끝이 간질거리는 것이 꽃가루가 날릴 때와 흡사한 증상이라 이상하기까지 했다.

'그런데 잠깐, 사랑하는 사람도 있다며!'

사랑에 빠진 소녀의 얼굴을 하고 두 눈을 반짝반짝 빛내던 산나의 두 눈이 순간 뾰족해졌다.

'대체 누구야, 그 여자! 결혼했다는 그 여자야, 아니면 예쁘다던 마담 언니야?'

방금 전까지 꽃밭이었던 마음이 한순간에 초토화되어버리자 산나는 불쾌하다는 얼굴로 태풍을 바라봤다.

'열일곱의 순진한 소녀의 첫 키스를 빼앗아가고는, 가타부타 말도 없이 유학이나 가버리고. 이게 진정한 먹튀가 아니고 뭐란 말이야? 다시 만났을 땐 무슨 말이라도 할 줄 알았더니 이젠 뭐? 누굴 좋아하고, 누굴 사랑하고, 누가 예뻐?'

그런 녀석의 손길에 설렜다니, 자신이 우습고 또 초라하게 느껴졌다. 붕 떴던 마음이 순식간에 바닥으로 추락하는 순간, 머리 뒤에서 느껴지던 태풍의 손길이 사라졌다.

"아아, 다 했다."

막상 그의 손길이 멀어지자 아쉬워졌기에 산나는 입맛을 다셨다. 그러고는 시무룩하고 퉁명스러운 말투로 감사의 인사를 전했다.

"고마워."

머리와 손이 동시에 자유로워진 홀가분함에 나름대로 기분 좋아할 줄 알았건만 그녀의 목소리가 영 별로였기에 인사를 받는 태풍도 떨떠름해지고 말았다. 마침 바텐더가 술잔을 건네주었다. 두 사람은 약속이라도 한 것처럼 원 샷 원 킬로 잔을 비웠다.

"한 잔 더!"

"한 잔 더!"

불편한 침묵을 지키며 각자 다른 생각에 빠져 있던 두 사람이 동시에 잔을 비우고 바텐더를 향해 빈 잔을 내밀었다. 그렇게 아슬아슬한 두 사람을 지켜보던 바텐더는 빈 잔을 채워주며 걱정의 한 마디를 남겼다.

"이러다 두 분, 취하십니다."

함께 술잔을 기울인 적은 종종 있지만 끝까지 간 적은 없던 두 사람은 서로의 술버릇을 알지 못했다. 그리고 지금, '완벽하게 취한' 산나를 앞에 둔 '취하기 일보 직전'의 태풍은 그녀의 술주정에 꽤 놀란 상태였다.

"어이, 오 팀장, 정신 좀 차려봐."

"으음."

"오산나! 인마, 나도 지금 정신이 없단 말이야. 좀 다리에 힘주고 일어나봐."

이 일방적인 대화는 술집에서부터 시작되어 그들이 호텔에 도착했을 때까지 반복되었다. 물에 빠진 사람처럼 술에 절어 있는 사람도 어마어마하게 무거울 수 있다는 것을 몸소 실감하며 태풍은 노곤해진 몸이 제멋대로 무너지려는 것을 가까스로 막아냈다.

"하아."

대리를 불러 호텔까지 와서 방을 잡아 그녀를 데리고 올라오기까지 얼마나 힘들었는지 모른다. 체감으로 느껴지는 시간은 근 두 시간 정도였는데 사실은 한 시간도 채 안 됐다는 사실을 확인한 것은 산나를 겨우 침대에 눕힌 다음의 일이었다.

"으으."

"아주, 취하니까 인사불성이구만. 어디 가서 술 마시고 취하지 마. 이러다 정말 큰일 난다, 오산나."

태풍은 한숨을 푹 내쉬고는 산나의 발치에 앉아 재킷을 벗었다. 산나를 데리고 오느라 셔츠가 땀으로 흥건히 젖어 있었다. 넥타이를 느슨하게 풀고 단추 몇 개를 풀어 헤친 그는 잠시 자리에 앉은 채로 휴식을 취했다.

호흡이 가라앉으면서 등줄기를 타고 흐르던 땀이 마르자 이번에는 다른 생각이 머리를 파고들었다.

"이건 뭐 어떻게 해야 하는 거야? 호텔 룸 잡아줬으니 깔끔하게 가야 하는 거야, 아니면 깨는 걸 보고 가야 하는 거야?"

혼자 중얼거린 태풍은 한숨을 내쉬며 산나를 바라보았다. 그녀는 세상 걱정 하나 없다는 편한 얼굴로 눈을 감고 있었다. 태풍이 자리에서 일어나 그녀에게 이불을 덮어준 뒤 떠나려는데, 언제 깨어난 건지 산나가 그의 소매를 붙잡았다.

"으응."

"깨지 말고 더 자."

태풍이 나지막한 목소리로 다독이자 눈꺼풀을 파르르 떨던 산나가 눈을 떴다. 잠이 묻어 몽롱해진 눈을 한 그녀가 몇 번 눈꺼풀을 깜빡이다 곁에 서 있는 태풍에게로 시선을 돌렸다.

"나, 얼굴."

그렇게 말하는 산나의 목소리는 잔뜩 잠겨 있었고, 또 애교라고 착각할 만큼 혀가 꼬여 있었다.

"뭐?"

입안에서 웅얼거리는 그녀의 말을 제대로 알아듣지 못한 태풍이 고개를 숙이고 되묻자 산나는 그의 얼굴을 마주보며 배시시 웃었다.

"화장 지우고 자야 해."

산나는 본격적으로 조르기 시작했다. 평소의 매서웠던 바리케이드를 무장해제한 얼굴은 처음 보는데다 그런 얼굴을 하고 비음 섞인 목소리로 조르기까지 하니 태풍의 입장은 무척 난감해지고 말았다.

"오늘은 그냥 자."

"안 돼. 화장 지워야 돼. 지우지 않으면 안 잘 거야."

"하아."

산나의 고집에 태풍은 팔에 걸어둔 재킷을 눈앞의 간이용 의자에 던져두고 그대로 침대에 걸터앉았다.

"어떻게 지워야 하는데?"

"으음."

태풍의 질문에 산나는 입만 벙긋거리고는 다시 헤벌레 웃고 말았다. 제대로 된 대답을 해주지도 않은 채 평소에는 보기 힘들던 미소만 폴폴 날리는 그녀의 모습에 태풍은 항복을 선언하고 말았다.

"그래, 어쩌겠냐. 네가 말해주지도 않는데. 어휴, 못살아. 어디 가서 또 이렇게 술 마시기만 해라, 정말."

고개를 설레설레 저은 태풍은 휴대전화를 꺼내 검색을 시작했다.

"천하의 태풍을 검색창에 화장 지우는 법이나 찍게 만들고. 대단하다, 오산나."

그렇게 말하면서도 태풍은 화면에 뜬 방법을 꼼꼼히 읽어보고는 이내 자리에서 일어나 욕실로 향했다. 그의 소맷자락을 잡고 놔주지 않는 산나 때문에 약간의 실랑이를 벌여야만 했다. 욕실에 들어선 그는 일렬로 줄줄이 세워져 있는 병들을 차례로 확인했다.

"스킨, 로션, 이건 치약이고, 면도크림. 클렌징크림, 이거네."

태풍은 클렌징크림이 든 작은 병과 솜뭉치가 든 클렌징 세트 상자를 들고 침대로 향했다. 그가 클렌징크림을 찾아 가져오는 동안, 그녀는 언제 잠깐 정신을 차렸더냐 싶을 정도로 곤히 잠이 들어 있었다. 순진하기까지 해 보이는 그녀의 말간 얼굴이 불현듯 얄미워 보여서 태풍은 팔짱을 낀 채 그녀를 노려보았다.

"이걸 그냥 놔두고 가, 말아?"

잠시 고민하던 그는 포기했다는 듯 침대에 무게를 실었다. 누운 그녀의 곁에 가까이 다가가 앉은 그는 클렌징크림을 그녀의 얼굴에 천천히 발라주기 시작했다.

"으음."

크림의 차갑고도 이질적인 느낌 때문이었을까, 잠시 잠들었다고 생각한 산나가 눈꺼풀을 파르르 떨었다.

"눈 뜨지 마. 눈에 크림 들어가."

태풍이 조금은 퉁명스럽게 경고했다. 하지만 그 손길은 무척이나 다정했기에 산나는 그의 말이 경고라는 것도 인지하지 못했다.

"우웅."

다시금 산나의 입에서 묘한 신음이 흘러나왔다. 그녀의 입술을 타고 나오는 선율에 태풍의 손길이 자꾸 멈췄다.

"기분 좋다."

늘어진 목소리로 중얼거리는 산나는 꼭 가랑가랑 소리를 내며 졸고 있는 작은 고양이 같았다. 그의 손길에 얼굴을 맡긴 채 내는 소리가 기분 좋다는 마음을 드러내는 것 같았기에 태풍은 별다른 대답을 하지 않고 그녀의 얼굴에 마저 크림을 발라주었다.

다 바르고 나자 산나는 바로 누워 있었던 것이 불편했는지 뒤척이기 시작했다. 뒤척거리다가는 모로 누워버리는 모습에 놀란 태풍이 재빠르게 그녀의 뺨을 손으로 받쳤다.

안 그래도 묘한 상황에서 그녀의 낯선 모습까지 보게 되면서 기분이 이상했던 태풍인지라 최대한 그녀에게서 떨어져 있으려는 경각심을 가지고 있었다. 어떻게든 화장만 빨리 지워주고 어서 자리를 뜨겠다는 생각을 가지고 있었는데, 그녀가 몸을 트는 바람에 다시금 그녀의 피부와 그의 피부가 맞닿고 말았다.

"아, 젠장."

태풍은 눈을 질끈 감았다. 오늘 하루 종일 이상했던 오산나 때문에 그 역시 난감해하고 있던 차였다.

아마 시작은…… 급격한 차이를 그리는 그래프처럼 오르락내리

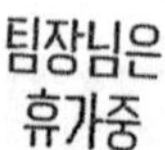

락하는 그녀의 감정변화는 둘째치고, 손이 끼였다며 다짜고짜 머리를 들이민 순간부터였을 것이다. 틀어 올린 머리 밑으로 드러난 가느다랗고 하얀 목덜미를 보는 순간, 그는 아주 잠시 이성을 잃을 뻔했다.

'뱀파이어라도 되는 거야? 목덜미에 흥분하게.'

자조적인 생각에 고개를 저었지만 그의 두 눈은 그새 흥분으로 붉게 물들어 있었다. 제멋대로 그녀의 목덜미에 손을 대려다 멈칫한 태풍은 채 그녀의 피부에 닿지 못한 손을 접어 주먹을 쥐었다.

그때를 회상하고 있던 그 순간, 잠들었다고 생각했던 산나가 키득키득 웃기 시작했다. 그 소리에 태풍이 감았던 눈을 뜨고 그녀를 바라보았다.

"너, 자는 거 아니었어?"

"음, 아니야. 화장 지우기 전까지 안 잔다고 했잖아."

발음이 조금 꼬이긴 했어도 정신은 말짱한 모양이었다. 그랬기에 조금 성이 난 태풍은 그녀에게 솜뭉치가 든 상자를 건넸다.

"깼으면 일어나서 네가 지워."

"싫어. 지워줘."

산나는 왜인지 오늘따라 고집을 부렸다. 놓아줄 생각 없이 뺨을 감싸 쥔 태풍의 손을 잡고 있던 산나는 그가 잠시 한눈을 판 사이에 아예 그의 무릎을 베고 누워버렸다.

"오산나!"

"마저 다 지워줘. 손 하나 까딱 못하겠단 말이야."

어린아이처럼 떼를 쓰는 산나의 모습이 낯설게 느껴졌기에 자리에서 일어나려던 태풍은 다시 자리에 앉았다. 어디, 어디까지 하나 한번 보자 하는 태도였다.

그는 상자에서 빼낸 솜뭉치로 그녀의 얼굴을 조심조심 닦아주기 시작했다. 가면과도 같은 화장이 한 꺼풀, 한 꺼풀씩 태풍의 손길 밑에서 벗겨지기 시작했다. 보드라운 맨살에 뒤이어 제법 순진해 보이는 그녀의 맨얼굴이 드러난 순간. 태풍의 손길을 느끼고 있던 산나가 두 눈을 반짝 떴다.

눈이 마주쳤다.

불순물들을 거둬낸 맑은 윗물과도 같은 눈길이 태풍에게 향했다. 오기도, 불만도, 거부도 담겨 있지 않은 투명한 눈빛은 왜인지 모를 갈망과 희미한 열기를 띠고 있었다.

당황스러웠다, 그녀가 품은 열기가. 고스란히 내보이는 감정도, 보태거나 빼지 않은 열기도, 말간 얼굴도, 지독하게 순수해 보이는 그 눈빛도. 단 한 번도 본 적도, 받아본 적도 없는 종류의 것들이기에 더욱 당황스러웠다.

착각일 테지.

태풍은 단정 지어버렸다. 분위기에 휩쓸려 착각을 하고 말았다가는 자신만 힘들어질 것이 뻔했기 때문이었다. 멋대로 휩쓸려놓고 산나를 당황하게 만들고 싶지 않았다.

산나의 턱을 잡아 고정시키고 있던 태풍은 슬그머니 그녀에게서 손을 떼어냈다. 그녀와 마주친 시선에서 벗어난 그는 그녀의 얼굴을 닦은 솜을 침대 옆에 놓인 휴지통에 던져버렸다.

"이제 그만 자. 난 가볼게."

태풍은 그녀의 어깨를 잡아 침대 위에 눕혀주고는 자리에서 일어났다. 재킷을 챙기려고 침대 옆 의자로 다가가는데, 등 뒤에서 부스럭거리는 소리가 들리더니 이내 산나가 휘청거리는 발걸음을 내디뎠다.

"뭐 하는 거야?"

"……을 거야."

"뭐?"

"씻을 거라고."

그렇게 말한 산나는 비틀거리며 환하게 불이 켜진 욕실로 다가갔다. 막무가내로 구는 산나를 어떻게 해야 하나, 잠시 지켜보던 태풍은 한숨을 내쉬고 들어 올렸던 재킷을 거칠게 내팽개쳤다.

"기다려."

태풍은 흰 와이셔츠 소매를 걷어 올리고 그녀가 간 욕실로 따라 들어갔다.

산나가 휩쓸고 간 곳마다 다 엉망이었다. 균형을 잡기 위해 무던히도 애를 쓴 노력들이 군데군데 보였다. 정리되어 있던 물건들을 단번에 쓸어버린 그녀는 자신이 무슨 짓을 했는지도 모른 채 해맑게 웃고 있었다. 그것도 욕조에 들어가서.

"그만 하고 나와. 너, 제정신 아니야."

"씻을 거라니까."

"충분히 이해해. 찝찝하겠지. 그런데 그 상태로 목욕하다가는 큰일 나. 위험하다고."

만취한 상태로 욕조에 들어갔다가 그대로 미끄러져서 날 상해 사고, 또는 저체온증으로 인한 사고가 머릿속을 스치고 지나갔다. 나태한 생각에서 초래된 위험천만한 일들이 얼마나 많은지, 하루에도 수십 번씩 보도되는 뉴스만 봐도 충분히 알 수 있는 일이었다.

그런데도 산나는 한결같았다.

"씻을래."

그 말에 울컥 화가 났다. 아무리 만취 상태라 말이 안 통한다고는 해도 이건 너무 심하지 않은가. 자지도 않아, 쓰러지지도 않아, 그렇다고 고분고분하게 말을 잘 듣지도 않아.

"이젠 나도 모르겠으니 네 마음대로 해."

산나의 막무가내 고집에 화가 난 태풍이 그녀를 지그시 노려보다 몸을 돌렸다.

남의 속도 모르고.

다음부터 만취할 때까지 술을 먹이나 보자, 태풍이 이를 갈았다. 문제는 머릿속을 스치고 지나가는 온갖 사고의 가능성이었다. 저대로 두고 가면 정말 안 될 것 같아 모질게 먹은 마음이 자꾸 무뎌졌다.

"하아."

태풍은 깊은 한숨을 내쉬며 조금 전 빠져나왔던 욕실로 다시 들어갔다. 그리고 그 순간, 눈앞에 펼쳐진 광경에 그는 경악을 하고 말았다.

"너……."

산나는 거추장스러운 옷을 다 벗어버린 채 욕조 턱에 뺨을 대고서 그를 바라보고 있었다. 도발적인 표범무늬 속옷과 군데군데 찢어진 팬티스타킹만 걸친 채로 앉아 있던 산나는 몽환적인 눈빛으로 그를 유혹하고 있었다.

뇌쇄적인 모습에 태풍이 그 자리에 멈춰 섰다. 욕조 턱에 양팔을 대고 앉아 있던 산나는 발갛게 달아오른 볼을 욕조 턱에 문지르며 키득키득 웃었다. 그러더니 들고 있던 샤워기를 그에게 가져다댔다.

"잠깐……!"

말릴 새도 없이 산나가 샤워기 물을 틀었다.

좌아악.

태풍에게로 물벼락이 쏟아졌다. 덕분에 골라 입은 하얀 셔츠와 몸에 딱 맞는 매끈한 바지까지 모두 젖어버렸다. 축 늘어진 꼴이 된 태풍은 얼떨떨한 얼굴을 하고 산나를 바라보다가 이내 화가 치밀어 오르는 표정이 되어 산나에게 다가가 그 손에 들린 샤워기를 빼앗았다.

"앗!"

"미쳤어, 너?"

"샤워할 거라니까."

"내일 하라고."

"오늘 할 거야."

고집부리는 얼굴이 이젠 밉상이다. 태풍은 빼앗은 샤워기를 그녀의 머리 위로 들어 올렸다. 시원한 물줄기가 쏟아져 내려 순식간에 온몸을 적시자 그녀가 단발마의 비명을 내질렀다.

"앗!"

"자, 됐어? 이제 만족해?"

태풍의 질문에 산나가 젖은 얼굴을 하고 고개를 들었다. 눈꺼풀을 깜빡거려 사이사이에 매달린 물방울을 떨쳐낸 그녀는 뜻을 알 수 없는 묘한 눈빛으로 그를 바라봤다.

"이젠 좀 정신이 들지?"

태풍의 질문에 산나는 손바닥으로 얼굴을 쓸어 올려 물기를 닦아내며 중얼거렸다.

"아니."

확고한 고집이 서린 목소리에 그녀를 바라보고 있던 태풍의 미간이 좁아졌다. 방금 전까지의 목소리와는 사뭇 달랐기에 의아한 마음을 감추지 못하고 서 있는데 몇 번이고 얼굴을 문질러 흘러내리는 물기를 닦아낸 그녀가 고개를 들었다.

"너도 같이 하자."

유혹하는 목소리로 중얼거린 그녀가 태풍의 젖은 옷깃을 잡아당겼다.

"……뭐라고?"

"샤워, 같이 하자고."

취기 때문에 나오는 헛소리인가, 아니면 순수한 유혹인가.

태풍은 그녀의 말을 어디까지 어떻게 받아들여야 할지 몰라 가만히 서 있다가 아무래도 안 되겠다는 듯 그녀를 들쳐 안았다.

"조용히 하고 잠이나 자. 너 많이 취했다."

태풍은 조용히 경고를 한 뒤 그의 어깨에 매달린 채 아무 말도 없는 산나를 힐끗거렸다. 손바닥에 와 닿는 그녀의 부드러운 살갗과 향내, 스타킹에 감싸인 매끈한 다리를 의식하지 않으려고 부단하게 노력하며 그녀를 침대로 데리고 갔다.

그리고 침대에 도착해 그녀를 내려놓기 전, 내내 반항 없이 죽은 사람처럼 그의 어깨에 얹혀 있던 산나가 억울하다는 목소리로 중얼거렸다.

"대체 너는 왜 날 못 가지는 건데?"

촉촉하게 젖은 그녀의 목소리에 태풍은 마음이 속절없이 떨리는 소리를 들었다.

남자를 무너트리는 법을 제대로 알고 있는 산나의 앞에 어찌 무릎을 꿇지 않을 수 있을까.

08. 그날 밤, 너는

"대체 너는 왜 날 못 가지는 건데?"

최대한 그녀의 몸에 닿지 않게 팔로 그녀의 허벅지를 받친 태풍이 주먹을 그러쥐었다. 그는 당장 그녀를 침대 위로 내팽개치지 않은 자신의 인내심에 경의를 표하며 한참 동안 제자리에 서 있었다. 그녀가 지금 제정신이 아니라는 사실을 몇 번이고 되새기는 것으로도 위안이 되지 않는 시점이 되어서야 그는 그녀를 침대 위에 내려놓았다. 그녀를 내려놓는 손길이 제법 사나웠다.

침대 위에 쓰러진 산나는 고개도 들지 않고 침묵을 지키고 있었다. 시위를 하듯 꼼짝달싹하지 않는 그녀의 모습에 태풍은 짙은 신음을 내뱉었다. 차라리 취한 척 쓰러졌더라면 이렇게까지 비참하지는 않았을 터였다.

"너……, 대체 내가 어쩌길 바라는 거야? 아니, 그런 말이 나에게 어떻게 들릴지, 어떤 의미로 하는 말인지 알고 하는 거야?"

태풍의 물음에 산나가 천천히 고개를 들어 올렸다. 고개를 들고 그를 바라보는 그녀의 눈빛이 말하고 있었다.

그런 것 하나 모를까 봐.

덕분에 태풍은 그녀가 원하는 것을 확실히 깨달을 수 있었다. 그녀는 그를 원하고 있었다. 이유가 어찌 되었든 취중에, 충동적으로 그를 원하고 있었다.

왜 하필 이런 여자일까, 나의 마음을 잡고 놔주지 않는 사람이.

형을 사랑하는 것으로도 모자라 이제는 날 하룻밤 대용으로 원하는 그런 여자가 왜 이렇게나 사랑스러운 건지.

하필이면 왜 그게 너인지…….

"네가 싫다."

정말이지 네가 밉다.

태풍은 산나를 한참 동안 노려보다가 바닥에 떨어져 있던 재킷을 낚아채듯 주워 들고 곧장 밖으로 나가버렸다.

콰아앙!

문이 부서질 것처럼 커다란 소리를 내며 닫혔다. 문이 닫히는 소리는 꼭 그의 마음이 끝나는 소리처럼 들렸다. 산나를 거부하는 소리처럼 들리기도 했다. 그랬기에 산나는 한 손으로 맨 얼굴을 쓸어내리며 낮은 한숨을 내쉬었다.

'술에 취한 척, 알코올의 도움을 받아도 안 되는 거야?'

괜히 눈물이 나올 것만 같았다. 여자가 이 정도까지 적극적으로 표현했으면 남자라면 대부분 넘어오고도 남을 텐데, 이런 자극에도 꼼짝하지 않는 것을 보면 태풍에게 오산나는 진짜 아니라는 의미였으니까.

"하아."

온몸에서 기운이 몽땅 빠져나가는 느낌이 들었다. 무릎을 세운 채 그 위에 뺨을 댄 산나는 두 눈을 질끈 감았다.

“어떻게 해도 나는 안 된다는 거구나. 예전에도, 지금도.”

평소에는 아무렇지도 않게 자존심에 의지해 넘어갈 수 있던 일에도 괜히 마음이 아프고 만다. 분명 전신에 알싸하게 퍼져 있는 취기가 철옹성 같던 자존심을 무장해제시켰기 때문일 것이다.

저도 모르게 눈물이 찔끔 배어나오려는 순간, 열리지 않을 것 같던 문에서 인기척이 들려왔다.

삐리릭.

누군가가 출입 카드를 끼웠는지 도어록이 해제되는 소리가 들렸다. 그 소리에 반응한 산나가 느릿하게 고개를 들어 현관문을 바라봤다. 문이 열리고, 이윽고 나갔다고 생각했던 태풍이 다시 들어왔다. 그리고 그와 허공에서 눈이 마주쳤다.

잔뜩 화가 난 얼굴을 한 그가 빠른 걸음으로 성큼성큼 산나에게로 걸어왔다. 가타부타 말도 없이 걸어오는 그의 등 뒤로 문 닫히는 소리가 제법 크게 났고, 그 소리에 산나가 정신을 차렸을 때에는 눈앞에 벌써 태풍이 다가와 있었다.

그는 들고 있던 재킷을 대충 팽개치고는 커다란 한 손으로 산나의 뺨을 잡았다. 그리고 이렇다 할 말도 없이 그녀의 입술을 삼켜버렸다.

“읍!”

산나의 목이 꺾여버렸다. 연약한 한 송이 꽃처럼 태풍의 손아귀 아래 꺾이고 말았다. 태풍은 큰 손으로 그녀의 뒷목을 감싼 채 그녀의 입술에 몰두했다. 그건 산나도 마찬가지였다.

숨이 막힐 것 같은 키스였다. 산나의 도톰한 입술을 물고 놓아주지 않은 태풍은 그녀의 윗입술마저 입에 머금더니 곧장 입술을 헤

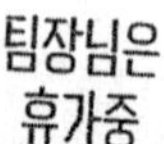

치고 안으로 침범해 들어왔다.

심장이 터질 것만 같았다. 급작스럽게 다가온 그의 입술에 호흡이 멎을 것만 같았고, 예기치 않은 그의 뜨거운 키스는 그녀의 온몸을 전율케 했다. 덕분에 산나는 왈칵 눈물을 쏟고 말았다. 태풍이 사라졌을 때와는 사뭇 다른 의미로 터져 나온 눈물이었다.

"젠장! 이건 다 네가 자초한 일이야."

거친 숨을 몰아쉬며 산나에게서 입술을 살짝 떼어낸 그가 속삭였다. 입술 위로 와 닿는 숨결에 산나는 몸을 부르르 떨었다. 입술마저도 성감대가 되어버린 것처럼 잔뜩 예민해져 있다는 것을 그제야 깨달았다. 더불어 자신이 열일곱 그 시절부터 지금까지 얼마나 태풍을 원해왔는지도 알게 되었다.

꼭 발정 난 동물 같아. 혼자 안달이 났잖아, 오산나.

그렇지만…… 이젠 알 게 뭐람. 태풍이 여기에 있는데. 나에게 왔는데. 지금 이 순간만큼은 내 남자인데.

태풍의 긴 손가락이 뺨 위로 다가와 그녀의 눈물을 훔쳤다. 솜털처럼 가볍게 내려앉아서는 어울리지 않게 조심스러운 동작으로 뺨에 번진 물기를 연신 닦아주었다.

"울지 마. 미안해. 그러니까 울지 마."

낮고 깊게 갈라진 목소리가 산나에게 속삭였다. 두 눈을 질끈 감은 그는 괴로운 얼굴로 주문처럼 그 말을 되뇌었다.

그 모습이…… 사랑스러웠다.

산나가 그를 뚫어져라 바라보았다. 그녀의 시선을 느낀 태풍이 천천히 감았던 눈을 떴고, 결국에는 두 사람의 눈이 마주쳤다. 취기가 가신 맑은 두 눈이 새파란 불꽃을 튀기며 서로에게 엉켜들던 그 순간, 산나가 그의 목에 팔을 둘렀다.

"흡!"

이번에 당한 것은 태풍이었다. 그는 짧은 신음을 삼키며 저돌적으로 다가오는 산나의 힘을 이기지 못하고 침대에 주저앉았다.

"너……, 읍!"

아주 잠시 틈이 났을 따름인데도 산나는 그것조차 용납할 수 없다는 듯 태풍에게 달라붙었다. 그녀의 가느다란 팔이 태풍의 목을 옭아맸고, 풍만한 몸이 태풍에게 빈틈없이 달라붙었다. 그 상태로 산나는 키스를 퍼부었다.

그녀의 달콤한 입술은 최음제나 다름없었다. 그녀의 입술 앞에서 나름대로 단단했던 태풍의 의지는 단숨에 꺾여버렸다.

작고 도톰한 그녀의 입술이 허겁지겁 태풍의 입술을 찾아 입에 물었다. 끝나지 않을 것 같던 사막의 끝에서 겨우 오아시스를 발견했다는 듯 산나는 태풍을 머금어 갈증을 해소하고자 했다. 수줍기만 하던 그녀의 혀가 태풍의 입안으로 불쑥 들어갔다.

"오산나!"

그녀의 말캉한 혀의 침입에 놀란 태풍이 동그란 어깨를 잡아 자신에게서 떼어냈다. 그러자 산나는 게슴츠레 뜬 눈으로 그를 바라보다 다시 그에게 열렬히 반응했다.

산나는 무릎을 매트리스에 댄 채 일어나 있었다. 앉아 있던 태풍의 얼굴에 그녀의 가슴이 닿을락 말락 할 거리에서 산나는 그의 뺨을 감싸 쥐고 고개를 젖히게 했다. 이 세상에 그와 그녀 단둘밖에 없다는 듯 절박하게, 그녀의 혀가 태풍의 입술 선을 따라 움직이다 곧장 그의 안으로 침범해 들어왔다.

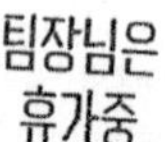

그는 꼭 늪과 같았다. 발버둥을 치면 칠수록 계속해서 빠져드는. 그랬기에 산나는 자신이 지금 무슨 행동을 하고 있고, 무엇을 원하고 있는지조차 알지 못한 채 그에게 몰두했다.

산나의 입술이 점점 더 깊이 태풍을 파고들었다. 자신에게도 이런 욕구가 있었는지 모를 정도로 산나는 끝없이 그를 원하며 욕심을 부렸다. 입안 가득 그를 채우고도 모자라 사납게 움직이던 산나는 그의 혀를 낚아챘다. 그러고는 그에게 자신을 한데 휘감아 연신 빨아대기 시작했다.

그녀의 혀가 그의 목구멍까지 가득 채울 것같이 굴었다. 사나운 움직임에 이가 부딪치며 딱딱 소리를 냈지만 두 사람 중 누구도 그것을 신경 쓰는 사람은 없었다. 대신 엉켜드는 혀와 뒤섞이는 타액이 노골적인 욕망을 드러내고 있었다.

태풍의 커다란 손에 산나의 군살 없는 등줄기가 잡혔다. 속옷만 입은 채 그를 끌어안은 산나 때문에 태풍은 여간 곤혹스러운 것이 아니었다. 속옷의 후크에서부터 매끄러운 등줄기, 그리고 탄력적인 엉덩이에 아래로 떨어지는 미끈한 허벅지까지, 태풍을 현혹시키기에 충분한 조건을 갖추고 있었다.

태풍은 허리까지 내려오는 산나의 머리카락을 잡아 쥔 채 그녀를 떼어냈다. 그러고는 거칠게 호흡하며 그녀를 노려봤다.

"젠장, 젠장! 오산나, 너…… 정말!"

산나는 머리는 산발을 하고 하얀 피부에는 묘한 홍조를 드리운 채 매트리스에 주저앉았다. 군더더기 없는 아름다운 몸매를 숨길 생각도 하지 않고 드러낸 채였다. 그런 그녀의 입술은 타액으로 번들거렸고, 또 격렬한 키스로 도톰하게 부풀어 있었다. 그녀가 느릿하게 눈을 깜빡였다. 몽롱한 그녀의 눈빛이 태풍을 담았다. 그곳에는 아직 채 전소되지 못한 열기와 욕망이 고스란히 남아 있었다.

그것을 확인한 태풍은 윽, 짧은 신음과 함께 그대로 산나에게 달려들었다.

"읏!"

예고도 없던 그의 행동에 산나가 탄성을 터트렸다. 밀어붙이는 그의 힘에 이기지 못해 뒤로 넘어지고 만 산나는 두 눈을 동그랗게 뜬 채로 그녀의 몸 위에 타고 오른 태풍을 바라보았다.

"무슨 짓이냐는 눈빛으로 보지 마. 네가 먼저 시작한 일이잖아?"

태풍은 그녀의 자그마한 머리통을 감싸는 것처럼 한 팔로 자신의 무게를 지탱하고 누워 그녀와 콧날을 마주 댔다. 이마가 맞닿았고, 콧방울이 맞닿았고, 입술 밖으로 새어나오는 숨결이 서로를 간질였고, 또 서로만 바라보는 눈빛이 맞닿았다.

쪽. 태풍이 마음을 이기지 못하고 산나에게 짧은 입맞춤을 했다.

"그래, 어디 가보자. 부딪치고 깨져서 정답을 찾을 수 있다면 어디 그렇게 해보자."

산산조각 나는 것이 나일지라도.

완전히 부서지고 마는 것이 너일지라도.

그래서 서로에게 가졌던 마음이 공중분해 될지라도.

네가 나에게 원하는 것이 단 하나, 육체적인 욕망에 지나지 않아도 좋으니 나는 너를 가질 거다. 너를 가질 수 있는 순간이 찰나에 지나지 않는대도 나는 그 기억이 끌어안을 수 있는 추억이 될 수 있다면 그래도 좋다. 꿈에서 깨고 난 뒤, 네가 지독하게 절망을 하고 뒤늦은 후회를 한다고 해도…… 가질 거다. 오산나, 너를.

"못 갖는 게 아니야. 가질 수 없었던 거지."

이제는 어떻게 되어도 상관없다는 느낌이다.

태풍은 그녀의 얼굴을 부드럽게 매만지며 그대로 그녀의 입술을 삼켰다. 방금 전의 휘몰아치는 해일처럼 급하고 정신없었던 키스가 아니었다. 가지고 가져도 성에 차지 않아 물어뜯고 짓이겨놓던 키스도 아니었다. 성급함에 어떻게 자신을 풀어내야 할지 모르는 산나를 다독이는, 부드럽고 달콤한 키스였다.

"하아."

온몸에서 피어오르는 열기를 어떻게 꺼트려야 하는지 갈피를 잡지 못한 채 태풍에게 의지했던 산나가 한숨을 폭 내쉬었다. 그녀에게서 숨결이 뿜어져 나온 순간, 다시 그의 입술이 그녀의 입술과 맞닿았다.

따뜻했다. 부드럽게 다독여주는 그의 입술은 차분했지만 또 묘한 열기를 띠고 있었다. 그랬기에 산나는 목구멍에서 튀어나오는 신음을 흘리며 몸을 배배 꼬기 시작했다. 다독이는 그의 손길이 되레 산나에게 불을 지른 것 같았다. 산나가 못 참겠다는 듯 그의 아랫입술을 잘근 깨물고는 입에 한참 머금었다.

그런데도 태풍은 묵묵부답이었다. 그는 자기만의 페이스대로 움직이겠다는 듯 혀로 그녀의 입술을 간질였다. 애를 태우듯 조심스럽게 그녀의 아랫입술과 윗입술을 번갈아가며 빨았다. 덕분에 산나는 태풍의 어깨를 꼭 쥔 채 불만스럽게 투정했다.

"어떻게 좀 해봐."

산나가 보채자 태풍의 입가가 느슨해졌다. 후, 바람을 뿜어내듯 가볍게 웃은 태풍이 산나의 귓가에 속삭였다.

"난 네가 나한테 안달하는 게 좋다."

덕분에 산나의 눈빛이 뾰족해졌다.

"네가 원하는 만큼 충분히 하고 있어. 그러니까 그만 애태우고 좀……!"

산나가 투덜거리는 순간, 태풍이 그녀의 가슴을 움켜쥐었다. 그 순간, 산나가 신음을 삼키며 허리를 튕겼다.

"그렇게 날 원한 걸 후회하게 해주지."

왜 그의 경고가 혀가 아릴 정도로 달콤한 고백으로만 들리는 건지, 산나는 자신의 두 귀를 의심하며 잔뜩 휜 허리를 한 채 고개를 꺾었다. 태풍이 그녀의 가느다란 목에 얼굴을 묻었다. 그의 긴 손가락은 그녀의 머리카락 사이를 헤치며 넘나들었고, 산나는 풀지 못한 욕망을 감당하기 힘들다는 듯 양다리를 휘저으며 연신 발로 매트리스를 밀어냈다.

그의 입술이 목덜미를 타고 움직였다. 투명한 피부 아래로 보이는 푸르스름한 정맥을 거슬러 올라간 입술은 그녀의 턱을 머금었다가 다시 아래로 내려갔다. 꿈틀거리는 목울대를 따라 봉긋한 가슴으로 자리를 옮긴 그의 입술은 산나의 속옷을 밀어내고 뾰족하게 솟아오른 돌기를 삼켰다.

"하앗!"

산나가 가슴을 들썩거렸다. 태풍은 양손으로 허리의 고운 선을 따라 내리며 그녀의 탄력 있는 살갗을 느꼈다. 빳빳하게 편 손바닥으로 느긋하게 그녀의 피부 이곳저곳을 문지르듯 쓸어내렸다. 그럴

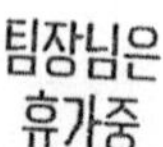

때마다 산나의 목울대에서는 차마 터트리지 못한 신음이 가르랑댔다.

쪽, 쪼옥.

그가 돌기에 입을 맞추는 소리가 노골적으로 들려오자 산나는 견디지 못하고 입술을 잘근 깨물었다. 그의 어깨를 몇 번이고 붙잡다가는 이내 그의 머리를 잡아 올렸다.

"하아, 하아……."

산나는 그가 주는 자극을 채 이기지 못한 채 위로 올라온 그의 어깨에 이마를 대고 가쁜 숨을 내뱉었다. 온몸이 의지를 배반한 채 간헐적으로 떨리고 있었다. 그도 그런 산나를 느꼈는지 그녀를 안은 팔에 힘을 주었다. 허리를 부러트릴 것처럼 안아주는, 그의 두꺼운 팔뚝이 주는 감각이 무척 마음에 들었다.

그가 나를 원하는 것 같으니까.

원하는 그 마음이 어떤 것인지 갈피를 잡을 수는 없지만 지금 이 순간만큼은 확실히 알 수 있었다. 그의 눈가가 열정으로 붉게 달아올랐고, 그 까만 눈빛이 욕망으로 더욱 깊어졌다. 그랬음에도 불구하고 그는 상냥하게 굴었다. 지금까지 알아온 태풍이 맞나 싶을 정도로 다정했고 상냥했다.

그러니 꼭…… 사랑받는 것 같잖아.

착각할 것만 같았다.

착각, 마음대로 해도 되냐고 묻고 싶었다. 그도 그런 것이 열 마디 말보다 한 번의 키스가 마음을 전하는 데엔 더욱 효율적이라고 생각했기 때문이었다. 그리고 자신의 육감이 그렇게 말하고 있었기 때문이었다.

하지만 차마 대놓고 물어볼 수 없던 것은 지금 이 마법과도 같은 순간이 깨지는 것이 두려웠기 때문이다. 한 번도 누군가를 원한 적 없던 그녀이기에 거절의 말을 들을까 봐 또 두려웠다. 아무래도 태풍의 앞에서는 늘 약자일 것만 같았다. 사랑은 먼저 시작한 사람이 약자가 되고, 을이 되고, 겁쟁이가 되고, 또 바보가 되니까.

"하앗!"

태풍이 다시 멈췄던 손을 움직였다. 그 순간, 산나는 복잡했던 생각이 단숨에 날아가고 머릿속이 새하얗게 변해버리는 것을 느꼈다.

아아, 좋다.

태풍이 좋은 건지, 그의 손길이 좋은 건지 헷갈릴 정도로 그가 좋다. 내가 이렇게 육체적인 자극에 약한 사람이었나 자문해볼 정도로 그가 주는 감각이 좋았다. 전신을 타고 도는 짜릿한 감각이 자꾸만 그녀를 미칠 것처럼 몰아가는 것이 좋았다.

자신을 풀어버린 산나와 달리 태풍은 자신의 욕망을 억누르고 있었다. 이대로 폭발해버리고 그녀를 가진다면 이도 저도 안 되는 상황이 발생하기에 태풍은 참았다. 아주 오랫동안 그녀를 만지고, 그녀를 타오르게 만들어야 했다. 느긋하게 그녀를 자극하고, 그래서 그녀가 그를 원할 때를 기다렸다.

이것이 육체적인 욕구에 지나지 않는다고 오해하지 않도록 끈질긴 애무가 필요했다. 한번 풀어내면 뒤도 돌아보지 않고 떠날 수 있는 하룻밤의 실수가 아니라는 것을 각인시키기 위해서는 그의 사랑이 좀 더 집요해야 했다. 그랬기에 태풍은 조금 더, 조금 더 그녀를 음미했다.

그의 얼굴이 천천히 그녀의 몸을 타고 내렸다. 가슴에서 납작한 배로 고개를 내린 그는 그녀의 배에 자잘한 입맞춤을 뿌렸다. 그러고 난 뒤, 그녀의 허벅지 사이로 고개를 파묻었다. 그녀의 몸 깊은 곳 구석구석까지도 놓치지 않겠다는 듯 키스를 퍼부어대는 열정에 산나가 몸을 비틀었다.

"흑, 잠깐……."

말도 안 되는 일이 벌어졌다. 그의 숨결이 숨겨져 있던 비밀의 숲을 간질이는 순간, 부드럽고 말캉한 무언가가 그녀의 샘을 헤치고 들어왔다.

"하악!"

산나가 짧은 비명을 내지르며 온몸을 뻣뻣하게 긴장시켰다. 그러자 태풍은 그녀의 양다리를 자신의 어깨에 걸치게 만든 뒤, 그녀의 허벅지를 부드럽게 쓸어주었다.

"괜찮아. 그냥 편하게 나를 느껴봐."

태풍이 무릎을 꿇고 앉자 덩달아 산나의 허리가 들렸다. 다리가 벌어진 채 그녀의 음부가 그의 앞에 환하게 드러나자 산나는 짧은 비명을 내지르며 손을 휘저었다.

"잠깐, 그만……! 태풍!"

태풍의 키스가 짙어졌다. 깊숙한 샘을 핥는 그의 혀가 깊숙이 들어올수록 산나의 도리질은 더욱 거세졌다. 그의 혀가 조심스럽게 건드릴 때마다 이럴 수는 없을 정도로 흘러넘치는 애액 때문에 정신이 혼미해져 있는 상황에서 이제는 아랫배가 저릿하다 못해 아플 지경이었다.

그 묘한 감각은 퍽도 빠르게 온몸을 휘감았다. 달리는 말의 발굽소리처럼 다가닥다가닥. 불 위에 올려놓은 냄비가 뚜껑을 밀어내며 보글보글 끓듯이. 그렇게 시작한 감각은 빠른 속도로 내달렸다. 온몸이 긴장한 덕분에 발레리나의 발끝처럼 발가락을 오므린 산나가 태풍의 머리털을 움켜쥐었다.

“하아악!”

산나가 거칠게 발버둥을 쳤다. 태풍은 입가를 닦으며 상체를 일으켰고, 산나는 아직 터지지 않은 감각을 끌어안은 채 그를 향해 손을 뻗었다.

그녀의 두 눈이 흔들렸다. 아직 채 터지지 못한 쾌감의 끈을 부여잡고 있느라 아랫부분이 바늘로 찔러대는 것처럼 아릿하게 아파왔다. 그 짜릿한 고통을 해소하기 위해 산나는 태풍을 끌어안은 채 그의 셔츠를 긁어내듯 벗겨냈다.

“하악! 못 참겠어. 그냥…… 그만 하고, 그냥!”

“성질 한번 급하군.”

“닥치고 어서…….”

산나가 태풍의 허리에 단번에 다리를 감았다. 남자에 익숙하지 않았음에도 불구하고 본능에 충실하게 움직이는 중이었다. 적극적으로 몸을 부딪쳐오는 산나를 잡은 태풍이 그녀를 꼭 끌어안고 가볍게 키스를 했다.

“미안. 나야말로 네게 더 시간을 주지 못하겠어.”

땀에 젖어 풍성했던 머리카락이 가라앉았다. 태풍은 얼굴에 달라붙은 머리카락을 다정하게 떼어주며 그녀의 젖은 이마를 쓸어주었다. 그러고는 그녀의 다리를 들어 올린 채 그 사이에 자세를 잡았다. 벌어진 허벅지 사이로 하체를 밀어붙이자 한계를 넘은 그의 분신이 그녀를 자극했다. 그제야 가물거리는 눈으로 태풍만을 붙잡고 있던 산나의 두 눈이 동그랗게 커졌다.

"아……."

이제 곧 일어날 일을 상상하기라도 하는지 동그랗게 뜬 그녀의 눈동자 안에 불안과 기대가 동시에 스쳐 지나갔다. 힘차게 요동치는 그의 분신이 그녀의 샘 입구에 와 닿는 순간, 산나가 푸르르 떨었다. 그리고 그 순간, 태풍이 산나의 좁은 입구를 뚫고 들어왔다.

"아악!"

고통에 찬 짧은 신음소리에 태풍이 그녀의 몸을 바싹 끌어안고 그녀의 얼굴에 입을 맞추었다.

"하아. 조금만, 조금만 더……."

잔뜩 조인 태풍의 엉덩이가 천천히 내려오는 것과 동시에 그의 분신이 조금씩 그녀의 안으로 진입했다. 몸이 두 쪽으로 갈라지는 듯한 고통과 더불어 아랫부분이 화상을 입은 것처럼 화끈거리고 있었다.

산나는 반사적으로 태풍의 단단한 어깨를 밀어내며 그의 등을 세차게 두드렸다. 다리와 엉덩이가 긴장으로 수축이 되었고, 그녀는 본능적으로 벌렸던 양다리를 오므렸다. 그와 동시에 두 눈을 꼭 감은 그녀의 눈꼬리에서는 눈물방울이 송글 맺혔다 사라졌다.

그렇게 한참 동안 태풍은 그녀의 안에 자신을 묻은 채 꼼짝하지 않았다. 산나의 고통에 찬 신음소리가 잦아들 때까지 기다리고 있는 중이었다. 이윽고 그녀는 통증이 잦아들었는지 몸을 들썩거리며 움직이기 시작했다.

"젠장. 네가 그렇게 움직이면……."

"나, 괜찮아. 움직여도 돼."

"제길!"

태풍이 욕설을 지껄이고는 움직임을 시작했다. 그녀의 안에서 움찔거리며 떨고 있는 그가 그녀의 여린 속살을 헤치며 포악하게 꿈틀거렸다. 그럴 때마다 마찰하는 부분이 타오르는 듯 쓰라렸다. 하지만 그것도 잠시였다. 횟수를 거듭하면 거듭할수록 아지랑이처럼 피어오르는 묘한 감각이 있었다. 찌릿한 아픔 너머의 섬세한 감각이 아랫배를 근질거리게 만들고 있었다.

산나는 저도 모르게 양손으로 아랫배를 감쌌다. 얇은 가죽이 불룩하게 솟아올라 있는 느낌이 그녀를 오묘하게 자극했다. 그녀는 어쩔 수 없는 감각에 허우적거리며 다리를 굽혔다 폈다, 비비 틀었다. 누군가가 어떻게 좀 이 감각을 풀어 헤쳐주길 바란다는 투의 동작들에 태풍이 허리를 움직이기 시작했다.

"하앗, 아앙, 아아앙!"

그가 움직이기 시작하자 발가락을 꼬물거리게 만들었던 감각들이 단번에 해일처럼 그녀를 덮쳤다. 참지 못하고 터트린 신음 소리에 태풍의 허리는 더욱 힘차게 움직였다. 속도를 내고 빨라지는 피스톤 동작에 산나는 자신의 아랫배를 덮은 손에 힘을 주었다. 무어라 형용할 수 없는 감각을 내리눌러 머리털을 주뼛 세우는 이 느낌을 중화시키고 싶었던 것이다.

"빨리, 제발 빨리!"

산나는 앓는 소리를 내며 뾰족하게 세운 손톱으로 태풍의 매끈한 맨 등을 긁어댔다. 그런 그녀의 성화를 이기지 못한 태풍은 굵은 땀을 뚝뚝 흘려대며 피스톤 동작에 박차를 가했다. 그와 동시에 그가 허리를 돌렸다.

태풍은 거친 동작으로 자신의 욕망을 풀어냈다. 그의 움직임이 매서워질 때마다 그를 채 견뎌내지 못한 산나가 침대 헤드에 머리를 찧어댔지만 그는 그 사실을 모르고 있었다. 그저 온몸에 휘몰아치는 쾌감에, 살갗에 와 닿는 사람의 온기에, 태풍의 지금 이 순간을 자신이 소유하고 있다는 감각에 집중했을 뿐이었다.

태풍이 한 손으로 그녀의 머리를 감싸주었다. 덕분에 산나는 더 이상 침대 헤드에 머리를 찧어대지 않아도 됐다.

"읏!"

절정의 순간이 목전으로 다가왔다. 그의 커다란 손이 잔뜩 휜 그녀의 허리를 붙들었다. 다른 한 손은 그녀의 가슴을 움켜쥔 채였다. 그녀의 가장 깊은 곳까지 꾸역꾸역 들어와 더 깊은 곳을 향해 몸부림치던 그가 그녀를 끌어안았다.

"하앗! 아으응!"

산나가 가느다란 팔을 들어 태풍을 끌어안았다. 그러고는 손을 더듬어 그의 입술을 찾았다. 몽롱해진 눈꺼풀을 힘겹게 뜬 그녀가 배싯 웃으며 그의 입술을 문지르자 태풍이 강한 힘으로 그녀의 손목을 붙들었다. 그는 그녀의 손가락을 느릿하게 핥더니 이내 고개를 내려 그녀의 입술을 차지했다.

깊어서 녹을 것 같은 키스가 이어졌다. 두툼한 입술, 뜨거운 혀, 부드러운 움직임, 사랑을 속삭이는 듯한 달콤한 촉감. 그 모든 것이 사랑스러워진 순간, 그가 파정했다. 짧은 신음을 흘리며.

산나는 그가 자신의 전부를 자신에게 쏟아 부은 그 순간, 비상하듯 허공으로 날아올랐다. 지금까지 그녀를 괴롭히던 욕망의 덩어리가 산산조각으로 분해되는 순간, 더없이 짜릿한 쾌감을 느꼈고 함께 부서져 내렸다.

"하아아."

잔뜩 긴장했던 산나가 푹신한 매트리스에 몸을 묻었다. 부드러운 촉감의 이불을 끌어 알몸을 가린 뒤 쏟아지는 잠에 취하려는데, 짓궂은 표정을 한 태풍이 그녀의 몸을 뒤집어 엎드리게 만들었다.

"이 정도로는 어림도 없어."

산나는 몽롱해지는 눈으로 자신을 가만두지 않겠다고 버티는 태풍을 돌아보았다. 흥건히 젖어 있는 그녀의 몸에 기운 빠진 그의 분신이 비벼지는 순간, 산나는 저도 모르게 엉덩이를 바싹 치켜 올렸다.

"나도…… 아직 멀었어."

산나는 지지 않겠다는 듯 멀어지려는 정신을 애써 붙잡으며 두 눈을 부릅떴다. 그 모습에 태풍이 미소를 지었다. 그의 미소를 지켜보며 산나는 엉덩이 사이에서 다시금 거대해지는 그의 분신을 느꼈다.

"죽자 사자 달려드는 그 포악한 모습, 좋아. 무척 섹시하거든."

태풍이 그렇게 지껄이며 위로 볼록하게 솟아오른 산나의 엉덩이를 양손에 쥐었다. 난폭하기 짝이 없는 그의 손길이 엉덩이를 주무르며 동시에 그녀의 속살이 드러나도록 벌렸다.

그는 소유욕으로 검붉어진 두 눈을 한 채 눈앞에 드러난 산나의 모든 것을 감상하듯 훑어보았다. 적나라하게 드러난 그녀의 육체와 욕망은 하루에도 몇 번이고 그를 절정으로 끌어올릴 수 있을 것 같았다.

"몇 번이고 해도 모자라. 내가 얼마만큼 널……."

태풍은 끄응, 신음을 흘리며 망설이지 않고 산나의 몸에 자신을 묻었다. 그녀의 몸 안에 자신의 일부를 삽입하는 행위가 얼마나 사랑스러울 수 있는지, 달콤할 수 있는지, 더불어 얼마나 폭력적으로 그녀를 소유할 수 있는지. 이전에는 몰랐던 숱한 감정들이 휘몰아치고 있었다.

얼마만큼 욕심을 낸 건지 모른다. 더러워진 시트 위에 알몸으로 뒤엉켜 있는 이 순간, 태풍은 부드러운 손길로 그녀의 나신을 쓸어내렸다. 봇물처럼 터지고 만 그의 욕심에 엉망진창이 된 채 쓰러져 있는 산나가 안쓰럽고 대견하면서도 사랑스러워서, 그런 그녀를 지켜보는 그의 눈빛이 다정했다.

"널 어쩌면 좋냐."

그는 기진맥진한 상태로 노곤한 이 기분을 즐겼다. 만족스러운 미소가 긴장이 풀린 그의 얼굴에 만연했다. 그는 자신의 한쪽 팔을 베고 깊은 잠에 빠진 산나를 지켜보았다. 마지막 관계가 끝난 뒤, 그가 그녀의 음부를 닦아줄 때에도 그녀는 손가락 하나 까닥할 힘이 없다는 듯 눈만 깜빡거리고 있었다.

"잘 시간이 아까워. 이렇게 쉴 시간이 아까워. 이럴 때에도 계속해서 하고 싶은 나는 정말 미친놈인 거냐?"

마르지 않는 샘처럼 솟구치는 욕망과 다르게 한계가 절실히 느껴지는 몸뚱이가 안타까웠다. 이대로는 몸이 버텨내지 못한다는 생각에서 이대로 쉬고 있지만, 마음만 같아서는 그녀와 하나가 된 채로 누워 있고 싶었다. 그녀의 몸 안에 자신을 끼운 채로 잠들고 싶다는 생각이 들 정도로 태풍은 산나에게 목이 말라 있었다.

“내일 일어나면 제대로 대화라는 걸 한번 해보자고, 오산나.”

태풍은 잠이 든 산나의 입술에 가만히 입을 맞췄다.

“사랑한다고 대답하지 않으면 널 죽여버릴지도 몰라.”

소유욕이 가득한 무시무시한 협박을 퍼부은 그가 편안한 자세로 그녀의 젖가슴을 희롱하며 뾰족하게 솟구치는 젖꼭지를 감상하는데 그의 손길에 산나가 불편하다는 듯 뒤척거렸다.

“으음……. 오빠, 안 돼.”

그녀의 한 마디에 태풍의 얼굴에서 미소가 단번에 사라졌다. 석고상처럼 굳은 태풍은 말간 산나의 얼굴을 매섭게 노려보고 있었다.

09. S파트너-1

간밤에 꿈을 꾸었다.

이것저것 마구잡이로 섞여서 일명 개꿈과도 같은 희한한 상황들이 많이 등장했고, 개연성 없게 진행되는 일도 있었다. 뜬금없이 햄버거가 먹고 싶어 커피숍으로 갔는데 알고 있던 친구가 그 햄버거를 빼앗아 갔다거나, 따지러 갔더니 햄버거 대신 다이아몬드를 줬다거나. 말도 안 되고 연결도 안 되는 내용들이 전부였지만 한 가지 제대로 기억나는 것이 있었다. 꿈에 태양이 등장했다는 것이었다.

태양은 오래전, 산나가 한눈에 반했을 때 그대로의 모습을 하고 있었다. 산나에게 향하는 그의 눈빛은 언젠가 보고 부러워했던, 애정이 듬뿍 담긴 눈빛이었다. 맹나연이라는 여자를 향하던 눈빛과 미소가 지금은 온전히 산나만을 향해 있었다.

"네가 좋다."

태양은 명백한 고백을 했다. 사랑한다는 눈빛과 달콤한 미소를 온전히 산나에게 주고 있었다. 지금 이 상황은 오랫동안 산나가 기다리던 것이었고, 그랬기에 황홀해야만 했다. 그런데 이상했다. 아무 느낌이 없었다.

오래전부터 상상해오던 장면이었다. 상상할 때마다 구름 위를 나는 것처럼 현실감이 없었지만 기쁜 것은 사실이었다. 그랬는데 막상 그런 순간이 눈앞에 닥쳤는데도 전혀 기쁘지 않았다. 들뜬 감정 하나 없었고 동요하는 마음조차 생기지 않았으니 이상한 일이었다.

그런데 문득 떠오르는 얼굴이 있었다. 그렇게 목을 매고 좋아하던 태양이 아닌, 얄밉기만 하고 못된 태풍이었다. 그를 떠올리는 순간, 전기가 오른 것처럼 가슴 한구석이 찌릿해졌다. 한 번도 웃어주지 않는 무뚝뚝한 남자였는데도 생각하는 순간 가슴이 꼭 조이는 것처럼 아파왔다.

"안 되겠어."

어릴 적 처음 본 태양은 완벽한 왕자님에 가까운 모습이었다. 다정한 미소, 어른스러운 마음, 잘생긴 외모……, 어느 하나도 버릴 것 없던 완벽한 이상형. 함께 언덕을 달리다 넘어지면 어느새 다가와 울음을 멎게 해주고 집까지 업어주던 든든한 오빠. 그런데…….

"나, 이제 확실히 알겠어. 내가 좋아하는 사람은 오래전부터 태풍이었나 봐, 오빠."

첫 키스를 했던 열일곱, 속수무책으로 떨렸던 그 마음이 떠올랐다. 그와 키스를 하고 난 뒤 처음으로 태풍을 의식했던 것도 떠올랐다. 의식을 하고 난 뒤, 오래전부터 이어져왔던 관계를 새롭게 조명할 수 있게 된 산나였다. 그가 유독 얄밉게 굴던 때는 산나가 태양을 졸졸 쫓아다니며 열렬한 마음을 내보였을 때라는 생각이 불현듯 들었다. 그뿐인가? 부모님께 혼이 나 집에 들어가지 않을 때 곁에 있어준 것은 태풍, 길 잃은 그녀를 찾아 거리를 헤맨 것도 태풍, 태양에게 첫 여자친구가 생겼던 날에 속상하다고 울고불고 했을 때에도 곁에 있어준 사람이 태풍이었기에 내심 기대까지 했었다.

물론 괜한 내용을 억지로 끼워 맞췄다는 확신이 든 것은 태풍이 일언반구 없이 유학을 갔다는 사실을 알게 된 후였다. 덕분에 그녀의 자존심은 단번에 무너졌고, 마음까지 모래성처럼 허물어지고 말았다.

내가 아직도 널 그리워한다고 생각한다면 큰 오산이야!

누가 먼저 넘어갈까 보냐?

그런 오기를 부렸다. 하지만 우연 같은 그 사건들이 사실이든 아니든, 태풍이 그녀에게 마음이 있든 없든 이제는 아무래도 상관없었다.

따뜻하게 안아주던 태풍이 떠올랐다. 그의 체온과 체향, 뜨거운 열기가 가득 찬 눈빛과 그의 입술…….

그런 것들이 떠오르는 순간, 산나는 깨달았다. 이건 어이없는 꿈의 한 자락이라고.

"우린 안 돼, 오빠."

"왜?"

태양은 평소와 다르게 안타까운 얼굴로 되물었다. 그랬기에 산나는 어릴 적의 모습 그대로인 태양을 바라보며 다정한 미소를 지었다.

"오빠도, 나도 각자 좋아하는 사람이 있잖아."

그 순간, 산나는 현재의 모습으로 되돌아와 있었다. 어릴 적의 태양은 알 수 없는 미소를 지은 채로 성인이 된 산나를 올려다봤다. 그런 그는 이렇게 말하고 있는 것 같았다.

그래, 이제야 알았구나. 잘됐다.

깊은 잠에 빠졌던 산나가 눈을 뜬 것은 저녁 무렵이 다 되어서였다. 자각몽에서 깨어난 그녀는 몽롱한 눈빛으로 호텔 천장을 바라봤다. 아주 오랫동안 잠에 취해 있었던 것 같은데도 정신은 말끔하지 못했고, 매트리스와 혼연일체가 된 몸은 물에 젖은 솜처럼 손가락 하나 까딱할 수가 없었다. 구석구석 두들겨 맞은 것처럼 온몸이 욱신거렸고 두통 또한 심했기에 산나는 누워서 눈만 몇 번 깜빡이다가 옆자리로 고개를 돌렸다.

"풍아."

당연히 옆에 있을 거라고 생각했던 태풍이 없었다. 꼬물거리며 옆자리로 손을 뻗어보니 그 자리의 주인이 떠난 지 오래되었는지 시트가 차가웠다. 꼭 누가 옆에 있어야 하는 것도 아니었고 혼자 20년 넘는 시간을 지내왔으니 별 상관없겠다 싶었는데 생각보다 허무했다.

"다정하게 옆에 누워 있으면 얼마나 좋아? 하여튼 무드라고는 눈을 씻고도 찾아볼 수 없는 남자야."

산나는 입술을 비죽거렸다. 하지만 그것도 잠시, 그녀의 입가에 미소가 피어올랐다. 어젯밤을 떠올리는 것만으로도 온몸의 고통이 달콤하게 변할 것처럼 기분이 좋아졌다. 산나는 만족스러운지 길게 기지개를 켰다.

'피곤해서 무의식중에 주절주절 헛소리를 한 것도 같은데.'

머리를 헝클어트리듯 긁은 그녀가 상체를 일으켰다. 그 덕에 그녀의 유려한 곡선을 감추고 있던 얇은 시트가 미끄러져 내려가면서 그녀의 눈부신 나체가 드러났다. 하지만 산나는 신경 쓰지 않았다.

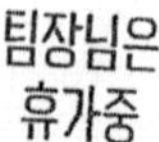

자도 자도 끝이 없이 졸린 것은 이번이 처음이었기에 산나는 무거운 눈꺼풀을 밀어올리고 주변을 두리번거렸다.

"아아, 목말라. 나 물……."

문제는 그녀의 독백이 진짜 독백이었다는 데에 있었다. 아무리 물을 찾아도 물 한 잔 가져다주는 사람이 없다는 것을 깨달은 산나는 방금 전보다 훨씬 어두워진 얼굴을 하고 침대에서 내려왔다. 그러자 어젯밤 전부를 쏟아내고 또 쏟아내던 태풍의 분비물이 허벅지를 타고 주르륵 흘러내렸다. 동시에 태풍이 몇 번이고 짓이겼던 자신의 꽃이 타들어갈 것처럼 아파오는 것을 느꼈다. 남자에 익숙하지 않았기에 그 통증은 무척 심했다.

"젠장."

산나는 욕설을 내뱉고는 탁상 위에 있던 티슈 몇 장을 뽑아 허벅지를 닦아냈다. 그러고는 바닥에 떨어져 있던 속옷을 챙겨 몸에 걸쳤다. 그 다음에야 침대 맡에 있던 캐비닛을 열어 그 안의 미니 냉장고를 열 수 있었다. 그녀는 생수를 컵에 따를 생각도 하지 않고 병째로 들이켰다.

차가운 물이 빈속을 쓸고 내려가자 정신이 조금 들었다. 조금 맑아진 얼굴을 한 산나의 얼굴에 순수한 분노가 떠오른 것은 그 다음이었다. 상황이 어떻게 돌아가는지 이제야 눈치를 챈 까닭이었다.

"풍! 태풍!"

산나가 목소리를 높여 태풍을 불렀다. 하지만 태풍은 감감무소식이었다. 넓지만 트인 공간이었으니 어디 숨을 곳도 마땅치 않을 텐데 불러서 나오지 않는다는 것은 이곳에 그가 없다는 뜻이었다. 자세히 살펴보니 태풍이 머문 흔적조차 찾아볼 수 없었다. 그가 입고 있던 재킷이나 신발, 어젯밤 분명히 벗어던졌을 바지나 셔츠, 속옷마저도 없었다.

"아얏."

태풍의 흔적을 찾아 한 걸음 옮겼을 때에야 비로소 산나는 발목에서 느껴지는 시큰한 통증을 느꼈다. 바닥에 제대로 두 발을 딛고 서지 못한 그녀는 발목으로 시선을 돌렸다. 급한 대로 연고만 대충 발라놨던 부위에 접착식 파스가 붙어 있었다. 산나는 발목을 매만져보고는 그 손의 냄새를 맡았다.

"으, 파스 냄새."

붙인 지 얼마 되지 않은 듯 파스 냄새가 꽤 심하게 났다.

"약국, 언제 열더라?"

혼잣말로 중얼거린 산나는 절뚝거리는 다리로 방 안을 누비고 돌아다녔다. 구겨진 시트도, 내팽개친 샤워기도, 대충 쓰고 던진 수건이며 욕실 안의 물기까지 어젯밤 그대로인데 태풍만 없었다. 몸 안에 희미한 열기만 남긴 채 그는 사라지고 없었다.

"태풍! 야! 이 나쁜 놈아!"

소리를 지른다고 해도 달라질 것은 없었다. 산나는 아까부터 약을 올리듯 슬금슬금 기어오르기 시작한 거슬리는 감정이 부글부글 끓기 시작하는 것을 느끼며 애꿎게 발만 굴렀다.

"악!"

끓어오르는 감정을 참지 못해 자신을 혹사한 덕분에 다시금 발목을 접질렸다는 사실을 몸소 깨달은 그녀는 찌릿하게 올라오는 고통을 삼키며 소파 위에 쓰러져 신음을 흘렸다. 통증이 천천히 가라앉자 앓는 소리를 내던 그녀는 촉촉이 젖은 목소리로 중얼거렸다.

"정말 없는 거야? 나 혼자 두고 가버린 거야? 그냥 그렇게?"

소파에 얼굴을 묻은 채 금방이라도 울 것같이 중얼거리던 산나는 한참 동안 널브러져 있다가 자리에서 벌떡 일어났다.

"아아, 기가 막혀."

힘을 줄 때마다 꿀렁거리며 밖으로 나오는 그의 흔적은 아직도 몸 안에 가득한데, 정작 그토록 원하는 태풍의 마음은 머물 생각이 없는 듯했다.

아무렇지 않은 것처럼 보이는 산나의 눈가가 발갛게 물들어 있었다. 상처를 받은 것이 분명했지만 산나는 애써 그 사실을 외면하며 굳건한 자존심에 의지했다. 그러고는 주섬주섬 자신의 물건을 챙기기 시작했다. 이 호텔에 더 이상 남아 있어야 할 이유가 없었다.

일단 산나는 몸을 추스르고 집으로 향했다. 어스름한 저녁이 다 되어서야 집에 도착한 그녀는 부모님이 외출했다는 소식을 듣고 다행이다, 중얼거리며 2층 방으로 올라갔다. 올라가자마자 침대에 쓰러지듯 누웠다. 옷을 갈아입는다거나 몸을 씻는다는 생각은 할 수 없었다. 수면욕이 식욕마저 이겨버린 이 상황에서 자는 것 이외의 다른 일을 한다는 것은 불가능했다.

단 한 가지.

"시간이 이렇게나 됐는데도 전화 한 통 안 한다 이거지?"

시간이 흐를수록 태풍이 괘씸해졌다. 그렇다고 먼저 연락을 할 생각은 아니었기에 산나는 소리 하나 내지 않는 휴대전화가 원수라도 되는 것처럼 노려보다가 푹신한 이불에 얼굴을 묻었다.

"젠장, 태풍! 이 못된 놈!"

오도독 이를 갈다가 다시 붉어진 눈으로 휴대전화를 노려보길 몇 번, 산나의 날이 선 목소리는 저주가 되지 못한 채 웅얼거림으로 사라지고 말았다.

산나의 손에 들린 휴대전화 액정에는 태풍의 연락처가 떠올라 있었지만 그녀의 엄지손가락이 통화 버튼을 누르기도 전에 휴대전화는 꺼져버리고 말았다. 휴대전화 배터리를 위해 1분으로 지정해놓은 자동 잠금 설정 장치가 작동해버린 탓이었다.

산나가 정신이 든 것은 다음 날 아침이었다. 자명종 소리도 없이 별안간 두 눈을 번쩍 뜬 산나는 벼락이라도 맞은 사람처럼 튕기듯 일어나 앉았다. 호박 속살처럼 빛나는 아침 햇살이 얇은 커튼을 뚫고 들어오는 광경을 확인한 산나는 채 잠에서 깨어나지 못한 몸뚱이를 억지로 일으켜 세웠다. 너무 밝은 빛에 적응하지 못한 눈가가 경련하듯 파르르 떨리고 있었지만 산나는 주먹 쥔 손등으로 몇 번 문지르고는 휴대전화부터 확인했다.

"와!"

문자 메시지가 한 통 와 있다는 소식에 당장 메시지 함부터 열었다.

[외롭고 쓸쓸한 솔로의 밤, 000에서 책임집니다. 지금 바로 접속!]

"장난해? 이제 하다하다 휴대전화까지 날 우습게 아네?"

산나는 콧방귀를 뀌고 이번에는 통화 내역을 확인했다. 물론 액정에 부재중 전화 알림이 안 떠올랐다는 것을 알고는 있었지만 지푸라기라도 잡는 심정으로 확인을 하는 중이었다. 혹시 자다가 깨서 휴대전화 잠금장치를 해제했을 수도 있으니까. 그랬다면 액정에 부재중 전화 알림이 없어졌을 테니까.

하지만 산나의 작은 기대마저 날려버리듯 통화 내역에는 부재중 전화 따위는 찾아볼 수 없었다. 마지막 통화는 어제 오후. 그 이후로는 수신한 전화도, 착신한 전화도 없었다.

"헐이다, 헐."

산나는 자리에서 일어나 발목을 감싸고 있던 파스를 떼어냈다. 살갗이 함께 떨어져나가는 통증을 참아가며 파스를 떼어낸 그녀는 침대 옆에 있던 휴지통에 있는 힘껏 던져버렸다.

철퍽.

꽤 큰 소리를 내며 휴지통에 파스가 처박히는 광경을 지켜본 산나는 후련하다는 듯 기지개를 길게 켰다. 그러다 문득 무슨 생각이 들었는지 휴지통을 물끄러미 바라보고 있다가는 이내 그 안에서 파스를 꺼내 침대 맡 탁자에 올려놓았다.

"뭐, 아침에 나가서 사 왔을 걸 생각하면 나름대로 기특한 부분도 있잖아?"

뾰로통한 얼굴로 파스를 바라보던 산나는 눈썹을 씰룩거리고는 누가 보기라도 하는 듯 눈치를 보며 파스를 탁자에 떡 붙여버렸다.

"아이 씨, 미쳤어. 미쳤다고, 미쳤어! 내가 왜! 이딴 놈을 왜!"

산나는 주먹으로 파스를 쾅쾅 두드리고는 메모지 함에 꽂혀 있던 펜을 들어 파스 위에 낙서를 했다.

"두고 보라지. 이렇게 울면서 나한테 매달리는 꼴을 보고 말 테니까. 이 순간이 오면 내가 헌신짝처럼 널 버려줄 거란 말이지."

파스 위에 닭똥 같은 눈물을 뚝뚝 흘리는 표정을 그린 산나는 만족스럽다는 듯 깔깔 웃었다. 그러고는 한결 개운해진 얼굴을 하고 욕실로 들어갔다. 말끔하게 씻고 복잡한 생각을 지워버린 다음 출근할 생각이었다.

그때, 침대에 내팽개쳐 놓은 휴대전화가 울리기 시작했다.

우당탕탕탕.

발목이 아프다는 것마저 잊어버린 채 욕실에서 뛰쳐나와 침대 위로 슬라이딩을 한 산나가 휴대전화를 집어 들었다.

"여보세요!"

급하게 전화를 받으며 헐떡거리는데 수화기 너머의 상대방은 잠시 말을 아끼고 있다가 대답을 했다.

– 미안, 출근 준비 하느라 바쁘구나?

전화를 건 상대가 명한이라는 것을 안 순간, 산나의 얼굴이 종잇장처럼 구겨져버렸다.

"아아, 너였어?"

옥타브를 찍던 처음과 달리 심드렁해진 산나의 목소리 변화를 느낀 명한이 떨떠름하게 질문했다.

– 누구 전화를 기다린 건데?

"아니, 뭐. 무슨 일인데?"

– 나 지금 커피 전문점 들렀거든. 살 때 네 것까지 사 갈까 싶어서. 뭐가 좋아?

그 질문에 산나는 뾰족해진 눈을 하고 팩 소리를 질렀다.

"커피가 그게 그거지!"

중요한 게 뭔지도 모르면서 커피 운운이나 하는 친구가 얄미웠다.

물론 애꿎은 화풀이라는 것은 본인이 가장 잘 알고 있었지만.

산나가 회사에 도착했을 때에는 8시 반이 넘은 뒤였다. 모델이라고 해도 믿을 정도의 패션 감각을 뽐내며 흐트러짐 없는 모습으로 회사에 도착한 그녀는 모든 것이 완벽했다. 단, 금방이라도 폭발할 것처럼 붉으락푸르락한 얼굴과 그녀 생애 최초의 지각이라는 점만 제외한다면 말이다.

높은 스틸레토 굽으로 대리석 바닥에 홈을 만들어버릴 것처럼 걷는 그녀의 기세가 무시무시했기에 팀원들은 제대로 된 아침 인사도 건네지 못하고 눈치만 살폈다. 그나마 팀원들의 숨통을 유일하게 틔워주는 인물인 명한이 사무실에 있었지만 그가 커피를 건네주는 일조차 하지 못할 정도로 산나는 예민해져 있었다.

출근하자마자 팀장실에 가방만 던져놓은 그녀가 한 일은 책상에 쌓인 서류 파일을 들고 1팀 팀장실로 향하는 것이었다. 아침부터 2팀 팀장이 무서운 기세로 쳐들어오자 또 무슨 일이 터진 건가 싶어 아침의 여유를 만끽하던 팀원들은 바싹 긴장을 했다.

"일 봐요들."

산나는 얼음왕국의 공주가 지을 법한 시니컬하고 차가운 미소를 남기고 1팀 팀장실을 습격했다. 갑작스러운 산나의 방문에도 태풍은 놀라지 않고서 노트북 화면을 바라보고 있었다. 그는 이미 이런 상황을 모두 예측했다는 투로 심드렁한 한 마디를 건넸다.

"팀장이라고 시말서 피할 생각은 하지 않는 게 좋습니다, 오 팀장."

산나는 억양 없는 말투로 지껄이는 태풍의 말을 들으며 그의 얼굴을 바라봤다. 한 치의 흐트러짐도 없는 모습을 한 그는 멀끔한 얼굴로 그녀를 응시하고 있었다. 아니, 평소보다 피부에 더 윤이 나는 듯했다. 그 점이 산나의 복장을 터지게 만들었다.

파앙.

산나가 들고 왔던 파일을 그의 책상 위로 대충 던져놓자 그제야 태풍이 고개를 들었다.

"이게 하룻밤을 같이 보낸 사람에게 할 대사야?"

산나가 사납게 으르렁거리자 태풍은 골치가 아프다는 듯 한 손으로 관자놀이를 주무르며 인상을 썼다.

"공과 사는 제대로 구분해요, 오 팀장."

"미안한데 난 무척 감정적인 인간이라 공이 사 같고, 사가 공 같고 그래. 그래서 구분 못 해. 구분하길 원했다면 호텔 룸에 제대로 남아 있었어야지, 태 팀장."

산나의 대꾸에 이번에는 평정을 유지하고 있던 태풍이 낮게 으르렁댔다.

"목소리 낮춰. 밖에서 다 들어."

"들으면 뭐."

"하아."

"우리가 막말로 불륜도 아니고. 뭐가 문젠데?"

산나가 이것저것 가릴 것 없다는 듯 막말 폭격을 내뱉자 태풍은 신경질이 잔뜩 난 얼굴을 하고 자리에서 일어났다. 그가 일어나자 회전의자에서 끼이익 하고 거슬리는 소리가 났지만 산나는 태풍에게 시선을 꽂은 채로 꼼짝달싹 하지 않았다.

자리에서 일어난 태풍은 곧장 유리문으로 걸어가 문을 잠가버렸

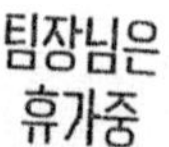

다. 그러고는 사납게 목을 조르고 있던 넥타이를 느슨하게 풀었다.

“널 경험할수록 확실해지는 건 네가 무척 어린애처럼 무모하고 대책이 없다는 거야.”

“누군 어른스러워?”

“나도 어른이 못 되지. 그러니 문제라는 거다, 오산나.”

태풍은 눈에 준 힘을 풀 생각이 없다는 듯 냉랭한 태도를 유지하며 산나의 앞으로 걸어갔다. 또각또각, 잰 듯한 걸음걸이로 산나의 앞으로 다가온 그가 탁자에 엉덩이를 걸치고 앉아 그녀를 바라봤다.

“하룻밤을 함께한 사람에게 할 만한 대사가 어떤 건지 말해나 봐. 어디 들어보자.”

태풍의 말에 산나는 그에게 지지 않으려고 고개를 빳빳하게 세우고는 립스틱을 곱게 바른 입술을 험악하게 짓이겼다.

“하! 혹시나 앞으로 데리고 올까, 아니면 장미꽃이라도 전해주려나 헛꿈 꾼 내가 미친년이지.”

“말 좀 가려서 못해?”

“미안해서 어쩌나. 이것저것 가릴 처지가 못 돼, 지금.”

산나가 비아냥거리자 태풍은 넥타이를 조금 더 느슨하게 풀고는 깊은 한숨을 내쉬었다.

“그래, 그럼. 다시 본론으로 돌아가자. 집 앞까지 데리러 가고 장미꽃다발을 안겨주는 걸 기대했단 말이야?”

“남자가 여자 한 번 어떻게 자빠트려보려고 작업 걸 때에는 이런 것들보다 더해. 한 번 자고 말 여자한테 잘 보이기 위해서라면 간이고 쓸개고 다 빼줄 것처럼 군다고. 그런데 한 번 같이 잤잖아, 우리. 그 정도도 기대 못해? 그깟 차 한 번 굴리는 게 뭐가 어려워? 직원들끼리는 카풀도 하는데. 또, 길 가다 싸구려 꽃다발 하나 사다가 안기는 게 뭐가 그렇게 어려운 건데?"

"자빠……, 너, 진짜 말 가려서 안 할래?"

"흥."

콧대를 세우는 산나의 모습을 가만히 지켜보고 있던 태풍이 팔짱을 꼈다. 그러고는 비릿함이 섞인 미소를 하고 그녀에게 물었다.

"기억은 나?"

"나."

"어떤 부분이? 네가 유혹을 한 부분, 아니면 네가 날 하룻밤 대용으로 생각한 부분?"

"하룻…… 밤 대용이라니?"

역시.

태풍은 입술 한쪽을 말아 올린 채로 눈을 가늘게 떴다. 태풍의 몸을 취한 다음 아무렇지도 않게 지껄인 '오빠'라는 단어는 분명 무의식에서 흘러나온 것이었다.

"취중진담이라고 하지."

"뭐?"

"알고 있던 사실이긴 하지만 네 입으로 직접 들으니 퍽 충격이긴 하더라고. 이미 끝난 일, 됐어. 어제는 실수였어. 우리 서로 너무 많이 마신 거야. 취해서 저지른 충동적인 일이야. 그렇게 치고 여기에서 마무리 짓자."

멈출 수 있을 때 멈추는 것이 가장 현명한 일이라고 생각했다. 여기에서 멈춘다면 태풍은 모든 것을 잊을 작정이었다. 그녀가 부르짖은 어디의 누군가도, 그녀의 달콤한 키스와 그 품도 모두 잊을 수 있다고 믿었다.

하지만 산나는 그와 생각이 달랐다.

"실수?"

"그래, 실수."

"실수, mistake……, 쉼표를 찍어야 했는데 마침표를 찍었다면서, 팀장이 팀원의 사소한 실수 하나 못 잡아내냐며 네가 나를 쥐 잡듯 잡았을 때, 그때와 같은 맥락의 실수를 말하는 거지, 지금?"

산나가 자조적으로 웃으며 태풍 앞에서 이를 갈았다.

"대차대조표에 숫자 기입을 잘못한 덕분에 총액 계산이 모두 엉망이 됐다며, 프로가 이런 실수를 하는 건 용납하지 못하겠다고 지랄했을 때의, 그 실수를 말하는 거지, 지금?"

흥분해서 높아지는 목소리로 지껄이는 산나를 말릴 생각도 하지 못한 태풍은 팔짱을 낀 채로 그녀의 원맨쇼를 지켜보았다.

"지금 날 실수로 프린트 잘못해서 쓰게 된 이면지 취급을 하는 거잖아, 너!"

"오 팀장."

"와, 나. 어이가 없네, 정말. 어디에서 그런 말을 갖다가 붙일 수가 있는 거야, 지금? 넌 실수로 여자랑 자니?"

"그럼 뭐였는데?"

태풍이 산나의 허점을 찌르고 들어왔다. 날카로운 돌직구에 산나는 어벙한 얼굴을 하고 멈칫거렸다. 방금 전까지 유창한 언변을 구사하던 여자라고는 할 수 없을 정도로 바보 같은 모습이었다.

"……뭐?"

"뭐였냐고, 어젯밤은. 너한테, 또 나한테 무슨 의미가 있기라도 했던 거야?"

"의미…… 는 뭐."

산나는 입술을 잘근잘근 깨물며 태풍을 노려봤다. 자신은 진심을 보이지 않는 주제에 묘한 유도심문으로 산나의 진심부터 파헤치려고 하는 태도가 영 마음에 들지 않았다. 산나는 오기를 부렸다.

"나, 어제가 처음이었어. 첫 경험을 가져가놓고 실수라니, 너무 무책임하지 않아?"

"갑자기 왜 이래? 오산나, 이런 거 네 스타일 아니잖아?"

"맞아. 쿨하게 지나가고 담백하게 넘겨버리는 게 내 스타일이지 이렇게 구질구질하게 구는 거 내 스타일 아니야. 그런데 어떡해? 쿨하게 넘어갈 수 있는 선을 지났는데."

"일단 말은 바로 해. 누가 누구보고 무책임하다고 하는 건데? 내가 억지로 널 범한 것도 아니고, 곤히 잠들었는데 널 덮친 것도 아니야. 유혹한 건 너고, 난 그 유혹에 몇 번이고 거절하다 넘어간 거다."

"내 책임이다 이거야?"

"책임 운운하고 싶었다면 그런 무모한 짓은 말았어야 한다는 걸 말하는 거야. 이건 쌍방과실이야. 넘어간 나도, 넘어트린 너도 책임이 있어."

"Call it even(셈셈으로 치자)?"

산나가 픽 웃으며 송곳니를 세웠다. 지금 그녀는 A와 B라는 두 가지 갈림길 사이에 서 있었다. 솔직한 마음을 드러내고 그에게 더없이 상냥한 오산나가 되는 길이 A, 솔직이고 나발이고 다 때려치우고 갈 데까지 가는 표독스러운 오산나가 되는 길이 B.

잠에서 깨어나기 전까지 산나의 마음은 A로 기울어 있었다. 하지만 태풍이 그녀를 놔두고 호텔에서 나가버렸다는 사실을 알게 된 후 B를 향해 한 걸음. 다음 날이 되었는데도 전화 한 통 주지 않았다는 사실을 알게 된 후 또 한 걸음. 그리고 지금, 책임을 운운하며 따지는 모습에 완전히 방향을 틀었다.

"내가 쉽게 동의할 거라고 생각했다면 큰 오산이야."

"동의하지 않으면?"

태풍의 태도는 처음부터 지금까지 한결같았다. 어디 한 번 해보려면 해보라는 투. 뻔뻔하기도 하고, 비겁하기도 하고, 일부러 산나의 성질을 돋우는 느낌이기도 하고.

그랬기에 산나는 마음 놓고 비뚤어질 심산이었다.

"지금 이 상황으로 볼 때 내 쪽이 좀 더 손해 보는 기분이거든. 그래서 조금 더 가져갈 생각이야."

산나의 말에 태풍이 그녀의 속내를 가늠하기라도 하려는 듯 한쪽 눈을 더욱 가늘게 떴다.

"뭘 더 가져가려는 건데?"

"딜이 성사가 되려면 비슷한 가치의 것을 교환해야 하잖아? 물론 비슷한 가치의 제안은 양쪽 모두에게 이득이 되어야 하고."

산나가 한쪽 입술을 양껏 말아 올리며 그에게로 한 걸음 다가섰다. 태풍은 무슨 짓을 하려는 거냐는 얼굴로 시선을 피하지 않고 산나가 하는 행동을 지켜봤다.

산나는 검지를 뾰족하게 세우고는 태풍의 목덜미에서 가슴까지 천천히 긁어내렸다.

"하룻밤으로 치부하기에는 아깝거든, 너."

유혹의 의미가 명백한 산나의 손짓에 태풍의 얼굴이 딱딱하게 굳었다. 태풍의 미간에 깊은 주름이 잡혔다.

"너……."

일그러진 태풍의 얼굴을 보고서야 산나는 만족했다는 듯 생긋 웃었다.

"내가 무슨 생각인지 궁금하지?"

그녀는 알고 있었다. 자신이 어떤 모습을 할 때 매력적으로 보이는지, 어떤 식으로 행동할 때 태풍이 약한 모습을 보이는지. 그랬기에 작게 웃은 산나는 눈을 내리깔고 그의 어깨와 가슴을 한 번씩 쓸어내렸다. 그러고는 단번에 태풍의 넥타이를 잡아 자신에게로 끌어당겼다.

"윽."

산나는 즐겼다. 자신의 손아귀 아래에서 엉망이 된 얼굴로 당황하는 태풍의 반응을. 산나가 몸을 움직일 때마다 시시각각 변하는 그의 표정을 보는 것만으로도 산나는 뒤틀린 쾌감을 느낄 수 있었다. 산나는 넥타이를 쥔 손에 힘을 주고는 그에게 몸을 밀착시켰다.

"야근하지 않을래? 오늘 밤, 우리 둘이."

낮은 그녀의 목소리가 더없이 농염했다. 산나는 그의 가슴을 쓰다듬던 손을 허리로 미끄러트리고는 어젯밤 내내 그녀를 황홀하게 괴롭힌 그의 페니스를 가볍게 쓸어내렸다.

그 순간, 태풍의 옹골찬 주먹이 산나의 머리를 꽁 쥐어박았다.

"앗! 아파!"

산나가 양손으로 머리를 감싸 쥔 순간, 태풍은 약삭빠르게 책상으로 피신했다. 그는 산나가 처음 들어왔을 때부터 보고 있던 노트

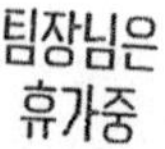

북 화면에 시선을 꽂았다.

"약 올리지 마. 안 그래도 오늘 야근이니까."

유혹에도 꿈쩍하지 않는 태풍의 태도에 산나는 씩씩대며 그를 노려봤다.

"어디 그 여유가 오래가나 두고 보자."

오도독 이를 갈고 팩 돌아서는데 왜인지 태풍이 그녀를 불러 세웠다.

"오 팀장."

참 바보 같은 오산나, 강아지도 아니고 이름에 반사적으로 그를 향해 몸을 돌렸다. 아차 싶어 얼굴을 구긴 순간, 산나에게로 무언가가 날아왔다. 산나가 반사적으로 날아오는 물건을 낚아채자 태풍이 퉁명스럽게 중얼거렸다.

"이왕이면 운동화를 신지그래? 단화나."

"신경 끄셔."

까칠하게 대꾸한 다음 곧장 팀장실을 나온 산나는 손에 들린 물건부터 확인했다. 약국 로고가 박혀 있는 종이봉투 안에는 접착식 파스가 종류별로 들어 있었다. 그것을 확인한 산나는 바람 빠지는 소리를 내며 웃고는 입을 비죽거렸다.

그녀는 팀장실로 쏙 들어가 투덜거리며 발목에 파스를 붙였다. 싸한 파스 냄새가 팀장실에 퍼져 있던 고소한 커피향을 눌러버렸지만 산나의 얼굴에서는 미소가 떠날 기미를 보이지 않았다.

"대체 어떤 게 진심이야?"

산나는 밉지 않게 투덜거리며 파스를 붙인 발목을 어루만졌다.

그런 그녀가 모르는 사실 하나. 그녀가 나간 뒤, 태풍이 방금 전

산나의 유혹을 떠올리며 책상에 머리를 박고 허탈하게 중얼거렸다는 것이었다.

"언제 또 그런 건 배운 거야? 오산나, 너 정말……."

산나의 손길에 속절없이 무너져버린 태풍은 흔들리는 눈으로 벌떡 솟아오른 자신의 중심을 안쓰럽게 바라봤다. 당장 화장실로 쫓아가고 싶었지만 나갔다가는 어기적거리는 걸음걸이를 팀원들에게 들키고 말 것이 분명했기에 이 상태로 참는 수밖에 도리가 없었다.

"아주 고문을 하는구나."

그 후로도 산나의 저주는 꽤 오랫동안 태풍을 괴롭혔다.

10. S파트너-2

"수고하셨습니다."

"먼저 퇴근하겠습니다."

퇴근 시간의 사무실은 다른 때와 달리 활기가 넘쳤다. 여사원들은 데이트라도 있는 것처럼 화장과 옷매무새를 고쳤고, 남자 사원들은 친구들과 모여 술 한잔 걸치러 갈 생각에 흥분해 있었다. 내내 죽은 것처럼 책상에 코를 박고 있던 사람들은 노래라도 부르는 것처럼 경쾌한 목소리로 조잘조잘 떠들어댔다.

북적거리는 분위기에서도 팀장실만큼은 조용했기에 총대를 메고 팀장실 내의 눈치를 살피던 사원 한 명이 유리문에 대고 노크를 했다.

"팀장님, 퇴근 안 하세요?"

"아아, 이거 정리만 하고."

의자에서 엉덩이를 떼어낼 생각이 전혀 없어 보이는 태 팀장의 모습에 사원이 눈치를 봤다. 풀이 죽은 사원의 어깨에 순식간에 주변에서 사람들이 몰려들었다. 다들 팀장이 일어나지도 않는데 우리가 먼저 퇴근을 해도 되나 싶어 눈치를 보는 상황이 되자 퇴근이랍시고 흥분했던 사람들의 얼굴에서 홍조가 싹악 사라졌다.

문 앞에 우글우글 몰려든 사원들이 수군거리는 소리에 그제야 비로소 정신이 든 태풍이 자리에서 일어났다.

"눈치 보지 말고 퇴근들 하세요. 저도 이제 곧 갈 겁니다. 오늘 뒷정리는 제가 하고 갈 테니 염려들 마시고."

그 말에 사람들이 하나 둘 퇴근길에 나섰다. 물론 상사를 남겨두고 하는 퇴근이라 마음이 불편하기는 했지만 그렇다고 퇴근하는 발길을 돌릴 수는 없었다. 무슨 부귀영화를 누리겠다고 자신의 청춘까지 포기하며 회사에 매여 있을쏘냐 싶었던 거다.

방금 전까지 사무실을 꽉 채웠던 사람들이 썰물처럼 빠져나가자 정적이 내려앉았다. 탁상시계의 초침이 움직이는 소리가 이렇게 커다랗던가 싶을 정도로 고요한 사무실을 지키고 있던 태풍은 마저 일을 처리한 뒤에야 그 적막을 즐길 수 있었다.

며칠 내내 머릿속을 복잡하게 만들던 프로젝트의 일부를 말끔히 해결하기 전까지는 퇴근하지 않겠다며 오기를 부린 덕택에 일이 제법 수월하게 끝날 수 있을 듯했다. 태풍은 만족스럽게 기지개를 켜고 셔츠 단추 몇 개를 풀어헤쳤다. 꽤 오랜 시간 그의 마음속에서 묵직하게 자리 잡았던 고민덩어리의 일부가 해소된 느낌이 퍽 개운했다.

그는 의자를 창가로 돌려 앉았다. 벽의 절반 정도를 차지하는 커다란 창은 햇볕이 많이 드는 낮에는 골칫덩이였지만 해가 넘어가고 난 오후에는 낭만적인 운치를 느낄 수 있게 해주었다. 지금이 그랬다.

태풍은 서울 시내가 훤히 내려다보이는 창가에 서서 서울의 야

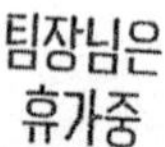

경을 즐겼다. 보석이 박힌 것처럼 아름다운 야경을 바라보고 있는 지금은 그 어떤 고민거리도 생각해낼 수 없었다.

소란스럽던 마음이 일순 고요해졌다. 바람 한 점 없는 고요한 호수에 온 것 같은 느낌은 그를 무척 안정적으로 만들었다.

'이게 힐링이지.'

오랜만에 찾아온 혼자만의 시간과 정적을 즐기며 등받이에 몸을 묻고 눈을 감았다. 그때, 태풍의 시간을 방해하는 소리가 들렸다. 닫혀 있던 문이 열리는 소리였다.

끼이이.

아직 퇴근을 안 한 사람이 있었나?

태풍은 눈을 감은 채 팀장실 안으로 들어오는 사람에게 물었다.

"누구?"

태풍의 물음에 인기척을 낸 누군가는 대답을 하는 대신 팀장실 문을 잠가버렸다.

찰칵.

문이 잠기는 소리에 반응한 태풍이 눈을 번쩍 떴다. 평온하던 그의 얼굴에 불편한 긴장이 감돌았다.

그리고 달칵.

이번에는 정말이지 당황했다. 사무실을 밝히던 환한 전등이 제힘을 잃는 순간, 정적에 어울리는 어둠이 내려앉았다. 이로써 두 사람은 어둡고 폐쇄된 공간에 갇혀버렸다. 자발적으로.

또각, 또각.

태풍은 눈을 내리깐 채 등 뒤에서 들려오는 하이힐 소리에 집중했다. 고개를 돌리는 수고를 하지 않더라도 이런 짓을 벌일 사람이 누구인지는 대충 감이 잡혔기에 그는 낮은 한숨을 내쉬었다.

「야근하지 않을래? 오늘 밤, 우리 둘이.」

쇳소리가 섞인 속삭임이 무엇을 의미하는지 모를 태풍이 아니었다. 물론 그녀의 진한 유혹을 받았을 때에야 그녀의 머리에 꿀밤을 내리꽂는 것으로 상황을 모면하긴 했지만 문제는 지금부터였다. 좋아하는 여자의 적극적인 유혹을 견뎌낼 자신이 그에게는 없었다. 묘한 기대가 그의 숨통을 꽉 죄여오는 것과 동시에 그 후폭풍이 두려워진 태풍은 졸라 맨 넥타이를 느슨하게 풀었다.

"직원들 모두 퇴근시켰나 봐?"

지금까지는 몰랐는데 산나의 목소리는 꽤 매력적이었다. 마력이 깃든 것처럼 사람의 혼을 쏙 빼놓는 그 목소리는 설탕을 솔솔 뿌린 것처럼이나 달콤하게 그의 귀를 자극했다.

그녀의 목소리는 큰 파장을 일으켰다. 목소리를 듣는 것만으로도 그의 페니스가 반응을 보였기 때문이었다. 농염한 그녀의 목소리가 뜨거웠던 그날을 암시하고 있었기에 그랬던 것 같았다.

"젠장."

태풍은 낮게 욕설을 지껄이며 고문을 위해 묶여 있는 사람처럼 회전의자에 앉아 있었다. 귀의 신경세포가 산나의 걸음걸이 하나하나에 온전히 쏠려 있었다. 더불어 그의 머리는 지금으로부터 몇 초 후에 산나가 그의 앞에 당도할 것인지 계산까지 했다. 그 정도로 태풍의 온 신경은 산나에게 쏠려 있었고, 민감하게 반응하고 있었다.

그건 분명 이 지독한 고요 때문이다. 태풍은 방금 전까지 그를 안정시켰던 정적이 이렇게나 크게 요동칠 수 있다는 사실이 놀라웠다. 조용한 것은 아까와 마찬가지였으나 그를 휘감고 있는 공기 자체가 소란스러워지는 탓에 멀쩡했던 정신마저 나가버릴 것 같았다.

"내심 기대한 건가?"

바로 귓가에서 속삭이는 것처럼 들릴 정도로 은밀한 목소리였다. 그녀의 숨결이 고스란히 녹아 있는 목소리에 움찔 반응한 태풍은 주먹 쥔 손을 팔걸이에 올려놓았다. 때를 맞춰 곁으로 다가온 산나가 태풍의 어깨를 매만졌다. 얇은 와이셔츠만 입고 있는 덕에 산나는 그의 단단한 어깨 근육과 몸에서 피어오르는 열기를 손바닥으로 느낄 수 있었다.

그의 어깨를 은근히 쓸어내린 산나가 태풍의 앞에 다가와 섰다. 서울의 야경이 펼쳐져 있는 창가를 등지고 선 산나는 피하지 않겠다는 얼굴을 하고 태풍을 똑바로 바라봤다. 그녀의 등 뒤에서 반짝이고 있는 시내의 불빛이 산나의 실루엣을 완벽하게 비춰주었다.

"알고 있잖아? 네가 유혹하면 난 속수무책으로 당할 수밖에 없다는 걸."

"그랬어?"

"모른다고 말할 생각이면 집어치워."

"그걸 알면서도 지금까지 남아 있었던 거야? 뭘 기대한 건데?"

산나는 입고 있던 재킷을 벗어 던졌다. 그녀는 몸매가 드러내는 원피스 차림이었는데 낮에는 얌전하다고 느껴졌던 그것이 지금은 왜 다르게만 보이는지 의아할 따름이었다. 산나는 태풍의 어깨에 양손을 올리고는 이내 그의 단단한 허벅지에 걸터앉았다.

산나의 엉덩이가 그의 허벅지에 닿자 몸이 움찔하더니 근육이 수축하면서 단단해지는 것이 느껴졌다. 그녀가 용기를 한 번 낼 때마다 그의 반응도 한 번씩 달라졌기에 산나는 지금 이 상황을 즐기고 있었다.

태풍은 인상을 쓴 채 딱딱하게 대답했다.

"말했지? 야근은 이미 정해져 있었다고."

의아한 점은 싫다는 분위기를 내내 어필하고 있으면서도 강압적으로 산나를 밀어내지 않았다는 것이었다. 그랬기에 '싫으면 무엇을 어떻게 해도 싫은 것'이라는 개념이 남자에게 확고히 박혀 있다는 것을 잘 아는 산나는, 지금 태풍이 쑥스러움에 괜히 한 번 튕기자는 속셈임을 간파했다.

"정말 그것뿐이야?"

산나의 질문에 태풍이 눈썹을 꿈틀거렸다. 산나는 가느다란 손으로 짙고 강한 그의 눈썹을 매만지며 단정하게 생긴 그의 외모를 훑어봤다. 태 씨 남매 중 가장 유려한 선을 자랑한다고 할 수 있을 정도로 그의 외모는 물이 흐르듯 자연스러웠고 아름답게 똑 떨어졌다.

산나는 불꽃이 이글거리는 눈빛을 숨기지 않으며 그의 귓가에 속삭였다.

"난 지금 이 순간을 너무 기다려서 오늘도 몇 번이고 화장실을 들락날락거려야 했다고."

화사한 분홍빛 립스틱을 바른 그녀의 입술이 키득키득 웃음을 토해내자 태풍은 문득 그 입술을 짓이기고 싶다는 충동에 휩싸였다. 그녀의 입술 선을 따라 빈틈없이 메워진 그 색깔이 천진난만하고 해맑게 느껴졌기에 그 빛깔에 욕망을 덧칠하고 싶어졌는지도 모른다. 어쨌든 빈틈없는 그 모습을 최대한 헐겁게, 그리고 엉망진창으로 만들고 싶었다.

그런 그의 더러운 욕망을 아는지 모르는지, 산나는 투명한 목소리로 종알댔다.

"이 앞 편의점에서 사 온 팬티로 갈아입기까지 했는데?"

순수하기 짝이 없는 그녀의 욕망에 견주면 그의 욕망은 한없이 더럽게 느껴졌다. 욕망으로 점차 탁해지는 그의 눈빛과 달리 그녀의 눈빛은 갓 태어난 짐승의 것처럼 맑고 투명했다. 그 때문일까, 태풍은 단 한 사람도 밟지 않은 새하얀 설원을 목도했다. 새벽녘까지 조용히 내린 눈이 소복하게 쌓여 눈이 부실 것처럼 반짝이는 그 광경을 어떤 사람이 소리 없이 지나칠 수 있을까. 한 발, 두 발 내딛고 싶다는 그 욕망을 억누른 채 아름답게 펼쳐진 절경을 바라만 볼 수 있을까.

아름다운 것은 탐욕을 부르기 마련이다. 부수고 싶은 폭력적인 욕망부터 만지고, 손에 넣고 싶은 소유욕까지 불러일으킨다. 태풍은 가까스로 연기처럼 피어오르는 어두운 욕망을 억누르고 산나의 가녀린 어깨를 잡아 밀쳤다.

"……하나 묻고 싶은데, 너 원래 이런 성격이었어?"

"갑자기 웬 성격?"

"대놓고 유혹하는 거, 감당하기 힘들어서 묻는 말이야."

아니, 질문의 내막을 설명하자면 이렇게 대놓고 욕망을 표출하는 법을 어떤 새끼에게서 배운 건지를 알고 싶은 거다. 치졸해 보일 테니 입 밖으로 내뱉지는 못하겠지만 어떤 새끼에게 이런 유혹의 몸짓을 보여준 건지, 사실 궁금했다.

욕망과 함께 피어오르는 질투심이 자잘한 불꽃이 되어 태풍의 몸 구석구석에 붙었다. 산나를 볼 때마다 화르륵 피어오르는 정념의 불꽃이 그의 온몸을 태워버릴 것만 같았다.

산나의 어깨를 잡은 손에 힘이 들어갔다. 한 줌밖에 되지 않는 그녀의 어깨가 바스라질 것만 같았다. 하지만 산나는 그런 통증 따위 느껴지지 않는다는 얼굴로 그의 손을 팩 밀쳐냈다. 그러고는 방금 전의 나긋나긋한 태도를 떨쳐버린 채 예의 뾰족한 목소리로 대꾸했다.

"누군 유혹하는 법을 알아서 하니? 노골적으로 자자는 말 하기가 어디 쉬운 줄 알아? 이 정도 했으면 자기가 알아서……, 읍!"

태풍은 산나의 어깨에서 손을 떼어낸 뒤 곧장 그녀의 가느다란 허리를 휘감아 자신에게로 끌어당겼다. 그녀의 허리가 꺾일 것처럼 휘었고, 중심을 잡지 못하고 휘청거리던 그녀의 몸은 완벽하게 태풍의 품에 안겼다.

태풍은 그녀의 머리채를 잡아 꺾어버리고는 그녀의 입술을 삼켰다. 산나의 몸을 알게 된 이후, 밤마다 태풍을 끈질기게 괴롭히던 향기가 코끝에 와 닿았다. 봄을 알리는 달래 같은 여자. 향긋하고, 쌉쌀하고, 여리면서 강한, 첫 입에 긴 여운을 남기는 달래 같은 그녀는 태풍에게 봄을 알렸다.

태풍은 마구잡이로 산나의 입술을 탐했다. 보드랍고 다정한 키스는 두 사람에게 어울리지 않았을뿐더러 할 수도 없었다. 그녀를 품에 안지 못했던 어젯밤, 처음 몽정을 하는 어린 소년처럼 끊이지 않고 솟아오르는 미열에 어찌나 괴로워했던가. 고작 키스하는 상상을 한 것만으로도 부풀어 오르는 앞섶에 얼마나 힘겨워했던가. 풍선도 아니고 부풀었다 꺼지기를 반복했던 그의 분신을 위해서라도, 꼬박 하루 참아온 서로의 욕망을 위해서라도 태풍은 너그러울 수 없었다. 그녀의 따뜻한 품에 몸을 묻는 감각을 알고 있는 그는 사탕을 처음 맛본 어린아이일 수밖에 없었기 때문에.

"이번에는 정신 멀쩡한 상태로 하는 거다."

산나의 입술을 욕심껏 탐한 태풍이 거친 숨을 몰아쉬며 그녀와 이마를 맞댔다. 다소곳하던 그녀의 머리가 잔뜩 헝클어지고, 곱게 발려 있던 립스틱이 엉망으로 번진 것을 만족스럽게 확인한 그는 엄지로 그녀의 턱을 잡아 올렸다.

"무슨……."

산나가 순식간에 몽롱해진 눈으로 태풍을 바라보았다. 그의 어깨를 움켜쥔 작은 손이 절박하게 느껴졌다.

남자의 욕망을 제대로 받아들이지도 못하면서. 어디까지 뻗어나갈지 모르는 욕망을 받아들이기 힘겨워 하는 주제에. 무슨 용기로 그런 유혹을 하는 건지…….

태풍은 그녀의 유혹에 열렬히 응해줄 생각이었다. 입으로 말할 수 없는 진심이 그녀의 온몸을 저릿하게 만들 때까지, 그녀를 향해 사납게 날뛰는 욕망을 잠시 풀어놓을 참이었다.

태풍은 험악하게 경고했다.

"널 안는 사람이 누구인지, 네가 누구한테 몸을 던진 건지, 취중이라서 충동적으로 몸을 섞는 게 아니라는 걸 똑똑히 기억하라는 말이야."

산나가 자주 쓰는 마크 제이콥스의 오! 롤라 오 드 퍼퓸이 그녀의 체향과 어우러져 그의 정신을 아득하게 만들었다.

"이번엔 안 봐줘."

태풍이 으르렁거리자 산나가 내리깐 눈꺼풀을 파르르 떨면서 대꾸해왔다.

"누가 할 소리."

산나는 양다리를 벌려 의자에 앉아 있는 태풍을 마주보는 자세로 그에게 걸터앉았다. 그녀는 태풍의 허벅지 양옆으로 무릎을 세우고 일어나 몸을 밀착시켰고, 덕분에 그녀의 가슴은 태풍의 얼굴에 닿을 것처럼 가까워졌다.

무릎까지 내려오는 스커트는 단숨에 그녀의 허벅지 위로 밀려 올라갔다. 그 사이로 태풍의 커다란 손이 슬금슬금 기어 올라갔다. 그가 스타킹에 감싸인 그녀의 다리를 문지르자 산나는 앙큼하게 눈을 내리깔더니 우뚝 솟아 있는 그의 바지춤을 매만지며 웃었다.

"벌써 이렇게 된 주제에. 날 갖고 싶어서 미쳐버릴 것 같으면서."

산나의 도발에 태풍은 한 손으로 무자비하게 봉긋 솟은 그녀의 엉덩이를 움켜쥐었다.

"하악!"

산나가 몸을 곧추세웠다.

"하아앙!"

아무도 없는 사무실, 참지 못한 신음이 터져 나왔다. 유독 크게 울리는 신음에 화들짝 놀란 산나는 자신의 입을 틀어막은 채 태풍에게 매달렸다.

평소에 널찍하다고 생각했던 가죽 의자는 두 사람의 몸을 함께 받아내느라 퍽 좁게 느껴졌다. 그 좁은 의자 위에서 태풍의 몸을 받아들이고 있는 산나는 버티기 힘들다는 얼굴로 헐떡거리며 그의 어깨에 뺨을 댔다. 원피스 자락은 이미 허리까지 밀려올라와 있었고 엉덩이를 가리고 있던 작은 속옷은 그녀의 가느다란 발목에 매달려 있었다.

"하아, 하아. 잠깐, 잠깐만……."

산나가 가쁜 숨을 그의 어깨에 토해냈다. 그녀는 태풍의 어깨를 꼭 잡은 상태로 온몸을 맡기고 있었다. 태풍은 바지를 벗지도 못한 채 터질 것 같은 페니스만 겨우 꺼내놓은 채였다. 성급히 바지 지퍼를 내려 브리프 안으로 손을 집어넣은 산나 때문에 '여유롭게 즐기는 섹스'는 글러먹은 지 오래였다.

산나는 몸속에서 불끈거리는 태풍을 느낄 수 있었다. 강한 자극을 견디지 못하고 간헐적으로 몸을 떨어대는 산나로 인해 잠시 참고 있는 것 같았다. 산나의 떨림이 진정되자 태풍이 예고도 없이 움직이기 시작했다. 그가 허리를 튕길 때마다 의자에서 삐거덕 소리가 신음처럼 흘러나왔다.

"하앗, 하아, 아앙!"

그 순간, 태풍이 한 손으로 산나의 입을 틀어막았다. 무슨 짓이냐는 듯 산나가 두 눈을 동그랗게 떴지만 이내 허리를 비틀어대는 그의 몸짓에 허무하게 무너져 내렸다. 허벅지 근육이 제멋대로 떨렸고, 몸은 태풍의 움직임을 따라 이리저리 흔들렸다. 설명을 요구하던 그녀의 동그란 눈은 이내 떨리는 눈꺼풀 너머로 사라졌고, 또렷한 빛이 남아 있던 눈동자는 흐리멍덩하게 변했다.

"너무…… 깊어."

산나는 태풍의 손바닥 위에서 뭉뚱그린 발음으로 웅얼거렸다.

이대로라면 눈앞에서 불꽃이 터지는 것은 시간문제였다. 하지만 태풍은 그녀를 산산조각으로 부서트리지 않고 움직임을 멈췄다. 이렇게 고통을 주려는 건가 싶어 산나는 그의 팔뚝을 부여잡은 손에 힘을 주었다.

"지금…… 장난, 읍!"

"쉿!"

태풍이 산나의 귓가에 속삭이며 그녀를 세게 끌어안았다. 산나는 그의 품에 안긴 채로 숨을 죽였다. 그도 그럴 것이 손전등의 빛이 투명한 유리문을 뚫고 이리저리 움직이고 있었다. 순찰을 돌기 시작한 경비원인 모양이었다.

덜컥덜컥.

경비원은 잠긴 문을 몇 번 돌려보더니 고개를 갸웃하고는 몸을 돌렸다. 발걸음 소리와 함께 손전등 불빛이 멀어지자 태풍은 산나의 입을 막은 손을 떼어내고 낮게 한숨을 내쉬었다. 산나도 마찬가지였다. 그녀는 사무실 문을 등지고 있었다는 점에 감사하며 뒤로 이어진 쾌락에 몸을 맡겼다.

그 이후, 두 사람의 만남은 은밀해지기 시작했다. 사무실을 오가며 문자나 메시지가 적힌 메모지를 끼운 서류 파일을 통해 서로의 의견을 주고받았다. 시간과 장소만 적어놓았으니 거창하게 의견이라고 할 것까지는 없었다.

[퇴근 후, 주차장]

[토요일 2시. SH호텔 딜럭스룸]

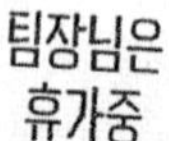

[화요일 8시. 호텔 헤븐 로열 팰리스룸]

[10:00 p.m. 명림 호텔 스위트룸]

그렇게 얼마나 서로를 오갔는지 모른다. 몸이 오가는 쾌락에 빠져 허우적대기를 몇 달, 산나는 자신이 중요한 것을 놓치고 있었다는 것을 깨달았다. 그녀를 깨닫게 한 것은 갑작스러웠던 오 회장과의 독대 때문이었다.

산나의 의견을 백 번 이해해 약혼을 미룬 거라는 아버지 오 회장의 말에 산나는 경악을 하고 말았다. 지금까지 2층에서 뛰어내리는 극단적인 행동을 꽤 충격적으로 받아들인 부모님이 약혼을 아예 백지화한 줄 알았기 때문이었다.

조금 더 강경해진 태도로 약혼을 권유하는 아버지의 말에 산나는 절망하고 말았다. 하필이면 아버지에게 항복을 선언하던 날, 아버지가 내민 계약서에 멋도 모르고 사인을 하고 말았기에 약혼은 빼도 박도 못하게 되었다.

"치사해요!"라고 외친 산나에게 오 회장은 "너도 알아두거라. 원하는 바를 쟁취하기 위해서는 사람이 치밀해야 하는 법이야. 계약서는 꼭 공증을 받아두고."라고 되받아쳤다. 자기 혼자만의 힘으로는 아버지를 이길 수 없다는 사실을 잘 알고 있던 산나는 꽤 충동적으로 그녀의 결혼에 한 사람을 끌어들였다.

"결혼을 하면 되는 거죠?"

"지금 말하는 건 그냥 결혼이 아니야."

"알아요. 우리 집안에 어울리는 사람과의 결혼. 양쪽 집안에 사업적 이익을 가져다줄 수 있다면 더더욱 좋을 사람과의 결혼."

"누구 만나는 사람이라도 있는 거냐?"

산나를 바라보는 오 회장의 눈이 가늘어졌다. 무슨 생각을 하는 건지 가늠하기가 나날이 힘들어지는 딸의 속내를 파악하기 위해서였다. 그런 아버지의 앞에서 산나는 묘한 미소를 지었다. 충동적으로, 또 예기치 못하게 언급하게 됐지만 언젠가는 두 사람의 관계가 수면 위로 드러날 것이 분명했기에 죄책감은 없었다. 조금 이른 감은 없지 않았지만.

"어차피 할 거라면 그 사람이 좋아요. LH그룹의 태풍이요, 아버지."

예기치 못한 인물이 거론되자 오 회장은 두 눈을 동그랗게 떴다. 얼마 전까지도 서로를 죽일 것처럼 굴던 둘의 모습이 떠올랐기에 이게 무슨 생경한 조합인가 싶었다.

태풍에게서 소환 명령을 받은 것은 그로부터 세 시간 후였다. 프라이빗 바에서 얼굴을 마주보고 앉은 두 사람은 뜨거운 첫날 밤을 보낸 그날과 같은 장소에 있었지만 사뭇 다른 분위기를 풍기고 있었다.

태풍은 그때 마셨던 테킬라 대신 진 토닉을, 산나는 블루베리가 동동 떠 있는 탄산수를 앞에 두고 있었다. 산나는 산뜻한 얼굴을 하고 있었지만 그와 반대로 태풍은 폭풍전야처럼 고요하고 무시무시한 아우라를 풍기고 있었다.

한참 동안 침묵을 지키고 있던 태풍이 어렵게 말을 꺼냈다.

"내가 왜 뜬금없이 아버지에게서 결혼을 명령받아야 하는 건지, 설명 좀 해주겠어?"

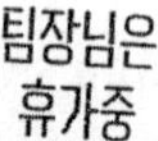

심상치 않은 분위기에 산나는 눈치를 살피다가 장난스럽게 대답했다.

"아버지께 여쭤봐야 하는 거 아닌가?"

그 대답에 태풍이 두 눈을 부릅뜨자 산나는 그를 피해 커다란 눈동자를 데굴데굴 굴렸다. 그래도 태풍이 봐줄 생각을 하지 않자 그녀는 한숨을 폭 내쉬며 자신이 낼 수 있는 가장 애처로운 표정으로 중얼거렸다.

"갑자기 결혼하라 하시잖아."

"그런데?"

"하지 않겠다고 말할 수가 없었다고. 내 입으로 결혼하겠다고까지 말씀드렸고, 그래서 아버지는 약속을 꼭 지켜야 한다며 공증 계약서까지 작성하셨고, 나는 그 계약서에 사인을 했고, 약속을 지켜야 하는 나이는 훨씬 지나버렸어. 저번에는 내 멋대로 약혼식을 박차고까지 나왔잖아."

"그래서?"

"어쩔 수 없이 해야 하는 상황에 봉착했어. 그래서 우리 관계, 사실대로 말씀드릴 수밖에 없었어."

"우리 관계?"

태풍이 이렇게 묻는 시점에서 산나는 무언가 잘못 돌아가고 있다는 것을 어렴풋하게 느꼈다. 그랬기에 대답하는 산나의 목소리에 확신이 없었다.

"우리, 만나고 있는 거."

산나의 답에 태풍의 눈썹이 못마땅하게 휘었다. 그는 오래전의 냉랭한 태도를 유지하며 되물었다.

“제대로 말해. 우리가 결혼을 전제로 만나는 거였어?”

얼마 전까지만 해도 꽤 따뜻했고 썩 다정했는데 왜 갑자기 이런 모습이 되었을까 하고, 산나는 생각해볼 여유도 없었다.

“아니…… 야?”

“우리는 몸만 오가는 사이잖아.”

산나의 물음에 태풍은 조금 생각해볼 여유도 없이 단박에 대답해버렸다. 덕분에 산나는 지금까지 자신이 느꼈던 것들이 모두 착각임을 깨닫고 말았다.

“……몸? 몸만 오가는 사이였어, 우리가?”

“그럼 마음도 같이 오갔나? 내가 몰랐던 거야?”

태풍이 비릿하게 되물었다. 물론 되묻는 태풍의 머릿속에서는 어젯밤 들었던 말이 되풀이되고 있었다.

열에 들떠 산나의 여린 허리를 긁어내릴 때, 그녀가 그의 위에 올라타 허리를 돌려대던 그때, 몸만 오가는 것이 아니라 마음까지 어느 정도 전해졌다고 생각했던 그때. 그녀는 그가 주는 쾌감에 취한 채로 가시 돋친 혀를 놀렸다.

「이건 게임이야. 서로 주고받는 딜이라고. 네 멋대로 착각하면 곤란해.」

그를 품는 그 순간에 어떻게 그런 말을 지껄일 수 있는지, 태풍은 할 수만 있다면 그녀의 가녀린 목을 졸라버리고 싶다는 충동에 휩싸이고 말았다.

그런 말을 듣고도 그녀를 가지지 못해 미쳐 날뛰는 자신이 역겨

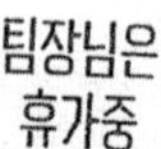

웠다. 그칠 줄 모르고 뻣뻣이 고개를 드는 분신이 증오스러웠다. 그런 말을 해도 사랑스러운 오산나가 원망스러웠다.

태풍은 어젯밤, 그녀의 폭언을 되새기며 자신을 추슬렀다. 그녀가 그런 생각을 하고 있는 줄도 모르고 너무 쉽게 생각을 했다. 이제 서로의 마음을 터놓을 때가 되었다고, 말을 하면 통할 수 있을 거라고, 사랑한다고 고백을 하면 예쁘게 웃는 얼굴로 자신을 안아줄지도 모른다고. 하지만 그 모든 것은 헛된 기대였을 뿐이었다.

태풍은 호두보다 딱딱한 껍질을 뒤집어쓴 채로 무뚝뚝하게 대답했다.

"착각하지 말라고 한 건 너야."

"착각하지 말라고 진짜 안 하냐?"

통명스러운 산나의 목소리에 태풍이 미간을 좁혔다.

"처음부터 말했어. 마음이 중요하다고."

태풍의 대답에 산나의 눈이 깊어졌다. 그가 좋아하는 여자의 결혼식에 다녀왔다던 날 들었던 말이 떠올랐기 때문이었다.

「처음에는 나도 기업 간의 합병처럼 결혼을 생각했는데 형을 보니까 생각이 바뀌었어. 집안도 집안이지만 난 이왕이면 마음이 통하는 사람과 하고 싶어.」

「마음이 통하는 사람이라면……, 사랑하는 사람? 사랑하는 사람 있었어?」

「너는 있는데 나라고 없을까.」

그 말을 떠올린 산나는 퉁명스럽게 투덜거렸다.

"고지식하긴."

그 말을 떠올리면서 그때 언급했던, 그가 사랑한다던 여자까지 함께 떠올랐기에 고운 꽃노래가 나올 수가 없었다. 덕분에 비뚤어진 그녀의 태도는 태풍의 분노를 극대화시켜버렸고, 남녀 간에 오가는 신호에 혼란스러워진 태풍은 그녀를 지그시 노려봤다.

산나는 이제 그러려니 하며 어깨를 으쓱거렸다. 그러고는 목이 타는지 앞에 있던 탄산수 잔을 단숨에 비워버리고는 그를 물끄러미 바라보다 입을 열었다.

"있지, 그런 이야기 들어봤어?"

"뭐?"

"중국 춘추 전국시대에 조 씨 성을 가진 사람이 살고 있었대. 그 사람에게는 만삭인 부인이 있었는데 어느 날 부인이 꿈을 꿨다지 뭐야?"

"뜬금없이 그게 무슨 소리야?"

"끝까지 들어봐. 재미있거든. 어쨌든 그 부인이 태몽을 꿨는데 말 한 마리가 온천에 들어가서 목욕을 하는 꿈이었다는 거야. 그래서 부부는 아이를 낳으면 온마(溫馬)라고 이름을 짓자고 했대."

"하아."

"말처럼 활달하고 기운 찬 아이가 태어날 거라고 짐작했대. 그렇게 태어난 아이는 사내아이였어. 그런데 그 아이는 자라 마을의 온 처녀를 범하고 다니는 희대의 난봉꾼이 되었다지? 보다 못해 마을 사람들이 그 사내를 관아에 데려갔대. 판관은 조온마가 색기를 부려 온 마을을 어지럽혔으니 거세를 해 마땅하다는 판결을 내렸다네? 그래서 훗날까지 경거망동하는 사람에게 충고하고자 내려오는 말이 있으니……, 조온마난색기(趙溫馬亂色氣)라고!"

산나가 험악하게 으르렁대자 그녀의 말을 성의 없이 듣고 있던 태풍이 주름진 미간을 문지르며 되물었다.

"무슨 말을 하고 싶은 거야? 전해져 내려오는 속담을 말하고 싶은 거야, 민속설화를 이야기하고 싶은 거야?"

그의 물음에 산나가 생긋 웃더니 방금 전과 사뭇 다른 얼굴로 그가 원하는 답을 던져주었다.

"얘가 아직도 감을 못 잡네? 지금 나 너한테 유감이 많다, 얘기하는 거잖아. 이 뭣 같은 개색……! 욕하는 거잖아? 온마는 개뿔. 너 하나 욕하자고 다 지어낸 이야기잖아!"

바락 소리를 지른 산나가 온갖 험악한 말을 쏟아내기 시작하자 듣고 있던 태풍의 얼굴도 함께 일그러졌다.

"그 외에도 많지. 족가지마(足家之馬), 시벌로마(施罰勞馬). 그에 따른 설화도 다 이야기해줄까?"

진짜 이 기지배가, 하고 한 마디 할 것처럼 입술을 달싹대던 그가 묵직한 한 마디로 그녀의 성질을 긁어버렸다.

"나도 하나 아는 거 있다. 어주구리(漁走九里)."

"누가 장난하재?"

"장난하자는 거 아니었나? 그런 시답잖은 이야기를 주절주절 늘어놓는 걸 보면."

태풍의 말에 산나는 으득 이를 갈고는 애써 아무렇지도 않은 표정으로 잔에 남은 블루베리 몇 알을 입안에 털어 넣었다. 그러고는 빈 잔을 바텐더에게 밀어준 뒤 아까보다 한 겹 차분해진 목소리로 태풍을 구슬렸다.

"참고로 말하자면 네가 아니라도 난 다른 사람과 결혼해. 아마 하게 될 것 같아. 그런데 네가 아닌 다른 사람과 결혼하게 된다면 나, 망가질 것 같거든?"

"그래서?"

"날 망가지게 두지 마. 네가 가졌던 여자가, 그리고 앞으로도 가질 여자가 다른 남자의 아내가 되는 걸 원하느냐는 말이야. 우리, 속궁합은 끝내주잖아?"

그렇게 질문한 산나가 태풍의 곁으로 바싹 다가가 한 손으로 그의 허벅지를 은근하게 쓸었다. 하지만 이번에는 달랐다. 태풍은 그녀의 유혹에 내성이 생기기라도 했는지 동요하지 않는 얼굴로 그녀의 손목을 잡았다.

"여자애가 할 말이야, 그게?"

태풍이 이렇게 날카로운 데에는 그만 한 이유가 있었다. 산나가 아직도 자신이 원하는 바를 제대로 말하지 않고 그 주변만 빙글빙글 돌고 있다는 것.

그런 말보다 다른 말, 한 마디만 하면 되잖아? 날 원한다고.

"내가 알고 싶은 건 예전부터 하나였어. 너, 날 원해?"

태풍의 질문에 산나는 눈 하나 깜박이지 않고 그를 바라봤다.

그래, 널 원해. 원하니까 이렇게 매달리지.

그렇게 말하는 대신, 산나는 비뚤게 표현했다. 이건 도박에 가까운 미친 짓이라는 것을 알면서.

"계약해. 너 계약 좋아하잖아? 네가 원하는 점이 있다면 최대한 수용하는 쪽으로 해볼게. 물론 내가 원하는 사항도 포함될 거야. 항목은 일단 합의점부터 도출해낸 다음에 정하기로 하고, 조건은 하나야. 결혼. 일단 호적을 공유하고 룸메이트처럼 공간을 공유하는 거야. 대신 사생활엔 일절 관여하지 않을게. 그러니까 내 말은……."

그녀가 하는 말을 가만히 듣고 있던 태풍은 그녀가 하는 말은 안중에도 없다는 듯 다시 물었다.

"그게 그렇게 하기 힘든 말이던가?"

그 말에 입술을 잘근 깨문 산나가 광대뼈 부근을 붉게 물들인 채로 그를 쏘아봤다.

"네가 가지면 되잖아? 내가 그렇게 나쁜 조건도 아니고, 속궁합 역시 좋잖아! 그런데 왜 싫다는 건데?"

그녀의 말에도 태풍이 꼼짝하지 않자 산나는 거의 울부짖듯 항복을 선언했다.

"그래, 빌어먹을! 널 원해. 네가 필요해! 해야 한다면 너랑 하겠다고, 이 빌어먹을 결혼!"

산나의 항복에야 비로소 태풍이 미소 지었다.

"그래, 하자. 네가 원하는 대로."

산나가 처음으로 태풍을 필요로 하는 순간이었기에 그는 순순히 고개를 끄덕였다. 그녀가 육체적인 면 이외의 자신을 원하고 있다는 사실이 그를 더없이 행복하게 만들고 있었다.

11. 결혼 계약서

"결혼을 그 자식이 찬성했다고?"

한 번도 큰 소리를 낸 적 없던 명한의 목소리가 오늘 끝이 어디일지 모르는 정점을 찍은 가운데, 산나는 주변을 두리번거리며 연신 쉿, 쉿! 외치고 있었다.

"조용히 좀 해. 다 듣겠어."

아무리 휴게실이 넓고 사람 하나 없이 조용하다고는 해도 낮말은 새가 듣고 밤말은 쥐가 듣는다고 했다. 아직 무엇 하나 제대로 확정된 것이 없는 일이라 더욱 조심스러운 산나는 주변을 경계하느라 잔뜩 목소리를 낮춘 채 명한을 단속했다.

"그럼 어떡해? 저절로 목소리가 커지는걸. 그 정도로 큰 사건이라고, 이건."

"뭐가 그렇게 큰 사건인데? 적당한 나이에 비슷한 집안의 남자와 결혼하는 거, 그게 그렇게 큰 사건이야? 남들 다 하는 결혼 하겠다는 거잖아."

"이게 남들 다 하는 결혼과 똑같은 맥락의 결혼이야?"

"아닐 건 또 뭐람."

"오산나."

명한은 비딱하게 대답하는 어린 딸을 혼내듯 진지한 목소리로 산나의 이름을 불렀다. 자신의 이름이 불리자 산나는 입술을 비죽거리며 명한을 밉지 않게 흘겨봤다.

"아, 정말. 다들 왜 나만 보면 못 잡아먹어 난리들이야? 목소리 깔고 내 이름 좀 부르지 마. 안 그래도 이 남자, 저 남자 다 그런 목소리로 날 부르는 바람에 아주 노이로제 걸릴 판이니까."

"제대로 설명을 해봐. 대체 어쩌다 이런 상황까지 오게 된 거냐고. 애초에 너, 태풍 싫어하잖아? 그건 태풍도 마찬가지잖아. 사내에서 1팀과 2팀 팀장이 철천지원수지간이라는 걸 모르는 사람은 없어. 개와 고양이라고 불리고 있는 것, 너도 알잖아? 원수도 그런 원수가 없다면서 두 사람은 아마 전생에 부부였을 거라고, 그 업보를 지금 받는 거라고 수군댄다고."

"그럼 종을 뛰어넘는 위대한 사랑이라도 하는 모양이지. 그리고 전생이 아니라 현생에 부부가 되려는 모양이고."

산나가 대수롭지 않게 대답하자 명한은 그녀의 대답이 못마땅하다는 듯 들고 있던 컵을 탁자 위에 소리 나게 내려놓았다.

"선을 본 것도 아니고, 그렇다고 오래전부터 만나던 사이는 더더욱 아니잖아? 난 이 조합이 너무 뜬금없어서 지금 진정이 안 돼."

"예전부터 거론되던 상대이긴 했어. 오 회장님이 원하시는 조건을 두루두루 갖춘 남자니까, 태 팀장."

"그런데?"

명한이 멈출 기색도 없이 집요하게 캐묻자 대답을 대충 얼버무리던 산나는 아무래도 안 되겠는지 항복을 하고 말았다.

"내가 하자 그랬다. 그래, 여자애가 자존심도 없이 별별 수를 다 써가며 매달렸다고. 이제 후련해?"

산나의 대답에 명한이 믿기지 않는다는 듯 한쪽 눈을 찌푸렸다.

"네가? 매달려?"

"아, 존심 상하게. 그걸 꼭 내 입으로 말해야겠니? 확인사살까지 해야겠어?"

"좀 더 자세히 이야기해봐."

"태 팀장이 결혼 생각 없다고 했는데 내가 하자고 했어. 생판 모르는 남과 엮여 평생을 살아갈 바에야 오래전부터 알아온 사람이 낫다는 생각에서였어. 어차피 결혼은 정해진 수순이었고, 조금이나마 바뀔 수 있는 부분은 그나마 남편감 정도였으니까."

"녀석이 찬성을 했다는 사실이 놀랍다."

"여자의 마법을 좀 부렸지."

"설마, 너……."

"계약하자고 꼬셨어. 알다시피 태 팀장, 계약하는 거 좋아하잖아? 상대가 원하는 것을 내놓을 줄 알고 자신이 취할 수 있는 모든 이득을 가져가는 남자지. 그러니 마이더스의 손이라고 불리지."

"계약? 점입가경이군."

명한이 기가 막힌다는 듯 코웃음을 치며 산나를 바라보았다. 아무리 생각해도 그녀가 무슨 생각을 하고 있는 건지 알기가 힘들었다. 꽤 오랜 세월 산나를 알아왔지만 이렇게까지 무모하고 저돌적일 줄은 생각도 하지 못했기에 그녀의 행보가 사뭇 충격적이기까지 했다.

"차라리……."

명한의 입에서 자기도 모르게 진심을 속삭이는 첫 마디가 튀쳐 나왔다. 한 마디 입에 담았다가 화들짝 놀라 뒤로 이어질 말을 숨겼지만 산나는 이미 그가 하고 싶은 말을 눈치 챈 모양이었다.

"차라리, 뭐? 결혼해야 하는 거면 너랑 하자고 프러포즈라도 할 참이야?"

산나가 자잘한 웃음을 흘리며 들고 있던 종이컵을 입에 물자 명한이 평소와 사뭇 다르게 심각한 얼굴을 하고 그녀의 곁에 앉았다.

"그래."

"……뭐?"

"그래. 네가 아는 누구라도 좋은 거라면 나랑 하자고."

명한의 그 말에 산나가 깊어진 그의 두 눈을 바라봤다. 친구를 가장하고 있던 그의 두 눈에서 피어오르는 열기를 몰랐던 것이 아니었다. 그와 함께 있는 동안 때때로, 순간순간 드러나는 그의 진심과도 같은 짧은 찰나를 모르는 척하고 있었다. 비겁하게.

누가 누구에게 비겁하다고 욕하는 거야? 내 자신부터가 이런데.

어장관리 차원의 것이 아니었다. 일단 명한 스스로 자신의 감정을 밝히지 않는 것에는 이유가 있을 것이라고 생각했다. 다음으로는 그가 밝히지 않는데 애써 아는 척을 할 필요가 없다고 생각했다. 그리고 자진해서 지뢰를 밟아 좋은 친구를 잃고 싶지 않았다. 어쨌든 명한의 마음을 무시하고 싶었던 이유는 많았지만, 지금에 와서야 산나는 그것이 자신만의 욕심이자 이기심이었다는 것을 깨달을 수 있었다. 애초에 단호하게 잘라주는 것이 서로를 위해 좋은 일이었다는 것을 깨달았다.

그건 내가 더 잘 알고 있잖아? 애초에 태풍 쪽에서 단호하게 날

잘라주었다면 이렇게 긴 줄다리기는 없었을 수도 있어.

잠깐 감았다 뜬 산나의 눈에 단호한 결정이 깃들었다. 그녀를 바라보고 있던 명한도 그 사실을 깨달았다. 어떻게 해도 산나의 마음 한 자락조차 흔들 수 없다는 사실을 깨달은 그는 결정의 기로에 서 있었다. 마음을 감춘 채 그녀의 좋은 친구로 남을 것인가, 아니면 그녀에게 남자가 될 것인가.

산나는 평소와 다를 것 없는 표정을 유지한 채 다소 까칠하게 대답했다. 미안하고 안타깝지만 명한을 위해 해줄 수 있는 것은 그것밖에 없었다.

"일단 우리 오 회장님이 원하시는 건 M&A와 비슷하게 여겨지는 결혼이야. 신랄하게 말해 미안하지만 너는 애초에 자격이 없어."

"그뿐이야? 네가 날 거절하는 이유가 오직 자격 하나 때문인 거냐고."

"하나 때문만은 아니야."

그렇게 대답하는 산나의 표정이 확고했기에 명한은 더 이상 말을 이어나갈 수 없었다. 그저 아니라는 한 마디를 했을 뿐이지만 명한이 원하는 해답이 그녀의 얼굴에 또렷이 새겨져 있었기에 다시 묻는 것은 한심한 짓이었다. 애초에 어렴풋하게 알고 있는 것이 확인사살을 하는 것보다 타격이 적을 것이라고 생각했기에 명한은 말을 아꼈다. 대신.

"왜 태풍이야?"

오랫동안 곁을 지켰던 유명한은 안 되고, 그토록 서로를 헐뜯기 바빴던 태풍이 되는 이유를 물어봤다. 하지만 그게 또 까다로운 질문이라 산나는 복잡한 얼굴이 되더니 이내 깊은 생각에 잠겼다.

"성격이 쉬운 편은 아니지."

산나가 입을 연 것은 얼마 지나지 않아서였다. 질문과는 사뭇 동떨어진 대답을 내놓았기에 타들어가는 심정으로 그녀의 답을 기다리고 있던 명한은 눈썹을 찌푸렸다. 하지만 산나는 그는 안중에도 없다는 듯 생각에 심취한 얼굴을 한 채 손으로 턱을 문질렀다.

"보면 볼수록 나와 똑 닮아서 힘들기까지 해. 서로 얼굴만 맞대면 평소에 눌러 참아왔던 막말이 터져 나온다니까. 남들에게 하지 못했던 말을 다 뱉어내기라도 하려는 듯이 그렇게 못되게 군다고."

명한은 산나가 누구를 생각하며 하는 말인지 어렵지 않게 알아낼 수 있었다. 그녀가 말하고픈 결말이 궁금했기에 그는 그녀를 방해하지 않고 조용히 앉아 있었다.

"그뿐인가. 고집도 세서 지려고도 안 해. 사근사근한 성격이나 듣기 좋은 말은 기대도 할 수 없지. 참 피곤한 성격이라니까."

그렇게 말하는 그녀의 입가에는 미소가 배어 있었다. 하지만 본인은 자각하지 못하는 것처럼 보였다.

"어릴 때부터 알아왔던 사이라 그런가 봐. 어릴 적에 성립된 관계라 태풍 앞에서는 어른스럽게 행동을 할 수가 없어."

"소꿉친구가 없어서 그런가, 나는 잘 모르겠다."

"그래?"

산나는 부드럽게 풀린 눈으로 명한을 바라보며 머릿속에 차오르는 누군가를 떠올렸다.

"남들 눈에는 어떻게 보일지 모르겠지만 나에게 태풍은 태양 오빠의 동생, 그 이상도 이하도 아니었어. 물어뜯어 죽일 것처럼 달려드는 사냥개 같은 관계이기도 하지. 그런데……."

잠시 말을 멈춘 산나가 한숨을 폭 내쉬었다.

태풍은 산나를 찾고 있었다. 이게 또 웃긴 것이, 용무가 없을 때엔 그리도 자주 보이던 그녀가 막상 찾으려니 안 보였다. 이제 또 얼마 지나지 않아 다시 업무에 복귀해야 하는데 그 짧은 휴식시간을 틈타 어디로 사라진 건지 산나는 보이질 않았다. 시간이 흐를수록 그녀를 찾는 태풍은 애가 탔다.

[어디야?]

문자를 보내도 봤다. 전화를 안 한 것도 아니었다. 그래도 산나에게서 답이 없자 태풍은 몸소 2팀 사무실로 향했고, 그때 남아 있던 직원 한 명이 유리문을 두드린 덕분에 산나가 사무실에 휴대전화를 두고 갔다는 사실을 알게 되었다.

"중요한 일이라도 있으세요?"라고 천진난만한 눈을 빛내며 묻는 직원에게 "별거 아니야."라고 대충 대답한 그가 등을 돌릴 무렵, 직원이 다시금 지나가는 말로 중얼거렸다.

"팀장님 아까 커피라도 한잔 해야겠다고 하신 것 같은데. 유 쌤이랑 같이 나가셨거든요."

유명한을 언급하는 직원의 말에 태풍의 눈썹이 비쭉 올라갔다. 태풍이 걸음을 멈추자 그가 자신의 말에 귀를 기울이고 있다는 사실에 탄력을 받은 직원이 발랄하게 제안을 했다.

"지금까지 안 오시는 걸 봐서 휴게실에 계시지 않을까요?"

휴게실로 한 번 가보라는 말이었다.

태풍은 휴식시간이 끝나기 전, 마지막이라는 생각으로 휴게실로 향했다. 바지 주머니에 꼭 찔러 넣은 한 손에는 촉감 좋은 벨벳 케이

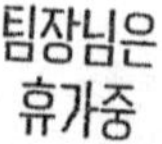

스가 들려 있었다.

'타이밍, 타이밍이 어려워!'

그녀가 결혼을 제안했을 때로부터 일주일이 지났다. 솔직한 그녀의 대답에 승낙을 하고 말았지만 승낙한 뒤로 계속 마음이 복잡했다. 그 마음을 정리하는 데에만 꼬박 일주일이 걸렸다. 그리고 마음을 정리하면서 태풍은 반지 하나를 장만했다. 여자들이 좋아한다는 유명 보석상에 들러 그녀와 어울릴 만한 반지를 골랐다. 생각해보면 꽤 오랫동안 골랐던 것도 같았다. 반지를 골라 밖으로 나왔을 때엔 밝았던 하늘이 어둑어둑했으니까.

문제는 반지를 구매하는 것이 아니었다. 반지를 어떻게 건네주느냐, 그 방법에 대한 것이었다. 물론 결혼이야 그녀가 먼저 제안하긴 했어도 청혼만큼은 제대로 해주고 싶었던 태풍은 와인 빛의 반지 케이스를 손바닥 위에 올려두고 몇 번이고 고민을 했었다.

"어쨌든 반지는 필요할 거 아니야?"

머리를 벅벅 긁어버리고는 거울 속 자신을 지그시 노려봤다. 괜스레 달아오른 탓에 까칠해진 뺨을 몇 번 문지른 태풍은 결국 휴게실로 발걸음을 옮겼다. 오늘 밤, 레스토랑으로 그녀를 초대할 참이었다. "고백이나 데이트나, 뭐든 페이스 투 페이스. 얼굴 맞대고 하는 게 예의다, 너."라며 조언을 아끼지 않은 친구 우빈에게 "그랬던 거였어?"라고 대답한 뒤, 새삼 충격에 빠졌던 태풍은 산나를 찾아 돌아다니면서도 지금 자신의 상황이 생소해서 몇 번이고 좌절을 해야만 했다.

"그뿐이야? 네가 날 거절하는 이유가 오직 자격 하나 때문인 거냐고."

휴게실 앞에 다다랐을 무렵, 명한의 목소리가 들렸다. 심각한 분위기였기에 태풍의 걸음이 자동으로 멈췄다. 물론 그 대화를 듣는 그의 표정이 좋을 리가 없었다.

'이럴 줄 알았어. 남녀 사이에 친구? 개나 주라지.'

유명한, 산나가 패션 디렉터로 데려온 그녀의 유학 시절 친구.

처음 인사를 받았을 때부터 태풍의 촉은 말하고 있었다. 이 자식, 오산나에게는 친구인 척 가면을 쓰고 있지만 수컷 냄새 폴폴 풍기며 기회를 노리고 있다고.

"왜 태풍이야?"

명한의 목소리가 들렸다. 그의 질문에 대답하는 산나의 목소리에 태풍은 귀를 쫑긋 세웠다.

"성격이 쉬운 편은 아니지. 보면 볼수록 나와 똑 닮아서 힘들기까지 해. 서로 얼굴만 맞대면 평소에 눌러 참아왔던 막말이 터져 나온다니까. 남들에게 하지 못했던 말을 다 뱉어내기라도 하려는 듯이 그렇게 못되게 군다고."

나직한 한숨이 따라붙은 것도 같았다. 두 사람이 모습이 보이지 않는 가운데 대화만 듣고 있자니 상황 판단을 하기가 더욱 힘들었다.

"그뿐인가. 고집도 세서 지려고도 안 해. 사근사근한 성격이나 듣기 좋은 말은 기대도 할 수 없지. 참 피곤한 성격이라니까."

이게 정말! 지금 어떤 새끼 앞에서 내 욕을 하는 거야?

태풍이 이를 으드득 갈며 손을 주머니에서 빼냈다. 당장이라도 산나의 앞으로 뛰어가 등장하는 반전을 꾀하고 있는데 뒤에서 누군가의 발랄한 목소리가 들려왔다.

"어머, 팀장님. 여기에서 뭐 하세요?"

수진이 꽃내음을 풍기며 입구로 들어서고 있었다. 태풍은 할아버지가 숨겨놓은 사탕을 훔쳐 먹으려다 들킨 얼굴로 수진을 돌아봤다.

"그러는 수진 씨야말로 여길 왜?"

"질문이 되게 이상해요. 휴게실에 제가 왜 오겠어요?"

태풍의 눈이 그녀의 손에 들린 장지갑으로 향했다.

"커피 마시려고?"

"커피 전문점만 다니기엔 지갑에서 빠져나가는 돈이 너무 아까워서요. 졸릴 때엔 자판기 커피도 종종 애용하는 편이라. 팀장님도 한 잔 드실래요?"

휴게실 안으로 앞장서서 들어가려는 수진의 태도에 화들짝 놀란 태풍은 그녀의 어깨를 잡아 반대로 돌려 세웠다.

"그러지 말고 수진 씨, 밑으로 내려가자. 내가 살게."

"네? 팀장님이요? 왜……."

"가지."

태풍은 수진의 의견을 묻지도 않고 그대로 그녀의 등을 떠밀었다. 팀장이 커피 한 잔을 산다니 무어라 반박도 하지 못한 수진은 그저 그에게 떠밀려 휴게실에서 빠져나갔고, 태풍은 채 듣지 못한 그들의 뒷이야기가 궁금했지만 그대로 걸음을 돌려야만 했다.

잠시 말을 멈춘 산나가 한숨을 폭 내쉬었다. 방금 전 휴게실 입구가 떠들썩했기에 그리로 시선을 주었던 그녀는 별 이상이 없다는 것을 확인한 뒤 다시 말을 이었다.

"단점이 그렇게 많으면 미워서라도 돌아설 텐데 그렇게 되지가 않아. 막상 얼굴을 보면 얄미워 죽겠는데 돌아서면 보고 싶어진다고. 저렇게 얼음장 같은 태도를 고수하는 남자가 누군가를 사랑하는 모습을 보고 싶고, 그 누군가가 나였으면 좋겠다는 생각을 해."

"그럼 편하게 가. 좋아한다고 말하면 되는 거잖아?"

"떡 줄 사람은 생각도 안 하는데 김칫국부터 마시라고? 사랑이라는 게 일방적으로 고백한다고 다 이루어지던 거였어? 그랬으면 여기저기 다 커플 투성이게."

"안 하는 것보다야 낫겠지."

"일단 가질 거야. 다른 여자가 아닌 내 곁에 꽁꽁 묶어둘 거야. 그 다음 일은 나중에 생각해볼래. 지금은 순진하게 고백이나 하고 말고의 수준을 넘어섰거든."

사악하게 웃는 그녀의 미소를 바라보던 명한은 기시감을 느꼈다. 배배 꼬인 저 미소, 어디선가 많이 본 것 같은데 어디더라? 잠시 생각을 하던 그는 그녀와 함께 한숨을 내뱉고는 눈앞의 낯선 여자를 바라봤다.

"와, 너 정말 많이 변했다."

굳이 말을 한다면 명한의 실연은 산나의 거절로 인한 것이 아니었다. 명한이 봐왔고 좋아해왔던 산나가 전혀 다른 사람이 되어 있기에, 그 낯선 여자는 명한이 알던 사람이 아니었기에 그의 마음은 죽음처럼 자연소멸이 된 것과 다름없었다.

"뭐가?"

"내가 아는 오산나는 이렇지 않았거든. 이렇게까지 뻗대지도 않았고, 무모하지도 않았고, 적당한 수준을 알고 적당히 살던 녀석이

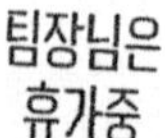

었다고."

명한은 믿기지 않는다는 얼굴로 몇 번이고 산나를 요모조모 살폈다. 살핀다고 그 속내가 보이기 하겠냐만은 한 가지, 뻔뻔해진 그녀의 얼굴만큼은 확실히 알겠다.

"나도 몰랐어. 내가 이런 성격일 줄은."

"변한 게 아니라는 말이야?"

"변한 게 아니라 원래 성격인 것 같아. 무언가 가지고 싶은 게 생길 때 나타나는 내 본성. 못났지? 나도 알아. 아는데 그게 뜻대로 조절되지 않는 걸 어떻게 해? 태풍이 아니라 다른 사람이었다면 적절히 내숭도 떨고, 적당히 웃어주고, 적당히 져주고 그랬겠지. 쉬운 길을 택했을 것도 같아."

"그런데도 굳이 험한 길로 가는 이유는?"

명한의 질문에 산나가 알쏭달쏭한 얼굴로 그를 바라보다가 되레 질문을 했다.

"이제 와서 드는 생각인데, 정복욕도 사랑과 일맥상통하는 걸까?"

에베레스트에 오르기를 주저하지 않는 산악인이라도 된 것처럼, 누군가를 향한 사랑을 고백하는 그녀의 태도는 자못 비장하기까지 했다.

"인정할 수가 없어서 그래. 인정하기가 힘들다고, 나도."

"또 시작이다, 그놈의 자존심."

"어떡해? 정말 자존심 상하는걸. 날 좋아하지도 않는 사람에게 매달리는 거, 나름대로 마음도 상하고 힘들다고. 하루에도 몇 번이고 다짐해. 태풍 따위 쳐다보지 말자. 그런데 볼 때마다 무너진다고.

하루에도 몇 번씩 내가 조울증인지 의심까지 하는 사람이야. 감정 기복을 나타내는 그래프가 워낙 폭넓게 오르락내리락하셔야 말이지. 나, 정신과 상담이라도 한 번 받아볼까? 네가 볼 땐 어때?"

"내가 볼 땐……."

명한의 눈이 가늘어졌다. 태풍이고 산나고, 좋아하는 마음은 같은 것 같은데 표현을 해본 적 없는 아이들이라 방법이 서툰 것처럼 느껴졌다. 한 번도 진심으로 가지고 싶은 것 하나 없던 두 사람이 진심을 내보이는 법을 배우지 못한 채 만났을 경우, 어떤 사태가 벌어지는 지 목격하고 있는 일반인 남자로서는 어디부터 어떻게 설명해야 할지 감조차 잡을 수가 없었다.

"연애는 둘이 하는 거야. 남의 의견보다 자신의 마음에 집중하는 게 좋아."

"에이, 김빠진다."

"그나마 조언이랍시고 하나 하자면, 자신의 마음에 솔직해질 것. 솔직해진 뒤 서로에게 솔직해질 것. 나도 못한 걸 너에게 조언이랍시고 하는 것 자체가 웃기긴 하지만 이게 일반적인 세상에 퍼져 있는 연애의 매뉴얼 중 가장 기본적인 사항이거든. 물론 솔직해지는 데에는 큰 용기와 습관의 개선이 필요하겠지만. 참고로 덧붙이자면 그 다음은 배려와 매너야."

산나는 명한이 전문 용어를 남발하는 교수라도 되는 것처럼 고리타분하다는 듯 바라봤다. 회사 일 처리보다도 연애의 매뉴얼이 더 어렵다는 듯 눈만 깜빡거리고 있던 그녀는 종이컵을 만지작거리며 답했다.

"어릴 적부터 답습하던 관계라 쉽게 개선하기가 쉽지가 않아. 너

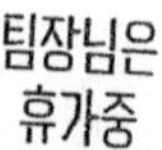

랑 하는 것처럼 솔직히 내 마음을 말할 수 있다면 좋을 텐데."

"내 앞에서는 잘하면서 왜 못하는 거야?"

"넌 편해. 친구잖아. 하지만 그 녀석에게는 네게는 쉬운 이 말도 하기가 힘들어. 마음이 섞여 있거든. 나조차 인정하고 싶지 않은 마음이 넘쳐흐를 것처럼 한 가득이라……."

자신도 모르게 진심을 술술 말하는 산나의 모습에 명한은 슬그머니 배를 비볐다. 아무리 그를 거절했다고 해도 그렇지, 생각을 해보니 연애 상담에 고백까지 하는 잔인한 여자다. 배가 뒤틀리고 속이 쓰린 것 같은 느낌에 명한이 흘겨보는데 산나는 아쉽다는 듯 주먹으로 손바닥을 탁 내리치며 말했다.

"멍청해. 애초에 내가 먼저 폭탄을 터트릴걸."

"폭탄?"

"좋아한다고 고백이나 먼저 했더라면 이건 몸만 오가는 게임이 아니라 애정을 갈구하는 진심으로 보였을 텐데."

"왜 안 그랬대. 철 지난 유행가에도 나오더라. 눈빛만 보고 마음을 알아주는 사람은 없다고. 그건 너무 이상적인 거라고."

"그럼 어떡해? 난 살면서 고백이라는 걸 한 번도 해본 적 없었어. 그리고 고백이라도 한 번 해보자, 마음을 먹는 순간이면 그 녀석이 어찌나 얄밉게 나오던지. 매번 그 다짐이 꺾였다고."

"이래서 사랑은 타이밍이라고 하더라."

명한이 산나의 말을 받아치며 대강 대답을 해주었다. 머릿속에 든 생각이 너무 많아 말하는 것만으로도 벅찬 산나 때문에 서로 오고가는 대화는 이어지지 않았지만 명한은 개의치 않았다.

"이제 와서 든 생각인데 나, 전혀 쿨하지 않은 것 같아."

뭔가 중요한 사실 하나를 깨달았다는 듯 산나가 두 눈을 동그랗게 떴다.

"이제 알았어?"

"뭐?"

"너 전혀 쿨하지 않아. 쿨해 보이는 게 좋아서 쿨한 척하는 거지. 솔직히 말하면 소심하고, 뒤끝 작렬에 삽질도 잘하는 성격이랄까?"

"야."

"말도 어찌나 못되게 하는지. 알고는 있지? 친한 사람들 앞에서 떠오르는 대로 말하는 거. 그것도 나쁜 말만 골라서 직설적으로."

그렇지만 솔직하지, 거짓 하나 없이. 꾸며 말하는 법도 모르고, 입에 발린 말도 못하고. 남을 비난하기보다는 사실을 정확하게 짚어낼 줄 아는, 그리고 솔직히 말할 줄 아는 그런 능력을 가지고 있어.

"친한 사람 몇 없다, 뭐."

산나가 혼자 투덜거리고는 급격한 자기혐오에 빠져들었다. 그러자 명한은 작게 웃으며 그녀를 바라봤다. 언제나 온실 속에 피어 있던 한 송이의 고고한 장미와도 같은 그녀를. 짙은 향기와 품격을 지니고 있지만 면역력이 없어 작은 벌레에도 쉽게 상하고 마는 여자. 날카롭게 가시만 세웠지, 사실 알고 보면 여리기 그지없는 여자.

"소심해서는. 널 탓하는 게 아니야. 난 있는 그대로의 너도 귀엽다고 생각하니까. 다만 앞으로 고쳐나가라는 말이야. 네 자체가 나쁘다기보다 누군가에게 다가가는 방법이 잘못된 거니까. 상대방의 단점을 꼬집는 것은 진심 어린 충고로 바꾸고, 그에 맞춰 칭찬이나 듣기 좋은 말도 늘리고. 칭찬은 고래도 춤추게 한다잖아? 네가 상대방에게서 좋은 말을 듣고 싶다면 너도 그에 맞춰서 노력을 해줘야 한다고."

명한의 충고에 산나는 진지해진 얼굴로 그의 말을 되새겼다.

"진심 어린 충고와 칭찬……."

태풍이 산나를 만난 곳은 '프렌치 테이블'이라는 비스트로였다. 미리 테이블을 예약하고 준비를 해두었던 태풍은 산나가 등장하자 자리에서 일어났다.

"먼저 와 있었어?"

평소보다 아름다운 모습으로 등장한 산나는 웨이터에게 코트를 벗어주며 놀랍다는 듯 태풍을 바라봤다. 태풍이 그녀를 위해 의자를 빼어주자 산나는 의외라는 듯 눈을 동그랗게 떴다가 생긋 웃었다.

산나가 자리에 앉자 태풍이 맞은편으로 돌아가 자리를 잡았다. 태풍이 자리에 제대로 앉을 때까지 기다린 산나가 입을 열었다.

"먼저 만나자고 해줘서 고마워. 안 그래도 오늘쯤 만나자고 하려고 하던 참이야."

"그래?"

이번에는 태풍이 놀랐다. 무슨 말을 어떻게 할지, 그녀가 하려는 말이 그가 하고픈 말과 비슷할지 궁금했기 때문이었다.

일단 태풍은 분위기를 망치지 않기 위해 입을 다물었다. 그건 산나도 마찬가지였는지 두 사람은 부드러운 분위기 속에서 식사를 끝냈다. 산나가 이야기를 꺼낸 것은 식사를 마친 뒤, 디저트가 나오기를 기다리던 순간이었다. 그녀는 가방에서 서류 봉투 하나를 꺼내더니 태풍에게 내밀었다.

"이거, 집에 가서 읽어봐."

"뭐야, 이게?"

"계약서."

"계약서?"

산나에게서 봉투를 받아 열어보려던 태풍의 손길이 그 순간 딱 멈췄다.

「계약해. 너 계약 좋아하잖아? 네가 원하는 점이 있다면 최대한 수용하는 쪽으로 해볼게. 물론 내가 원하는 사항도 포함될 거야. 항목은 일단 합의점부터 도출해낸 다음에 정하기로 하고, 조건은 하나야. 결혼. 일단 호적을 공유하고 룸메이트처럼 공간을 공유하는 거야. 대신 사생활엔 일절 관여하지 않을게. 그러니까 내 말은…….」

설마.

태풍이 봉투 안에 들어 있던 서류를 꺼냈다. 그의 미간이 자연스럽게 좁아지자 산나는 '배려와 매너'를 염두에 둔 얼굴로 친절하게 설명을 시작했다.

"한번 한 말은 지켜, 나."

"그래서…… 이걸 가져왔다는 거지?"

"원하는 부분이 있으면 채워 넣으면 돼. 공증은 우리 측 변호사가 해줄 거야. 일단 개념은 그래. 룸메이트처럼 집을 나누고 분리해서 사용하되 서로의 사생활엔 일체 간섭하지 않는 것. 여느 룸메이트와 다른 건 우리가 호적을 공유하는 것 정도가 될 거야."

'정도'라는 말로 간단하게 정리해버리는 산나의 말에 태풍은 할 말을 잃고 말았다. 계약 운운 하긴 했어도 그때엔 산나의 진심을 듣는 것이 중요했기에 대충 흘러 넘겼던 것이다. 이제야 그는 자신이 얼마나 안이하게 생각했는지를 깨달을 수 있었다.

"흐음."

난감함에 터져 나온 추임새를 산나가 오해했다. 그녀는 잠시 고민을 하더니 그를 위해 한 걸음 물러선다는 느낌으로 다시 제안했다.

"연애 부분 역시 걱정하지 말고 마음대로 해. 터치 안 할 테니까. 대신 이제 너와는 자지 않을 거야."

최대한 태풍이 원하는 대로 조건을 변경해주겠다는 뉘앙스를 풍기는 것 같았지만 정작 태풍의 사정은 달랐다.

"난……."

태풍이 한 마디 말을 꺼내기가 무섭게 웨이터가 아이스크림과 뜨거운 아메리카노를 서빙했다. 산나의 앞에 아이스크림이, 태풍의 앞에 커피 잔이 놓였다. 산나가 작은 숟가락을 들어 아이스크림을 한 입 먹으려는 순간이었다.

"무슨 말 하려고 했어?"

산나의 질문에 대한 답은 딱히 떠오르지 않았다. 대신 태풍은 산나에게서 아이스크림 컵을 빼앗았다.

"어, 뭐 하는 거야?"

산나가 묻기도 전에 태풍은 컵에 든 아이스크림을 몽땅 입에 털어 넣더니 냅킨으로 입가를 닦아냈다. 냅킨에 무언가를 뱉어내는 것처럼 보였지만 그게 무엇인지 산나는 알 수 없었다.

이상하다는 산나의 눈길이 한동안 태풍을 따라다녔지만 그는 그저 아이스크림이 먹고 싶었다는 말을 되뇌며 그 상황을 얼렁뚱땅 모면했다.

12. 쌓인 오해, 현재

태풍은 현재 멘붕이 온 상태였다. 그것을 여실히 드러내듯 그는 손가락으로 관자놀이를 문지르며 바에 앉아 있었다. 솔직히 '와, 나 열 받게 하는데 선수네. 나랑 밀당하자는 거야, 아니면 진짜 뭣도 모르고 이런 말을 내뱉는 거야?'라며 큰 소리를 치고 싶었지만 꾹 눌러 참는 중이었다.

태풍의 앞에는 혜언이 내어준 블루베리 탄산수가 놓여 있었고, 그는 멍청하게 보글보글 올라오는 기포를 쳐다보고 있었다. 블루베리의 푸른 빛깔이 맑은 탄산수에 잉크처럼 번져나가는 것을 바라보고 있는데 곁에 바람이 휙 불었다. 태풍의 전화를 받은 친구 우빈이 곁에 앉은 것이었다. 혜언과 눈인사를 한 그는 깊은 생각에 잠겨 있는 태풍은 건드리지 않고 마실 음료부터 주문했다.

"맥주나 한 병 줘."

"이번에도 기네스(Guinness)로 줘?"

"요즘 꽂혀 있는 거 알잖아, 마담."

우빈의 말에 혜언은 피식 웃고는 냉장고에서 차가운 병을 꺼내 뚜껑을 열어주었다. 혜언이 냅킨으로 입구를 감싼 맥주병을 우빈에게 내밀자 그는 죽을 것처럼 핏기가 빠진 얼굴을 하고 앉아 있는 태풍을 가리키며 물었다.

"이 자식은 또 왜 이래?"

우빈의 질문에 혜언이 별다른 말 없이 어깨를 으쓱이자 그는 말아 쥔 주먹으로 태풍 근처의 원목 테이블을 두드렸다.

텅텅.

맑은 소리에 잠시 멍하게 있던 태풍이 고개를 돌렸다. 그제야 친구의 등장을 알아챘는지 그는 반갑지 않은 얼굴로 대충 인사를 건넸다.

"왔냐?"

"왔냐?"

퉁명스러운 홀대에 우빈이 눈살을 푹 찌푸렸다. 원래 살가운 성격이 되는 녀석은 아니었지만 오늘따라 기분이 더욱 저조해 보인다는 생각에 그는 태풍을 꼼꼼히 살펴봤다.

"무슨 일이야?"

어렵지 않게 나온 질문에 태풍이 관심을 보이며 고개를 돌렸다. 열일곱의 나이에 타지에서 만난 한국인 친구로 오랜 인연을 맺어온 우빈은 태풍에 관해서 어느 정도 알고 있었다. 본 적은 없었지만 태풍이 크게 마음을 앓았던 여자아이의 이름이 오산나라는 것. 방학마다 그녀를 보려는 마음이 있었지만 남겨두고 온 편지가 뒤늦게 배달되었다는 것을 안 뒤 인연이 엉켜버리고 말았다는 것. 가장 큰 악연이라면 우연히 귀국 일정이 겹쳤다는 것을 알고 산나를 만나려고 계획했다가 하필이면 주변 지역이 정전이 되는 바람에 '형을 향한 산나의 고백'을 들어야만 했다는 것을 꼽을 수 있었다.

하여간 어디에서부터 어떻게 꼬였는지 알 수 없을 정도로 엉망진창이 되어버린 두 사람이 갑작스럽게 결혼을 하게 되었다는 사실에 놀라기도 전, 정략결혼과 다름없는 결혼에 고민하면서도 설레 하던 녀석이 청혼을 계획한다는 사실에 나름대로 뿌듯해하기까지 했던 우빈이었다.

그런데 멋지게 청혼하고 기쁘게 보고를 하러 왔어야 하는 녀석의 얼굴이 죽상이었다. '타이밍'이라는 말의 뜻을 알기는 하는 건지, 매번 이상한 타이밍에 운 나쁘게 걸리고 마는 태풍과 산나임을 아는 우빈은 이번에도 걱정스러운 마음을 안고 조심스럽게 물었다.

"실패했어?"

"아예 말도 못 꺼냈어."

"대체 왜?"

우빈이 격앙한 목소리로 고함을 쳤다. 본인도 솔직해지려고 마음을 먹었고, 그게 두 사람 사이를 발전시키는 첫 발짝이라고 생각했던 터라 더욱 안타까웠다.

"말 못해."

"뭐야?"

"말하자니 내가 너무 비참해지는 거지."

태풍의 대답을 들으며 우빈은 골치가 아프다는 듯 관자놀이를 문질렀다.

"삼재냐?"

"아직 이르지 않냐?"

"굿이라도 한 번 할래?"

"굿은 무슨."

"일이 안 돼도 이렇게 안 될 수가 없잖아. 분명 뭐가 있는 거야. 꼬여도 이렇게 꼬일 수가 없어. 어떻게 타이밍 한 번이 안 맞냐?"

아예 엉키기로 작정을 한 건지, 아니면 인연이 아니라고 애초에 결론이 나 있는 건지 모를 두 사람은 끝을 향해 달려가고 있다는 느낌이었다. 분명 결혼은 삶의 시작과도 같아야 하는데 그게 꼭 결말과도 같으니 기분이 참 그랬다.

태풍은 넋이 나간 사람처럼 헛헛하게 웃으며 앞에 놓인 잔을 만지작거렸다.

"내가 볼 땐 신은 없다. 그렇지 않고서야 이럴 수가 없어."

"소설로 따지면 작가의 농간이고, 만화로 따지면 대마왕의 저주와도 같은 맥락인데."

우빈이 차가운 맥주를 벌컥벌컥 들이켜고는 손등으로 입을 쓱 닦았다.

"왜, 단추도 처음부터 잘못 끼우면 나머지도 다 엉망이 되잖아? 뭔가 계기가 필요해. 엉킨 실타래를 깔끔하게 잘라낼 가위 같은 것 말이야. 그 계기만 생기면 모든 게 이렇게나 단순할 순 없다는 식으로 술술 풀릴 것 같은데."

우빈의 말에 태풍은 별다른 말도 하지 않고 탄산수를 벌컥벌컥 들이켰다. 그러고는 푸른색의 동그란 알맹이들을 우직우직 씹어 터트렸다. 달콤한 과즙이 입안 가득 퍼지는 것이 분명한데 얼굴은 쓸개즙을 문 것처럼 일그러져 있었다. 우빈은 그 표정을 바라보며 고개를 설레설레 저었다.

"틀리는 문제 골백번은 더 틀리고, 안 풀리는 문제는 꼭 막히는 부분에서 막히고, 게임 하다 조금만 더 하면 만렙 찍을 것 같은데 꼭 거기에서 막히는 것 같은 느낌? 카지노에 가서 슬롯머신 돌리는데, 조금만 하면 잭팟이 터질 것 같은데 정작 내 옆의 두 머신에서 터지는 느낌이랄까?”

“놀려, 지금?”

“설마. 그 정도로 답답하다는 내 심경을 알려주는 거야.”

“당사자만 하겠냐?”

통명스럽게 받아친 태풍은 잔에 남은 푸른 빛깔의 액체에 계속해서 시선을 던졌다. 오산나와 꼭 비슷하게 생긴 음료수, 오산나가 즐겨 먹는 음료수, 그래서 오산나를 떠올리게 하는 음료수.

“하아.”

태풍이 길고도 깊은 한숨을 내쉬었다. 결혼을 계약과 연관지어버린 오산나도 문제지만 두 사람의 결혼에 개입한 양가 어른도 문제라면 문제였다.

태풍은 방금 전, 부름을 받고 아버지를 독대했을 때의 일을 기억해냈다.

찬바람을 쌩쌩 일으키며 집으로 들어선 태풍은 아버지가 서재에 계시다는 말에 곧장 서재로 향했다. 굵은 노크소리 세 번. 안에서 들어오라는 대답은 없었지만 문을 열고 멋대로 들어가버렸다. 그리고 아버지에게 형식적으로 고개를 숙여 보인 뒤 다짜고짜 본론으로 들어갔다.

「어쩐 일로 부르셨어요?」

말이 썩 좋게 나가지 못했다. 자신에게 닥친 일을 생각하는 것만으로도 벅찼기에 태풍은 마음의 여유가 없었다. 지금 생각해보면 처음 산나를 만났을 때부터 마음의 여유는 없었는지도 모르겠다. 산나의 모습을 나이수라는 여자에게서 찾으면서부터, 맹목적으로 이수에게 매달렸던 그때부터 어쩌면 태풍은 궤도에서 꽤 멀리 벗어났는지도 모르겠다.

「요즘 왜 그렇게 뻣뻣하게 구는 게야?」

「바빠요. 하실 말씀 있으시면 빨리 하세요.」

「쯧. 애비와 차 한 잔 같이 마실 여유조차 없는 거냐?」

「네, 없어요.」

마음의 여유가 없었다.

아무 일도 없지만 두 눈에는 다급함이 가득했다. 까만 그의 두 눈을 지그시 들여다보고 있던 태 회장은 혀를 몇 번 차고는 책상 의자에서 일어나 앞의 소파로 자리를 옮겼다. 태 회장이 소파에 앉자 태풍이 곁에 자리를 잡고 앉았다.

「산나와 결혼하겠다고?」

「……네.」

「저번에 내가 물어봤을 때엔 그렇게 악을 쓰면서 안 하겠다고 하더니?」

「그렇게 됐습니다.」

태풍의 간단명료한 대답에 태 회장의 한쪽 눈이 가늘어졌다. 오산나와의 정략결혼을 추진할 때만 해도 형의 대타는 되고 싶지 않다며 고집을 부렸던 녀석이었다. 의견을 무시한 채 태우리와 태양에게 하던 식으로 진행한다면 당장 독립 이민을 추진하겠다는 둥, 어떻게 더 비뚤어질 수 있는지를 보여주겠다는 둥, 자신이 할 수 있는 온갖 협박을 일삼기까지 했다. 심지어는 단식 투쟁까지 벌이며 자신

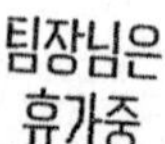

이 할 수 있는 온갖 꼬장을 부렸던 녀석이었기에 태 회장은 한 수 접어주는 척 물러나주었다. 이대로 온화 쪽과 인연을 맺지 못하는 것은 아쉬웠지만 일단 우리가 우성과 결혼함으로써 기업의 기반을 잘 다졌으니 그 이상은 욕심이라는 생각에서였다.

'그런데 이놈이 무슨 생각인 거지?'

그렇게 하라고 할 때는 안 하더니 지금은 자발적으로 하겠다고 나서는 녀석의 속내를 이해할 수가 없었다. 태 회장이 태풍에 대해 임 여사에게 물을 때마다 '나도 내 속으로 낳은 자식이지만 그 속내를 모르기는 마찬가지네요.'라는 대답만 되돌아왔던 것이다.

「마음은 확고하고?」

「네.」

「결혼을 준비하는 도중에 바뀔 일은 없는 거야?」

「없습니다.」

「그래, 그럼.」

「그걸 확인하려고 부르신 겁니까?」

「아니다.」

「그럼…….」

태풍이 답답하다는 투로 재촉하자 태 회장은 탁자 위에 놓여 있던 검은색 파일을 태풍의 앞으로 밀어주었다. 더불어 친절하게 파일을 열어주기까지 했다.

「계약서다.」

태 회장의 말에 태풍이 무슨 뜻이냐는 듯 눈썹을 들어 올렸다. 그러자 태 회장은 설명을 덧붙였다.

「유산으로 네가 받을 몫의 회사 지분, 청평 별장, 강남 건물 등이 적혀 있어.」

「그런데요?」

「네가 유산을 상속받는 조건을 변경한 계약서다.」

「네?」

「산나와 결혼을 유지해야 네가 받을 수 있는 몫으로 바뀌는 것에 대한 동의서 정도이니 심각하게 생각할 것은 없다.」

「아버지!」

「왜?」

아들에게 계약서를 건네는 것이 어디 그리 정상적인 일이던가? 그런데도 태 회장은 밥은 먹었냐는 안부를 묻듯 매우 평범한 어조로 물었다. 어릴 적부터 계약서 한 장 남겨두지 않는 약속을 사람들이 얼마나 쉽게 손바닥 뒤집듯 하는지 봐왔던 태 회장인지라 어찌 보면 이런 제안은 그에게는 아주 당연한 것이었다. 다만, 그런 아버지에게 '이렇게 되면 이중 계약이 된다고요!'라는 말을 할 수 없었던 태풍은 불만 가득한 얼굴로 고개를 저었다.

「동의 못 합니다.」

「왜냐? 결혼에 대한 마음이 변할 리 없다고 했잖아?」

「그건 그렇지만…….」

'이혼을 안 하면 되는 일 아니니?'라고 묻는 듯한 태 회장의 표정에 태풍은 입맛을 다셨을 뿐이었다. '앞일이 어떻게 될지 모르니 이런 계약서엔 함부로 사인을 하는 게 아니라고 가르치신 분은 아버지십니다!'라며 외치고 싶었지만 그랬다가는 목숨을 부지할 수 없을 것 같아서 일단 입단속부터 했다.

태풍이 무슨 말을 하고 싶어 입술을 부들부들 떠는 모습을 지켜보고 있던 태 회장은 소파에 깊숙이 몸을 묻으며 팔짱을 꼈다. 어디 어떤 결론을 내리나 한 번 두고 보자는 듯했다.

「나도 너희들에게 어느 정도의 안전장치는 해둬야 할 것 같아서 말이다. 그렇게 서로를 물어뜯던 두 아이가, 그것도 얼마 전까지 결혼을 하지 않겠다던 그 아이들이 갑자기 마음을 돌린 것에 대해 의심이 가는구나.」

「아버지.」

「결혼할 마음이 확고하다면 이 계약서에 사인하지 않을 이유가 없질 않느냐?」

태풍은 별다른 반박도 하지 못한 채 입술을 질끈 깨물었다. 언제부터 아버지가 이런 부분에까지 눈치가 빨라졌지 싶은 생각에 눈만 굴리고 앉아 있는데 태 회장이 다시 말을 이었다.

「요즘 사람들, 가볍게 결혼을 생각하는 일이 잦아진다고들 하더구나. 무작정 결혼을 한 뒤 타인보다도 못한 관계를 지속하면서 쇼윈도 부부로 살아간다던데, 난 그 꼴은 못 본다.」

「왜요? 아버지가 원하시는 결혼이시잖아요?」

「말은 바로 하거라. 내가 원하는 결혼은 아니지. 처음부터 그 결혼은 없던 일로 해줬고, 네게 선택권이라는 것을 줬어. 이건 너희 둘이 선택해서 하는 결혼이다. 그러니 쇼윈도 부부는 용납을 할 수 없지 않겠니? 보아하니 쇼윈도 부부라는 게 명목상 부부만 유지하되 각자 애인을 만들고 살아간다더구나. 그렇게 몇 년 남들 눈을 가리고 있다가 자연스럽게 헤어지는 수순을 밟는다지? 난 내 자식들 이혼하는 꼴은 못 본다.」

「서로 성격이 달라서, 마음이 달라서, 혹은 타협할 수 없는 부분이 있어서 이혼하는 사람들이 얼마나 많은데요. 이혼이 요즘은 흠도 아니고, 그렇다고 또 그렇게 말씀하시는 것처럼 비도덕적인 일도 아니라는 말입니다.」

「이혼부터 생각하는 결혼 따위 하지 말라는 말이야. 그만큼 신중하게 생각하고 결정하라는 뜻이다.」

태 회장의 엄한 목소리에 아버지를 바라보고 있던 태풍이 결심했다는 듯 만년필을 집어 들었다.

「좋습니다, 그럼. 주세요, 사인하죠.」

「오직 한 사람, 산나에게만 충실할 것을 맹세한다는 사인과도 같은 거다. 알고는 있는 거냐?」

태풍은 사인을 사납게 휘갈기는 것으로 태 회장의 질문에 대한 답을 대신했다.

그 일을 떠올린 태풍은 다시금 깊은 한숨을 내쉬며 품속에서 담뱃갑을 찾았다. 급하게 찾아낸 담뱃갑에서 담배 한 개비를 입에 물고 또 멍청하게 앉아 있으려니, 그 모습을 뚫어져라 바라보고 있던 우빈이 답답하다는 듯 재촉을 했다.

"그러게 좀 말해보라니까. 물에 빠지면 입만 동동 뜨게 생겨서는 누굴 닮아 그렇게 철통 보안이야? 나한테까지 신비주의 하면 재미없어져."

"재미는 무슨."

"말하는 것만으로도 기분이 어느 정도 나아질 거야."

"기분이 나아지는 것만으로는 충분하지 않아. 상황이 나아지는 게 중요하지."

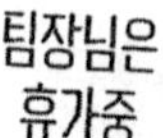

태풍은 머리를 벅벅 긁으며 대꾸했다. 그러고는 앞에 놓인 탄산수 잔을 집어 우빈에게 내밀었다.

"그냥 너는 아무것도 묻지 말고 나랑 술잔이나 같이 기울여주라."

무슨 생각을 하는지 우왕좌왕하는 태풍의 모습을 바라보며 우빈은 설레설레 고개를 저었다.

"술잔이라. 부딪칠 술잔이라도 있냐?"

우빈은 태풍이 내민 탄산수를 물끄러미 바라보다 혼자 맥주를 마셨다. 하지만 그러다 친구 녀석이 애처로워 쨍, 잔을 한 번 부딪쳐 주기도 했다.

결혼식은 5개월간의 짧은 준비 기간 끝에 이루어졌다. 수많은 하객들을 모신 결혼식은 호화스럽기로 유명한 명림 호텔에서 치러졌다. 명림 호텔 사장의 지원 하에 이루어진 결혼식은 철저한 비공개 진행이었다.

양가의 지인들, 즉 기업의 자제들로만 구성된 하객 명단도 철저한 분류 끝에 작성되었다.

두 기업의 자제의 결혼인 만큼 그 규모도 어마어마했지만 그보다도 더 많은 관심이 쏠린 것은 두 사람의 외모였다. 신부는 꽃처럼 아름답고 신랑은 소나무처럼 듬직했기에 하늘에서 하강한 선남선녀가 따로 없었다는 소문이 자자하게 났고, 그랬기에 그토록 아름다운 결혼식 역시 따로 없었다는 말까지 나오는 완벽한 예식이었다.

그로부터 얼마 후.

산나는 심기가 불편한 채로 집 거실에서 서성이고 있었다. 탁자에는 칸쿤 여행 자료가 수북하게 쌓여 있었고 열어놓은 노트북 화면에는 티켓을 발권할 수 있는 여행 사이트가 떠 있었다.

산나는 길게 다듬은 엄지손톱을 잘근 물고는 휴대전화를 들고서 집 안을 돌아다니고 있었다.

"어딘데 전화를 안 받아?"

산나의 심기를 어지럽히는 단 하나의 이유, 그것은 태풍이었다. '부부'라고는 할 수 없을 정도로 완벽히 구분된 공간에서 살고 있긴 하지만 벌써 나흘째 그의 얼굴을 집에서 본 적이 없었다. 통화조차 마음 편하게 되지 않는 태풍을 생각하며 산나는 이를 갈았다.

"회사에서 마주치는 걸 제외하면 어디에서 뭘 하는지 알 수조차 없어. 이게 정상이야?"

혼잣말로 중얼거리던 산나는 한숨을 푹 내쉬고는 태풍에게 문자를 보냈다.

[어디야?]

"비정상이지. 암, 비정상이고말고. 이건 다 누구 탓이다? 내 탓이다!"

혼자 중얼중얼하며 머리를 쓸어 올리던 중 문자 수신음이 났다. 우뚝 멈춰 선 산나는 빠르게 휴대전화 메시지를 확인했다. 다정한 애칭 하나 없고 이모티콘마저 찾아볼 수 없는 단답형의 메시지였다.

[바 프라이빗.]

산나의 얼굴이 화사해졌다가 금세 어두워졌다. 태풍이 답장을 보냈다는 사실에 마음이 풀리기는 했지만 그가 있는 장소가 영 못마땅했기에 얼굴에 구름이 꼈다. 태풍보다도 먼저 바의 마담, 혜언이 떠올랐기 때문이었다.

"아무리 연애하라고 했어도 그렇지."

후회할 말은 하는 게 아닌데 하필 계약 조건에 '연애'를 덧붙였다. 그때야 태풍을 구슬리기 위해서 혹할 만한 조건을 내거느라 그랬다지만 지금 돌이켜보면 그런 생각을 해낸 자신의 머리를 돌에 찧어대고 싶은 심정이었다.

산나는 곧게 편 손바닥으로 몇 번이나 자신의 입을 소리 나게 때린 뒤 답장을 보냈다.

[나 좀 봐.]

태풍이 집에 돌아온 것은 산나가 문자를 보내고 30분이 지난 뒤였다. 바에 갔다 온 사람치고는 제법 멀쩡한 걸음걸이와 정신으로 귀가했다. 그 점이 더욱 의심스러웠기에 산나의 미간은 못마땅하게 좁아졌다.

"여행이 내일 모레인데 짐은 다 싼 거야?"

"여행?"

"토론토발 비행기 티켓, 끊어놨잖아?"

"아아, 출장?"

"출장을 겸해서 신혼여행까지 가기로 했잖아."

"진짜 가려고?"

태풍의 두 눈이 순식간에 커다래졌다. 진심이냐고 묻는 투에서 빈정이 상한 산나는 빵빵하게 부풀었던 마음이 순식간에 쪼그라드는 것을 느꼈다.

"네가 말한 대로 계약 결혼일 뿐이야. 그런데 뭘 그렇게 신혼여행까지 가려고 해?"

"부모님들에게 의심 사고 싶지 않다고 했지?"

산나에게 늘 방패막이가 되어주는 것은 부모님, 시댁 어르신들, 그리고 회사. 산나는 시무룩한 얼굴로 태풍을 바라보다가 괜히 그를 타박했다.

"안 그래도 요즘 소문도 안 좋은데 자제할 수 없어?"

마음속으로는 프라이빗 바에 가는 횟수도 좀 줄이고 혜언을 찾는 발걸음도 뚝 끊어버리라고 말하고 있었지만 차마 입 밖에 낼 수는 없었다.

그랬기에 솟아오르는 질투심에 대외적인 옷을 입혔다.

"뭘 말이야?"

태풍은 산나가 무슨 말을 하는지 이해하지 못했다는 듯 제법 순진한 얼굴로 되물었다.

"그, 바에 가는 거."

"바?"

"물론 내가 연애는 각자 알아서 하자고 했지. 그렇지만 조건에는 결혼 생활을 위해 서로 노력해야 하는 것들이 있었어. 이를테면 집안 대소사에 참석한다든가, 대외적인 일에 협조한다든가. 그런데 너는 뭐야?"

산나의 질문에 태풍은 답답하다는 듯 뒤통수를 긁고는 곧장 소파로 가 털썩 주저앉았다.

"지금 뭘 오해하고 있는 건지 모르겠는데."

"프라이빗 바의 마담, 혜언. 네가 예쁘다고 했던 여자."

"아……."

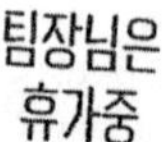

산나의 말에 그제야 태풍은 오래전 자신이 미묘한 어조로 혜언에 대해 이야기했다는 것을 깨달았다.

「왜, 나는 좋아하는 여자 하나쯤 있으면 안 되는 거냐?」

「아니, 그렇다기보다……, 아까는 사랑하는 사람이 있다며.」

「그러게. 좀 많다. 그런데 원래 남자들은 그래. 예쁜 여자, 좋아하는 여자, 사랑하는 여자, 결혼하고 싶은 여자가 다 따로 있지.」

혜언에 대해 아무 생각도 없으니 아예 그것이 오해의 소지가 될 것이라는 생각조차 배제하고 있었던 터라 적잖이 당황한 그는 산나를 물끄러미 바라보다 담백하게 답했다.

"친구야."

"남녀 간에 친구가 될 수도 있는 거였어?"

"그렇게 말하는 오산나 씨야말로 곁에 두고 있는 유명한을 어떻게 정의 내리시려나?"

태풍의 질문에 산나는 당황한 얼굴로 말을 더듬으며 화제를 돌렸다.

"어, 어쨌든 주변에 우리에 관한 소문이 어떻게 나 있는 줄이나 알아?"

"어떤데?"

"정략결혼이다, 계약 결혼이다, 계약서를 썼다더라, 사실은 둘이 앙숙이라더라, 부부 생활도 하지 않는 표면상의 부부라더라, 또 뭐가 있더라?"

"다 맞는 말이네."

"우리가 결혼할 때 한 말을 떠올려봐. 이 결혼을 대외적으로는 계약 결혼이라고 알리지 않는다는 게 전제였잖아?"

"암암리에 이루어진 결혼이라 그런 추측들이 난무할 수밖에 없어. 일일이 해명할 거야? 그게 더 이상해. 다 맞는 사실인데 변명하는 것 같잖아."

"그럼 그렇다고 가만히 놔둬? 지금까지 놔뒀더니 소문이 가라앉긴커녕 더 커졌다고. 있는 살 없는 살 끌어 모아 부피가 훨씬 더 커졌잖아. 이제는 수습하기도 힘들어졌어."

"그래서, 어떻게 하고 싶은 건데?"

"소문부터 잠식시킬 거야. 그 소문이 진짜라는 사실이 나돌기라도 하면 양쪽 회사 수익에 큰 문제가 생길 테니까."

"어떻게 잠식시키게?"

"우리 두 부부의 다정한 투 컷 정도면 될까? 더불어 우리가 곧 신혼여행을 갈 거라고 대대적으로 보도할 생각이야."

태풍을 향해 기고만장하게 웃은 산나는 뒤이어 험악한 얼굴을 하고 경고했다.

"인터뷰 잡을 테니까 나와. 사랑스러워 죽겠다는 얼굴을 하지 않으면 그날로 끝이야."

산나의 상상력이 총동원된 인터뷰는 끝이 났지만 결국 그동안 쌓였던 것들이 단번에 터져버리는 상황이 일어나고 말았다. 태풍과 한 차례 말다툼 끝에 다음 날 먼저 공항으로 향한 산나는 태풍이 오지 않는 수모를 겪어야만 했다.

"이 구제불능. 넌 진짜 개자식이야."

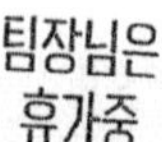

한번 신나게 욕을 퍼부어준 다음 곧장 명한에게로 달려가 한바탕 하소연을 한 뒤에야 산나는 홀가분해진 마음으로 호텔에 갈 수 있었다. 그녀가 간 곳은 태풍과 첫날밤을 보낸 명림 호텔 딜럭스 스위트룸이었다.

"이게 뭐야? 신혼 첫날밤을 회상하며 다시 그곳에 찾아온 50대 중년 여자같이."

산나는 방에 들어서자마자 소파에 가방을 던져놓고는 침대에 털썩 널브러졌다.

"아, 힘들다. 어렵다. 피곤하다."

산나는 기운이 쭉 빠진 목소리로 중얼거렸다. 태풍과 비비적거리며 싸우고 지지고 볶는 동안 자신의 온갖 못된 면과 치졸한 부분, 짜증스러운 성격까지 몸소 느낀 터라 자괴감에 자기혐오까지 한꺼번에 밀려오는 중이었다.

「그나마 조언이랍시고 하나 하자면, 자신의 마음에 솔직해질 것. 솔직해진 뒤 서로에게 솔직해질 것. 나도 못한 걸 너에게 조언이랍시고 하는 것 자체가 웃기긴 하지만 이게 일반적인 세상에 퍼져 있는 연애의 매뉴얼 중 가장 기본적인 사항이거든. 물론 솔직해지는 데에는 큰 용기와 습관의 개선이 필요하겠지만. 참고로 덧붙이자면 그 다음은 배려와 매너야.」

태풍에게 한 행동과 말에 대해 회의가 밀려온 것은 명한의 말을 듣고 난 다음부터였다. 물론 말을 하고 난 다음 제 입을 틀어막고 싶은 적이 한두 번이 아니긴 했지만, 제대로 반성하게 된 계기는 아무래도 명한의 지적 때문이었다.

「널 보면 늘 궁금해. 자두 언니나 버들 오빠에게 어떻게 너 같은 동생이 있는지.」

「적어도 태양 오빠는 너처럼 더럽게 굴진 않아.」

열일곱, 그에게 막말을 했던 것이 떠올랐다. 산나는 두 눈을 질끈 감았다.

「남자가 여자 한 번 어떻게 자빠트려보려고 작업 걸 때에는 이런 것들보다 더해. 한 번 자고 말 여자한테 잘 보이기 위해서라면 간이고 쓸개고 다 빼줄 것처럼 군다고. 그런데 한 번 같이 잤잖아, 우리. 그 정도도 기대 못 해? 그깟 차 한 번 굴리는 게 뭐가 어려워? 직원들끼리는 카풀도 하는데. 또, 길 가다 싸구려 꽃다발 하나 사다가 안기는 게 뭐가 그렇게 어려운 건데?」

「하룻밤으로 치부하기에는 아깝거든, 너.」

「이건 게임이야. 서로 주고받는 딜이라고. 네 멋대로 착각하면 곤란해.」

그때의 일을 떠올리자마자 절로 "아악!" 하는 고함 소리가 터져 나왔다.

"미쳤지, 미쳤어, 미쳤었다고!"

산나는 머리를 감싸 쥔 채 침대에 얼굴을 묻어버렸다.

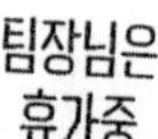

「네가 가지면 되잖아? 내가 그렇게 나쁜 조건도 아니고, 속궁합 역시 좋잖아! 그런데 왜 싫다는 건데?」

「연애 부분 역시 걱정하지 말고 마음대로 해. 터치 안 할 테니까. 대신 이제 너와는 자지 않을 거야.」

산나는 발버둥을 치다가 그대로 침대 위에서 기절하고 말았다. 한동안 밀려오는 자괴감에 빠져 허우적거리던 산나는 손으로 제 동그란 이마를 내리쳤다.

"참 귀엽지 못한 성격이야. 이러니 태풍이 좋아하지 않는 게 당연할지도."

혼자 중얼거린 그녀는 한동안 호텔 방 천장을 바라보다가 모로 누웠다. 뜬 눈으로 밤을 새운 그녀는 바로 다음 날 아무 미련도 내보이지 않고 토론토로 떠나버렸다. 태풍에게는 그녀의 마지막 발악과도 같은 이혼 서류가 배달되었고, 그 사본 역시 시부모님께 배달되었다.

「이혼이라니, 이게 무슨 소리야? 당장 가서 새아가 데리고 와!」

덕분에 애초에 산나가 토론토에 도착했다는 소식을 듣고 난 뒤 출발하려던 태풍의 계획은 단번에 어그러졌다.

"이런 쇼까지 하면서 날 엿 먹이는 이유가 뭐야?"

태풍은 배달되어 온 이혼 서류를 갈기갈기 찢어버렸다. 그에게만 보낸 것이 아니라 부모님에게까지 폭탄을 터트리고 가버린 그녀가 얄미웠던 태풍은 곧장 비행기를 잡아 산나를 따라서 토론토로 날아갔다.

하지만 그가 토론토에 도착했을 때, 산나는 이미 칸쿤으로 사라지고 없었다.

13. 팀장님은 휴가 중, 칸쿤

산나가 멕시코 가장 동쪽, 킨타나로오 주의 해변 도시 칸쿤 공항에 도착한 시간은 늦은 저녁이었다. 토론토에서 4시간 걸려 L자형의 길고 좁은 산호초 도시에 도착한 산나는 공항 밖으로 빠져나오자마자 그녀를 기다리고 있던 여행사 직원을 찾아 여덟 명 정도가 탑승할 수 있는 작은 밴에 올라탔다. 두 명씩 짝을 이룬 사람들은 새로운 여행의 시작에 흥분한 마음을 감추지 못한 채 서로 안부를 물으며 대화를 하고 있었다.

그중 한 명, 산나만이 어두운 표정으로 밴 조수석에 우두커니 앉아 있었다. 산나는 낡고 오래된 밴 조수석에 앉아 창밖을 바라보았다. 어두컴컴한 도로는 잘 닦여 있었지만 인적 하나 없이 텅텅 비어 있었고, 대신 호텔의 휘황찬란한 불빛만이 어둠 속에서 선연히 빛나고 있었다. 라디오에서는 디제이가 스페인어로 시끄럽게 떠들어대고 있었는데 뒤이어 나온 음악은 평소에도 자주 들을 수 있던 팝송이었기에 조금 묘한 느낌이 들었다.

각기 다른 호텔에 멈춰 서서 사람들을 내려놓은 밴에는 산나와 남자 두 명만이 남아 있었다. 다음 차례는 산나였다. 높은 언덕을 꾸역꾸역 올라간 밴은 호텔 앞을 지키고 있던 경비원 앞에서 멈춰 섰다. 스페인어로 대화를 주고받은 뒤 경비원은 호텔 입구를 가로막고 있던 안전 바를 올려주었고 산나는 홀로 휘황찬란한 호텔 앞에 내렸다.

호텔, 더 시크릿 더 바인. 최근 리노베이션을 했다는 이 호텔은 칸쿤 내에서 가장 높고 모던한 곳이었다. 하얗게 빛나고 있는 외관을 흘깃 바라본 산나는 운전기사에게 팁을 주고는 그가 내려준 트렁크를 받아 쥐었다. 후덥지근한 공기를 깊이 들이마신 산나가 한 걸음 앞으로 내딛기가 무섭게 호텔 직원이 그녀 대신 트렁크를 받아 챙겼다.

"Ms, welcome to Cancun! (칸쿤에 오신 것을 환영합니다!)."

중남미의 향기가 물씬 풍기는 외모를 한 직원이 상냥하게 미소 지으며 호텔 문을 열어주었다. 스페인 억양이 잔뜩 들어간 영어였지만 환영한다는 마음만큼은 여실히 느껴졌기에 산나는 가까스로 미소를 지어 보일 수 있었다. 호텔 안으로 들어서기가 무섭게 바깥 공기와 확연히 나는 온도 차이가 산나의 맨 어깨를 바르르 떨게 만들었다. 숨 쉬기 힘들 정도로 후덥지근한 바깥과 달리 숨통이 트이다 못해 춥기까지 한 실내는 이질적으로 느껴졌다.

호텔 예약 확인서를 직원에게 내밀자 직원은 고개를 끄덕거리며 산나를 에스코트했다. 안내에 따라 계단을 오르자 앞에서 대기하고 있던 직원이 샴페인 잔을 내밀었다. 가벼운 마음으로 오로지 그녀만을 위해 준비된 샴페인을 한 입 마셨다. 포로로 솟는 기포가 마음까지 청량하게 만들어주었다.

"Please(이리로)."

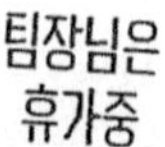

직원은 매너 자체가 몸에 밴 사람이었다. 엘리베이터를 잡아 그녀를 위해 한 걸음 물러서준 덕에 산나는 기분 좋게 엘리베이터에 올라탔다. 현재 산나가 탄 엘리베이터는 프리퍼드(preferred) 객실을 이용하는 손님들만 탈 수 있는 것이라는 설명을 들으며 21층으로 향했다. 프리퍼드 객실 이용 손님들은 21층에 따로 위치한 로비에서 개인적으로 체크인을 할 수 있게 되어 있었다.

체크인을 끝내기가 무섭게 산나는 객실로 안내되었다. 고급스러운 가구들과 아름다운 인테리어로 휘황찬란하게 포장이 되어 있었지만 산나의 눈에는 아무것도 들어오지 않았다. 그저 혼자서 술 한 잔 한 뒤 푹 자고 싶을 뿐이었다.

산나가 머무를 방은 2439호였다. 매트한 느낌이 물씬 풍기는 원목 대문에는 'HAPPY HONEYMOON'이라고 적힌 하얀 띠가 대각선으로 매여 있었다. 작은 천사들이 사랑의 화살을 들고 있는 그림까지 그려진 그 띠를 보는 순간, 산나는 왈칵 눈물이 나올 것 같아 서둘러 방 안으로 들어섰다.

직원은 과하게 친절했다. 방 안의 조명을 조절하는 법에서부터 온도 조절, 자동으로 오르락내리락하는 텔레비전을 조작하는 법, 심지어는 베란다 문을 여는 법까지 설명하고 난 뒤에야 물러갔다. 그녀의 짐을 가지고 온 직원이 친절하게 받침대를 펼쳐 그 위에 트렁크를 올려주었고, 뒤이어 샴페인 한 병까지 배달이 되었다.

그러고 난 다음에야 산나는 깊은 숨을 내쉬며 찬찬히 방 안을 둘러보았다. 킹사이즈의 커다란 침대 앞에는 소파가 놓여 있었고 소파 앞에는 타원형의 대리석 테이블이, 그 앞에는 얇은 텔레비전이 있었다. 텔레비전 너머에는 두 사람이 들어가기 좋은 직사각형 욕조가 놓여 있었고, 욕조에서는 기역 자 모양의 베란다 너머로 카리브해의 풍경을 내다볼 수 있게 되어 있었다.

산나는 옷도 갈아입지 않은 채 소파에 자리를 잡고 앉았다. 타원형의 테이블에는 형형색색의 화려한 과자들로 장식된 하얀 접시가 놓여 있었다. 무덤덤한 눈길로 과자를 바라보다가 이내 다른 곳으로 시선을 돌렸다. 욕조 머리맡에 위치해 있는 직사각형의 샤워부스, 그 너머의 욕실까지 대충 훑어본 그녀는 한 손으로 이마를 쓸어올린 뒤 옷을 벗어 던졌다. 침대 위에 쓰러지듯 누운 산나는 긴 비행의 피로를 풀기라도 하려는 듯 깊은 잠에 빠져들었다.

만 하루가 지난 다음에야 긴 잠에서 깬 산나는 길게 기지개를 켰다. 동면에 빠진 다람쥐처럼 꼼짝 않고 자고 난 뒤에야 허기가 느껴져 침대에서 꿈틀거렸다. 손가락 하나 까닥하고 싶지 않았기에 오른쪽으로 몸을 굴려 탁자 가장 밑에서 두꺼운 책을 꺼내들었다. Breakfast menu(아침 메뉴) 밑으로 줄지어 적혀 있는 음식명들을 훑어보던 그녀는 인터폰을 들어 오믈렛과 시저 샐러드를 주문한 뒤 다시 침대에 누웠다.

"아아, 여기가 천국이 아니고 어디가 천국이야?"

모든 일에서 해방된 채 오직 자신만 생각하면 되는 곳, 세상의 시간과 단절이 되어 여유를 찾을 수 있는 그런 곳.

산나는 일어나 커튼을 젖혀볼 생각도 하지 않고 어두컴컴한 공간에서의 적막감을 즐겼다. 처음 이곳에 도착했을 때 느꼈던 고독과 상실감은 온데간데없이 사라지고 대신 그 자리를 자유와 여유가 가득 채우고 있었다.

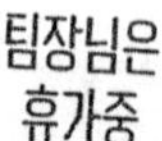

쿵쿵쿵.

문 두드리는 소리에 산나는 상체를 일으켰다. 퉁퉁 부은 얼굴을 하고 눈을 비비며 현관을 바라보았다. 현관과 침대 사이는 벽에서 바닥까지 잇는 캐비닛에 의해 분리되어 있었지만 침대에서 현관을 볼 수 있게끔 그 부분만큼은 허리께까지 오는 캐비닛이 자리 잡고 있었다.

"벌써 도착한 건가? 아까 분명 조리하려면 20분은 기다려야 한다고 들었는데."

산나는 고개를 갸웃거리며 자리에서 일어나 가운을 몸에 걸쳤다. 그러고는 일자 모양의 캐비닛을 돌아 현관으로 다가갔다. 그녀가 아무런 대비도 없이 문을 연 순간, 문이 열린 틈을 타고 한 사람이 빠르게 실내로 들어왔다.

"앗!"

산나를 밀치고 안으로 들어서는 한 남자로 인해 그녀는 문을 닫을 생각도 하지 못하고 멍하니 그 모습만 바라봤다. 그 남자는 다름 아닌 그녀의 법적인 남편, 태풍이었다.

"무진장 힘드네, 진짜."

하얀색 셔츠에 물 빠진 청바지를 입고 등장한 태풍의 모습에 산나의 두 눈이 동그래졌다. 토론토 출장을 가기 전, 미리 토론토를 경유해서 칸쿤으로 와 신혼여행을 즐긴 뒤 본업으로 돌아가자는 계획을 세우고 있었기 때문에 이젠 태풍을 토론토에서나 보게 될 것이라고 예상하고 있었기 때문이었다. 하지만 놀라움도 잠시.

"비행 시간도 길고, 날씨는 덥고. 여기가 정말 좋아? 난 더운 나라는 딱 질색인데."

어제 본 사이처럼 구는 태풍의 뻔뻔함에 혀를 내두른 산나는 문을 소리 나게 닫아버리고는 소파 앞으로 걸어왔다. 그녀는 호텔 로고가 박힌 하얀색 슬리퍼를 질질 끌고 소파 앞으로 다가가 팔짱을 끼고 태풍을 노려봤지만, 그는 눈 하나 깜짝하지 않고 테이블에 놓여 있던 마카롱을 입에 쏙 넣었다.

"기내식이 맛있긴 하더라. 그런데 그것 가지고는 양이 안 차는 거 있지?"

소파에 앉아 대리석 테이블에 양쪽 다리를 올려놓은 태풍은 제 집 거실이라도 되는 양 편안해 보이는 얼굴을 하고 있었다. 순식간에 접시 위의 과자들을 먹어치운 그는 불퉁한 얼굴을 하고 서 있는 산나를 바라보며 두 눈을 반짝반짝 빛냈다.

"잘 지냈어? 얼굴이 퉁퉁 부은 것을 보니 하루 종일 잠만 잤구만. 뱀파이어라도 돼? 방 안을 뭐 이리 어둡게 해놨어?"

안부를 묻는 그가 꼴 보기 싫었기에 산나는 팩 가시 돋친 말을 꺼내버렸다. 물론 하고 난 다음 곧바로 후회했지만.

"그거 이틀 전 거야."

"켁."

태풍이 양손으로 목을 움켜쥐고 마른기침을 했다. 혀까지 내밀고 기침을 해봤자 이미 삼켜버린 과자를 뱉어낼 수도 없는 노릇이었기에 그는 어쩔 수 없다는 제스처를 취하며 어깨를 으쓱했다. 그런 그의 얼굴이 너무나 해맑았기에 산나는 그가 일부러 과장된 행동을 취했다는 것을 알 수 있었다.

"어쩐 일이야?"

꽃노래를 부를 상황도, 이유도 없었기에 산나의 목소리가 퉁명스럽게 튀어나왔다. 그런데도 태풍은 어쩐 일인지 평소처럼 날카롭게 굴지 않았다. 따박따박 말을 받아치는 것은 그대로였지만 그 냉기가 한풀 꺾여 있었기에 아무래도 남쪽의 뜨거운 열기에는 천하의 태풍마저도 누그러트리는 힘이 있는지도 모른다는 생각까지 들 정도였다.

"어쩐 일이긴. 신혼여행에 남편이 따라오는 게 그렇게 이상한 일은 아니잖아?"

"오고 싶었음 그날 공항에 나왔어야지. 다른 여자를 만나러 갈 게 아니라."

"그러게. 내가 좀 늦었지? 너는 그날 비행기 탄 거야?"

"다 알고 있으면서 괜히 사람 떠보지 마."

산나가 다시 침대 위로 올라가 앉은 뒤 심드렁하게 말하자 태풍이 용케 알았다는 듯 고개를 끄덕거리며 답했다.

"누가 내 뒤에 사람을 붙여놨길래 나도 한 번 붙여봤지. 비행기 안 타고 남자 집에 쪼르르 달려간 사람도 있는데, 뭐. 피차 마찬가지니까 그 이야기는 꺼내지 말지?"

그렇게 말하는 태풍은 지금 이 상황이 재미있다는 투로 웃었다.

"그래서, 그렇게 폭탄 터트리고 도망치니까 좋아?"

"폭탄이라니?"

"이혼 서류, 잘 받았어."

"각자 사인해서 법정에서 보면 될 걸 왜 여기까지 왔어? 여기에서 사인하게?"

"설마. 찢어버렸어."

태풍은 텅 빈 양손을 들어 보였다. 받자마자 산산조각으로 찢어버린 이혼 서류가 처박힌 휴지통은 지금쯤 도우미 아주머니의 손에 말끔히 비워지고 있을 것이 분명했다.

태풍이 물었다.

“그러라고 보낸 거잖아. 아니야?”

“맞아. 열 받으라고 보냈어, 그 서류.”

“진짜 이혼할 생각 없잖아, 너.”

“없지. 하지만 네가 이렇게 칸쿤으로 달려오게는 만들 수 있으니까.”

어미 새를 본 새끼처럼 산나는 태풍의 태도를 보며 그대로 따라 했다. 서로를 향한 불만이 들끓어대고는 있었지만 그것을 표출하는 것이 능사가 아니라는 것을 경험을 통해 이제야 깨달았기 때문이었다.

태풍이 먼저 항복 의사를 표시했다.

“그만 하자. 여기에서까지 이러고 싶지 않거든.”

“무슨 말이야?”

“솔직히 네가 던지고 간 이혼 서류 때문에 비행기 탔어. 타기 전까지만 해도 오산나 잡히기만 해봐라, 가만 안 둔다, 대략 이런 심정이었고. 그런데 너도 알다시피 인천 공항에서 피어슨 공항에 도착하기까지 대략 열네 시간 정도가 걸리잖아? 토론토에서 칸쿤까지는 네 시간 정도. 기다리고 어쩌고 하는 시간까지 합치면 도합 스무 시간은 족히 나올 거야. 그동안 차분히 생각을 해봤어.”

태풍의 낮은 목소리에 산나도 몸을 곧추세운 채 그의 말을 경청했다. 어울리지 않는 진지함을 견디기 힘들어 양손을 그냥 내버려두지 못하고 조몰락대고 있었지만 가느다란 숨소리 하나 내지 않고 있

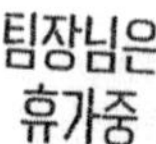

었다.

“너도 그렇고 나도 그렇고 이혼할 생각은 없다는 거지. 그렇다면 어떻게든 잘 지내는 방법을 모색하는 게 평생 싸우고 지내는 것보다 훨씬 나을 거라는 생각이 들었어. 한국에서는 주변 사람이니 사건이니 사정이니 많기도 엄청 많잖아? 그러니 신경 쓸 일이라고는 딱 너와 나 둘뿐인 이곳에서 어떻게든 합의점을 찾아보자고. 어때?”

그의 제안에 산나는 유리알 같은 두 눈을 굴렸다. 뭐든 생각하는 대로 내뱉지 말고 한 박자 쉬면서 생각해보라던 명한의 조언을 지금만큼은 충실히 따르고 있었다.

산나가 망설이는 투로 아무 말도 하지 않자 태풍이 말을 꺼냈다.

“게다가 내가 깨달은 게 하나 있거든. 지금까지의 경험으로 이제야 깨달은 것.”

“그게 뭔데?”

“네 성격과 패턴.”

여태까지 어디 한번 갈 데까지 가보자며 산나를 살살 약 올리기 바빴던 태풍은 사실 산나에게서 이혼 서류를 받고 가슴이 철렁했었다. 애초에 태 회장과 한 계약도 있긴 했지만 산나와 이혼한다는 것은 생각해본 적도 없었기에 이혼이 현실로 다가온 것에 대한 충격이리라.

그랬기에 마음을 고쳐먹기로 다짐했다. ‘형 대신’이든 어쨌든 오산나는 지금 태풍의 여자가 아니던가. 꼬리표를 떼어버리고 아예 세포 하나하나까지 태풍의 것으로 만드는 편이 더욱 현실성 있겠다 싶었다. 그렇다면 오산나에 대해 제대로 파악하는 것이 중요했다.

눈에는 눈, 이에는 이라는 철칙 하에 물질적이든 감정적이든 손해는 보지 않겠다는 (주)온화의 외동딸.

손해를 보기 싫어하는 사람의 마음을 갖고 싶다면 이쪽에서 먼저 손해를 보는 것을 보여주면 된다. 손해를 보기 싫어하는 성격일수록 자기방어적인 성향이 강하고 상처받기 싫어하는 성격일 수 있으니, 먼저 높이 쌓은 마음의 장벽부터 이쪽에서 낮춰주면 되는 일이었다.

"미리 알고 대처했다면 좋았겠지만 알다시피 내가 워낙 느려 터졌어야지."

태풍이 순순히 나오자 그새 마음이 풀어진 건지 산나도 피식피식 웃으며 오래전 일을 되새겼다. 빛바랜 추억은 사람의 마음을 부드럽게 풀어주는 힘을 가지고 있었다.

"네가 학창시절에 공부에 소질이 없긴 했어, 그치?"

"소질은 나름대로 있었어. 너무 잘난 누나랑 형한테 치여서 그 빛을 발하지 못한 것뿐이지."

"응용력 부족, 집중력 부족, 주의력 요망, 또 뭐가 있더라?"

"아주 옛날 고릿적에 내가 받아 온 성적표를 말하는 거라면…… 배움이 느림도 있었지, 아마?"

"쿡."

산나의 입에서 기어코 짧은 웃음이 튀어나왔다. 오랜만이었다. 태풍을 눈앞에 두고도 가식적이지 않은 웃음을 터트린 것은. 그녀의 동그란 눈이 반달처럼 휘는 모습에 태풍도 함께 미소를 지었다.

똑똑똑.

"아, 룸서비스인가 보다."

산나가 쑥스러운 웃음을 지우고 자리에서 일어났다. 그러자 태풍이 눈살을 찌푸리더니 이내 그녀의 손목을 잡아 자리에 앉혔다.

"침대에 그대로 누워 있어."

"왜?"

"이왕이면 이불 속에 들어가서 꽁꽁 숨어 있고."

"그러니까 왜?"

똑똑똑.

기다리다 못한 직원의 노크소리가 다시금 들려왔다.

"저거 봐. 얼른 문 열어야 한다니까."

"그러게 내가 할 테니 누워 있어."

"뭐야, 사람이 순식간에 변해도 무서워. 어제까지 시니컬의 끝을 달리던 인간이 갑자기 로맨티시스트로의 탈바꿈이야, 뭐야?"

"후, 됐으니까 가운 앞섶이나 여며."

태풍의 시선이 산나의 얼굴에서 가슴을 따라 미끄러지는 순간, 그녀는 빽 고함을 질렀다. 맨몸에 가운만 대충 걸치고 나간 터라 가운 앞이 벌어지면서 가슴이 절반 넘게 노출되어 있다는 것을 그제야 알아챈 것이다.

급하게 이불 속으로 몸을 숨기자 그 모습을 확인한 뒤에야 태풍이 문을 열었다. 안으로 들어와 세팅을 해주려는 직원을 만류한 그는 검은색 목제 받침대를 받아들고 안으로 들어왔다. 뒤이어 배달된 그의 트렁크 역시 손수 끌고 안으로 들어왔다.

"여자애가 그러고 문을 열면 얼마나 자극적으로 느껴지는 줄 알아? 물론 직원들이 그러지는 않겠지만 혹시나, 만약의 상황이라는 것도 있는 거야. 서빙하는 직원들 다 남자들인데 대체 무슨 생각으로……. 제발 의식 좀 해."

태풍은 조잘조잘 잔소리를 하며 소파 앞 테이블에 그녀가 시킨 음식을 내려놓고 둥근 철제 덮개를 빼냈다. 드러난 둥근 접시에 오믈렛과 베이컨, 으깬 감자가 담겨 있었고 취향에 맞게 먹으라며 미니 사이즈의 케첩, 마요네즈, 허니 머스터드소스가 줄지어 놓여 있었다. 작은 사기 병에는 사람을 기분 좋게 만들어주는 새빨간 카네이션 두 송이까지 꽂혀 있었다.

산나는 이러니저러니 해도 그가 그녀를 챙겨주고 있다는 것을 깨닫고 은근한 미소를 삼켰다. 태풍이 오른쪽 귀퉁이에 돌돌 말린 냅킨을 풀어 그 안에서 포크와 나이프를 꺼낸 다음 침대에 있는 산나를 바라봤다. 어서 와서 앉으라는 투였기에 산나는 가운을 꼼꼼히 여민 채 소파에 앉았다. 태풍은 짙은 갈색 냅킨을 무릎 위에 놓아주었다.

"내 앞에서는 그렇게 꼼꼼하게 가운 여밀 필요 없거든?"

태풍이 장난스럽게 말하자 산나는 밉지 않게 흘겨보고는 포크를 집어 들었다. 그러고는 그가 한 제안에 대한 답을 내놓았다.

"난 여기에서 졸릴 때 자고, 배고플 때 먹고, 마음대로, 내키는 대로 할 거야. 방금 전까지 나 혼자 어떻게든 8박9일을 최대한 즐기다 가기로 마음먹고 있었거든."

우회적이긴 하지만 꽤 긍정적인 대답이었기에 태풍은 마음을 놓았다.

"그래, 그럼. 어디 우리 둘 다 마음 내키는 대로 한번 해보자고. 그럼 어떻게든 되겠지. 대신."

태풍이 강하게 말을 하자 오믈렛을 자르던 산나의 움직임이 단번에 멎었다. 산나가 뜸들이지 말고 말하라며 종용하자 태풍은 그녀

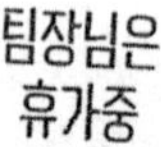

를 향해 화해의 손짓을 했다.

"싸우지 말자고."

"뭐?"

"최대한 나긋나긋하게, 큰 소리 한 번 내지 않고 지내다 가는 거야. 오케이?"

그 말에 산나가 무슨 말을 하고 싶어 숨을 깊게 들이마시는데 태풍이 재미있다는 듯 그녀를 가리키며 웃었다.

"이것 봐. 벌써부터 소리 지르고 싶어 하지."

"누가?"

"예쁘게, 고운 말만 하면서 지내다 가자. 비싼 방에서 비싼 밥 먹으면서 지내는데 심신 안정을 시키다 가야지."

태풍의 제안에 산나는 못 이기는 척 고개를 끄덕였다.

"……노력해볼게."

"만일 어길 시에는."

이번에는 산나도 별 생각 없이 포크질을 했다. 만 하루 동안 먹은 것이 없었기에 주린 배를 열심히 채우고 있는데 태풍이 그녀의 포크질을 멈추게 하는 한 마디를 건넸다.

"키스할 거야."

오믈렛 한 조각을 씹다가 그대로 멈춘 산나가 멍청한 얼굴로 태풍을 바라봤다.

"그게 뭔 또라이 같은 소리냐고 말해도 돼?"

유혹이라고밖에 치부할 수 없는 조건을 거는 태풍의 태도에 심히 놀란 산나가 의아하다는 투로 되묻자 그는 싱긋 웃으며 대답했다.

"키스당하고 싶으면."

"네가 화를 낼 땐?"

"그럼 네가 키스하면 되지."

"너한테만 너무 유리한 거 아니야?"

"에이, 설마. 나한테만 유리할까?"

맞다. 태풍에게만 유리한 조건이 아니다. 태풍과의 키스를 바라고 있는 산나에게도 퍽 유리한 조건이었다. 그 점을 찌르는 태풍의 말에 산나는 짧게 신음을 흘렸다.

"윽."

그 순간, 쪽. 태풍이 바람처럼 그녀의 입술을 훔치고 달아났다. 어린아이에게나 할 법한 짧은 키스에 산나의 두 눈이 더욱 커졌다.

"뭐야?"

"애피타이저. 식사 맛있게 하라고."

태풍이 미소 지으며 그녀에게서 등을 돌렸다. 편안하게 식사를 하라는 듯 그녀에게서 멀어진 그는 가장 먼저 방의 절반을 넘게 차지하는 창의 커튼부터 열었다.

촤라라락.

커튼이 열리는 소리와 함께 눈부신 햇살이 방 안 가득 쏟아졌다.

"이 절경을 앞에 두고 잠이 와?"

"절경도 혼자 보면 무슨 재미야?"

"그 말은 나를 기다렸다는 뜻인데."

그 말에 산나가 무슨 말을 하기라도 하려는 듯 입을 삐끔거리다가는 이내 입안에 오믈렛을 잔뜩 쑤셔 넣었다.

잘 참았다, 오산나.

산나는 미운 말이 나오려고 할 때 입안에 음식을 가득 채워 넣으면 된다는 것을 습득했다.

이런 게 일보 전진일 수도.

산나는 눈을 빛내며, 창밖 가득 펼쳐진 카리브 해의 광경에 사로잡힌 태풍을 바라봤다.

배가 어느 정도 차고 난 다음에야 산나는 자신이 잠에 취해 무엇을 놓쳤는지 확실히 깨달았다. 눈이 부실 정도로 맑은 하늘과 그 하늘을 그대로 담은 듯한 카리브 해는 산나의 혼을 쏙 빼놓았다. 그녀가 묵고 있는 허니문 스위트는 다른 방보다 넓은 발코니를 자랑하고 있는 덕분에 칸쿤의 3면을 모두 감상할 수가 있었다.

“오션, 호텔, 라군 다 보이네. 멋지다, 정말.”

산나는 감탄을 하며 후덥지근한 공기를 즐겼다. 끝도 없이 펼쳐진 넓은 하늘, 새하얀 뭉게구름, 그 아래로 하늘이 녹아내린 것처럼 보이는 카리브 해변은 마치 그림 속에서 막 튀어나온 것처럼 보였다. 각기 다른 푸른 빛깔이 한데 어우러져 근사한 그러데이션을 만들어 내는 바다를 바라보니 그동안의 피로와 고민이 상큼하게 녹아내리는 기분이었다. 게다가 광활한 자연을 앞에 두니 자신이 그동안 그렇게 열을 올리고 민감하게 굴었던 일들이 한낱 먼지보다도 못한 것처럼 느껴졌기에 절로 숙연한 마음이 들었다.

산나는 아래를 내려다봤다. 호텔 소유의 수영장들이 한눈에 내려다보였다. 맨 아래 층에는 직사각형 모양의 긴 수영장이 세로로 위치해 있었고, 그 앞에는 정사각형에 가까운 두 개의 수영장이 나란히 배치되어 있었다. 너도나도 할 것 없이 수영장에 몸을 담그고 여유를 즐기는 사람들, 수영장 가까이에 위치한 세 개의 바에서 음료와 음식을 주문하는 사람들, 새하얀 캐노피 안에 자리를 잡고 책을 읽는 사람들, 해변용 의자에 누워 태닝을 하는 사람들. 각지에서 몰려든 사람들은 각양각색의 방법으로 그들의 시간을 즐기고 있었다.

산나의 시선이 프리퍼드 고객들만 이용할 수 있는 고층의 한적한 수영장으로 돌아갔다.

"안 되겠다."

마음이 급해진 산나는 실내로 들어갔다. 시원한 에어컨 바람이 그녀의 눅진해진 폐를 보송보송하게 만들어주었다.

"멋지지?"

"멋지네."

소파에 앉아 오늘 배달되어 온 신문과 호텔 정보지를 살펴보고 있던 태풍이 반갑게 산나를 맞이했다.

"그거 알고 있었어? 오늘 저녁에 오픈하는 레스토랑이 네 군데라는 거."

"아아, 그래?"

"드레스 코드가 있네. 여자는 별로 까다롭지 않은데 남자는……, 뭐야, 제약이 왜 이렇게 많아?"

"무슨 제약?"

"칼라(collar)가 있는 상의와 긴 바지를 입어야 해. 샌들 착용도 금지네."

"재미있네."

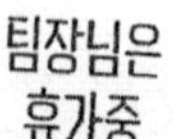

"올 인클루시브(all inclusive: 호텔 비용에 스파를 제외한 다른 모든 시설의 이용 가격이 포함되어 있는 것)라고 좋아했더니 여기에서 막히네."

"그런 옷 많잖아?"

"많지."

상큼하게 대꾸한 태풍은 호텔 정보지에서 눈을 떼지 않고 있다가 이내 그것을 팔랑팔랑 흔들었다.

"참, 이거 가져가야겠어."

"왜?"

"기념으로. 여기 맨 밑 귀퉁이에 기념일이나 신혼여행 온 커플들 축하한다는 메시지를 써놓는데 우리 이름도 있어. 미스터 앤 미시즈 태, 해피 허니문."

"뭐야, 그게?"

"왜, 나름대로의 추억거리잖아?"

태풍의 말에 산나는 쿡쿡 웃었다. 욕조 옆에 세워둔 받침대로 걸어가 그 위에 올려둔 트렁크를 열었다. 챙겨 온 까만색 수영복을 꺼내던 그녀는 문득 든 생각에 잠시 움직임을 멈췄다. 물론 그녀의 뒤에서 정보지와 신문을 뒤적거리고 있던 태풍은 그 사실을 알아채지 못했다.

사악한 아이디어가 산나의 머리를 뚫고 뾰족 튀어 올랐다. 잠시 고민을 하느라 손가락으로 뺨을 튕기고 있던 산나는 이내 결심했다는 듯 보이지 않는 미소를 지었다.

"그럼 정말 해피 허니문을 위해 노력해야겠다."

"음?"

산나의 중얼거림에 태풍이 그녀를 향해 고개를 들었다. 그 순간,

산나는 보란 듯이 입고 있던 가운을 벗어버렸다. 타월 느낌의 새하얀 가운은 산나의 몸을 타고 주르륵 흘러내렸고, 뒤이어 눈부신 나신이 드러났다.

태풍의 시선이 등에 꽂히는 것을 느꼈다. 노출증이 있거나 남자를 유혹하는 취미가 있는 것은 아니었음에도 태풍의 앞에서는 그렇게 변하는 산나였다. 그를 자극하고 싶고, 유혹하고 싶고, 그래서 그가 안절부절못하는 모습을 보고 싶었다. 그의 눈빛이 열탕에 빠진 것처럼 산나만을 향해 이글거리는 것이 좋았다.

그가…… 그녀만을 바라보는 그 순간이 미치도록 좋았다.

"같이 할래?"

그렇게 물은 산나는 일부러 느릿느릿하게 검은 비키니를 입었다. 그러고는 그를 향해 몸을 돌렸다. 그러자 보란 듯이 옷을 갈아입는 그녀를 뚫어져라 바라보고 있던 그와 눈이 마주쳤다.

"수영."

역시나.

태풍의 두 눈이 멕시코의 열기를 그대로 옮겨놓은 것처럼 뜨겁게 타오르고 있었다. 산나는 그런 그를 향해 생긋 미소를 지었다.

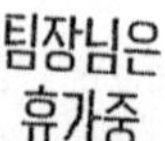

14. 다르기만 한 두 사람

중남미의 마법이라고 해도 좋고, 카리브 해가 주는 꿈이라고 해도 좋았다. 한 가지 분명한 것은 경치에 취한 태풍이 평소와 다르게 변했다는 것, 그 변화가 두 사람의 관계에 꽤 긍정적인 영향을 끼친다는 것이었다.

그의 첫 번째 변화, 그것은 그가 껌딱지처럼 산나에게 따라붙었다는 것이었다. 그녀가 어디를 가든 집요하게 따라다녔기에 산나는 귀찮다고 투덜거리면서도 내심 기분이 좋아 연신 방글거렸다. 다만 화장실에 볼일이 있다고 갈 때에도 문지기처럼 그 앞을 지키고 서 있었기에 사람 하나 없이 고요한 화장실에서 편하게 볼일을 볼 수 없었다는 것이 단점이라면 단점이었다.

작은 놈을 누면 쉬이, 졸졸졸.

큰 놈을 누면 퐁당퐁당 돌을 던지자.

"내 귀에도 잘 들리는데 저놈 귀에는 안 들리겠냐고."

사람도 없고 울리기도 잘 울리니 아마 서라운드로 들릴 게 분명했다.

그 점만 빼면 썩 괜찮은 변화였다.

프리퍼드 객실 손님만 이용할 수 있는 고층의 수영장에 들어오자마자 두 사람은 원 모양 소파에 자리를 잡았다. 원 모양 소파는 반으로 갈라져 있었는데 한쪽은 수영장을, 다른 한쪽은 반대편을 바라보게 되어 있는 의자로 딱 두 개가 전부였다.

상체를 일으킬 수 있게 되어 있어 서로를 마주볼 수 있다는 것과 파란색 쿠션을 빼고는 별다른 장점이 없어 보이는 의자였다. 차라리 서로 같은 곳을 바라보게 설치되어 있는 플라스틱 선 베드에 앉을 것을. 잠시 후회한 산나는 어쩔 수 없지, 중얼거리고는 가방에서 선크림을 꺼냈다.

산나가 하얀 크림을 다리부터 바르기 시작하자 곁에 앉아 있던 태풍의 끈적끈적한 시선이 곧장 따라붙었다. 그 시선을 의식한 산나가 튜브를 그에게 내밀었다.

"바를래?"

"끈적끈적해서 별론데."

"발라야지 안 그러면 피부가 엉망진창이 될걸. 안 그래도 여기 태양이 한국보다 훨씬 강한 것 같아."

"태양?"

"한낱 단어에 불과하지만 그게 거슬린다면 정정할게. 햇빛."

두 눈을 부릅뜬 태풍이 귀여운 막내 동생의 얼굴을 하고 있었기에 산나는 작게 웃으며 튜브에서 짜낸 크림으로 그의 얼굴에 연지곤지를 찍어주었다.

"정말이야. 나중에 살 다 타서 화상 입었다고 울지 말고 잘 발라둬. 사실 태닝 오일도 가져왔는데 그걸 발랐다가는 큰일 날 것 같아서 안 되겠어."

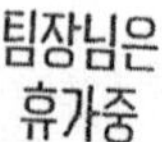

"줘봐. 발라줄게."

"응?"

"등. 손 안 닿잖아."

"그게 무슨 소리야?"

그의 피부와 그녀의 살갗이 닿는 것을 연상해버린 산나의 언성이 높아지는 순간, 태풍이 산나의 턱을 잡아 가까이로 잡아당겼다. 순식간에 태풍의 얼굴이 가까워졌다. 그의 긴 속눈썹이 그녀의 피부를 간질일 것 같았고, 입술은 아주 얇은 종이 한 장을 사이에 둔 것처럼 떨어져 있었지만 금방이라도 맞닿을 것 같았다.

금방이라도 키스할 것 같은 순간, 산나가 두 눈을 데굴 굴리며 등 뒤로 양손을 교차해 맞닿게 하는 것을 보여주었다.

"닿는데? 이것 봐. 나 완전 유연하지?"

그녀의 답에 태풍의 입에서 낮은 한숨이 튀어나왔다. 그의 한숨이 '무드 없기는.'이라고 투덜대는 것 같았기에 산나는 금방이라도 웃음이 터질 것 같은 얼굴을 하고 그에게 튜브형 선크림을 건네주었다.

"아, 그럼 부탁해볼까?"

산나는 태풍이 수영장을 바라보고 있는 의자로 다가와 걸터앉자 반대로 돌아앉았다.

'갈 데까지 간 사이면서 뭐가 부끄럽다고.'

산나는 입술을 잘근 깨물고는 멍하니 푸르른 바다를 바라봤다. 저층의 수영장도 한 번에 내려다보이는 경치는 산나의 마음을 한결 더 고요하게 만들어주었다.

잠시 그 경치에 홀린 듯 앉아 있는데 태풍이 자리에서 일어나 의자의 높낮이를 조절했다. 의자가 단번에 납작해지자 태풍은 그녀를 향해 고개를 까닥했다.

"그냥 눕는 게 낫겠어."

태풍의 말에 산나는 순순히 의자에 엎드려 누웠다. 태풍은 그런 그녀의 곁에 앉더니 손에 선크림을 그득하게 짜냈다. 하얀 크림을 양손으로 비빈 그는 곧 그녀의 등을 손으로 문지르기 시작했다.

"으음."

이럴 줄 알았다. 절로 야릇한 신음이 멋대로 튀어나왔다. 사람이 몇몇 없긴 했어도 주변을 지키고 있는 직원들이 있었기에 산나는 입을 꾹 다물었다. 덕분에 신음은 목구멍에서 간질대고 있었다.

"아아."

이번에는 좀 더 좋았다. 강약 조절을 하며 부드럽게, 근육이 뭉친 부분을 풀어주는 그의 손길에 온몸이 흐물흐물하게 녹아버릴 것만 같았다. 선크림을 발라주는 건지, 마사지를 해주는 건지 모를 손놀림으로 그녀의 등 구석구석을 문질러주는 탓에 양볼이 발그스름해지자 산나는 최대한 고개를 숙여 그가 보지 못하도록 했다.

"몸에도 안 좋은 태닝을 왜 하겠다고."

"외국에서는 일부러 숍까지 가서 한다고. 아시안들이 선호하는 새하얀 피부를 되레 촌스럽게 여긴다니까."

"그러니까 피부암에 노출되어 있는 거 아니야?"

태풍의 말에 대꾸를 하며 그의 손길에 느끼지 않으려고 노력하고 있는데 그의 손이 자연스럽게 다리로 내려갔다. 그녀의 종아리부터 허벅지까지 마사지를 하듯 크림을 바른 그가 수영복 팬티 라인이 걸쳐져 있는 엉덩이 부분까지 슬쩍 건드렸다. 그 순간 화들짝 놀란

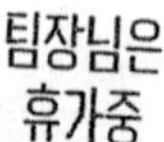

산나가 스프링처럼 튕기듯 자리에서 일어났다.

“너, 너 발라줄게.”

“앞에는 안 발라도 돼?”

태풍이 짓궂게 묻자 산나는 그를 흘겨보며 그에게서 튜브를 빼앗아 들었다.

“내가 충분히 바를 수 있어. 봤잖아, 방금 전에 내가 바른 거.”

그 모습을 바라본 태풍은 멋대로 튀어나오려는 웃음을 간신히 삼켰다. 유혹은 자기가 해놓고 그가 밀어붙이자 약한 모습을 보이는 산나가 퍽 귀엽게 보였기 때문이었다. 괜한 자존심에 오기를 쓰는 모습이 이렇게나 귀여운데 왜 그 전까지는 이런 모습을 제대로 보지 못했는지 의아해졌다.

태풍은 어깨를 으쓱하고는 산나가 누웠던 자리에 똑같이 누웠다. 시야에서 태풍의 시선이 사라지자 산나는 나지막이 한숨을 내쉬었다. 이제야 숨통이 조금 트이는 느낌이었다. 폐를 압박할 것 같은 중남미의 열기와 습도는 아까와 마찬가지였지만.

“무슨 노래 좋아해?”

태풍이 했던 것처럼 양손에 선크림을 듬뿍 짜는데 그가 물어왔다.

“응? 노래? 뜬금없이 무슨 노래.”

“좋아하는 장르가 있을 것 아냐.”

“그냥 대중적인 팝 좋아해. 발랄하고 즐거운 거. 그것 말고는 오페라, 클래식, 또 뮤지컬도 좋아하고.”

“난 R&B. 발라드가 좋아. 바이브 알지? 그 목소리가 좋더라, 나는. 심금을 울리잖아.”

"난 바이브는 별로던데. 가수 중엔 박정현 같은 스타일이 좋아."

"박정현은 내 스타일이 아니라 잘 모르겠다. 내 스타일은 소녀시대 윤아."

그 말에 산나는 헛웃음을 터트리며 그의 넓은 등에 선크림을 문질렀다. 이번에는 태풍이 또 다른 질문을 던졌다.

"드라마는 봐?"

인터뷰라도 할 기세로 뜬금없는 질문을 퍼붓는 태풍에게 산나는 의아해하면서도 곧잘 대답을 해주었다. 생각해보니 대화다운 대화를 해본 적이 없기에 서로의 취향에 대해서는 잘 모르고 있었다.

"좋아하지."

"어떤 취향이야?"

"무조건 로맨틱 코미디. 「시크릿 가든」 작가 팬이야. 이번에 보니까 「별에서 온 그대」도 완전 내 스타일이더라. 시간이 없어서 아직 못 보고는 있지만. 너는?"

"나는 캐스팅을 먼저 본다. 한 명이라도 내 마음에 안 드는 사람 있으면 땡."

"난 스토리를 먼저 보는데. 작가랑."

그 말에 태풍은 키득키득 웃었다.

"내 최고의 명작은 「미안하다, 사랑한다」야."

"의외로 신파를 좋아하는구나?"

"신파라니, 실례야."

"그럼 정통 멜로라고 할게."

"멋있잖아? 나랑 같이 살래, 아니면 밥 먹을래!"

"소지섭이 그러니까 멋있지. 웬만한 일반인이 그런 말을 했다면 대답은 하나야. 조용히 밥 먹겠습니다. 게다가 내 취향은 현빈이나 김우빈이나 김수현이라서."

"다 비리비리, 계집애들 같은데 뭐가 좋다고."

퉁명스럽게 대꾸하는 태풍의 말투에 산나가 입을 비죽거리며 되받아쳤다.

"툭 치면 부러질 것 같은 애가 뭐가 좋다고."

"지금 윤아를 모욕한 거야?"

"너도 우리 오빠들 모욕했잖아."

"오빠들?"

태풍이 어이없다는 듯이 두 눈을 동그랗게 뜨며 고개를 돌렸다. 그래봤자 엎드린 채다. 희번덕거리는 눈빛은 그 어떤 협박도 될 수 없었다. 태풍이 아프게 고개를 꺾은 채로 산나를 바라보다가 고개를 돌리며 한마디했다.

"그러고 보니 너, 유리 닮은 것 같다?"

"소녀시대 유리?"

어디에서 그런 말을 했다가는 몰매 맞기 십상이겠다. 닮은 꼴 연예인이라고 하기에는 어폐가 있는 것이, 다른 사람에게서는 단 한 번도 들어본 적 없던 말이었기 때문이었다. 그래도 무슨 칭찬이든 칭찬은 기쁘다. 남자들이 좋아한다는 어리고 상큼한 걸 그룹 멤버이기에 기쁜 미소를 지으려던 산나는 문득 드는 생각에 눈살을 팍 찌푸렸다.

"가만. 소녀시대 중에 가장 좋아하는 사람이 윤아라며."

"두 번째가 유리."

"됐어. 칭찬인 줄 알고 은근히 좋아했는데 알고 보니 디스야."

"디스라니. 유리 예쁘잖아?"

"네 취향은 윤아라며."

바락 소리를 지르자 태풍이 어깨를 떨며 웃었다. 내 취향의 여자가 되고 싶은가 보지, 이런 느낌이었기에 산나는 그의 넓은 등판만 노려보다가 다시 손을 움직였다.

"나는 여자 연예인들도 그런 사람들이 좋아. 자기만의 색깔이 있고 눈빛이 남다른 사람. 하지원이나 전지현이나 공효진 같은."

"공효진은 내 스타일 아니야."

"누가 스타일 물어봤어?"

"그러고 보니 예전에 공효진이 쇼 프로그램에 나왔잖아? 보면서 말하는 투가 누굴 닮았나 했는데 지금 생각났어. 너야, 오산나."

"그래?"

산나는 방긋 웃으려다가 다시 눈살을 찌푸렸다. 똑같은 패턴의 반복에 매번 걸려 넘어지는 것은 무슨 이유일까? 멍청하고 단순한 거다, 오산나.

"공효진 네 스타일 아니라며."

산나가 그의 등을 찰지게 때리며 물러났다. 그러고는 괜히 투덜거리기 시작했다.

"아무래도 이거 내 손해인 것 같아. 면적 자체가 너무 다르잖아?"

"뭐가?"

"자기는 손이 크니까 한 번만 싹 바르면 끝나잖아. 그런데 난 손도 작지, 자기는 몸도 크고 넓지, 몇 번을 문질러야 하는지 몰라."

그 말에 태풍이 건수 하나 잡았다는 투로 즐겁게 중얼거렸다.

"자기?"

"응?"

"좋다, 그거."

"그 자기가 아니라 본인을 지칭할 때 쓰는 말, 자신의 다른 말, 영어로는 oneself!"

"뭐든 상관없어. 나는 다른 말로 이해할 거니까. 달링, 허니, 유."

장난기가 다분한 그의 목소리에 산나는 어휴, 탄성을 내뱉으며 고개를 설레설레 저었다. 하지만 그런 장난이 영 싫지만은 않았던 탓에, 피식피식 새어나오는 미소를 감춘 채 그의 넓적다리까지 크림을 발라주고는 양손을 꼬물거렸다.

'그렇게 장난을 치시겠다?'

산나는 짓궂은 눈빛으로 그의 엉덩이를 바라봤다. 문제는 그가 그녀에게 했던 것처럼 그대로 되갚아주기는 힘들다는 점이었다. 삼각팬티면 충분히 하고도 남겠는데 하필이면 허벅지를 다 덮는 트렁크형 수영복이었다.

'어쩐다?'

잠시 고민하던 산나는 반대 방향으로 손을 꺾었다. 아래부터 진입하는 것이 아니라 위쪽의 팬티 고무줄을 공략하는 편이 더욱 빠르겠다 싶었다. 팬티 속으로 불쑥 손을 넣어 볼록 솟아 오른 그의 엉덩이를 움켜쥐었다.

"읏!"

짧은 탄성과 함께 그의 몸이 긴장으로 뻣뻣해지는 순간, 산나는 손아귀 안의 엉덩이가 잔뜩 조여지는 것을 느꼈다.

"굉장한 힙업인데?"

"칭찬 고마워."

당황할 줄 알았던 태풍은 그녀의 말에 가볍게 응수하고는 잽싸게 몸을 돌렸다. 그 순간, 산나의 손이 그의 납작한 아랫배와 치골 근처로 옮겨 갔다.

"난 앞에도 발라줘."

그렇게 말한 태풍은 한쪽 눈을 찡긋거리고는 머리에 끼워두었던 선글라스를 꼈다. 열기로 일렁거리는 그의 두 눈동자는 검은빛의 선글라스에 의해 외부와 완벽하게 차단이 되었다.

"어휴."

이제는 아예 노골적인 태풍의 태도에 산나는 고개를 저으며 밉지 않게 그의 배를 찰싹 때렸다. 그러고는 수건으로 손을 닦고 선크림 튜브를 정리하며 등을 돌렸다. 그런 그녀의 두 눈이 어둡게 가라앉아 있었다.

첨벙첨벙.

아래쪽 수영장은 완벽히 파티 분위기인 데 비해 고층의 프라이빗 수영장은 휴양과 여유의 느낌이 강했다. 흥겨운 음악 소리와 왁자지껄한 사람들의 소리는 선명함을 잃은 채 높은 곳에 도달했고, 덕분에 산나는 외부와는 완벽하게 차단된 듯한 느낌을 받을 수 있었다.

그녀에게 들리는 것이라고는 멀리서 들려오는 파도 소리, 아쿠아마린 색으로 반짝거리는 수영장의 물소리, 구름 한 점 없는 하늘을 자유롭게 종횡하는 거대한 새의 울음소리, 그뿐이었다.

"Here is your mojito, lemonade, and nacho(주문하신 모히토,

레모네이드, 나초가 나왔습니다).”

챙이 넓은 모자를 쓰고 선글라스로 얼굴을 가린 채 책을 읽고 있는데 옅은 푸른색 유니폼을 입은 직원이 음식 배달을 왔다. 의자 오른쪽에 구비된 작은 테이블은 짚으로 만든 바구니처럼 얼기설기 엮여 있었는데 새하얗게 칠을 해 깔끔하고 모던했다.

산나가 그 위에 올려두었던 가방을 치워주자 직원이 그 위에 음료와 음식을 놓아주었다. 허브 잎과 라임이 가득 든 모히토와 싱싱한 레몬이 들어 있는 레모네이드. 그중에서도 하이라이트는 먹음직스러운 나초였다. 현지 음식답게 어마어마한 비주얼을 뽐내는 나초는 수북이 쌓인 칩 위에 삶은 콩과 붉은 양파, 다진 고기와 야채가 곁들여져 있었고 녹아서 김이 모락모락 올라오는 체다 치즈가 듬뿍 뿌려져 있었다.

산나는 침을 꼴깍 삼키며 더운 날씨에 땀을 뻘뻘 흘리면서도 미소를 잃지 않는 친절에 팁을 건네주었다. 그러고는 딱 두 개뿐인 수영장용 선 베드 위에 누워 둥실둥실 떠다니고 있는 태풍을 불렀다.

“주문한 음료수 나왔어.”

산나는 모히토를 한 입 빨아 마시며 선 베드에서 내려오는 태풍을 바라보았다. 거침없이 물살을 가르며 다가온 그는 산나를 향해 손을 내밀었다. 입구 쪽에는 계단이 있었지만 두 사람이 자리 잡은 의자 근처에는 높은 턱밖에 없었던 터라 그녀의 도움이 절실했다.

“어서.”

“하여간. 돌아서 나오지.”

“이 루트가 가장 빠르잖아?”

그 모습에 산나가 하는 수 없다는 투로 자리에서 일어났다. 갈색의 목재 바닥이 뜨거운 햇살에 달궈져 산나의 걸음걸음을 고통스럽게 만들었다. 빠르게 태풍이 있는 곳으로 뛰어간 산나는 그를 향해 손을 내밀었다. 그러자 그는 물을 뿌려 그녀의 발을 적셔준 뒤 그녀의 손을 맞잡았다.

"같이 수영하자니까."

"수영 싫다니까."

"그냥 둥실둥실 떠 있는 건데 뭐가 싫어? 수영장 안에 있으면 멕시코의 햇살도 참을 만은 하다고."

"오늘의 목표는 피부를 노릇노릇하게 굽는 겁니다. 괜히 물장구 쳤다가는 얼룩덜룩해져요."

"까다롭기는."

그 순간 산나는 태풍의 눈빛에 장난기가 스치고 지나가는 것을 보았다. 그리고 그에 대응을 하기도 전, 태풍이 잽싸게 그녀를 잡아당겼다.

"앗!"

산나는 발버둥을 칠 새도 없이 곧장 수영장에 빠지고 말았다. 수면 위에서 태풍의 호탕한 웃음소리가 들려오는 것 같았다. 아, 젠장. 망할 놈의 태 팀장.

산나가 물에 빠진 모습에 태풍은 어린아이처럼 낄낄 웃고 있었다. 그러다 문득 아무리 시간이 지나도 산나의 얼굴이 수면 위로 나오질 않는다는 것을 깨달았다. 그저 발버둥치는 손과 발만 보일 뿐이었기에 상황을 알아챈 태풍은 다급히 산나를 향해 손을 뻗었다.

"오산나, 괜찮……!"

태풍이 말을 채 잇기도 전, 산나가 그를 끌고 물속으로 들어가버렸다. 한참 동안 수영장 속에서 엉킨 채로 서로에게 물을 먹이던 두 사람은 숨이 차자 동시에 수면 위로 올라왔다.

푸하!

바닥을 디디고 서면 어깨까지 닿는 수영장이었기에 그들을 지켜보는 몇몇 외국인이 어이없다는 웃음을 터트렸지만 두 사람에게는 알 바 아니었다.

"뭐 하는 짓이야?"

산나가 젖어버려 축 늘어진 머리칼을 정리하며 신경질적으로 소리를 질렀다. 그 순간, 태풍의 입술이 그녀에게 다가왔다.

쪽!

끓어오르는 속도 모르고 키스를 하는 태풍의 태도에 산나가 참지 못하고 다시 입을 열었다.

"얼룩지는 거 싫다고 했잖아!"

산나가 고함을 지르자 태풍이 다정한 눈빛으로 그녀를 바라보다가 그대로 입을 맞췄다.

쪽!

"오늘은 수영장에 들어가고 싶지 않았다니까?"

산나는 자꾸 키스를 해대는 태풍의 얼굴을 밀어낸 채 자신의 의견을 피력했다. 하지만 그래도 그의 키스를 피해 갈 수는 없었다. 태풍이 이번에는 짙은 키스를 해왔다.

"나는 네 하얀 피부가 좋다고. 태울 필요 없다니까."

"전혀 섹시하지 않아."

"나한테만 섹시하게 보이면 되지, 또 누구한테 예쁘게 보이고 싶은 건데?"

태풍의 질문에 산나는 그를 노려보다 이내 발버둥을 치기 시작했다. 그녀가 발버둥을 치기 시작하자 태풍은 산나의 허리를 잡은 채 그대로 그녀를 끌어안아버렸고, 덕분에 그의 허리에 다리를 휘감게 된 산나는 입술만 터져라 물고 있을 수밖에 없었다.

"진짜 이럴래?"

"좋잖아."

"하나도 안 좋아. 이거 놔. 나갈 거니까. 음료수랑 나초랑 다 식는다니까?"

"놔둬. 식으면 다시 시키면 돼."

여유롭게 말한 태풍은 산나의 팔을 단단히 잡았다. 그런데도 계속 산나가 발버둥을 치자 에라, 모르겠다 하며 잡고 있던 팔을 놓아버렸다. 덕분에 산나는 중심을 잃고 뒤로 고꾸라졌고, 그대로 수영장에 빠지고 싶지 않아 팔을 허우적대던 참에 태풍의 목에 손을 감고 말았다.

"자꾸 장난치지?"

"네가 반응하니까. 귀엽잖아."

"윽."

태풍의 말에 은근히 올라오려는 미소를 감춘 산나가 몸을 비틀었다. 방금 전 배달되어 온 나초의 환상적인 모습이 눈앞에서 어른거렸기 때문이었다.

"진짜 나갈래. 배고프단 말이야."

"음, 곤란한데."

"뭐가?"

"조금만 여기 있자, 이렇게."

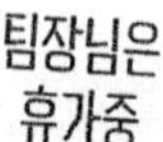

"배 안 고파?"

"고파."

"그런데?"

산나가 눈살을 찌푸리자 태풍이 그녀를 꼭 끌어안은 채 귓가에 속삭였다.

"섰어."

"뭐?"

"말했잖아? 욕구불만이라고."

그 말이 진짜였어?

산나는 입을 쩍 벌린 채 태풍을 바라보았다. 빰이 불그스름해진 그가 참느라 안간힘을 쓰고 있다는 것을 표정으로 보여주었다. 실핏줄이 터진 두 눈이 반들거리는 순간, 산나는 한숨을 폭 쉬며 그의 목에 매달린 채로 중얼거렸다.

"혼내야겠네. 떼끼, 이노옴."

그 말에 태풍은 작게 웃으며 산나의 엉덩이를 토닥여주었다. 물결을 따라 몸이 흔들거릴 때마다 우뚝 선 그의 중심이 그녀의 민감한 부분을 콕 찔렀다가 사라졌다. 산나는 그것을 느끼면서도 그저 바람에 휩쓸린 물결 때문이겠거니 하는 마음으로 모르는 척 드넓은 바다를 바라봤다.

쏴아, 쏴아.

카리브 해의 파도는 여전히 힘차게 해변의 고운 모래를 부수고 있었다.

15. 신혼의 연애

산나는 젖은 수영복 위에 원피스만 걸치고 룸으로 다시 올라왔다. 젖은 머리와 피부는 작열하는 햇살 밑에서 몇 분 만에 금방 말랐기에 별 문제가 될 것은 없었다.

문제는 룸에 올라와서부터 시작되었다.

"저기."

무슨 말을 하고 싶은지 한참을 망설이고 있던 산나가 말을 꺼낸 것은 태풍이 웃통을 벗고 수건으로 대충 물기를 닦아내고 있을 즈음이었다. 처음에는 무슨 일인가 싶어 그녀를 돌아봤다.

"발코니에 좀 나가 있어봐."

"뭐?"

"경치도 좋고, 바람도 좋고, 날씨도 좋잖아?"

"그래서?"

"발코니에 가서 구경 좀 하고 있으라고."

뜬금없이 발코니로 나가기를 강요하는 산나의 얼굴이 사뭇 불편해 보였다. 그제야 태풍의 머릿속에 잠기지도 않는 얇은 유리문으로 가로막혀 있던 변기가 떠올랐다. 호텔의 화장실은 여느 욕실처럼 세면대와 변기가 함께 있는 것이 아니라 변기만 따로 구분되어 있었는데, 변기 바로 옆에 세워져 있는 문은 너무 얇아서 편안하게 볼일을 보기란 어려울 것 같았다.

이놈의 생리현상!

산나의 마음을 알아챈 태풍이 모르는 척 두 눈을 끔뻑거렸다.

"더운 거 이제 싫은데."

"그래도."

"샤워도 하고 싶고."

"조금 있다가 하면 되잖아."

"낮잠도 자고 싶고."

"그것도 좀……."

태풍을 설득시키는 방향으로 최대한 애를 쓰던 산나는 문득 그의 얼굴에 피어오른 미소를 발견하고 눈을 가늘게 떴다.

"다 알고 장난치는 거지?"

"알았어?"

"진짜 성격 나빠. 그거 알아?"

"알아. 아는데 지금부터는 좀 좋아지려고 노력해보려고. 쉽게 바뀌지 않는 게 문제지만."

칸쿤에 온 뒤부터는 다정한 남자가 되기 위해 몇 번이고 다짐했던 태풍이지만 산나 앞에서는 그 다짐이 자꾸 무뎌지고 말았다. 그녀가 순진하게 당황하는 모습이 귀여워서 자꾸 장난을 치게 되는 탓이었다.

산나가 보채자 하는 수 없이 발코니로 나간 태풍은 새하얀 소파에 앉아 멍하니 칸쿤의 풍경을 바라보았다. 딱히 여행을 좋아하는 것도 아니었고 그렇다고 멋진 풍경에 감동하는 편도 아니었지만, 이번 여행에서 칸쿤의 이 풍경만큼은 뇌리에 퍽 오래 남을 것 같은 예감이 들었다. 애초에 집을 떠나 있는 것 자체를 좋아하지 않는 태풍이었지만 이번의 여행은 '꽤 즐겁다.'고 생각을 해버렸다.

누군가와 단둘이 있는 시간, 함께 바라보는 풍경.

지루함을 견디지 못해 하루도 버티지 못하고 한국으로 날아가 버릴지도 모른다고 생각했다. 하지만 막상 와서 산나를 마주하니 상황이 달라졌다. 오롯이 그녀와 마주보는 이 상황이 낯설었지만 그리 나쁘지도 않았다. 마주보려고 노력하는 탓도 있었지만 노력하지 않아도 마주볼 수밖에 없는 상황이었기에 그녀를 조금 더 이해할 수 있었다.

"좋아."

무척 좋다. 이대로 간다면 케케묵은 감정들을 버리고 산나와 함께 새로운 출발을 할 수 있겠다 싶었다. 보석처럼 반짝거리는 카리브 해가 기분 좋은 예감을 전해주고 있었다.

태풍이 느긋함에서 깨어난 것은 창틀을 따라 걷듯이 움직이고 있던 팔뚝만 한 메뚜기를 보았을 때였다. 메뚜깃과 곤충 주제에 징그러울 정도로 커다란 것이 무척이나 놀라웠기에 그는 산나에게도 보여주고 싶다는 생각에 닫힌 문을 기웃거렸다.

"오산나, 나왔어?"

고개를 빼꼼 들이밀고 주변을 둘러보는데 묵묵부답이다.

"어이."

태풍은 조심스럽게 실내로 한 걸음 들어섰다. 그때 태풍의 귓전에 시원한 물줄기 소리가 들려왔다. 소리가 나는 곳을 따라 시선을

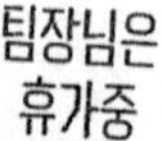

옮기니 그곳에는 샤워부스가 있었다. 기본 샤워부스 세 개를 나란히 붙여놓은 크기로 천장에 두 개의 샤워기가 붙어 있어 두 사람이 함께 이용할 수 있었다. 천장부터 바닥까지 죄다 투명한 유리로 만들어져 있어 바깥에서도 사람의 모습을 볼 수 있었는데, 아쉬운 점은 포도 덩굴 모양의 그림이 중요한 부분들을 모두 가려놓아 바깥에서는 허벅지 아래와 어깨 위만 볼 수 있다는 것이었다.

꼴깍.

태풍은 저도 모르게 침을 삼켰다. 하얀색 덩굴 문양으로 중요한 부분이 가려져 있기는 했지만 그렇다고 늘씬하게 뻗은 다리와 가느다란 선이 돋보이는 어깨까지 숨기지는 못했기 때문이었다. 오히려 가려져 있는 편이 상상력을 자극하는 탓에 더욱 섹시하게 느껴졌다. 오래전처럼 느껴지는 몇 달 전의 밤, 오산나라는 열락에 빠져 허우적거리기 바빴던 날들이 떠오르자 태풍은 슬그머니 두 주먹을 쥐었다.

그녀의 몸 위로 쏟아지는 물줄기에 갈증이 났다. 산나가 물에 젖은 머리카락을 쓸어 넘기며 부드러운 거품으로 몸을 문지르자 그의 욕구는 배가 되었다. 하얀 거품이 그녀의 젖은 어깨 위에서 주르륵 흘러내린 순간, 태풍은 급하게 시선을 돌렸다.

"뭐야, 사춘기 소년도 아니고."

그는 대중목욕탕을 몰래 훔쳐보다 걸린 소년처럼 떨리는 시선을 다른 곳에 두었다. 그러고는 민망했던지 발갛게 달아오른 목덜미를 몇 번 문지르다가 샤워부스를 등졌다. 그는 현관 앞에 있는 캐비닛에서 마른 가운을 꺼내 샤워부스 바로 앞, 사다리처럼 생긴 보관함에 걸어둔 뒤 방을 빠져나왔다.

방을 빠져나온 그가 향한 곳은 1층에 위치한 맥 카페였다. 수영장으로 이어지는 긴 덱(deck)이 있는 현관 바로 앞에 위치해 있었는데 바로 맞은편에는 피아노 와인 바도 있었다. 모래가 묻은 슬리퍼를 끌고 다니는 사람들을 비롯해 간혹 물이 뚝뚝 떨어지는 수영복 차림 사람들의 출입이 잦은 그곳에서는 직원이 항시 대기하면서 사람들이 지나다닐 때마다 물걸레질을 해 실내 청결을 유지하고 있었다.

맥 카페 바로 측면에는 꽤 많은 사람들을 수용할 수 있는 바가 있었는데 낮이라 그런지 손님이 적었다. 이 호텔의 장점이라면 뭐니 뭐니 해도 호텔 내 모든 시설의 이용료가 숙박비에 포함되어 있다는 점이었는데, 이 점은 알코올을 좋아하는 사람들에게 훨씬 매력적으로 작용할 수 있었다.

태풍은 주변을 둘러보다 맥 카페 진열대 앞에 섰다. 온갖 종류의 샌드위치와 머핀, 쿠키까지 두루 둘러보던 그는 한숨을 폭 내쉬었다.

"애꿎은 연예인이나 드라마 이야기나 하고 정작 중요한 음식 이야기는 못 했네. 뭘 좋아하는지 물어보고 올걸."

혼자 중얼거린 태풍이 심각한 얼굴을 하고 진열대 안을 들여다보자 직원이 홀연히 그에게 다가왔다.

"Hola."

칸쿤에 도착하자마자 들어왔던 인사말이 이제는 익숙했기에 태풍은 고개를 끄덕거려 인사를 건네고는 주문을 했다. 얇게 저민 소고기와 양상추, 토마토가 들어가 있는 파니니, 소고기 대신 닭고기가 든 파니니, 그리고 프레첼(pretzel)이었다.

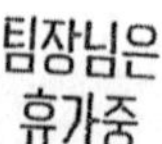

"Toasted(데워드릴까요)?"

직원의 친절한 물음에 고개를 끄덕인 그는 음식이 데워지는 동안 차가운 라테를 하나 더 주문하고 진열대 위, 철제 바구니 안에 가득 쌓여 있던 자두를 두 개 집었다.

직원이 음식 접시와 플라스틱 잔을 건네주었다. 뚜껑도 없는데다 플라스틱 재질이 하도 얇아 세게 쥐면 안에 가득 든 음료가 쏟아질 것만 같았다. 그는 받침대 하나를 얻어 그 위에 접시와 잔을 담고 걸음을 옮겼다. 그러다 문득 그녀가 좋아하던 모히토가 생각이나 바에 들렀다.

산나는 샤워를 하면서도 잔뜩 긴장을 하고 있었다. 샤워를 마칠 때까지 그가 발코니에 있으리라는 보장이 없었기에 몸을 닦는 손길을 서두르고 있었지만 그러면서도 샤워부스 바깥 상황을 안절부절못하며 의식하는 중이기도 했다.

"나 참."

산나는 쏟아지는 물줄기에 얼굴을 씻었다. 유리문 너머를 흘깃거리느라 눈이 가자미처럼 돌아갈 것 같았다.

"내가 이렇게 샤워를 하고 있으면 문을 불쑥 열고 들어와야지, 하고 바라는 나는 뭐니? 갈 데까지 갔구나, 오산나."

산나는 한숨을 푹 내쉬었다. 아닌 척, 안 그런 척 외면만 하고 있었지만 사실은 사소한 장난을 주고받을 때부터. 아니, 태풍이 그녀를 찾아 칸쿤으로 왔을 때부터 그의 품이 무척이나 그리웠던 것이 사실이었다.

물론 그에게 이혼 서류를 남긴 채 칸쿤으로 홀로 도망쳐 오긴 했다. 하지만 그녀의 입장에서 이혼 서류는 그를 칸쿤으로 오게 할 비행기 티켓이요, 그녀의 마음이 담긴 편지와도 같은 의미였다. 완전한 이별을 의미하는 이혼 서류가 어떻게 편지가 될 수 있느냐고 묻는다면 산나가 내놓을 수 있는 답은 간단했다. 마음에도 없는 헤어짐을 요구하는 여자들의 비뚤어진 사랑 확인처럼 그녀도 그 정도로 처절했으니까. 궁지로 내몰린 것과 다름이 없으니까.

토론토행 비행기를 타기 전, 산나는 시어머니 임 여사에게 전화를 걸었었다. 조건 완벽한 며느리의 안부 전화에 시어머니는 어느 때보다도 다정하게 대해주셨다. 언제 둘이 본가에 들를 거냐고 채근도 하시고, 이제는 손자가 보고 싶다며 은근히 보채기도 하셨다. 그 질문들에 뜻 모를 웃음만 짓고 있던 산나는 조심스럽게 자신의 계획을 밝혔다.

「어머님, 오늘 택배 보냈어요.」

– 택배?

「어머님 좋아하시는 매작과(梅雀菓) 주문했거든요.」

– 어머!

전통과자 전문점에서 주문해 만든 매작과는 모양이 '마치 매화나무에 참새가 앉은 모습과 같다'해서 매화 매(梅), 참새 작(雀)을 쓰는 과자의 일종이었다. 기름에 튀겨 고소한 이 과자는 생강과 계피 맛이 일품인데 다양한 천연 색소를 넣어서 그 모양까지 예술이었다.

「저번에 게장 드시고 싶다고 하셨잖아요? 자주 가는 한식집 게장이 참 맛있어서 그것도 함께 넣었어요.」

– 어머, 그렇게까지 신경 쓰지 않아도 되는데. 잘 먹으마.

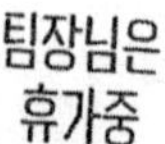

「그리고요, 어머님. 이혼 서류 사본도 함께 넣었어요.」

– ……뭐?

「그렇게 놀라실 건 없어요. 그냥 일종의…… 쇼라고 생각하시면 돼요.」

– 쇼라니. 그게 무슨 말이니? 나는 도통 이해가 되질 않는구나.

「대충 눈치는 채셨을 거라고 생각해요. 저희, 사이가 그렇게 좋은 편이 아니에요.」

그 말에 수화기 저편에서 가느다란 한숨 소리가 들려왔다.

– 알다마다. 어렸을 때부터 사이가 나빴잖니? 나는 너희 둘이 결혼을 한다고 먼저 선언을 해와서 얼마나 불안했는지 모른다.

「아시죠? 저, 그 사람 많이 좋아해요.」

– ……그랬구나.

「그런데 서로 솔직해질 수가 없어요. 처음부터 잘못 끼워진 단추를 제대로 맞추는 일이 쉽지가 않아요. 요즘은 더욱 그렇고요. 그래서 아무도 없는 조용한 휴양지로 여행을 가면 좀 나아질까 생각하는데 함께 가는 것조차 쉽지가 않아요, 어머님.」

산나는 입술을 질끈 깨물고 말했다. 지금 이 상황에서도 제 속내를 털어놓는다는 것이 힘겹기만 했다. 그녀의 말을 듣고 있던 임 여사는 모두 이해한다는 듯 차분한 음성으로 말을 건넸다.

– 누가 그러더구나. 결혼을 하거든 똑똑한 척하지 말고 단점을 보듬어 안고 살라고. 그러다 보면 서로 융화가 될 거라고. 처음에는 그 말이 참 웃기지도 않았지. 똑똑하고 잘났는데 내가 왜 멍청한 척, 고분고분해져야 하나. 그런데 이젠 알겠더구나. 똑똑한 척 말라는 말은 멍청해지라는 게 아니라 자기 소리를 조금 죽일 줄 알아야 한

다는 말이라는 걸. 한 걸음씩 물러나주면 싸울 일도 적어지고, 보다 더 서로를 이해할 수 있게 된단다.

「노력…… 해보려고요.」

– 그래, 내가 어떻게 도와주면 되니?

「그 사람에게 전화 한 통만 넣어주세요. 그 사람이 칸쿤으로 절 찾아온다면 아마…… 그것만으로도 제게 희망이 될 것 같아요.」

토론토행 비행기를 타지 않고 프라이빗 바의 그 여자를 찾아갔던 태풍이 떠올랐기에 산나는 두 눈을 질끈 감았다. 지금 그가 그 누구보다도 산나를 우선으로 여겨준다면 그것만으로도 큰 용기를 낼 수 있을 것 같다는 생각에서 한 다부진 결심이었다.

그리고 태풍은, 산나를 택했다.

산나는 한숨을 깊이 내쉬며 감았던 눈을 반짝 떴다.

"집중하자, 집중. 이번 여행은 꼬인 마음을 풀어내기 위한 거다. 욕망에 이끌려 마구 덤벼들었다가 무슨 꼴이 났는지 알잖아? 마음이 전해졌다고 생각했는데 녀석은 단지 날 파트너로 여겼을 뿐이라고."

산나는 제 머리통을 아프도록 쿵쿵 두드리고는 샤워기의 물을 껐다. 긴 머리카락을 한 손으로 쥐어 물기를 짠 다음 조심스럽게 유리문을 열었다.

"참, 샤워 전에 속옷부터 챙겨둘걸."

중얼거리며 고개만 쏙 내밀어 사다리처럼 생긴 타월 정리함으로 손을 뻗는데 안에 들어올 때에는 없었던 가운이 걸려 있는 것이 보였다. 타월 대신 가운을 꺼내 몸에 걸친 산나는 두 눈을 굴리다가 은근히 미소를 지었다.

"뭐야, 태풍. 이렇게 귀여운 짓도 할 줄 알아?"

피식 웃은 산나는 입구 바로 앞에 깔려 있는 수건에 시선을 두었다. 옆에는 그녀가 신고 있던 하얀 슬리퍼가 다소곳이 놓여 있었다.

"슬리퍼도 정리해두고?"

산나의 웃음이 조금 더 쾌활해졌다. 그녀는 가운을 여민 채로 밖으로 나와 태풍을 찾기 시작했다.

"태풍."

그런데 있어야 할 그가 없었다. 인기척 하나 없는 묘한 정적에 산나는 젖은 머리를 한데 모아 어깨 위로 내려놓으면서 주변을 두리번거렸다.

"자기, 라고 불러달라며."

그녀는 방을 슥 둘러보고는 발코니로 향했다.

"뭐야, 발코니에 있으랬다고 계속 있는 거야? 말도 잘 듣네. 지금 나오면 앞으로도 계속 불러줄 수도 있는데."

노래를 하듯 발랄하게 말하며 발코니로 다가간 산나는 문을 벌컥 열었다.

"까꿍."

산나가 고개를 내밀고 태풍을 찾는데 뒤에서 불쑥 그의 목소리가 들려왔다.

"거기에서 뭐 해?"

그 순간, 발코니로 고개를 내밀었던 산나의 몸이 굳었다.

"까꿍은 또 뭐고?"

뒤이어 들려오는 말에 산나가 발코니로 내밀었던 고개를 뺐다. 그러고는 자연스러운 손짓으로 머리를 말리며 태연한 얼굴로 태풍을 바라봤다.

"어, 왔어? 어디 갔다 왔어?"

"밑에 내려갔다 왔지. 먹을 것 좀 챙기려고. 너는 거기에서 뭐 해?"

"아, 뭐. 수영복 잘 마르고 있나 보려고. 햇빛이 쨍쨍한 게 확실히 한국과 다르네. 꿉꿉하긴 한데 그래도 벌써 마르고 있어."

산나는 그녀답지 않게 너털웃음을 터트리며 발코니 문을 닫고 소파로 걸어왔다. 태풍의 시선이 그녀의 젖은 머리부터 목덜미, 열린 가운 사이로 드러난 쇄골까지 훑어 내려가는 것이 느껴졌지만, 의식하지 않으려고 애쓰면서 그가 내려놓은 접시를 바라봤다.

"이건 다 뭐야?"

태풍의 의심스러운 눈빛을 거두게 하려는 듯 산나는 재빠르게 화제를 접시로 돌렸다. 노란빛 플라스틱 접시에는 샌드위치와 프레첼이 쌓여 있었다.

"출출할까 봐. 다시 막 구워줘서 맛있을 거야."

"어쩜."

"어쩜 뭐?"

"센스가 이렇게까지 있는 남자인 줄은 몰랐다고."

"내가 한 센스 하지. 태 센스였다고, 나."

태풍이 산들바람과도 같은 미소를 지었다. 그 미소에 산나의 마음에도 절로 봄바람이 불었다. 그는 소년 같은 미소를 짓더니 혼자 중얼거리며 이야기를 꺼냈다.

"나, 아무래도 스페인 어를 알아들을 수 있는 것 같아."

"무슨 소리야, 그게?"

"바에 갔었거든. 네가 좋아하는 모히토 한 잔을 시켰는데 한 입 먹어보니 보드카가 너무 많이 들어간 거야. 그래서 얼음을 조금 더 달라고 했지. 그러니까 바텐더가 두 개를 넣어주데? 고맙다고 하고 돌아서려는데 바텐더가 날 잡는 거야. 그러면서 얼음 하나를 더 넣어준다고 그러지 뭐야?"

"뭐라고 했는데?"

"어쩌고저쩌고 우노(uno)."

태풍의 그 말에 산나는 키득키득 웃으며 그가 챙겨 온 것들을 다시 한 번 살펴봤다. 샌드위치는 물론이고 차가운 라테와 모히토까지 챙겨 온 모습에 괜한 감동이 밀려오고 있었다.

"내려가서 마카롱 좀 가져올까?"

"마카롱?"

"프리퍼드 로비에 디저트가 많더라고. 손이 없어서 그것까지는 들고 오지 못했지만."

"됐어. 여기 먹을 것도 많은데."

"좋아하는 게 뭔지 몰라서 이것저것 다 가져오긴 했는데."

태풍은 말을 얼버무리며 고개를 돌렸다. 짧고 퉁명스러운 톤이긴 했어도 그의 귀가 새빨개져 있는 것을 보니 괜히 웃음만 나왔다.

내가 고분고분 말을 들으면 당신도 그렇게 하는구나.

내가 돋친 가시를 누그러트리면 당신도 그렇게 되는구나.

산나는 낯선 느낌에 괜히 코끝을 문지르고는 그가 가져온 샌드위치를 하나 들어 한 입 베어 물었다.

"다 좋아해. 그렇게까지 해주니까 괜히 고맙네."

"먹고 있어. 난 샤워 먼저 할 테니까."

태풍은 입고 있던 셔츠를 단번에 벗어버리고는 맨몸으로 방 안을 왔다 갔다 했다. 그가 바닥에 있는 트렁크에서 속옷을 꺼내려고 쭈그리고 앉자 그의 단단한 등에 고르게 잡힌 근육이 불끈 튀어나왔다. 꾸준히 운동을 한 사람들은 근육을 볼 때 팔 근육이 아닌 등 근육부터 본다는 말을 떠올린 산나는 기계적으로 샌드위치를 입안에 쑤셔 넣으며 움직일 때마다 유연하게 물결치는 그의 등 근육에 시선을 주었다.

그녀의 따가운 시선을 느낀 태풍이 고개를 살짝 돌리더니 짓궂게 물었다.

"뭘 보냐?"

불쑥 내던져진 질문에 산나는 어깨를 파르르 떨며 눈을 굴리다 말고 변명처럼 대답했다.

"아니, 그냥……, 벗으니까."

그녀의 대답에 태풍은 피식 웃고는 양팔로 몸을 가리며 자리에서 일어났다.

"변태."

"변태라니? 어머, 당황스럽다?"

태풍은 산나의 말에 별다른 답도 하지 않은 채 그대로 샤워부스로 도망쳐버렸다. 그 모습을 바라보며 짧게 웃음을 터트린 산나는 아예 샤워부스에 등을 돌리고 앉아 발코니를 바라보며 남은 샌드위치를 입안에 넣었다.

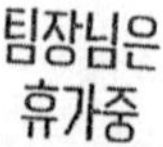

태풍이 샤워를 끝내고 밖으로 나왔을 때 산나는 이미 소파 위에서 불편한 자세로 잠들어 있었다. 칸쿤에 온 뒤부터 밀렸던 잠을 모두 자려는 듯 산나는 머리만 대면 깊은 잠에 빠져들곤 했다. 태풍은 수건을 허리에 대충 두른 채 다른 수건으로 젖은 머리를 탈탈 털다가 거울을 통해 산나가 잠들어 있다는 것을 알아챘다.

"편하게 침대에 올라가서 자지."

혀가 저절로 츳, 못마땅한 소리를 냈다. 소파에 쭈그린 채 잠들어 있는 그 모습이 미워 보여서가 아니라 측은해 보였기 때문에 낸 소리라는 것을, 이제는 스스로도 안다.

태풍은 속옷과 바지를 입고 머리를 털던 수건을 목에 걸었다. 천천히 소파로 다가가 곤히 잠들어 있는 산나의 얼굴을 바라봤다. 그녀가 말끔히 비운 라테 한 잔도 그녀의 잠을 몰아내기에는 역부족이었던 모양이었다.

"피곤할 테지. 한국에서는 온갖 프로젝트에 나까지 상대해야 했으니. 아니지, 그냥 오늘 물놀이를 해서 그런가?"

태풍은 다정한 미소를 지은 채 한 손을 뻗어 그녀의 얼굴 위로 흘러내리는 머리카락을 쓸어 올려주었다. 머리카락이 다 젖었으니 말리고 자야 할 텐데, 걱정이 됐지만 머리칼을 말리자고 곤히 자는 사람을 깨우고 싶지 않았기에 그는 조용히 그녀를 안아들었다.

산나가 잠에서 깬 것은 그로부터 한 시간가량이 흐른 뒤였다. 커튼을 치지 않은 창으로 붉은 노을이 가득 스며들었다. 태양은 붉게 타오르다 오래지 않아 넘어가버렸고, 어스름히 남은 햇빛은 하늘의 절반을 인디언 핑크로 물들이고 있었다. 그 또한 오래지 않아 사라질 찰나의 광경이었다.

방 안 가득 분홍빛이 차오르는 것을 확인한 산나는 눈을 몇 번 더 깜빡거렸다. 온몸이 물에 젖은 솜처럼 축 처져 있었지만 그 나른함이 썩 기분 나쁘지는 않았기에 한동안 멍하니 자리를 지키고 누워 있었다. 그러다 문득, 잠이 서서히 멀어갈 때 즈음 허리께에 닿은 묵직한 무언가가 그녀를 누르고 있다는 사실을 알아챘다.

불편함에 그녀가 몸을 뒤챘다. 끙끙거리며 몸을 돌리니 바로 앞에 잠든 태풍의 얼굴이 나타났다. 아까 전부터 그녀의 허리를 옭아매고 있었던 것이 그의 팔이라는 사실을 알아낸 산나는 놀란 것도 잠시, 말똥말똥한 눈으로 태풍의 얼굴을 샅샅이 훑어봤다.

"자고 있으니까 천사가 따로 없네."

어릴 때의 모습을 되새기게 만드는 얼굴로 깊은 잠에 빠져 있는 태풍은 고요했다. 그 평화를 틈타 산나는 손을 들어 건반을 누르듯 그의 얼굴을 건드리기 시작했다. 쏙 들어간 이마, 남성적으로 튀어나온 눈두덩이, 굵지만 선이 예쁘고 흐린 눈썹, 그 밑으로 감긴 눈꺼풀, 우뚝 솟은 콧날, 매끈하지만 거칠거칠한 양볼의 피부, 그리고 마지막으로…… 입술. 선명하고 도톰한 그의 입술.

산나의 손끝이 그의 입술을 더듬었다. 모든 감각을 동원해 손끝으로만 그의 입술 모양을 알아내려는 사람처럼 그녀의 손은 보드랍고 섬세하게 입술 라인을 따라 움직였다. 그러다 그의 아랫입술에서 그녀의 움직임이 멈췄다. 방금 전과 다르게 그녀의 손이 그의 아랫입술을 힘주어 문질렀다. 그 순간, 태풍의 손이 다가와 그녀의 손목을 잡아챘다.

"앗!"

산나가 짧게 비명을 내지르자 이제껏 흔들림 하나 없이 감겨 있던 그의 눈꺼풀이 천천히 들렸다. 감겨 있던 그의 눈이 드러나는 순간, 아주 가까운 거리에서 두 사람의 시선이 마주쳤다.

시간이 멈춘 것만 같았다.

들숨과 날숨이 교차하는 소리가 유독 크게 들렸고, 심장이 요란하게 뛰어대는 소리가 온 가슴을 뒤흔들었다. 그리고 산나의 두 눈 가득 촉촉하게 젖은 태풍의 까만 눈동자가 차들었다. 그의 눈망울에 당황한 기색을 감추지 못한 자신의 얼굴이 비치자 산나의 볼은 더욱 발갛게 물들었다.

그런데…… 좋다. 당신의 눈에 가득 차 있는 사람이 나여서.

지금 당신의 눈앞에 있는 게 나여서.

당신을 뜨겁게 만들 수 있는 사람이 나여서.

산나를 눈에 담기가 무섭게 그의 검은 눈동자가 요동치기 시작했다. 파도가 휘몰아치는 검은 밤바다처럼. 하지만 그는 역동적인 그 움직임을 최대한 참아내는 듯한 얼굴을 하더니 잡고 있던 산나의 팔목을 그에게서 멀리 떨어트렸다.

"잠에서 깨도 천사 같다고 말해주지."

태풍이 웃음기 섞인 목소리로 중얼거렸다. 방금 전까지 잠들어 있던 사람처럼 목소리가 잔뜩 잠겨 있었지만 그 눈동자만큼은 이상하리만치 맑아서 산나는 그가 언제 잠에서 깼는지 확실히 가늠할 수가 없었다.

물기로 젖은 속눈썹이 파르르 떨렸다. 코와 코가 맞닿아 있기에 산나는 최대한 숨을 참았다.

그동안 어떻게 숨을 쉬었더라?

산나는 잠시 고민했다. 숨을 들이마시고 내쉬는 방법을 잊어버릴 정도로 그녀의 모든 감각은 태풍을 향해 쏠려 있었다. 피가 입술로 모두 몰리는 것만 같았다.

태풍이 작게 쿡쿡 웃으며 한 손으로 산나의 얼굴을 감쌌다.

"얼굴이 빨개."

"감기인가? 이마가 뜨끈뜨끈한 게 열이 오르네."

"흐음."

태풍이 그녀의 손바닥으로 그녀의 이마를 감쌌다. 그의 손바닥과 이마가 닿자 확연한 온도 차이가 느껴졌다.

"아, 기분 좋다."

시원한 그의 손바닥에 산나의 눈이 저절로 감겼다. 눈을 감은 산나가 기분 좋은 미소를 짓자 태풍은 그녀를 가만히 바라보고 있다가 입술에 가볍게 키스를 했다. 하지만 그것은 스쳐 지나가는 바람과도 같았고, 별안간 떨어졌다 사라지는 번개와도 같았다. 예상치 못한 순간에 까만 밤하늘을 가로지르는 별똥별처럼, 닿았는지조차 확실치 않은 그 감각은 순식간에 사라지고 말았다.

잡으려고 해도 잡히지 않는 파도처럼 사라져버린 감각에 산나가 두 눈을 반짝 떴다. 태풍과 눈이 마주쳤지만 그 눈빛만으로는 그 사실을 알아낼 수 없었다.

입술을 오물거리고 있는 순간, 태풍이 잡고 있던 그녀의 손목을 끌어당겼다. 산나의 상체가 태풍의 몸 위로 올라왔다. 단번에 태풍을 덮친 꼴이 되자 산나는 두 눈을 동그랗게 뜨고 그를 내려다봤다.

"덮치는 거야?"

"무슨……, 네가 방금……."

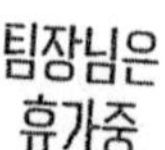

"덮치지 않을 생각이면 그만 일어나자. 그새 배가 꺼졌나 봐. 소리 들려?"

꾸르륵.

태풍의 뱃속에서 앓는 소리가 났다. 그 소리에 산나가 반사적으로 자리에서 일어났다.

"저녁 먹으러 내려갈까?"

"그래, 그러자. 아까 갔던 프리퍼드 수영장 옆에 있던 레스토랑으로 가자."

"그래, 그럼. 옷 입을 테니까 너도 어서 준비해."

태풍은 잡고 있던 그녀의 손을 놓아주고는 길게 기지개를 켜며 자리에 앉았다. 그가 뒷머리를 긁적이며 욕실로 총총 사라지는 산나를 바라보는데 욕실 거울 앞에 선 산나가 빽 소리를 질렀다.

"악!"

"왜, 무슨 일이야?"

태풍이 느릿한 걸음으로 욕실로 향하자 산나가 양손으로 머리카락을 움켜쥔 채 울상을 지었다. 그녀의 표정에 태풍이 뭐가 잘못된 건지 모르겠다는 표정으로 어깨를 으쓱거렸다.

"머리 좀 봐. 양옆이랑 뒷머리랑 다 눌렸어."

"아!"

그의 짧은 탄성에 산나가 더욱 울상을 지었다. 그 모습에 태풍이 키득키득 웃었다.

"안 그래도 머리 안 말리고 자는 것 보고 이런 사달이 나겠다 싶었는데."

"깨우지!"

"하도 곤히 자기에."

"그래도 깨우지."

"다시 한 번 감아. 머리만 감으면 되잖아?"

"어디에서?"

"욕조에서. 엎드려봐. 내가 샤워기 틀어줄게."

태풍의 제안에 산나는 고민을 하다가 하는 수 없다는 듯 욕조로 가 순순히 고개를 숙였다. 욕조 주변에 깔린 자갈 탓에 무릎이 배겼지만 일단 머리부터 어떻게든 해결해야겠다는 생각에 욕조 속으로 머리를 깊숙이 묻었다.

태풍이 산나의 등 뒤에 서서 샤워기를 꺼냈다. 길게 분리된 샤워기의 물을 틀어 수온을 조절한 뒤 천천히 그녀의 머리를 적셔주었다. 그러고는 욕조 끝부분에 걸려 있던 수납함에서 샴푸를 꺼내 그녀의 머리를 감겨주기 시작했다.

그가 조심스러운 손길로 그녀의 머리카락에 거품을 내기 시작했다. 긴 손가락이 섬세하게 머리카락 사이를 헤치고 들어와 두피를 더듬자 산나의 입에서 기분 좋은 신음이 흘러나왔다.

"음."

그러다 문득 무릎에 통증이 느껴졌는지 산나는 다리를 세우고 일어나 몇 번이고 꿈틀거렸다. 그러다 억울하다는 투로 투덜거렸다.

"이거 전혀 로맨틱하지 않아!"

"로맨틱하잖아? 여자의 머리를 감겨주는 남자. 「아웃 오브 아프리카」에서도 머리 감겨주는 명장면 있잖아."

"그러면 뭘 해? 내 꼴이 이 모양인데. 빈곤한 포즈라고, 이거."

"그냥 내 손길을 즐기라고."

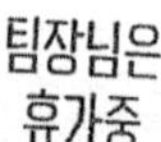

샴푸만 하고 머리를 헹군 뒤, 자리에서 일어난 산나의 무릎에는 자갈 자국이 선명하게 남아 있었다. 그녀는 머리를 수건으로 감싼 채 무릎을 문지르며 욕실로 향했다.

샤워부스 문 정면으로는 두 개의 세면대가 있고, 왼쪽으로는 파우더 룸처럼 화장을 할 수 있게 마련된 공간이 있었다. 산나는 반 잘린 타원형의 반들거리는 목재 오토맨에 앉았다. 라이트 기능이 있는 화장용 거울의 전원을 켠 산나는 가지고 온 파우치를 열었다. 태풍은 그런 그녀의 등 뒤에 드라이어를 들고 섰다.

"말려주시게요, 태 실장님?"

"산나 씨 머리를 맡았으니 그 소임에 충실해야지요. 그리고 전 실장이 아니랍니다. 디자이너 태라고 불러주세요."

태풍의 능청스러운 연기에 산나는 꽃망울이 터지듯 사랑스러운 미소를 터트렸다.

16. 두 번째 키스의 추억-1

낮에는 고층 수영장을 프리퍼드 객실 손님들만 이용할 수 있도록 전자카드로 문을 열 수 있게 해놓은 반면, 저녁 시간이 되면 호텔의 모든 직원들이 이용할 수 있게 아예 열어놓는 모양이었다. 태풍과 산나는 활짝 열린 문 안으로 들어섰다. 오른편의 수영장은 켜진 조명 탓에 푸르게 일렁거리고 있었고, 오른편으로는 낮에는 바로 이용되던 곳이 레스토랑으로 변해 있었다.

올리오(Olio)라고 적힌 간판을 지나쳐 계단을 오르자 테이블 안내를 위해 세워놓은 탁자가 보였다. 교탁처럼 생긴 테이블 앞에 서서 기다리자 다른 손님들에게 테이블을 안내해주던 직원이 빠르게 다가와 인사를 건넸다.

"Hola. What is your room number(룸 넘버를 알려주시겠어요)?"

방 번호를 알려주자 직원은 두툼한 명단에 번호와 사람 수를 적어 넣고는 곧장 테이블을 안내하겠다며 앞장섰다. 안내를 받은 테이블은 바의 바로 옆으로 수영장과 바다가 한꺼번에 내다보이는 곳이었다. 푸르게 빛나는 수영장이야 잘 보였지만 바다는 까맣게 내려앉은 어둠 때문에 보이지는 않고 철썩거리는 파도 소리만 들려왔다.

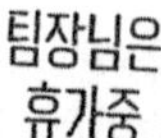

눈앞에는 높이 세워진 호텔 외관도 보였는데 층마다 테두리를 치듯 하얀 불빛으로 빛나고 있어 야경의 묘미를 더욱 깊게 해주었다.

기분 좋은 밤바람이 두 사람을 간질였다. 바람에 흔들리는 머리카락이 목덜미를 간질이자 산나는 팔목에 있던 고무줄로 머리를 말아 올렸다. 직원은 당연하다는 듯 냅킨을 각자의 무릎 위에 펼쳐주었고, 더불어 바닥에 내려놓은 산나의 가방을 위해 어린이용 의자까지 끌어다 놓아주었다.

그 친절에 산나는 미소를 지었다. 하지만 메뉴판만 뚫어져라 바라보는 태풍의 모습에 그녀의 미소는 금세 사라지고 말았다.

“그만둘 수 없어?”

“뭘?”

“지금 화내고 있잖아.”

“내가? 아닌데.”

“저녁은 기분 좋게 먹으면 안 돼?”

“기분 좋은데, 나?”

“나도 이제 웬만큼은 알아. 표정만 봐도 딱 별론데 뭘.”

산나는 불만 가득한 태풍의 얼굴을 바라보았다. 두 사람의 설전은 방금 전, 레스토랑에 내려올 준비를 하면서부터 시작되었다. 태풍이 로맨티시스트를 자청하며 산나의 머리를 말려줄 때까지는 분위기가 제법 좋았다. 하지만 분위기의 급속 냉각 현상은 산나가 화장에 몰두하면서부터 시작되었다. 평소에 스모키 화장을 즐겨 하는 산나가 눈 화장에 열중하던 순간, 지체 없이 들려온 뾰족한 지적.

“너무 진한 것 아니야?”

원래 강렬하고 화려한 외모를 간직한 터라 약간의 분칠만으로도 남다른 화사함을 뿜어내는 그녀는 꽃 중의 꽃, 장미와 다를 것이 없었다. 산나가 아름답게 빛을 내면 낼수록 그녀에게 남들의 시선이 꽂히는 것을 어려서부터 잘 봐왔던 태풍인지라 그 점이 불편하고 또 불쾌하게만 느껴졌다.

불편한 마음이 기본에 깔려 있었기에 목소리가 까칠했을 수 있었다. 태풍도 의도치 않게 불쑥 튀어나온 말에 본인 스스로도 아뿔싸, 눈치를 보고 말았다. 하지만 눈치를 볼지언정 구차한 변명까지는 할 수 없었던 그는 입을 다문 채 양손을 주머니에 쑤셔 넣는 것으로 자신의 불만을 한껏 표현했다.

"뭐가 진해?"

화장을 하면서 거울로 등 뒤에 서 있던 태풍을 비춰 본 산나가 이해하지 못하겠다는 투로 고개를 저었다. 그러자 태풍이 불퉁하게 투덜거렸다.

"대체 누구한테 잘 보이려고 화장을 그렇게 하는 거야?"

"다른 누구에게 잘 보이고 싶은 게 아니라 내 소셜 포지션을 위해서 하는 거야. 게다가 내가 나 자신을 관리하겠다는데 그게 그리 나쁜 일은 아니잖아?"

"여기는 네 소사이어티가 아니니 소셜 포지션도 없지 싶다."

투덜거리는 태풍의 태도에도 불구하고 화장을 하는 산나의 손길이 멈출 기미를 보이지 않자 태풍은 그녀를 재촉했다.

"그만 하고 이제 가자. 배고파서 위장이 뱃가죽에 달라붙겠어."

달콤한 속삭임과 매너 있는 에스코트 대신 분노에 찬 '찡얼찡얼'이 한동안 산나를 뒤따랐다. 아이들의 칭얼거림을 방불케 하는 태풍의 투덜거림에 앞서 가던 산나는 기분 좋은 한숨을 삼키며 그를 한 번 노려봐야만 했다.

그리고 지금. 주문한 음료수가 나오고 난 뒤, 애피타이저부터 메인 요리까지 주문을 한 두 사람은 서로를 마주본 채 첨예하게 대립하고 있었다. 한참 동안 눈빛을 교환하며 팽팽한 기 싸움을 하던 두 사람 중 산나가 먼저 어쩔 수 없다는 듯 웃음을 터트렸다. 질 생각 없다는 듯 두 눈을 부릅뜨는 태풍을 보고 있자니 애초에 무엇 때문에 줄다리기를 하고 있었는지 그 원인이 무색하게 느껴졌다.

"어휴. 쫌생원."

"뭐?"

"사나이가 마음을 태평양처럼 넓게 가져야지, 동네 자그만 우물 같아서야 쓰나."

"어이, 오산나."

"알아. 예쁘게 꾸민 내 모습을 다른 사람들에게 보여주고 싶지 않은 거지? 자기 혼자 독점하고 싶어서 유치하게 질투하기는."

산나가 한쪽 눈을 깜빡거리며 장난스럽게 중얼거리자 태풍이 어이없다는 듯 언성을 높였다.

"하! 내가?"

그래, 네가.

산나는 어깨를 으쓱거리며 여유롭게 빨대로 레모네이드를 한 입쪽 빨았다. 그리고는 맥주라도 마신 것처럼 캬, 주변 경관을 바라보며 또 한 번 캬! 기분이 좋아진 그녀는 연신 미소를 흩뿌리며 태풍에게 자비를 베풀었다.

"방금 전까지 화냈으니까 벌칙을 줘야 하지만 나중으로 미루겠어."

"이제 보니 사람이 뻔뻔해."

"그래서, 아니라고 할 셈이야? 내 말이 다 틀렸다고 할 참이냐고."

산나가 따져 묻자 태풍은 꿀 먹은 벙어리처럼 한참 동안 입을 다물고 있다가 횡설수설 대답을 했다.

"네 말이 맞기도 하지만 그렇다고 다 맞는 것도 아니고, 다 틀렸다고 하기에는 어폐가 있으니까……."

"무슨 말이야, 대체?"

"맞다고, 맞다고, 네 말 다 맞다고!"

태풍의 항복 발언을 듣기가 무섭게 두 사람의 곁으로 다가온 직원이 그들이 주문한 애피타이저를 내려놓았다. 산나에게는 샐러드를, 태풍에게는 시푸드 브륄레(Seafood brule)를.

"그런 앙탈은 환영이야. 언제나."

"남자한테 앙탈이라는 표현이 어울리기나 해?"

태풍이 불만스럽게 대답하자 산나가 쿡쿡 웃으며 샐러드를 먹기 시작했다. 살짝 구운 얇은 스테이크와 어우러진 상큼한 채소를 먹으며 그녀가 물었다.

"지중해식 음식이라 그런지 조금 생소하지?"

"이 수프는 꽤 맛있어. 꽃게탕 같은 맛이랄까."

"그래? 나도 한 입."

산나가 손을 내밀자 태풍이 그릇을 그녀 앞으로 밀어주었다. 조개와 새우, 관자가 동동 뜬 수프는 보기에는 퍽 예쁘지는 않았지만 맛은 일품이었다. 국물을 한 입 맛본 산나의 두 눈이 동그래졌다. 만족스럽다는 표정이었다.

"아까는 말을 못했는데, 수영장 말이야, 파워에이드 같지 않아?"

"아아, 무슨 느낌인지 알겠어."

"푸른색 파워에이드를 몽땅 부어놓은 것 같아."

메인 요리는 관자 구이와 스테이크였다. 스테이크보다도 곁들여진 아스파라거스와 볶은 브라운 라이스가 맛있다고 난리였다. 배를 채우고 난 다음에는 아이스크림과 푸딩으로 입가심을 했다. 음식과 함께 곁들인 술만 해도 각자 세 잔은 넘었다.

마지막 잔을 비운 산나가 나른한 한숨을 내쉬자 태풍은 한껏 여유로운 얼굴로 그녀를 바라봤다. 까만 밤바람이 기분 좋게 머리카락을 흔들고, 귓가에서는 파도소리가 철썩거렸다. 주변의 사람들은 각기 다른 연인들에게 집중하고 있었고, 테이블 위를 밝히고 있는 작은 촛불은 로맨틱하게 흔들렸다. 제목을 알 수 없는 음악이 달콤하게 흘러나와 두 사람을 적셨고, 그랬기에 그냥 서로를 바라보고 있는 것만으로도 미소가 흘러나왔다.

그리고 계속해서 나오는 기분 좋은 한숨.

서로의 눈빛 속에 흠뻑 빠져서는 헤어 나오지 못할 것 같은 착각.

촉촉한 두 눈이 서로를 올곧게 바라보는 순간부터 시작된 마법과도 같은 이 순간은 그 어떤 것보다도 반짝반짝 빛을 내고 있었다. 아마 시간이 지나면 기분 좋은 추억으로 자리매김할 이 순간을 그냥 흘려보내기가 아까운 산나와 태풍은 두 사람의 매분 매초에 집중했다.

"달도 밝고, 야경도 끝내주고, 음식도 맛있는데 눈앞에 앉아 있는 사람까지 마음에 들고."

자연스럽게 중얼거리는 말투였지만 그 안에 낭만과 진심이 담뿍 담겨 있었기에 그를 바라보고 있던 산나의 두 눈이 미소로 더욱 가늘어졌다.

"오랜만에 나랑 마음이 맞았네."

몸끼리 통하는 것보다도 마음이 통하는 이 순간이 더욱 짜릿했다면 그건 착각일까. 산나의 두 눈이 물기로 반들거리는 순간, 태풍이 그녀의 눈빛 속의 마음을 읽기라도 한 것처럼 그녀의 의견을 물었다.

"1층 로비에 내려가서 조금 더 마실래?"

안 그래도 이대로 식사만 하고 룸으로 올라가기에는 이 좋은 분위기가 아깝다고 생각하던 차였기에 산나는 흔쾌히 동의했다. 다만 이런 좋은 분위기를 틈타 이제는 속의 말을 꺼내보고 싶은 욕심이 있었기에 산나는 다시 태풍에게 제안했다.

"여기에서 칵테일 조금 가져가자. 룸에 미니바 있더라고. 맥주 몇 병 있던데 그걸로 충분하지 않겠어?"

그녀의 제안에 태풍은 테킬라 몇 잔을 더 시킨 뒤, 그 잔을 모두 비운 다음 방으로 가지고 갈 칵테일을 주문했다. 그러고 난 다음에야 두 사람은 그들만의 만찬을 끝마쳤다.

2439호.

나무 냄새가 물씬 나는 원목 문이 닫혔다. 안으로 들어간 두 사람은 침대 위에 마련되어 있던 받침대 위에 들고 온 잔을 모두 내려놓은 뒤 편안한 옷으로 갈아입기 위해 현관 앞의 캐비닛으로 향했다. 칸쿤에 오자마자 옷을 트렁크에서 꺼내 캐비닛 안에 걸어놓았기

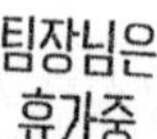

에 옷은 다림질을 하지 않아도 꽤 입을 만했다.

"왜?"

산나의 시선을 못내 아는 척하고 만 태풍이 물었다. 캐비닛에서 원피스를 꺼낸 순간부터 계속 태풍을 응시하고 있는 까닭이었다.

"발코니로 나가 있을래?"

"또 왜?"

"옷, 갈아입어야 하잖아."

"나 참. 언제는 내가 보는 앞에서 훌렁훌렁 잘도 벗더니."

"그땐 그랬는데……, 그렇다고 완전 익숙해진 사람처럼 훌렁훌렁 벗어던지기도 좀 그래. 꼭 수십 년 함께 산 부부 같잖아."

"볼 거 다 본 사이에."

"볼 거 다 봤어도 못 본 척하고 싶을 때도 있는 법이야. 꼭 그래."

산나가 입술을 비죽거리자 태풍은 심각한 얼굴을 한 채 손으로 그녀의 머리를 헝클어트리고 등을 돌렸다.

"자, 자. 등 돌렸다."

그의 말에 그녀의 의심스러운 눈길이 맨 등에 날아와 꽂히는 것 같았지만 태풍은 아랑곳하지 않고 그 자리를 지켰다. 그러자 산나는 그에게서 시선을 거두고 등을 돌렸다.

사르륵.

태풍의 등 뒤에서 그녀가 입고 있던 원피스가 몸에서 미끄러져 내려와 바닥에 떨어지는 소리가 들렸다. 그 순간을 틈타 태풍이 몸을 돌려 산나의 등을 껴안았다. 몸에 달라붙는 검은색 스트랩리스(strapless) 브래지어와 세트형 팬티를 입고 있던 산나는 등 뒤로 와 닿는 맨살에 화들짝 놀라 몸을 파르르 떨었다.

숨을 내쉴 때마다 그의 가슴과 그녀의 등이 살짝 살짝 달라붙는 느낌에 온몸이 긴장이 되었다.

"너……."

산나가 작게 속삭였다. 그녀의 등 뒤로 쿵쿵쿵, 북을 두드려대는 듯한 심장 박동이 느껴지고 있었다.

"심장 뛴다."

피부 가죽을 뚫고 나올 것 같은 그의 심장 박동을 일깨우자 태풍이 으휴, 짧게 탄식을 하더니 그녀를 더욱 힘껏 끌어안았다.

"하는 말이 고작 그거야? 그럼 심장이 뛰지, 나도 살아 있는 인간인데."

"난 또 심장 없는 고철 덩어리인 줄 알았지."

"반사. 그 말 그대로 되돌려줄게, 우리 쌈닭."

"쌈닭?"

"무슨 말만 하면 투지를 불태우며 달려들 준비부터 하잖아, 너."

"그렇게 말함 섭하지. 요즘 내가 노력하는 거 안 보여?"

"보여. 보이니까 장난처럼 가볍게 말할 수 있는 거잖아, 마누라."

"어휴, 술 냄새."

산나가 몸 앞에 둘러쳐진 태풍의 팔을 살짝 잡으며 웃음기 섞인 목소리로 중얼거렸다. 그러자 태풍은 그녀의 어깨에 얼굴을 묻으며 웅얼거렸다.

"어디 가서 훌렁훌렁 벗어던지지 마라."

"내가 어디 가서 그래."

"아무 데서나 그럼 이런 일 당한다고."

그의 입술이 웅얼거리듯 움직이며 그녀의 맨 어깨와 목덜미에 자잘한 키스를 흩뿌렸다. 산나는 그의 입술에 몸을 살짝 떨어대며 태연한 척 말을 이었다.

“백 허그? 난 좋아하는데. 그럼 백 허그 당하고 싶을 때마다 벗어던져야겠다.”

그녀의 말에 태풍이 산나에게서 몸을 떼어냈다. 순식간에 밀려드는 한기에 산나가 양팔로 몸을 감쌌다. 그 순간 짝! 태풍이 아프지 않게 산나의 등을 때렸다.

“미운 말만 골라 하고, 그치? 옷이나 입어, 얼른.”

묘하게 설레는 상황을 연출하던 태풍이 떨어져 나가자 은근히 서운한 마음이 들었다. 하지만 태풍 역시 지금 두 사람에게 필요한 것은 열정적인 사랑이 아니라 서로를 이해하려는 노력임을 알고 있기에 끓어오르는 욕망은 한풀 접었다.

“자, 이리로 와.”

올라오면서 마카롱과 머핀 몇 가지를 잔 옆에 놓아둔 태풍이 산나를 불렀다. 산나는 편한 원피스로 갈아입은 뒤에야 캐비닛 옆으로 고개를 빼꼼 내밀었다.

“침대에서 마시게?”

“소파에서 마시고 싶어?”

“그건 아니지만 정석은 테이블이 있는 곳에서 마시는 거니까.”

“소파는 서로 나란히 앉을 수밖에 없잖아.”

어깨를 으쓱거리며 대답한 태풍이 자신이 앉은 앞을 툭툭 두드렸다.

“이리 와서 내 앞에 앉아.”

태풍의 말에 산나는 바닥까지 내려오는 하늘하늘한 시폰 원피스 자락을 날리며 침대 옆 캐비닛의 문을 열었다. 미니바가 들어 있는 그곳에 구비되어 있던 M&N 초콜릿과 작은 용량의 프링글스를 꺼내 온 산나는 못 이기는 척 태풍의 앞에 자리를 잡고 앉았다.

아까와 다르게 약간은 어색해진 분위기에서 두 사람은 가지고 온 술부터 마시기 시작했다.

"부모님께는 연락 드렸어?"

어색한 정적을 깬 태풍이 물었다. 정적을 깨고 싶어 질문거리를 찾는다는 것이 고작 부모님에 관한 것이었다. 그 물음에 산나는 어깨를 으쓱거렸다.

"문자 보내드렸어."

"음."

"다 커서 시집간 딸 안부를 그렇게 궁금해하실 분들도 아니고."

바닥에 깔린 술을 단번에 들이켠 산나가 부스럭거리며 자리에서 일어났다.

"취하진 않았지?"

"아직."

"그럼 조금 더 마실래? 이번에는 가볍게 맥주."

"좋아. 근심걱정 없이 기분 좋게 술만 마시니까 잘 들어간다."

산나는 자리에서 일어나 미니바의 미니 냉장고를 열어 그 안에 든 코로나 한 병과 콜라 한 병을 꺼냈다. 약간 취기가 도는 탓에 산나는 콜라를 마시기로 하고 잔에 음료를 부었다.

"이거 말이야. 옛날 생각 나지 않아?"

"응?"

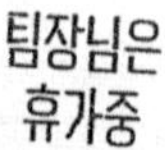

비운 콜라병을 받침대 위에 올려놓는데 그것을 잡고 이리저리 돌려보던 태풍이 말했다.

“술자리 같은 데 가면 병 돌려가며 진실게임 하고 그랬잖아.”

“아아, 그랬지.”

“우리도 할까?”

태풍이 유리병을 들고 싱글싱글 웃었다. 아무렇지 않은 태연함을 가장하고 있긴 했지만 태풍 역시 속내를 터놓고 말을 하자니 어떻게 자연스럽게 대화를 주도해나갈지 고민을 하고 있었다. 그랬기에 게임을 제안했다. 게임은 그저 계기에 불과했다.

“뭐, 오랜만이고 하니까. 해볼까?”

“우리 둘밖에 없으니까 간단하게 하자. 반을 딱 그어서 병이 위쪽 어디든 향할 때는 네가 걸린 거야. 오케이?”

“오케이.”

“묻는 말에는 뭐든 솔직하게 말해야 하는 거고.”

“패스 없어?”

“없어.”

“원래 곤란한 질문을 받으면 패스하고 벌칙으로 술 마시는데.”

“우리 둘이 하려는 진실게임은 말 그대로 진실해야 하는 거니까.”

“오케이.”

산나가 엄지와 검지로 동그라미를 그리자 태풍이 빈 잔을 모아 소파 앞 테이블에 올려놓고 돌아왔다.

“누가 먼저 돌릴래?”

“먼저 해.”

산나가 손짓을 하자 태풍이 알겠다는 듯 고개를 끄덕였다. 그리고 받침대 위에 올려놓은 유리병을 힘껏 돌렸다. 결과는 산나가 걸렸다. 태풍이 질문을 해야 하는 상황이었다. 어릴 적이었다면 이 상황이 불편하게 여겨졌을지 모르지만 지금은 다행이다 싶었기에 산나는 속으로 한숨을 내뱉었다. 질문을 먼저 시작해야 하는 것이 썩 쉽지는 않았기에 이왕이면 산나는 분위기가 잡힐 때까지 자신이 걸리길 바랐다.

그것은 태풍도 마찬가지였다. 어떤 질문부터 시작해야 할지 잠시 고민하던 그는 강도가 낮은 질문을 골랐다.

“칸쿤에서 정말 혼자 있을 생각이었어?”

태풍의 질문은 잔뜩 긴장하고 있던 산나를 조금은 맥 빠지게 만들었다.

묻는 말에 뭐든 답하라고 하기에 처음부터 대단한 걸 물어볼 줄 알았더니.

“네가 오지 않음 나 혼자 있어야지 어떻게 해?”

“내가 올 줄 알았어?”

“오길 바랐어.”

산나의 대답에 그녀를 바라보고 있던 태풍의 얼굴에서 장난기가 사라졌다. 그것은 산나도 마찬가지였다. 그녀는 태풍의 대답을 기다리기라도 하는 것처럼 그를 가만히 지켜보고 있다가는 이내 받침대 위의 유리병을 돌렸다.

팽그르르.

병이 돌았다. 입구가 다시 산나 쪽을 가리켰다. 태풍은 지체하지 않고 두 번째 질문을 던졌다.

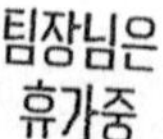

"형이랑 약혼, 네가 하겠다고 한 거야?"

"……원래부터 정해져 있던 거였으니까."

"그래서 동의했단 말이지?"

"포기했다는 쪽에 가까워."

"포기?"

"나를 포기했어. 어차피 해야 하는 약혼이라면 될 대로 되라 싶었어. 딱히 거절할 만한 이유도 찾을 수 없었고."

"나는."

태풍이 입을 열었다. 쉿소리가 나왔기에 그는 잠시 입을 다물고 마른기침을 하더니 다시 말을 이어나갔다.

"나는 네가 약혼을 거절할 만한 이유가 될 수 없었나?"

"내가 말한 '포기'에는 너도 포함되어 있었어. 난 나도 포기했지만 너도…… 포기했다고, 그때."

산나의 두 눈이 날카롭게, 그리고 슬프게 빛났다. 태풍은 산나가 말한 '포기'의 이유를 물어보지 않고 넘어갔다. 산나가 다시 병을 돌렸다. 산나가 돌릴 때마다 병 입구는 그녀를 향해 멈췄다.

"자꾸 나만 걸리네."

"네가 질문할래?"

"아니, 게임은 게임이니까."

산나가 질문하라는 듯 태풍을 바라봤다. 이왕 자신이 걸린 것, 태풍이 원하는 진심의 바닥까지 다 보여줄 생각이었다.

태풍이 물었다.

"나와…… 결혼하고 싶다고 한 것, 진심이었어?"

"진심이었어."

대답에는 1초의 망설임도 없었다. 결혼을 원했던 것이 본래 산나의 진심이었다는 사실을 명확하게 전달하기 위함이기도 했지만 애초에 생각할 여지조차 없는 질문이기도 했기 때문이었다. 환한 대낮의 하늘은 푸른빛이고, 봄에 꽃피우는 개나리는 노란빛이라는 사실과도 같은 맥락이었다.

"후회하지 않아?"

"네가 짓궂게 굴거나 얄미운 짓을 할 땐 정말 한 대 치고 싶어. 명치를 세게 한 대 때렸으면 좋겠다는 생각을 하는데…… 이상하게도 후회한 적은 없어. 애초에 난 널 가지고 싶었던 건가 봐."

"날 가지고 싶었다, 그 말이 어떻게 들릴지 잘 알고 있어?"

"알아."

"멋대로 착각할지도 몰라, 나."

"착각해도 괜찮을 거야, 아마."

산나가 따뜻하게 미소를 짓자 그녀의 양볼에 발간 홍조가 피어올랐다. 취기 때문인지, 아니면 수줍게 품은 그 마음 때문인지 이유가 명확하지 않은 홍조에 태풍의 눈이 가느다래졌다.

"태양, 형을 다 잊은 거야?"

태풍의 질문에 산나는 입을 꼭 다문 채 그를 바라보다가 웃으며 한 마디를 했다.

"원래 한 번 걸리면 질문 하나씩인데 아무리 봐주려고 해도 질문 너무 많이 한다. 다음에 내가 또 걸리면 이 질문에 대한 답을 해줄게."

간단히 대답한 산나가 다시 병에 손을 가져다댔다.

데구르르르.

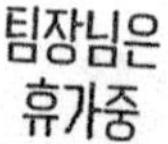

병이 회전했다. 네 번째에야 겨우 병의 잘록한 입구가 태풍을 가리켰다. 산나는 태풍의 앞에서 멈춘 병을 잡아 이유 없이 자리에 세워놓은 뒤, 잠시 병의 입구를 만지작거리다가 고개를 들었다.

"우리 열일곱일 때, 나한테 왜 키스한 거야?"

망설이는 기색이 있었지만 이 점은 산나가 아직까지도 궁금한 것이었다. 왜 그랬을까, 이유를 알지 못했기에 몇 번이고 되묻기도 했고 잊어버려야지, 마음을 먹었다가도 다시금 생각나 한숨을 푹 내쉬고 말기도 했다. 가끔은 꿈에 나타나 그 장면이 이유 없이 되풀이되기도 했다. 그럼 산나는 잠에서 깨어난 뒤 몽롱해진 얼굴로 우울한 기분에 젖어야만 했다.

"정상적인 사고방식을 가진 사람이 누군가에게 키스를 했다면 그 이유가 왜일 것 같아?"

"날 좋아했어?"

"좋아하지 않는 사람에게 키스를 하는 사람도 있어?"

"묻잖아. 날 좋아했냐고."

"좋아했어."

"언제부터?"

"언제부터……. 글쎄, 언제부터일까? 사람을 좋아할 때 3월 13일부터 좋아하기 시작해야겠다, 계획하는 건 아니잖아? 언제나 마음의 경계는 모호하다고."

어쩌면 마음은 파스텔로 그린 한 폭의 그림일지도 모르겠다. 손가락이 움직이는 대로 색이 번지고, 그렇기에 그 경계마저도 흐릿해져버린 그런 그림. 시간에 닳아 없어지기도 하고, 전혀 다른 두 색이 부드럽게 어우러지기도 하는 그런 그림.

“네가 대장 노릇을 하고 다닐 때부터인지도 모르고, 그런 네게 적개심을 품고 치맛자락을 들치고 다녔을 때부터인지도 모르지. 아니면 네가 형이 좋다며 졸졸 쫓아다녔을 때부터인지도 몰라. 하지만 한 가지 확실한 게 있어. 네가 형과 약혼할지도 모른다는 이야기를 부모님 서재에서 들었을 때 내가 그 마음을 깨달았다는 거.”

“그럼 그게…….”

“혼란스러웠어. 그럴 수밖에 없었어. 우린 자타가 공인하는 앙숙이었잖아? 난 오산나라는 이름 뒤에 ‘싫다’는 수식어를 붙이고 살던 인간이었고, 내 안에서 너는 영원히 싫을 수밖에 없는 사람이어야 했어. 그런데 그 말을 들은 어느 날, 내 삶이 바뀌었어. 오산나가 형과 결혼할지도 모른다는데 왜 내가 절망감을 느껴야 하나, 그 점에 방황하기 시작했다고.”

“그렇게 방황하고 있을 때가…….”

“네게 키스했을 무렵이야. 우리가 열일곱일 때.”

태풍의 말에 산나는 입술을 지그시 깨물었다. 그래, 모든 일은 열일곱. 그때부터 어그러지기 시작했다.

“왜 아무 말도 없이 떠난 거야? 그렇게 키스당하고 난…….”

“넌 어땠는데?”

“너나 나나 어쨌든 서로의 마음을 깨닫게 된 계기는 열일곱의 그날이었어. 물론 방법이 서툴고 무모하긴 했어도. 그런데 왜 유학 간다는 말을 하지 않은 거야? 나도 그날 이후, 내 모든 것이 바뀌었다고. 늘 하늘에 떠 있는 태양처럼 내 삶도 태양을 중심으로 돌고 있었는데 어느 날 태풍이 휘몰아쳤어. 태풍 때문에 늘 내 세계를 밝히고 있던 태양은 저물어버린 격이 됐다고. 그런데 넌…… 아무 말도 없이 사라졌어. 어째서?"

"편지…… 못 받았어?"

"편지라니?"

"네가 매일 들고 다니던 책, 거기에 꽂아뒀는데."

"책?"

태풍의 말에 산나의 두 눈이 가늘어졌다. 열일곱이었던 자신이 어떻게 하고 다녔더라, 다시금 생각해보는 중이었다. 그러다 문득, 한동안 자신이 손에 자석처럼 들고 다니던 책 한 권을 기억해냈다.

"Wuthering Heights(폭풍의 언덕)?"

"그래."

"그…… 영어로 된, 엄청 두껍던 원서?"

"그래."

"하아."

산나는 한 손으로 이마를 감쌌다. 어릴 적부터 천방지축에 말괄량이였던 산나가 태양의 관심을 끌기 위해 일종의 '허세용'으로 구입해 들고 다니던 원서는 대외적으로 들고 다니다가 집에 와서는 냄비 받침, 혹은 자장가 대용으로 이용하기 위한 것이었다.

"난 첫 페이지가 어떻게 시작되는지조차 몰라."

"뭐?"

"읽어본 적도 없고, 좋아하던 책도 아니었고, 내가 자주 읽던 책은 더더욱 아니었어."

"하지만 너…… 매일 그걸 가지고 다녔잖아?"

"우체통은 편지를 넣으라고 있는 거잖아? 왜 애꿎은 편지를 책 속에 집어넣었던 건데?"

“상처받은 사람이 누군데 그래?”

“오케이, 쌍방과실이라고 쳐.”

산나는 도저히 믿을 수 없다는 듯 고개를 설레설레 저으며 관자놀이를 꾹꾹 눌렀다. 잔뜩 마신 술에 비해 정신은 점차 말짱해졌고, 한 번도 상상해본 적 없던 사실에 속은 엉킨 실타래처럼 답답해졌다.

“그럼 왜 날 안 찾았어? 방학마다 한국에 들어온 거 알아. 방학마다 귀국하면 몇 달은 한국에 머물렀잖아. 날 만나러 올 시간은…… 충분했잖아?”

산나가 폭격하듯 질문을 퍼부어대고 있었지만 태풍은 병을 돌릴 생각도 하지 않고 그녀를 응시하고 있었다. 게임의 의도대로 두 사람은 점점 진지해지고 있었다.

“기억 안 나?”

태풍의 의미심장하게 되물었다.

“뭐가?”

“열여덟 살이 되던 해 여름. 우리, 만난 적 있어.”

태풍의 말에 산나는 동그래진 눈으로 그를 바라봤다. 산나의 기억 속에 열일곱 이후의 태풍은 존재하지 않았기에 이게 무슨 소리인지 몰라 어리둥절하기만 했다.

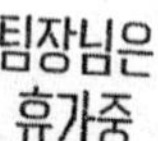

17. 두 번째 키스의 추억-2

열여덟 살의 여름.

그해 여름은 여전히 더웠고 눅진했다. 한국 땅에서만 느낄 수 있는 습한 여름 냄새가 폐 속으로 깊숙이 들어오자 태풍은 그제야 집에 돌아왔다는 것을 피부로 실감했다.

두둑, 두둑. 차 앞 유리를 두드리는 굵은 빗방울을 감흥 없이 바라보고 있던 태풍이 중얼거렸다.

“이번에는 언제까지 비가 온대?”

태양은 지루하기 짝이 없다는 표정으로 조수석에 앉아 있는 동생을 흘끗 바라보고는 건조하게 대답했다.

“장마 한두 번 겪는 것도 아니고 그런 질문이 어디 있어?”

“비만 오면 괜찮은데 습도가 높아서 몸도 끈적끈적하고 기분 나빠.”

“집에 가서 샤워부터 해.”

“에어컨부터 켜고 할래.”

태양은 대답을 하지 않았다. 애초에 살가운 환영을 바라지도 않았기에 태풍은 그런 형을 흘깃 바라보고는 고개를 돌려 창밖을 응시했다. 동이 트지 않은 새벽, 인천 공항에서 집으로 가는 길에는 주홍빛 가로등마저 빗속에 가려 흐릿하게 빛나고 있었다.

"먼저 내려."

집에 도착하기가 무섭게 현관에 차를 세운 태양이 무미건조하게 명령했다. 그 명령에 태풍은 반항기 가득한 눈으로 형을 지그시 노려봤다.

"왜?"

"아니, 그냥. 왜 김 기사 아저씨가 나오질 않고 형이 마중을 나왔나 궁금해서."

실제로는 전혀 궁금하지 않은 내용이었다. 어쨌거나 아버지의 명령에 하는 수 없이 끌려 나왔을 테니까. 하지만 궁금한 것은 왜 태양이 그 명령에 복종하느냐는 점이었다. 말로 복종을 시킬 수 있었다면 태양이 스물이 될 때까지 고등학생이었을 리가 없으니까.

'대체 내가 없는 동안 무슨 일이 일어난 거야?'

태풍은 날카로운 시선으로 형의 모습을 꼼꼼히 살펴보았다. 예전에 비해 수척해져 있었지만 두 눈은 반대로 생기가 넘치고 있었고 훨씬 어른스러워진 모습이었다. 더불어 태양 하면 떠오르는 단어, 반항기가 많이 수그러져 있었다. 문제는 형의 반항기를 동생인 태풍이 그대로 물려받았다는 점이지만.

"들어가."

태양은 별달리 해줄 말이 없다는 투로 짤막하게 대답했다. 애초에 알고 있었다. 현재 태양의 관심사에 태풍은 포함되지 않았다는 것과, 태풍이 끼어들 틈조차 없을 정도로 태양은 무언가에 몰두하고 있었다는 점을.

태풍은 대답도 하지 않고 그대로 차 문을 열었다.

"밑에 우산 있어."

태양이 급하게 덧붙였지만 태풍은 대답도 하지 않고 밖으로 나갔다. 폭우가 금세 온몸을 적셨지만 그는 개의치 않고 차 트렁크로 걸어가 싣고 있던 짐을 다 내렸다.

텅텅. 운전기사에게 하듯 차체를 두드린 태풍은 이렇다 할 인사도 없이 그대로 대문 안으로 쏙 들어가버렸다. 그러고는 자신이 넓은 정원을 가로지르는 모습도 보여주지 않겠다는 듯 거칠게 철문을 닫아버렸다.

그 모습에 태양은 한동안 운전석에 앉아 단단하고 커다란 대문을 바라보다가 이내 차를 돌렸다.

집 안은 휑했다. 공사다망한 부모님은 전화 통화로 잘 도착했느냐는 짤막한 인사를 남긴 것으로 끝이었고, 다정한 인사나 환영 대신 태풍이 머무는 동안 쓸 신용카드 한 장을 건네주는 것이 다였다. 물론 그 신용카드 역시 아버지의 수행 비서를 통해 전달받았다.

일하는 아주머니 두 명이 전부인 집 안을 둘러보며 태풍은 작게 한숨을 내쉬었다.

"태풍 군, 어서 와요."

그나마 집에서 오래 일하고 계시던 금천댁만이 유일하게 태풍을 반겨주었다. 주방에서 나오며 두르고 있던 앞치마에 손을 닦은 금천댁은 태풍의 손을 붙잡다 말고 진심 어린 걱정을 내보였다.

"아이고, 홀딱 젖었네. 안 추워요? 둘째 도련님이 마중 간다고 들었는데 못 만났어요?"

"만났어요."

"그런데 어떻게 혼자 들어온대? 게다가 이렇게 홀딱 젖어서. 아이고, 내 정신이야. 추울 텐데. 짐은 놔두고 어서 올라가 씻어요. 씻고 내려오면 내가 따뜻한 아침 챙겨줄 테니까."

"고마워요, 아줌마."

태풍은 고작 몇 개월 사이 낯설어진 자신의 집을 둘러보며 천천히 2층으로 올라갔다.

샤워를 하고 뱃속을 든든히 채우자 그제야 안심이 되었는지 마음이 푸근해졌다. 조금 전까지만 해도 낯설게 느껴지던 방도 다시 익숙해진 느낌이었다. 태풍은 그대로 침대에 누워 천장을 올려다봤다.

"오산나."

그녀가 있는 한국에 돌아왔다.

"오산나……."

편지를 보내놓고 유학길에 올랐지만 별다른 연락도 없었던 그녀. 태풍은 오자마자 산나를 만날 생각을 하다 저도 모르게 깊은 잠에 빠져들었다.

콰르르릉.

심상치 않은 천둥소리에 태풍은 발작을 하듯 몸을 떨면서 잠에서 깨어났다. 기어오르던 절벽에서 떨어지는 꿈이라도 꾼 것처럼 다리를 푸르르 떤 그는 벌떡거리는 심장을 다독이며 주변을 둘러봤다.

"키가 더 크려나."

태풍이 머리를 긁적대며 나른한 한숨을 내쉬었다. 전등 하나 켜지 않은 방은 깜깜했고, 여전히 굵은 빗방울은 커다란 창문을 두들

겨대고 있었다. 가늘어질 기미조차 보이지 않는 빗방울과 하늘에 잔뜩 낀 먹구름은 한 올의 햇빛마저 차단하고 있었다.

잠시 어두운 방을 지키고 앉아 있던 그가 자리에서 일어나 벽에 붙은 스위치를 눌렀다. 방 한 가운데에 설치되어 있던 작은 샹들리에가 어둠을 밀어낸 순간은 매우 짧았다.

"뭐야?"

시력을 잃어버린 것처럼 순식간에 빛이 사라지자 태풍은 눈살을 찌푸린 채 스위치를 몇 번이고 눌렀다. 똑, 딱, 똑, 딱. 스위치가 시소를 타듯 위아래로 움직였지만 방 안의 어둠은 그대로였기에 태풍의 미간에 잡힌 주름은 더욱 깊어졌다.

"정전이야?"

고개를 저은 태풍이 아래층으로 걸음을 옮겼다. 그는 아무것도 보이지 않는 깜깜한 집 안을 손으로 더듬어가며 내려갔다.

"아줌마. 아줌마?"

집 안은 고요했다. 태풍의 부름에 돌아오는 대답 하나 없었기에 그는 신경질적으로 머리를 긁으며 소파 위에 주저앉았다.

"다들 어딜 간 거야?"

배전반의 누전 차단기와 개폐기 동작 여부를 확인하고 싶어도 실내를 밝히는 촛불 하나 없었기에 불가능했다. 휴대전화라도 있었다면 액정 화면으로 비춰보면 될 테지만 막 귀국을 한 태풍에게 휴대전화가 있을 리가 없었다.

딩동.

초인종 소리가 들려왔다. 그 소리에 태풍은 현관으로 나갔다.

"어머, 산나 양?"

태풍의 집을 방문하려고 현관 앞에 선 산나가 초인종을 누르기 전이었다. 굳게 닫혀 있던 철문이 열리더니 그 안에서 커다란 우산을 받쳐 쓴 아주머니 두 분이 밖으로 나왔다. 그중 한 명은 어릴 적부터 태풍과 산나를 봐왔던 금천댁으로, 산나를 보자마자 밝게 인사를 건넸다.

산나는 금천댁을 마주보며 고개를 까닥 숙였다. 산나를 데려다준 세단 한 대는 아직도 대문 앞에 서 있었고, 산나는 세단에서 막 나왔는지 하나 젖지 않은 옷차림을 하고 우산을 쓰고 있었다.

"아주머니, 오랜만이에요."

"도련님 보러 왔어요?"

금천댁은 예쁘게 차려입은 산나를 다정하게 바라보았다. 분홍색 우산을 쓴 그녀는 플로럴 펜슬 원피스를 입고 있었는데 그 모습은 영락없이 피어나는 꽃 한 송이 같았다.

"어떻게 아세요?"

쑥스러운지 산나는 한쪽으로 늘어트린 머리카락 타래를 매만지며 맑게 웃어 보였다. 그녀가 신고 있던 펌프스 앞 코를 바닥에 콩콩 두드리자 금천댁은 "어휴, 나 좀 봐. 주책이네!"를 연발하더니 대문을 활짝 열어주었다.

"마침 집에 와 계시니 들어가봐요. 우리는 잠깐 나가봐야 해요. 사모님께서 부탁하신 것들이 있어서."

"제가 들어가면서 문 닫을게요."

산나는 비로 질척거리는 정원을 물끄러미 바라보다가는 이내 정원에 박힌 돌을 밟아가며 정원을 가로질렀다. 무사히 현관 앞에 다 다르자 우산을 접어 뱅그르르 돌렸다.

콰르르르릉.

천둥 치는 소리가 심상치가 않았다. 우산의 물기를 털어내느라 현관을 등지고 선 산나는 굵어지기 시작하는 빗물을 바라보며 몸을 푸르르 떨었다. 그리고 그 순간, 파지직 소리를 내며 주변을 밝히던 모든 불이 꺼지는 것을 목격했다. 주변 일대의 가로등도, 정원을 밝히던 키 낮은 정원용 조명등도, 몇억 대를 호가하는 정원수를 밝히고 있던 조명등도, 현관 센서며 주택 창문으로 새어나오던 전등 불빛까지 모두 소멸해버렸다.

깜깜한 어둠이 묵직하게 내리깔리고 귓가에는 빗방울이 정원을 질펵하게 만드는 소리만 가득한 그때. 오도가도 못할 처지에 처한 산나는 부리나케 초인종을 눌렀다.

딩동.

"누구세요?"

굵직한 목소리가 들려오자 산나의 가슴이 두근 반 세근 반 방망이질쳤다. 손바닥이 땀인지, 빗물인지 모를 것으로 축축해지자 산나는 손바닥을 비벼대며 깊이 심호흡을 했다.

"오산나입니다."

산나가 자신의 신분을 밝히자 현관문 너머의 남자는 약간 당황한 목소리로 되물었다.

"오…… 산나?"

"그래, 나. 문 열어줘. 여기 깜깜하고, 비도 오고, 무섭단 말이야."

산나는 어깨에 메고 있던 가방 끈을 꼭 쥐고 발을 동동 굴렀다.

덕분에 산나의 구두굽이 대리석 바닥에 부딪치며 탭 댄스라도 추는 것처럼 딱딱, 경쾌한 소리를 냈다. 다만 산나의 마음은 그다지 경쾌하지 않았다. 오늘부로 첫사랑을 향한 마음을 깔끔하게 매듭짓자는 생각에서 태양을 찾아왔기 때문이었다.

끼이이익.

현관문이 음산한 소리를 내며 열렸다. 산나는 어두운 틈 사이로 비집고 들어가 덩치가 커다란 사내의 앞에 섰다. 산나보다 15센티미터, 태풍보다도 10센티미터가 큰 태양임을 잘 아는 산나는 자신보다 얼굴 하나가 더 있는 남자의 실루엣을 확인하며 떨리는 마음으로 입을 열었다.

"없으면 어떡하나 했는데 집에 있었네?"

"어떻게 알고 왔어?"

"우리 언니한테 물어봤지. 그런데 집이 왜 이렇게 캄캄해?"

"몰라, 정전인가 봐. 참, 너 휴대전화 있지? 있으면 좀 줘봐."

"장난해? 저번에 성적 떨어졌다고 아버지한테 휴대전화 빼앗겼어."

"아."

산나의 대답에 남자는 내밀었던 손을 거두며 뒷통수를 긁적거렸다. 문득 산나는 그 모습을 보며 태풍의 버릇과 꼭 닮았다고 생각했다.

유학 간 그 녀석은 어떻게 지내고 있을까?

우리나 태양과 연락을 할 때, 태풍의 집을 지나칠 때, 같이 다니던 학교 교정을 걸을 때……, 종종 기억 속에서 튀쳐나와 산나의 마음을 심난하게 어지럽히는 당사자는 언제나 짓궂고 천진난만했다.

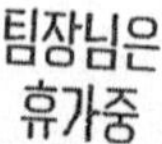

나쁜 놈. 못된 놈.

산나는 입술을 잘근 깨물었다. 편지 한 장 없는 녀석을 떠올릴 때마다 가슴 한쪽이 욱신거리며 아파왔기에 기억 속 태풍의 얼굴은 산나의 눈물로 번져 얼룩지고 있었다.

"후."

산나가 고개를 저으며 눈앞의 남자에게 집중을 했다. 너무 늦은 감이 없지 않아 있지만 일단은 후에 미련이 남지 않게 품고 있던 첫사랑을 단호하게 끊어내야만 했다. 물론 이것은 태양의 도움을 절실히 필요로 하는 일이기도 했다.

"어쨌든 다행이다. 정전이라."

"뭐?"

"오늘 꼭 확인하고 싶은 게 있어서 왔거든. 얼굴을 마주보고 해야 하는 말인데 마주볼 용기가 나질 않아서 오랫동안 망설였어."

"뭔데?"

남자의 질문에 산나는 깊게 심호흡을 했다. 이날을 위해 머릿속으로 얼마나 많은 시뮬레이션을 반복했던가. 그의 대답을 미리 예상해 그에 따른 답변도 만들어뒀었다. 더불어 이 일을 위해 예쁜 원피스도 새로 샀고, 숍에 가서 머리도 예쁘게 세팅했다. 그에게 최대한 예쁘게 보이는 것, 그것이 첫사랑에 대한 산나의 예우였고, 떠나보내기 위한 의식이기도 했다.

"내가 상처 입는 건 걱정하지 않아도 돼. 대신 솔직하게 이야기해줘."

"뭘?"

"이제부터 내가 할 말에 대한 대답. 솔직하게 대답을 해줘야 내가 용기 내어 한 걸음, 앞으로 내딛을 수 있을 것 같아."

태풍을 향해 흔들리는 이 마음이 무엇인지 알아볼 수도 있을 것 같고, 또 다른 사랑을 시작할 수도 있을 것 같고.

"좋아해."

"……."

"오랫동안 좋아해왔어."

"……."

"알고 있었잖아, 그치?"

"……정말이야?"

남자가 물었다. 믿기지 않는다는 듯이.

그 점이 조금은 의아했지만 평소에 산나에게 눈길 한 번 주지 않던 태양임을 감안한다면 충분히 있을 수 있는 일이라고 생각했다.

"정말이야. 그런데……."

산나는 말을 이으려고 했다. 자고로 한국 사람 말은 끝까지 들어봐야 안다고 했듯 그녀가 내놓을 결론 역시 말꼬리에 위치하고 있었다. 하지만 남자는 그것을 간과했다. 간과할 수밖에 없었다. 그도 그럴 것이 오랫동안의 염원처럼 생각하고 있었던 그녀가 한 마리 새처럼 그의 품 안으로 날아들었기 때문이었다.

남자는 생각할 여유도, 이유도 없었다. 그저 그녀의 고백이 전해주는 들뜬 감정에 취해 정신을 차릴 수 없었다. 고작 열여덟 살의 소년이 손에 잡히지 않을 것 같던 신기루를 손에 쥐었으니 침착함과 여유로움을 보이기보다 열띤 흥분에 시야가 흐려질 수밖에 없었다.

"키스."

남자는 갈라진 목소리로 말했다. 산나는 자신이 하려던 말을 끊

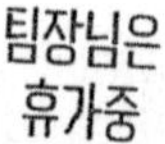

고 들어오는 남자의 목소리에 말을 멈추고 귀를 기울였다.

"해도 되냐?"

"뭐?"

당연히 거절을 예상했던 산나가 경악하며 되묻자 남자는 그녀의 앞으로 한 걸음 다가왔다. 산나가 본능적으로 한 걸음 뒤로 물러났지만 이미 닫혀버린 현관문에 몸이 가로막히고 말았다. 도망칠 곳을 잃어버린 초식동물을 발견한 맹수처럼, 남자는 탄력을 받아 그녀의 앞을 가로막아버렸다.

"대답은 이걸로 되겠지?"

"그게 무슨……!"

산나가 다시 질문을 하기도 전, 태양으로 추정되는 그 남자는 현관문에 기댄 산나의 얼굴 옆에 한 손을 대고 기대더니 그대로 그녀의 입술을 훔쳤다.

아니야, 이걸 원했던 게 아니라고!

산나는 두 눈을 동그랗게 뜬 채 그녀의 입술을 훔치고 있는 남자의 정수리를 바라봤다. 그러다 이내 세차게 고개를 흔들었다. 도리질에 남자의 입술이 잠시 떨어진 순간을 틈타 산나는 신음하듯 속삭였다.

"잠깐, 잠깐만……."

산나는 남자의 어깨를 밀어냈지만 아주 잠시 입술을 떼어냈던 그는 다시 그녀의 입술을 삼켜버렸다. 입술이 닿는 감촉, 그 느낌, 설레는 마음이 꼭 태풍과 했던 첫 키스를 연상시켰기에 산나의 두 눈이 충격과 혼란으로 심하게 흔들리기 시작했다.

"그만……, 오빠, 잠깐만!"

산나는 말아 쥔 주먹으로 남자의 어깨를 두드리다 이내 세게 밀어냈다. 무슨 짓을 해도 밀려나갈 것 같지 않던 남자는 이번만큼은 순순히 떨어져 나갔다.

"지금 뭐……."

남자의 목소리가 떨렸다. 하지만 충격에 휩싸인 산나는 그 말을 들을 새도 없이 더욱 세게 그를 밀어내고는 흔들리는 동공으로 바닥을 바라봤다.

좋아한다는 고백 다음으로 이어졌어야 하는 미안해.

마음을 받아줄 수 없다는 거절을 들어야 끝날 수 있는 이 마음이 다시금 술렁이고 있었다.

'난 그저 태풍이 내게 키스를 했기 때문에 마음이 흔들린 걸까? 그게 내 첫 키스였기에 혼란스러웠던 것뿐인 걸까?'

온실 속 화초처럼 곱게 자라온 ㈜온화의 외동딸. 어린데다 또래에 비해 순진하기까지 한 그녀는 지금 이 상황과 감각에 적응을 할 수가 없었다.

그녀는 두 눈을 질끈 감은 채 그 자리에서 도망치고 말았다.

방 안은 한동안 침묵으로 가득 차 있었다. 밝고 부드러웠던 분위기는 암담함으로 색을 바꿔 입었고, 화기애애했던 두 사람은 어색한 얼굴로 한참을 다른 곳만 바라보고 있었다.

자신이 생각했던 것과 상황이 무척 달랐다는 것을 알아버린 지금, 과거는 과거라며 기억 너머로 덮어버리려고 해도 그게 쉽지만은 않았다. 놓쳐버린 진심이 안타까웠고, 엇갈렸던 발걸음이 애처로웠다. 오랫동안 앓아왔던 마음이, 허투루 소비하고 만 시간이 눈물 났다. 되돌릴 수 없다는 것을 알기에.

태풍도 마찬가지였던 모양이었다. 그는 버석대는 마음을 진정시키기 위해 잠시 자리에서 일어나더니 어색한 침묵을 깨고 산나에게 손을 내밀었다.

"잠깐 바람이라도 쐴까?"

"바람?"

"산책은 아침에 하고, 지금은 그냥 발코니 소파에 앉아서 차가운 맥주를 마시고 싶네."

쓸쓸한 태풍의 미소가 산나의 마음을 더욱 시리게 했다. 그녀는 지금까지 자신이 놓치고 있었던 것들이 무엇인지, 보지 못한 그의 눈물은 또 어떤 색인지, 이제부터는 제대로 바라보기로 했다.

안개에 휩싸인 것처럼 흐릿하기만 했던 시야가 단숨에 맑아지는 느낌이 들었다. 이 사람이 무슨 생각으로 그런 행동을 했었던 것인지 알게 되자 구름이 물러가고 휘황찬란한 보름달이 드러난 칸쿤의 밤하늘처럼 마음도 함께 깔끔해졌다.

이제 망설이지 않을 거야.

산나는 성숙해진 얼굴로 태풍의 손을 맞잡았다. 그러고는 그가 이끄는 대로 그의 걸음에 맞춰 발을 옮겼다. 언제부턴가 그의 보폭도 산나를 위해 절반가량으로 줄어들어 있었다.

함께 손을 맞잡고 부드러운 바람이 부는 발코니로 향했다. 실내에서 막 나온지라 숨이 턱 막히고 가슴이 답답해져왔지만 그 바람과 온도가 인공적이지 않았기에 얼마 지나지 않아 두 사람은 그 더위에 익숙해졌다. 오히려 더운 바닷바람이 서늘한 가슴속을 따뜻이 다독여주는 듯했다.

두 사람은 새하얀 소파에 자리를 잡고 앉았다. 눈앞에는 양옆에 카리브 해변과 라군 사이드를 끼고 줄지어 세워진 호텔의 야경이 펼쳐져 있었다. 그들은 한참 동안 말없이 같은 풍경을 바라보고 앉아 있었다. 두 손은 꽉 붙잡은 채로.

잠시 침묵을 지키던 태풍이 먼저 입을 열었다. 그는 눈앞에 펼쳐진 풍경에 시선을 꽂아둔 채였다.

"나인 줄은 전혀 몰랐던 거야?"

"사실 그렇게 도망치고 나서 혼란스러워하다가 결국 태양 오빠에게 전화를 했어. 그날 일은 잊어달라고. 그런데 오빠는 내가 무슨 말을 하는 줄 모르는 거야. 그리고 그날, 네가 귀국했다는 말을 들었어."

한숨이 섞인 목소리가 그에게 속삭였다. 물기에 젖은 목소리는 금방이라도 꺾일 것처럼 연약했다.

"혹시 태양 오빠라고 믿어 의심치 않았던 사람이 너였던 걸까, 의심을 하긴 했지만 다음에 우연히 길에서 마주친 너는 정말 아무렇지도 않게 나를 지나치기에. 나 따위는 염두에 둔 적도 없다는 표정에 나도 모르게 작아졌나 봐."

"우린 참…… 멀리도 돌아왔다."

담배 생각이 간절했다. 태풍은 왼쪽 손으로 쥔 맥주병을 들어 마른 목을 축였다.

그러는 동안 산나는 슬그머니 그의 단단한 어깨에 머리를 기댄 채 빈틈없이 얽혀 있는 두 사람의 손을 내려다봤다.

"오해가 있으면 먼저 확인하고 말을 해야 했는데."

지금 할 수 있는 것이라고는 후회가 전부였지만 그보다 중요한

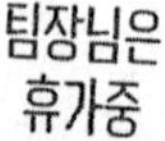

것을 알고 있었다. 두 사람의 미래를 함께 꿈꿔야 하는 일, 지금 겪은 후회의 감정을 다시 되풀이하지 않는 일.

"그게 생각처럼 쉬웠다면 세계 평화도 금방이라고 봐, 나는. 사람이라는 게 생각처럼 단순하고 직선적이지 못하니까 이런 일들이 벌어질 수밖에 없어. 게다가 태어나서 자라온 환영에 따라 각자의 상식과 개념이 천지만별이잖아?"

먼저 그에게 한 걸음 다가섰더라면 어땠을까?

괜한 오기 부리지 않고 솔직히 마음 한 자락을 내보였다면 어땠을까.

이렇게 아프게 돌아오지 않아도 충분히 그와 같은 꿈을 꾸며 행복하게 시작을 했을지도 모른다. 산나는 눈을 감고 마음을 비운 채 지금 바로 옆에 있는 태풍의 온기에 집중했다.

아, 당신이 곁에 있어서 다행이다.

이렇게 먼 길을 돌아왔는데 우리, 그래도 서로를 선택했구나.

"지금 와서 말하는 게 너무 늦었을 수 있지만 기회가 됐을 때 말해두고 싶어. 그때, 난 태양 오빠에게 차이러 갔던 거였어. 하도 오래 좋아해왔고, 그 마음이 영원할 거라고 믿어 의심치 않았으니까 그 마음을 끝내려면 제대로 된 거절을 당해야 한다고 생각했어. 지금 생각해보면 참 유치하지만 내 사랑이 자연 소멸이 된다는 건 있을 수 없는 일이라고 생각했거든. 더불어 그 마음을 제대로 끝내는 것이 네게 예의라고 생각했고."

"그래."

"그랬다고. 사람 일이 생각처럼 되지 않는다는 걸 깨달았어. 그뿐이게? 각자의 입장이 다르니 오해할 수밖에 없겠구나, 이해하게 됐어. 지금 와서 안 사실에 내가 얼마나 놀랐게. 그때 내가 상상이나 할 수 있었겠어? 네가 유학을 가기 전에 편지를 써두고 갔는지, 네가 그날 귀국을 했을지."

"그 시절에 스마트폰이나 카카오톡 같은 연락 프로그램이 발달해 있었더라면 이런 일도 없었을 거야. 너도 알다시피 그 시절엔 한국에 전화 한 번 한다는 게 그리 쉬운 일은 아니었잖아. 시차도 그렇고."

"다 핑계야."

"그래, 핑계야. 사실은 무서웠어. 편지를 써놓고 왔는데 너는 답장도, 연락도 없지, 또 타국에 가서 적응은 해야겠지, 이래저래 시간만 흐르더라."

태풍의 말을 들으며 고개를 끄덕거리던 산나는 그와 마주잡은 손을 바라보며 그의 엄지를 만지작거리다가 오래전부터 신경 쓰였던 점을 조심스럽게 꺼내놓았다.

"네가 좋아했다던 그 여자는……, 아이, 싫다. 이런 질문. 취소할래. 대답 안 해줘도 돼."

산나가 고개를 설레설레 젓다가 태풍의 어깨에 얼굴을 폭 묻었다. 산나의 그 모습에 태풍이 귀엽다는 듯 미소를 지으며 붙잡은 그녀의 손을 더욱 단단히 감싸 쥐었다.

"결혼식의 주인공은 우리 누나 친구 중 한 명이야. 이런 말을 하면 안 되겠지만 누나의 모습에서 난 누군가, 다른 사람의 모습을 찾으려고 했던 것 같아. 그래서 집착하듯 목을 맸던 것 같고."

그 누군가가 바로 너였던 모양이야, 오산나.

어디를 가도, 누구를 만나도 네 흔적만 찾았던 나는 참 바보 같게도 지금에서야 그 사실을 깨달았어. 늘 불완전하게 느끼고, 갈증을 호소하고, 텅 빈 것 같은 마음을 채우고 싶어 안달을 했던 이유가 다 네가 없었기 때문이라는 걸 너무 늦게 깨달았어.

"혜언, 프라이빗 바의 그 사람은."

"예쁘다고 했던."

"유학 시절에 알던 누나."

"흐음."

"바 분위기가 내 타입이기도 하고."

"음."

"누나가 정말 예쁘게 생기기도 했고."

태풍이 짓궂게 말하자 그를 바라보는 산나의 두 눈이 뾰족해졌다. 그녀가 그를 밉지 않게 흘기자 태풍은 자잘한 웃음을 흩뿌리며 자신은 결백하다는 얼굴로 어깨를 으쓱거렸다.

"누나가 못생겼다고 거짓말할 수는 없잖아?"

"알아. 나도 봤으니까."

"진실만 말하는 나."

"잘났어."

"그런 내가 단언컨대 내 눈에 최고로 예쁜 여자는 너야, 오산나."

세상에서 가장 아름다운 것은 백설공주라고 추앙하던 말하는 거울처럼, 태풍은 진지한 얼굴로 덤덤하게 말했다. 건조하고 담백한 말투였지만 내용은 어찌나 달콤하던지. 표정 관리를 하려고 해도 웃음이 자꾸 비집고 나오는 탓에 산나는 일그러진 얼굴을 태풍의 어깨로 숨겨버렸다.

아아, 네가 사랑스럽다.

오랫동안, 다른 누구도 아닌 너에게서 이런 말을 듣고 싶었다.

네 두 눈에 비치는 내가 그 누구보다도 예뻐 보이길, 그렇게 소원했다.

산나는 감개무량한 얼굴로 두 눈을 살포시 감았다. 구름이 걷히고 그 사이로 나온 찬란한 햇빛이 온몸을 바삭바삭하게 만들고 있었다. 태풍의 사랑에 산나 자체가 반짝반짝 빛나기 시작하는 순간이었다.

"그나저나 이렇게까지 말하면 나도 안 물어볼 수가 없지."

"뭘?"

"유명한, 그 자식."

태풍의 질문에 산나가 긴 속눈썹을 팔랑거리며 눈동자를 데굴데굴 굴렸다. 그녀의 커다란 두 눈이 제멋대로 휘어서 접히고 있었다.

"유학 시절에 알던 친구."

"어이."

"누구의 말을 패러디하자면, 좀 잘나가는 같은 직업군 종사자. 일하는 타입이나 디자인하는 옷들이 다 내 취향이기도 하고."

"예전부터 늘 느낀 건데 넌 조금 집요한 스타일이야. 받은 대로 꼭 갚아줘야 직성이 풀리는 성격이기도 하고."

태풍이 산나의 대답을 못마땅하게 여기고 툴툴거리자 그녀는 흥, 작게 콧방귀를 뀌고는 도도하게 대답했다.

"오랫동안 내 주변에는 잘나고 성격 좋은 남자들만 바글바글했다고. 첫사랑도 그랬고, 유학 시절에도 그랬고. 그런데 성격 좋고, 매너 좋고, 다 잘나면 뭐 해? 내가 원하는 사람은 따로 있는데."

"누군데?"

태풍의 질문에 산나는 그를 따라 어깨를 으쓱해 보였다. 그러고는 그가 듣고 싶어 하는 말을 피해 대답했다.

"예전에는 몰랐는데 그런 게 사랑인가 봐."

"그러니까 사랑하는 그 남자가 누군데?"

태풍의 이어지는 추궁에 산나는 슬그머니 자리에서 일어났다. 끈적거리는 양팔을 문지르며 자리에서 일어난 그녀는 길게 기지개를 켜며 은근슬쩍 방 안으로 들어갔다.

"이제 슬슬 자야지. 졸리네?"

"너, 거기 서. 딱 서."

"어휴, 무서워라."

산나는 태풍이 자리를 박차고 일어나기도 전, 재빠르게 발코니 문을 열고 실내로 도망쳤다. 빠른 걸음이 뛰다시피 변했고, 실내에서 도망칠 곳 하나 찾지 못한 산나는 결국 침대 위에서 태풍에게 잡히고 말았다. 까르르르, 자지러지는 그녀의 웃음소리가 한동안 방 안을 가득 채웠다.

그리고 얼마 후.

잘 준비를 하고 침대로 돌아온 산나는 침대 위에서 잠들어 있는 태풍을 발견했다. 그녀는 화장기 없는 얼굴을 수건으로 문질러 닦은 뒤 태풍의 옆자리에 자리를 잡고 앉았다. 침대 위에 파우치를 올려놓고 토너와 로션을 차례로 바른 그녀는 수분크림까지 꼼꼼하게 바른 뒤에야 비로소 파우치를 닫으며 미동도 없이 누워 있는 태풍을 바라봤다.

그녀는 양팔을 들어 머리를 받치고 누워 잠이 든 태풍의 가슴께에 자리를 잡고 누웠다. 그리고 그의 온기를 느끼다가 상체를 들어 그의 얼굴을 지그시 바라봤다. 평온한 눈두덩이, 날카로운 콧날, 도톰한 입술을 순서대로 매만지다가 그의 입술에 사랑스러운 키스를 남겼다.

“네가 좋아, 태풍.”

그 순간, 잠이 든 줄로만 알았던 태풍이 눈을 감은 채로 그녀의 손목을 잡았다.

“이제야 말해주는 거야?”

잠이 들었던 것은 맞는지 그가 갈라지는 목소리로 대답하며 감고 있던 눈을 느릿하게 떴다.

“잠들었던 것 아니었어?”

“그런 말은 내가 잘 때 하지 말고 눈 떴을 때 하라고. 네 눈빛만 보고 판단했다가 이렇게 오래 돌아오게 된 것 아니야? 한 사람, 한 사람이 각자 다른 우주와도 같아. 그렇게 불가사의한 사람 속을 내 경험과 내 판단만으로 어림짐작하다가는 큰코다친다는 걸 이번에 깨달았다고. 그러니 말로 하자, 우리.”

“방금 했잖아.”

“그러니까.”

태풍은 그녀의 손목을 잡은 손에 힘을 주었다. 산나의 가녀린 몸이 힘들이지 않고 자연스럽게 그의 품 안으로 끌려 들어왔다.

“그러니까, 내 말은 그거야. 나도 널 사랑한다고.”

미소가 서린 태풍의 입술이 산나의 입술 위로 살포시 내려앉았다. 쏟아지는 별빛처럼 사랑스럽고, 눈앞에 펼쳐진 카리브 해보다도 찬란했으며, 설탕을 가공해 만든 과자보다도 달콤했다.

그의 키스는.

그의 고백은.

그의 사랑은.

18. 팀장님은 '달콤한' 휴가 중

아침에는 산책을 했다. 고운 모래알이 맨발에서 자박자박 밟히는 감촉에 기뻐하며 호텔 주변을 맴돌았다. 파도가 치는 해변 모래에 두 사람의 이름을 그리기도 했고, 파도를 뒤쫓다가 쫓기다가 태풍에게 폭 안기기도 했다. 아아, 이런 모습을 담을 카메라라도 가지고 오는 건데. 말을 꺼내진 않았어도 두 사람 모두 같은 생각으로 그 찰나를 아쉬워했다.

점심 무렵에는 수영장에서 시간을 보냈다. 볕을 쬐며 느긋하게 여유를 즐겼다. 가장 더운 한낮이 되면 슬그머니 수영장 안에 들어가 함께 물 위를 둥둥 떠다녔고, 물놀이에 지쳤다 싶을 때엔 밖으로 나와 휴식용 의자에 앉아 책을 읽거나 낮잠을 잤다.

먹고 자고 놀기만 하다가 문득 본인이 우리 안 돼지와 다를 것이 무엇이 있나, 회의감이 들 때 즈음에는 피트니스 센터로 가 운동을 했다. 산나는 해변이 훤히 내려다보이는 통유리 앞에 설치된 러닝머신 위에서 뛰었다. 태풍은 그녀의 바로 옆에 있었다.

"전세 낸 것 같아 좋다. 그치?"

거친 숨소리가 가득 섞인 산나의 물음에 태풍이 웃으며 대답했

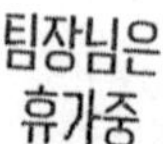

다.

"그러게."

"시설 엄청 좋은데 아깝다. 이용하는 사람이 한 명도 없어."

"휴양하러 왔는데 누가 운동을 하러 오겠어? 먹고 놀고 마실 시간도 아까운데."

"하긴. 이런 성(性)스러운 곳에서 성스러운 운동을 하기도 바쁠 텐데 여기에서 이렇게 뛰고 있을 이유가 없지."

양팔을 흔들어대며 활동적으로 움직이던 산나가 대수롭지 않다는 듯 대꾸하자 태풍은 단번에 러닝머신의 속도를 줄이며 불만스럽게 중얼거렸다.

"그런데 우리는 뭐냐?"

"뭐?"

"성스러운 운동을 하느라 온 기운이 소진돼서 여기에 못 오는 사람들이 파다한데 우리는 이게 뭐 하는 짓이냐고."

"그동안 우리가 너무 무의미한 운동을 많이 하긴 했지?"

"그건 오래전 일이라 기억도 나질 않는다."

"기억이 안 나?"

산나가 뾰족한 눈길로 그를 노려보자 태풍은 뒷머리를 긁적거리며 러닝머신을 아예 멈춰버렸다. 그러고는 뛰어내려와 반대편으로 걸어가 초록 빛깔의 파이토 추출물(Phyto-extract)을 종이컵에 따라 가져왔다.

"나긴 하는데 그 후로 금욕 생활을 너무 오래 해서 말이지."

그는 덤덤하게 대답하며 자신이 지금 이렇게 험악한 기계들과 씨름하며 구슬땀을 흘리고 있는 이유를 설명했다.

“나를 겨냥해서 하는 말 같은데? 꼭 날 탓하면서 말이야.”

“설마. 착각일 거야.”

“그렇게 생각하려고는 하는데 느낌이 영 그렇네. 정 그렇게 답답했다면 먼저 좀 덮치든가.”

“난 평생 미움받으면서 살고 싶지 않아. 나야 내가 할 수 있는 사랑을 온몸으로 표현하는 남자지만 너는…….”

태풍이 고민을 하듯 고개를 기울인 채 턱을 매만졌다.

“너도 온몸으로 사랑을 표현하는 타입이구나, 참.”

‘오산나’에 대해 어떻게 결론을 내려야 할지 무척 고민스럽다는 얼굴로 고개를 이리 갸웃, 저리 갸웃대던 태풍은 러닝머신 위에서 내려와 토마토처럼 발개진 얼굴을 하고 씩씩대는 산나를 보며 피식 웃고 말았다. 산나는 그가 들고 있던 종이컵을 빼앗아 단숨에 마셔 버리고는 그를 향해 투덜거렸다.

“그건 마음이 전해지지 않으니까 가장 마지막 수단으로 선택한 거고. 나도 마음을 우선시하는 여자 중 하나라고.”

“그래, 어쨌든. 어제 진실게임을 했을 때 알았어. 마음을 확인하지도 않은 채 몸만 오가면 서로 파트너로 전락하고 만다는 걸. 사실이야 아니었지만 서로 그렇게 생각하고 있던 거잖아, 우리?”

“우리가 아니라 너. 태풍 혼자.”

“오해가 생긴다는 건 소통 자체가 되지 않는다는 거야. 쌍방과실이라고, 내가 오해한 건.”

“또 시작하고 싶은 거야?”

“그냥, 말이 그렇다고.”

태풍이 잔뜩 심통이 난 산나의 손을 붙잡아 천천히 끌어 당겼

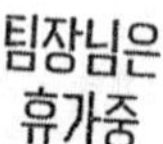

다. 그녀를 품에 안고 커다란 손으로 그녀의 등을 다독다독 두드려주자 산나의 얼굴에 잔뜩 피어 있던 가시들이 순식간에 뭉그러졌다.

"어쨌든 우리 오 여사, 마음이 온전히 풀릴 때까지 내 기다리기로 하였으니 마음 푹 놓으시고 여행을 즐기시옵소서."

산나는 태풍의 품에 얼굴을 묻은 채로 보이지 않게 입술을 배죽거렸다. 서로 마음을 모르고 있을 때엔 천방지축으로 날뛰던 그녀였지만 막상 태풍의 마음을 알고 나니 예전처럼 표현하기가 쑥스러워져버렸다. 서로의 마음을 알고 난 후부터 팽팽히 대립하지 않고 한 걸음 물러나주는 태풍의 태도에 힘을 잃고 끌려가게 되는지도 몰랐다.

"어제가 타이밍이었는데 그걸 모르나?"

산나는 설탕에 절인 것같이 달달했던 어젯밤을 떠올리며 아쉬움에 조용히 한소리 했다. 그러자 태풍은 득달같이 자신의 억울한 마음을 담뿍 담아 반박했다.

"손을 댄 순간 곯아떨어진 게 누구더라?"

태풍의 지적에 산나는 수면욕은 죄가 될 수 없다는 얼굴로 순진무구하게 두 눈을 동그랗게 떴다. 그러고는 어두컴컴한 실내와 상반된 바깥 풍경으로 시선을 돌렸다. 눈부신 햇빛 아래에서 유유자적 헤엄치는 사람들과 왁자지껄 파티 분위기를 즐기는 사람들이 해변 어딘가를 바라보고 있었다. 그들의 시선을 따라 산나의 시선도 이동했다.

"와!"

산나의 입에서 폭죽처럼 탄성이 터져 나왔다. 높이 쏘아 올렸다가 부러움과 황홀함이 뒤섞인 감정이 형형색색으로 팡! 터지는 탄성이었기에 벤치 프레스로 자리를 옮겼던 태풍이 땀을 닦으며 산나의 곁으로 다가왔다.

"왜?"

"저기 봐. 해변."

"아아, 결혼식을 하려나 보네."

간이기둥에 돌돌 매달린 새하얀 천이 나풀나풀 흩날리고 그 안쪽 단상 주변을 단출하게 장식하고 있는 장미 꽃송이로 두 사람의 시선이 한데 향했다. 양쪽에 삼행삼열로 배치한 새하얀 플라스틱 의자와 그 가운데를 빨갛게 수놓은 버진로드. 하객이 많지는 않아도 부부가 될 커플 두 사람에게만큼은 무엇과도 바꿀 수 없을 소중한 순간이 되리라 믿어 의심치 않았다.

"누구나 꿈꾸는 아름다운 결혼식이 더욱 소중해지겠다."

"저런 결혼식이 좋아?"

"가끔 꿈꾸고는 하지, 여자라면 누구나. 황금빛 태양이 내리쬐는 날, 파란 하늘을 지붕 삼고 새하얀 백사장을 카펫 삼아 에메랄드 빛 바다에 대고 영원을 맹세하는 거잖아. 산들산들 바람이 기분 좋게 불고, 주변에는 행복한 사람들만 가득한 낙원에서 서로의 입술에 사랑을 맹세하면 앞으로 어떤 일이 닥쳐도 이겨낼 수 있을 것 같아."

산나가 깍지를 낀 두 손을 뺨에 가져다대며 황홀하게 그 장면을 바라봤다. 멀리서부터 들러리로 생각되는 사람들이 남녀 짝을 맞춰 해변으로 걸어 나오고 있었다. 붉은색 드레스를 맞춰 입은 여자들과 그들을 에스코트하는 정장 차림의 남자들이 걸어 나오자 그 뒤로 신랑과 신부가 함께 손을 잡고 등장했다.

"역시…… 웨딩드레스 차림의 신부는 정말 아름다워."

산나가 감격한 얼굴로 그 장면을 뚫어져라 바라보자 태풍은 대신 심상치 않아 보이는 하늘로 시선을 옮겼다.

"문제는 날씨라는 건데."

"응?"

"저 커플에게는 안타까운 소식일 테지만 딱 봐도 날씨가 그리 좋아 보이지는 않아. 바람도 심상치 않고, 구름도 딱 먹구름 색깔이고."

그러는 와중 들러리들이 입장하고 신랑이 신부를 맞이하고자 버진로드를 걸었다. 그 순간, 태풍의 말이 저주가 된 것처럼 빗방울이 쏟아지기 시작했다. 퍽 사납게 부는 바람 탓에 흩날리는 치맛자락을 부여잡고 있던 들러리들이며 신랑신부까지 모두 근처 수영장의 처마 밑으로 뛰어가야 하는 상황이 벌어지고 말았다. 그 모습을 지켜보고 있던 산나의 입에서 탄식이 새어나왔다.

"아아, 어떡해. 속상하겠다, 저 두 사람."

"저런 해프닝도 행복하게 기억될 테니 걱정 마."

태풍은 신부에게 빙의한 채 본인들보다 더욱 안타까워하는 산나를 창가에서 가까스로 떼어냈다.

"7박8일 이상 손님들은 해변에서 비치 웨딩을 공짜로 할 수 있다던데 신청 안 했어?"

"몇 달 전부터 해야 한다더라."

"알아는 봤구나?"

태풍이 웃으며 바라보자 산나는 발끈하더니 아쉽다는 듯 창가로 던지고 있던 시선을 거두어들였다.

"비치 웨딩이 부러운 건 줄 알아? 서로 사랑과 영원을 맹세하는 그 성스러운 의식이 부러운 거야. 솔직히 우리 둘, 정상적인 결혼으로 맺어진 건 아니잖아. 내가 무슨 생각으로 결혼식장에 서 있었는지, 내가 입고 있던 드레스는 뭔지, 내가 무슨 말을 했는지 기억조차 나지 않는다고. 심지어 난 그때 네가 나타나지 않는 건 아닌가, 얼마나 조마조마했는지 알아? 내게 결혼식은 안 올지도 모르는 너를 향한 긴 기다림이었어. 영원히 이어질 짝사랑의 예고이기도 했고, 또 형 대신 동생과 결혼하는 인형과도 같은 여자애라는 수군거림. 또……."

산나는 울상을 지으며 중얼거렸다. 누군가에게는 평생 동안 간직될 추억이겠지만 산나에게는 오래토록 기억이 날, 잘못 끼운 단추였기 때문이었다. 아마도 그날이 기억날 때마다 자신이 얼마나 어리석었는지, 얼마나 사랑받지 못했는지, 혹은 또 얼마나 치졸하기 짝이 없었는지, 또는 얼마나 유치하고 못났었는지를 되새길 수밖에 없을 것이다.

한숨을 폭 내쉬는 순간, 산나는 자신을 바라보는 태풍의 시선을 느꼈다. 그녀의 마음을 이해하는 듯한 깊은 눈동자에 순간 가슴이 두근거렸다.

"왜?"

산나의 물음에 태풍은 의미심장한 얼굴로 그녀를 한참 동안 바라보다가 손을 내밀었다.

"아니. 그만 가자고."

본론에서 벗어난 그의 말에 왈칵 터져버릴 것 같던 눈물이 쏙 들어가버렸다. 괜히 서러워질 뻔했던 산나는 졸음기가 섞인 태풍의 말을 믿지 못하겠다는 듯 눈살을 찌푸린 채 되물었다.

"뭐?"

"졸리다. 저녁 먹으러 가기 전에 룸에 올라갔다 가자."

태풍이 배실배실 웃자 심각했던 분위기는 순식간에 희석되었고, 덕분에 산나는 촉촉해진 눈꺼풀을 몇 번 깜빡이는 것으로 물기를 털어버릴 수 있었다. 남는 것은 자괴감과 비슷한 한숨뿐이었다.

"휴."

무슨 놈의 무드를 바라니, 오산나.

산나는 그를 길게 노려본 뒤 몸을 홱 돌려 피트니스 룸을 빠져나갔다. 앞장서서 뒤도 돌아보지 않고 휘적휘적 걸어가는 남자 같은 발걸음을 지켜보며 태풍은 종종걸음으로 그녀의 뒤를 따랐다. 그녀 모르게 작게 웃은 태풍은 앞서 가는 산나를 향해 크게 소리를 질렀다.

"자꾸 그렇게 툴툴거리면서 화내면 확 뽀뽀해버린다?"

방 안에 들어오자마자 침대 위에 드러누운 태풍에 비해 산나는 바지런하게 방 안을 돌아다녔다. 침대에서 몇 번 뒹굴다가 자리에서 일어나 노트북을 열고 메일 체크와 출장 일정을 체크한 태풍은 일 처리가 끝날 무렵에도 곁으로 오지 않는 산나를 찾아 고개를 길게 뺐다.

"뭐 해, 지금?"

그의 질문에 욕실과 캐비닛 주변을 돌아다니던 산나가 대답을 해왔다.

"정리."

"여기까지 와서 무슨 정리야. 여기저기 돌아다니지 말고 이리 와, 그만."

"잠깐만."

짤막한 대답 후에도 5분 정도 시간을 지체하고 있던 산나는 옷을 갈아입은 채 무언가를 들고 침대로 다가왔다. 그러고는 노트북을 열어 가볍게 볼 수 있는 쇼 프로그램을 하나 틀어놓고 누운 태풍의 곁에 앉으며 혼잣말을 했다.

"배고프다."

"뭐라도 먹으러 나갈까?"

"그냥, 갑자기 칼칼한 게 당겨. 한국의 맛이 그립다."

"벌써? 나는 괜찮은데. 의외로 여기 음식이 입에 맞나 봐."

"그래? 난 돌김에 햇반에 김치라도 싸 올 걸 그랬다고 후회하는 중인데. 아니면 라면이라도."

산나의 말에 태풍은 건성으로 대꾸하며 점점 쇼 프로그램에 몰입하고 있었다. 산나는 시끄럽게 떠드는 연예인들의 목소리를 들으며 가지고 온 튜브를 열었다. 한 번도 사용하지 않은 새것이라 그녀가 뚜껑을 열자 뽁, 하며 빽빽한 소리가 났다.

"그게 뭐야?"

"쿨링 젤."

"그게 뭔데?"

"여기 좀 봐봐. 며칠 멕시코의 태양 아래 보호막 하나 없이 피부를 노출했더니 다 발개졌어."

산나는 얇은 소재의 브이넥 셔츠를 잡아당겨 맨 어깨를 드러냈다. 산나가 가지고 있는 셔츠 중 가장 커다랗고 넉넉해서 화상을 입은 부위에 최대한 적게 달라붙었다.

산나가 어깨를 내보이자 태풍은 그녀의 피부를 찬찬히 살펴보더니 진단을 내렸다. 1도 화상.

"수영복 모양대로 탔네. 아파?"

"하필이면 홀터넥 비키니를 입어서 목에 끈을 두른 부분만 빼고 탔어. 튜브톱 비키니를 입을걸."

"그건 뭐고 저건 뭔지."

"하여튼 지금 중요한 건 어깨가 다 타서 셔츠가 스치기만 해도 엄청나게 따갑다는 거야."

"이리 와봐. 내가 그거 발라줄게."

태풍은 산나에게서 쿨링 젤을 건네받고는 손에 투명한 젤리 같은 젤을 짜냈다. 그러고는 조심조심 그녀의 붉어진 살갗에 젤을 발라주기 시작했다. 아주 조심스럽게 발라주는데도 간헐적인 신음이 새어나왔기에 태풍은 솜털보다 가벼운 손짓으로 멈칫거리며 젤을 발라주었다.

산나가 그의 손길 아래에서 움찔움찔 몸을 떨어대다가 그를 향해 물었다.

"자기는 안 아파?"

"나도 좀 봐봐."

태풍이 기다렸다는 듯 웃옷을 벗어젖히고는 침대에 엎드려 누웠다. 거무스름하게 탄 그의 등이 발갛게 달아올라 있었다.

"어휴. 어쩐지 선 베드에 그렇게 오래 누워 있더라니."

산나가 태풍의 탄 피부를 찰싹 때리자 태풍의 입에서 "아악!" 신음이 새어나왔다. 그 소리를 들으며 작게 웃은 산나는 방금 전보다 훨씬 부드러워진 손길로 그의 등에 쿨링 젤을 발라주었다.

산나가 쿨링 젤을 다 발라주고 뚜껑을 닫자 그 모습을 지켜보고 있던 태풍이 팔베개를 한 뒤 은근하게 물었다.

“자기도 좀 벗고 있지?”

“누구 좋으라고?”

“지금 무슨 생각을 하는 거야? 당연히 자기 좋으라고지.”

태풍의 말에 산나가 눈물을 찔끔찔끔 흘리며 셔츠를 어깨 밑으로 늘어트리며 투덜거렸다.

“그런데 정말 아프긴 해.”

산나가 에라 모르겠다, 셔츠를 벗어 던지고는 속옷만 입은 채로 태풍의 옆에 누웠다. 에어컨 덕분에 차가워진 이불이 등에 와 닿자 산나가 가늘게 몸을 떨었다. 그것을 알아챈 태풍이 산나를 향해 손을 길게 뻗었다.

“이리 와.”

태풍의 초대에 산나가 머뭇거리다가는 곧장 그의 가슴께로 도로로 굴러갔다. 어깨를 스치면 따가운 탓에 어깨 아래로 브래지어 끈을 미끄러트린 채로 태풍의 품에 안기자 그녀의 맨살이 태풍의 살갗에 닿았다.

서로 다른 온도가 맞닿았다. 자신과 다른 온도에 이질감이 든 것도 잠시, 그의 온도에 물들어 익숙해져버렸다. 보송보송한 피부의 마찰도 기분을 좋게 만들었기에 산나는 그에게 달라붙어 비비적거렸다. 좋은 것을 향해 달려드는 본능적인 움직임이었다.

그녀의 기분 좋은 떨림이 태풍에게까지 전달된 모양이었다. 태풍의 굵은 팔이 자연스럽게 그녀의 가느다란 허리를 감싸 안았다. 묵직한 무게가 허리 언저리에 실리자 묘한 안도감이 들었다. 안도감이 들면 마음은 평온해야 마땅한데 이상한 것이 마음은 또 그렇지가 않았다. 널을 뛰듯, 바람이 일듯, 파도가 치듯, 나뭇잎이 술렁거리듯 그렇게 마음도…….

'이게 대체 뭐라고.'

산나는 후우, 태풍에게 들키지 않게 낮고 깊게 숨을 뱉어내며 호흡을 골랐다. 그의 옆에서 자꾸만 빨라지는 호흡에 가슴도 함께 쿵쾅쿵쾅 달음박질을 시작했기에 걸음을 늦추자고 생각했다. 물론 그 속도를 그녀 마음대로 조절하기란 쉽지 않았지만.

산나가 그렇게 생각했을 무렵, 태풍이 숨을 토해냈다.

"나 참. 이게 대체 뭐라고."

산나가 생각했던 그대로.

자신의 생각을 그대로 읽어낸 것 같은 그의 말에 산나가 놀라 두 눈을 동그랗게 떴다.

"뭐?"

"그냥 껴안은 것뿐이잖아, 우리. 벌거벗고 한 침대에서 뒹굴었던 적도 있는데. 네 피부가 영 낯선 것이 아닐 정도로, 내 피부라도 된 것처럼 쓸고 핥고 입 맞추고……. 그런데 나, 왜 이렇게 설레냐? 고작 널 끌어안은 것뿐인데."

태풍을 등지고 등을 구부정하게 구부린 산나는 그의 팔을 벤 채로 그의 맥박이 뛰는 팔 안쪽에 뜨거운 숨을 토해냈다.

나도 그래, 나도 그래, 나도 그래…….

숨을 쉴 때마다 구부정한 등의 살갗이 그의 뱃가죽에 닿았다. 심장이 뛰듯 두근, 할 때마다 한 번. 또다시 두근, 뛸 때마다 한 번.

그건 그와 맞닿고, 탐하고, 절정에 오를 때는 몰랐던 감촉이었다. 전기가 온몸의 뼈마디를 관통하는 짜릿함이 아니라 은근히 스치는 탓에 사랑스러운 그 감각.

정말 왜일까? 고작 너와 맞닿은 것뿐인데.

그 생각에 산나가 눈꺼풀을 깜빡거리다 고개를 저었다.

아니다, 나는 너와 마음이 맞닿은 거다. 그러니 몸이 통한 것보다 훨씬 짜릿할 수밖에.

산나는 묘한 신음을 흘리며 그의 팔뚝에 입술을 묻었다. 그녀의 마음이 전해졌는지 태풍이 그녀의 목덜미에서 등뼈를 따라 자잘하게 키스를 흩뿌렸다.

"아……."

나른한 한숨이 입가에 머물자 태풍은 그녀의 살점을 한 입 베어 물었다. 달콤한 과즙이 입안 가득 밸 것 같은 그녀의 야들야들한 피부를 욕심껏 빨아들이자 그녀의 허리에도 화상 자국처럼 얼룩덜룩한 자국이 생겼다.

그녀의 허리를 잡고 있던 그의 손이 앞으로 미끄러져 내려왔다. 그러고는 그녀의 턱을 잡아 그가 있는 쪽으로 돌렸다.

"얼굴이 빨개졌다, 오산나?"

홍조를 띤 산나의 피부를 가만 쓸던 태풍이 그녀의 귓가에 속삭였다.

"눈빛도 멍하고."

물기로 촉촉한 눈빛은 측면을 통해서도 확실히 볼 수 있었다. 긴 속눈썹이 반짝거리는 눈동자를 감추고자 몇 번이고 깜빡거렸다.

"뭘 원하고 있는지 입술은 벌리고 있고."

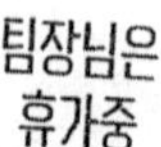

메워주길 바라는 그녀의 작은 입술을 바라본 태풍의 시선에 붉은 욕망이 잔뜩 끼었다. 그런데도 그는 무언가를 하겠다는 움직임 없이 다소 짓궂을 정도로 빤히 그녀를 지켜보았다. 그에 발끈한 산나가 뾰족해진 목소리로 톡 쏘아붙였다.

"그렇게 애써 설명해주지 않아도 되거든?"

그녀의 입술이 '무드 없는 남자 같으니'라며 그를 비난하고 있었기에 태풍은 이해할 수 없다는 듯 어깨를 으쓱거렸다. 이보다 더 무드 있을 순 없잖아, 하는 투였다.

"기분 나빠하는 거야? 왜? 난 날 보는 이런 표정의 널 사랑한다는 말을 하는 건데."

진지하기 짝이 없는 그의 말에 그녀의 입술이 제멋대로 웃음을 뿜어냈다. 피식, 하고 터져버린 웃음은 그녀의 마음이 푸근하게 누그러졌음을 의미했다.

"이제 곧잘 사랑한다는 말을 하네?"

"10년 동안 하지 못했던 만큼 해줘야지."

"앞으로 천천히 해도 되잖아."

"그건 앞으로 할 말들이고. 그땐 또 다른 사랑 고백을 하기도 바쁠 텐데 어떻게 10년치를 뒤로 미뤄?"

제법 뻔뻔한 사랑 고백이었지만 그래도 좋았다.

누구나 다 하는 전형적인 말이었지만…… 그래, 사람들이 하나같이 이 말에 왜 울고 웃는지 이제는 알겠다.

"때론 참신함보다 전형성이 각광받을 때가 있죠. 전형적이라는 건 오랜 시대를 거쳐 검증했다는 이야기고, 고리타분하다는 말은 많은 사람들에게 널리 사용되었기 때문에 그렇게 느낄 수 있는 거고, 뻔하다는 건 눈에 읽히지만 그만큼 친숙하다는 이야기도 되니까."

전형적이기 짝이 없던 패턴을 고수하며 꼰대처럼 프로젝트 선정에 관여하던 그가 했던 말을 조금은 이해할 수 있게 되었다. 참 이상한 점은 일과 전혀 상관없는 부분을 통해서 그 이해가 이루어졌다는 것이다.

"들어도, 들어도 안 질릴 것 같아."

"그렇다면 계속 해줘야지. 질리면 언제든 말해."

"질린다고 하면 안 해주려고?"

"설마. 다른 말로 바꿔서 해줘야지."

자신만만하게 웃는 그의 얼굴이 꼭 철없는 어린 소년처럼 보였다. 하지만 사실 그는 어린 소년이 맞았다. 막 사랑을 시작하는 소년. 사춘기 시절에서 막 벗어나 성숙한 사랑을 시작하려고 날갯짓을 하는, 그런 어린 마음이 막 부화한 셈이었다.

"이제부터 네가 원하는 걸 다 해줄 참이야."

"내가 뭘 원하는데?"

"키스, 섹스, 로맨스, 카타르시스."

태풍이 그녀의 입술 근처로 고개를 기울인 채 촉촉한 목소리로 속삭이자 산나가 웃음을 터트리며 그의 어깨에 손을 올렸다.

"뭐야, '스'로 끝나는 단어 찾기야?"

"해볼까? 체킷체킷, 체키라웃. 네가 원하는 건 달콤한 키스. 드레스를 입은 너의 포스. 아름다운 너는 나의 파라다이스. 나의 마음은 너로 인해 카오스. 유지하려 해도 흐트러지는 마이 페이스. 너

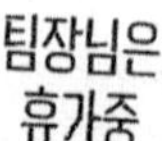

와 내가 만나 우린 카타르시스. 사랑은 어디에나 있는 유비쿼터스. 하지만 우리 둘의 사랑은 어디에도 없는 특별한 로맨스. 예아, 너는 나만의 프린세스 베이비.”

속사포 프리스타일 랩을 지향하며 래퍼들의 제스처를 따라 하는 태풍의 엉성한 목소리에 산나는 박장대소를 했다. 그의 제스처가 웃기기도 했지만 그의 사랑 고백이 진심으로 그녀를 행복하게 했기에 광대뼈가 아플 정도로 웃었다. 행복으로 넘쳐흘러 나중에는 얼굴 전체가 일그러졌을 때, 산나는 수습할 수 없는 얼굴을 가리며 몰래 눈꼬리에 매달린 눈물을 닦아냈다. 그러고는 그에게 래퍼로 변신한 오산나를 선보였다.

“내 마음에 쏙 들었어, 베이비. 너는 시험에서 패스.”

“진짜 못한다.”

돌아온 것이라고는 노력에 상반되는 비난의 뉘앙스.

그로 인해 센스 없는 오산나가 받아야 하는 스트레스.

산나가 입술을 비죽거리자 태풍이 그녀를 끌어안고 움찔거리는 그녀의 입술을 삼켜버렸다. 방금 전 개구지던 그의 입술이라고는 믿기지 않을 정도로 거칠고 남성적인 키스가 그녀를 덮쳤다.

저돌적인 입술이 맹렬하게 와 닿자 기다렸다는 듯 산나의 입술이 스르르 열렸다. 덕분에 두 사람은 서로에 대한 마음을 욕심껏 드러냈다. 잔뜩 벌린 두 입술이 서로를 향해 서슴없이 맞물렸다. 치아가 부딪치며 딱딱 소리를 냈지만 누구 하나 신경 쓰는 이가 없었다. 달콤한 혀가 덩굴처럼 서로에게 엉겨들었다. 줄다리기라도 하듯 서로의 입안을 오가던 혀는 금세 녹여버리기라도 할 것처럼 열정적으로 서로를 헤집었다.

키스로 온몸이 노곤해진 산나가 정신을 못 차리는 사이, 태풍이 그녀를 똑바로 눕히고 번개보다 빠른 속도로 허리에 올라탔다. 오동통한 엉덩이를 붙잡아 잔뜩 성이 난 그의 페니스에 가져다 댄 그는 지배자의 얼굴을 한 채 자신의 밑에 깔린 산나를 감상하듯 바라봤다. 우월함이 가득 느껴지는 눈빛으로 까만색 속옷만 걸친 산나의 상반신을 양손으로 쓸었다. 그러다 그녀의 속옷 밑으로 미끄러져 내려가 그녀의 가슴을 손바닥이 그득해질 정도로 움켜쥐었다.

그때였다.

뚜르르르.

인터폰이 울렸다. 서로를 바라보는 눈빛 속에 타오르던 불길이 주춤하긴 했어도 태풍은 그녀에게 짙은 키스를 퍼부었다. 입술이 도톰하게 부풀고, 종국에는 립 라이너를 바른 것처럼 입술 선만 도드라지게 부어오르게 될 정도로 그녀의 입술을 탐했다. 너의 입술에 나를 발라주겠다는 투로, 네가 몸이 견디기 힘들 정도로 한 남자에게서 사랑받고 있다는 것을 세상 모든 사람에게 알려주겠다는 투로 그녀의 입술을 짓이겼다.

뚜르르르.

인터폰은 수그러들 기미를 보이지 않고 울려댔다. 그 울림에 두 사람은 아쉽다는 듯 입술과 눈빛을 힘겹게 떼어내고 몸을 굴렸다. 침대 맡 탁자 위의 인터폰을 받아든 태풍이 입을 열었다. 노골적으로 퉁명스러운 목소리였다.

대충 대답을 한 태풍이 인터폰을 내려놓자 산나가 기다렸다는 듯 질문했다.

"뭐래?"

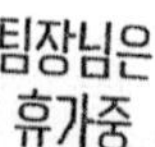

"조금 후에 야외에서 로맨틱 디너를 즐기실 수 있다고. 허니문 패키지에 포함되어 있다네. 커플 스파는 언제 받고 싶냐는데?"

"아아. 로맨틱 디너."

산나는 이제야 생각이 났다는 듯 자리에서 일어났다. 그녀는 부스스한 머리칼을 정리하고 종종걸음으로 욕실로 향했다. 화장용 거울 앞에 앉기가 무섭게 파우치 지퍼를 열고 화장을 고치기 시작한 산나는 방금 전 열기가 서린 두 뺨을 다독이며 투덜거렸다.

"너무 친절한 것도 얄미운 것 같아, 난."

그녀의 중얼거림에 산나를 따라 욕실로 들어온 태풍은 그녀의 등 뒤에 서서 정수리에 키스를 남겼다.

"여기 있는 동안 남는 게 시간이라고, 오 여사. 아쉬워하지 말고 준비하자."

담백한 그의 말투에 산나의 시선이 거울 너머로 보이는 태풍에게 고정되었다. 이를 닦겠다며 칫솔에 치약을 묻히면서도 거울 속 자신의 근육을 이리저리 살펴보는 그의 모습에 내심 서운한 것은 괜한 욕심 때문인지도 몰랐다.

하루하루, 이렇게 함께 있는 찰나마저 흘려보내기 아깝다고 하면 너는 웃을까?

아니다.

태풍은 속으로 아, 다행이다, 안도의 한숨을 내쉬었다. 그녀는 모르겠지만. 시작하기 전이라 다행이다, 심호흡을 하며 불뚝거리는 큰 놈을 다스렸다. 역시 그녀는 모르겠지만.

시작했더라면 로맨틱 디너고 뭐고, 일단 너부터 잡아먹어버리고 말았을 거다. 그렇다면 오늘 저녁은 분위기고 뭐고 그냥 육체적인 욕망만 난무하는 밤이었겠지. 아니, 어쩌면 뜨거운 밤이 더 좋았으려나?

태풍은 고개를 설레설레 흔들며 속으로 되뇌었다.

'스텝 바이 스텝. 스텝 바이 스텝.'

연애도, 결혼도 정석대로 하지 못한 그는 이왕이면 지금부터라도 정석대로 해나가고 싶었다. 산나, 그녀를 위해.

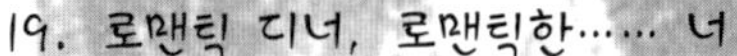

19. 로맨틱 디너, 로맨틱한…… 너

낮에 잠깐 소낙비가 들이친 까닭에 산나는 야외로 향하면서 유독 불안해했다. 비가 오면 어쩌나, 걱정을 하는 그녀의 곁에서 태풍은 그녀가 들은 척도 않는 '화장이 진하다'를 연발했다.

까만 슬리브리스 원피스를 입고 머리를 틀어 올린 산나는 그녀를 스쳐 지나가는 사람이라면 누구나 한 번쯤은 뒤를 돌아보게 만드는 매력을 뽐내고 있었다. 느슨한 느낌의 머리 모양이나 스타일 좋은 원피스, 높은 하이힐이 잘 어울렸기 때문이라기보다 그녀 자체에서 뿜어 나오는 독특하고 칼칼한 매력 때문이라고 할 수 있었다.

태풍은 그런 그녀를 에스코트하며 뭇 남성들의 시선을 잔뜩 경계했다. 두 사람은 호텔에서 바닷가까지 이어지는 긴 원목 덱을 걸어 해변에 도착했다. 해변으로 이어지는 계단을 내려가자 양옆으로 촛불을 배치해둔 길이 드러났고, 산나는 방금 전까지 하던 걱정은 싹 잊어버린 채로 기쁘게 그 길을 걸었다.

"진짜 로맨틱하다."

인터폰을 무시한 채 그대로 뜨거운 밤을 보냈더라면 후회했을 것이 분명해 보였다. 새하얀 캐노피 안에 배치된 식탁 앞에 자리를 잡고 앉은 산나는 황홀한 눈으로 주변을 둘러보았다. 나란히 앉게 배치된 의자에 앉아 바다를 바라보는 산나는 그녀가 꿈꾸던 완벽한 판타지 속의 주인공이었다.

테이블 위에는 네모난 유리병 속에 든 꽃송이, 와인글라스, 샴페인 글라스, 음료 글라스, 그리고 은은한 촛불이 놓여 있었다. 산나는 꽃송이가 든 네모난 유리병 너머로 하얀 백사장과 그 위에서 부서지는 파도를 감상하며 나른한 한숨을 뱉어냈다.

"이렇게 행복한데 갑자기 무서워지는 건 왜일까?"

눈물에 젖은 것 같은 촉촉한 목소리가 제법 쓸쓸하게 들려오자 그녀와 함께 같은 풍경을 마음에 담고 있던 태풍이 의아하다는 투로 고개를 돌렸다.

"무슨 소리야?"

태풍의 질문에 산나는 작게 웃으며 언젠가의 기억을 떠올렸다.

"예전에 했던 인터뷰, 기억해?"

"네가 온갖 거짓말로 치장했던 인터뷰를 말하는 거라면 생생히 기억난다고 할 수 있지."

"그때 말한 거짓말은 어쩌면 내가 꿈꾸던 연애였는지도 몰라. 그렇게 사랑받고, 그렇게 사랑하고, 그래서 행복할 어딘가의 나를 생각하면서 했던 인터뷰였거든."

"그런데, 지금 오산나는 불행해?"

"분에 넘칠 정도로 행복해."

"그런데?"

"그런데 너무 행복하니까 지금 내가 느끼는 행복이 진짜인가, 내 것이 맞나 불안해져. 칸쿤에서 한국으로 돌아가면 다 꿈이었다면서

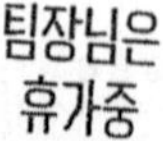

산산이 깨질 것만 같아서."

산나는 태풍의 어깨에 살포시 기대며 한숨을 폭 내쉬었다. 본인은 모르겠지만 그녀의 한숨은 이전의 담배연기같이 씁쓸한 것이 아닌, 라떼 위에 듬뿍 얹힌 거품처럼 보송보송하고 달콤한 것으로 변해 있었다.

"겁쟁이네, 오산나."

산나의 걱정에 가슴 철렁했던 태풍은 그녀의 배부른 투정에 마음을 놓고는 그녀의 어깨에 손을 올렸다.

"내가 옆에 있는데도 무서워하다니."

"나에게 가장 신기루처럼 느껴지는 게 바로 너거든, 태풍?"

"나는 또 신기루 같은 남자야? 거 참, 매력적인 친구일세."

"진짜! 남은 심각한데 자꾸 그래?"

태풍의 단단한 어깨에 머리를 맡기고 있던 산나가 고개를 들어 흘겨봤다. 그러자 태풍은 '그만큼 심각한 일이 아니라는 점'을 강조하며 눈을 커다랗게 떴다.

"심각할 게 뭐 있어. 신기루 같은 남자가 당신 옆에 안주하고 앉았는데. 이제는 신기루가 아니라 방향 위치 확실한 당신만의 오아시스 그 자체인데."

"바람처럼 휙 사라져버릴까 봐."

산나는 아직 불안을 떨치지 못했다는 투로 그의 어깨에 뺨을 비비적거리며 어리광을 부렸다. 들어도, 들어도 모자란 사랑한다는 그 말이 듣고 싶었다. '영원' 같은, 동화처럼 비현실적인 맹세를 해주길 원했다. 그래서 이 불안감을 순간만이라도 잠식시킬 수 있도록 그가 설탕 바른 말을 귓가에 속삭여주길 바랐다. 아닌 것을 알지만 이 순간만큼은 그렇다고 믿고 싶어 하는, 세상의 모든 여자의 욕심이자 어리광이었다.

그런 산나의 마음을 아는 태풍의 목소리가 한껏 다정해졌다. 오래전 그녀와 대립하고 있던 상황을 떠올리면 지금 이 정도의 어리광쯤은 얼마든지 받아줄 수 있었다. 이건 태풍에게 행복한 고민이나 다름없었다.

“그럼 내 입장도 생각해줘.”

“네 입장?”

“네가 불안해할수록 나도 불안해지거든.”

그렇게 속삭인 태풍은 산나의 이마에 입술을 지그시 내리눌렀다. 그렇게 입을 맞춘 채로 조용히 속내를 속삭였다. 분명 한국이었다면 하기 힘들었을 말들을.

“네가 생각하는 것과 똑같아. 난 남자고, 이제 한 집안의 가장이고, 그래서 굳건하고 믿음직스러워야 할 테지만 그 전에 나도 오산나와 같은 인간이야. 오랫동안 혼자 삽질을 했다는 건 그만큼 겁도 많다는 거고. 왜일 것 같아?”

“글쎄.”

“널 사랑하면 사랑할수록, 마음이 깊어질수록 잃고 싶지 않으니까. 집착하게 되니까. 전전긍긍해버리고 마니까. 그만큼 겁을 내는 거야.”

어디로 휘몰아칠지 모르는 태풍에서 상대방의 머리칼을 흐트러트리는 기분 좋은 바람이 된 그의 말에 산나가 까르르 웃음을 터트렸다.

“또다시 고백하는 거야? 그렇게 내가 좋다고?”

"그래."

두 사람은 이야기를 나눌 무렵 웨이터가 따라주고 간 샴페인을 한 모금씩 나눠 마시며 미소를 교환했다.

"그나저나 내가 그렇게까지 네게 믿음을 주지 못했다는 사실에 살짝 충격인데?"

"아, 그건……."

"노력할게. 네가 날 믿을 수 있게."

"나도."

"하늘이 노랗고, 바다가 빨갛고, 사과가 파랗다고 해도 네가 믿도록."

"그건 사기다. 세뇌고 최면이야."

산나가 지적을 하자 태풍은 그녀의 반박은 듣고 싶지 않다는 듯 그녀의 입술을 자신의 입술로 막아버렸다.

애피타이저로 나온 수프부터 샐러드, 메인 요리는 스테이크와 랍스터, 디저트로는 세 가지 맛의 초콜릿 브라우니와 허니문을 축하하는 셰프의 메시지가 담긴 초콜릿 접시까지 깨끗하게 비우고 나니 붉던 노을은 사라지고 어둠이 까맣게 내려앉아 있었다.

"여태까지 먹었던 그 어느 음식보다 맛있었어."

분위기와 맛, 모든 것이 완벽했던 로맨틱한 밤이었다.

자리에서 일어나 태풍과 손을 맞잡은 산나는 호텔 내부로 연결되어 있는 긴 덱 위를 걷기 시작했다. 양옆으로 수영장이 펼쳐져 있었고, 레스토랑 소유의 파티오에서는 연인들이 저녁식사에 한창이었다.

각기 다른 색상의 조명이 수영장 주변을 밝히고 있는 광경을 바라보고 있던 산나가 태풍의 손을 잡아당겼다.

“우리 잠깐 발 담그고 갈래?”

“이 밤에?”

“잠깐은 괜찮잖아?”

“이 밤에 수영하는 사람 하나 없다. 봐봐.”

“그래도. 조명이 물 위에서 어른거리는 모습도 예쁘고, 저 멀리 파도가 철썩대는 소리도 좋고, 배도 부르고, 분위기도 온화하고.”

호텔 주변을 밝히는 조명이 산나의 눈동자 안에 가득 들어차 반짝반짝 빛을 내뿜는 모습을 가만히 들여다보던 태풍이 미소를 머금고 고개를 끄덕였다.

“그래, 가자.”

태풍의 허락이 떨어지자 산나는 만개한 꽃송이처럼 활짝 웃더니 열여덟 소녀처럼 팔랑팔랑 수영장을 향해 뛰어갔다.

“어이, 넘어져. 조심해!”

산나의 손을 놓친 태풍이 그녀를 뒤따르며 목소리를 높였지만 그녀는 들리지 않는다는 듯 깔깔 웃으며 입고 있던 원피스를 훌렁 벗어버렸다.

“야, 오산……!”

말릴 겨를도 없었다. 태풍은 그녀를 향해 손을 뻗은 채 그 자리에 멈춰서고 말았다. 군살 없이 매끈한 그녀의 몸매가 은은한 조명 아래 드러나는 순간, 하얀 거품 속에서 탄생했다는 아름다움을 상징하는 여신 비너스를 목도하는 것 같은 착각에 빠지고 말았다.

“나 참. 정말 미쳐가는구나. 별 생각을 다 하는 걸 보니.”

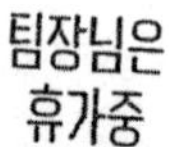

하지만 자신의 머리를 쥐어뜯어도 그 장면만큼은 눈을 감아도 지워지지 않을 찰나의 섬광과도 같았다. 그의 호흡마저 빼앗아 가버린 그녀의 아름다움에 태풍은 아주 잠시 멈춘 것 같았던 심장이 요란하게 뛰어대고 있음을 자각했다.

"젠장."

오산나가 저렇게 예뻤던가?

물론 주변에서 예쁘다는 소문이 자자하긴 했어도 이 정도로 매력적이었던가?

아름다움에 홀린 것도 잠시, 태풍은 무섭게 일어나는 집착과 소유욕에 두 주먹을 불끈 말아 쥐었다.

"유부녀가 이 이상 매력을 뽐내 어쩌자는 거야?"

그는 일렁거리는 마음을 참지 못한 발걸음으로 성큼성큼 산나가 있는 수영장으로 걸어갔다. 샤워장처럼 천장 위에서 물줄기가 쏟아지는 부분을 지나 물결 하나 없이 잔잔한 수영장으로 향했다. 그러자 거침없이 그 안으로 몸을 던진 채 물살을 일으키는 산나가 보였다.

"아아, 차가워서 기분 좋아. 들어올래?"

"수영복 안 입고 있는 거 알잖아?"

"그러게 내가 나올 때 수영복 안에 입고 오랬잖아."

"진심으로 수영하고 싶어 하는 줄은 몰랐어."

"바보."

산나가 손가락으로 작은 물방울을 튕기며 깔깔 웃었다. 태풍이 근처로 다가온 그녀를 끌어올리려고 하자 산나는 약을 올리듯 그에게서 유유히 멀어졌다.

"그만 하고 나와. 발만 담그기로 했잖아? 그리고 밤에는 수영 금지야. 봐봐, 의자도 다 접어놨고 수건도 없다고."

"다음에는 우리 별장을 하나 빌리자. 커다란 수영장이 딸린 곳으로."

다음이라는 그 말이 태풍의 마음을 설레게 했다. 오랫동안 겹겹이 쌓아왔던 강철과도 같던 마음이 한 꺼풀씩 벗겨지는 느낌은 퍽 낯설었다.

그녀의 제안이 좋았지만 대답은 제법 퉁명스럽게 나갔다.

"두 사람이 동시에 휴가 내긴 힘들지 않아?"

"인생 뭐 있어? 한 번 사는 인생, 이것저것 따지면서 살다가 우리 젊음이 다 가버린 다음엔 후회해도 소용없어. 나이 든 다음에나 떠날 휴가를 꿈꾸며 살기엔 우리가 너무 젊지 않아?"

두 눈을 동그랗게 뜨고 말하는 산나의 모습에 태풍은 긴장 빠지는 웃음을 터트리며 고개를 끄덕였다.

"네 말이 맞다."

산나가 물살을 가르며 태풍에게로 다가왔다. 수영장 곳곳에 배치된 조명 때문일까, 아니면 조명으로도 완벽히 밝힐 수 없는 밤의 장막 때문일까. 산나가 물살을 가르는 그 모습은 무척 신비로우면서도 아름답게 느껴졌기에 태풍에게 다시금 심정지가 찾아왔다.

물기로 반들거리는 그녀의 피부가 이 세상 사람 것 같지 않게 느껴졌다. 인어공주의 비늘일지도 모른다는 착각이 들어 물끄러미 바라보는데 산나가 손을 뻗어 그의 양손을 붙잡았다.

"우리 둘밖에 없는 곳으로 가자, 다음에는. 자고 싶을 때 자고, 불현듯 수영을 하고 싶어지면 옷을 훌훌 벗어버리고 곧장 뛰어들어도 아무도 못 보는 곳으로."

그녀가 속삭였다. 두 사람의 찬란한 미래를 일깨워주는 목소리로. 그제야 태풍은 눈동자에 드리워진 환상을 걷어내고 눈앞의 산나를 바라볼 수 있었다. 서로의 눈빛이 일직선으로 맞물렸다고 생각한 순간, 서로의 눈동자에 비친 자신을 바라볼 수 있었다. 사랑이 듬뿍 담긴 다정한 눈빛 속의 자신은 그 어느 때보다도 행복한 미소를 짓고 있었다.

본인 스스로는 인지하지 못하고 있었지만.

태풍은 그녀의 손을 맞잡고 고개를 끄덕였다.

"그래, 그러자."

태풍이 그녀의 젖은 이마를 쓸어주자 산나가 고개를 들었다. 그녀의 두 눈이 스르륵 감기자 태풍은 그녀의 촉촉한 입술에 가볍지도, 무겁지도 않은 키스를 남겼다. 따뜻하고, 포근하고, 사랑이 담긴 키스는 서로에게 더욱 깊게 빠져들게 하기에 충분했다.

산나가 물 위로 나왔다. 더운 바람이었지만 몸이 젖은 상태라 그녀의 체온이 내려갈까 걱정스러워 태풍은 직원에게 수건을 부탁했다.

태풍이 수건을 가져와 그녀의 어깨에 덮어줄 때까지 산나는 수영장 가장자리에 앉아 발을 담그고 칸쿤의 풍경을 바라보고 있었다.

"자, 닦고 일어나."

"생큐. 그런데 나, 끈이 풀린 것 같아."

"응?"

"비키니 끈. 아까부터 느슨해. 다시 묶어줄래?"

"어디 봐."

태풍이 무릎을 굽히고 앉자 산나가 그를 향해 등을 돌려 보였다. 태풍의 시선이 산나의 등 부근에 꽂혔다. 그는 손을 뻗어 비키니 끈을 만져보며 고개를 갸웃거렸다.

"느슨하진 않은데……!"

비키니 끈을 확인하던 태풍의 두 눈이 순식간에 커다래졌다. 처음에는 비키니에 매달려 있던 동그란 물체를 비키니 장식으로만 여기고 있던 그가 그 정체를 확인한 순간이었다.

"이게……."

태풍은 비키니 끈에 매달려 있던 반지를 풀어낸 뒤 손바닥 위에 올려놨다.

그가 반지를 비키니에서 분리해냈다는 것을 알아챈 산나는 그에게 보이고 있던 등을 펴고 돌아앉아 쑥스러운 얼굴로 콧잔등을 살살 긁었다.

"사실 주려고 샀는데."

산나가 어디부터 어떻게 말을 꺼내야 좋을지 모르겠다는 듯 눈을 굴리다 한숨을 폭 토해냈다.

"산 지는 좀 됐어. 내가 안 사면 우리, 그 흔한 커플링 하나 없을 것 같아서. 물론 결혼반지를 받긴 했지만 그거, 자기가 준비한 거 아니잖아? 어머님이 주신 거지?"

산나의 질문에 태풍은 그 다이아몬드 반지를 기억해냈다. 청혼을 하기 위해 샀던 반지를 주머니 속에 넣어버린 지 며칠. 어머니의 부름을 받고 서재로 갔을 때, 태풍은 어머니에게서 반지를 받았다.

「너라면 넋 놓고 아무 짓도 안 할 것 같아서 내가 마련했다. 형식적인 결혼이긴 해도 할 건 해야 하지 않겠니? 네가 전해줘.」

어머니의 말씀에도 불구하고 김 비서를 통해 산나에게 전달했던, 마음이 담기지 않았던 반지.

"언제 줘야 하나, 눈치만 살피고 있었는데…… 알다시피 상황이 영 안 좋게만 돌아가서."

산나가, 이토록 사랑스러운 오산나가…… 눈을 깜빡거리며 눈치를 살핀다.

"저기, 마음에 안 들어?"

태풍은 그 모습에 기쁘면서도, 감동적이면서도 가슴 한쪽이 에이는 느낌을 받았다. 아까 먹었던 스테이크의 퍽퍽한 살이 가슴에 걸려 내려가지 않는 것 같았다. 체기를 느끼며 태풍은 목이 콱 막힌 채로 힘겹게 질문했다.

"……네 건 어디 있어?"

까딱 잘못했다가는 체면도 못 세울 정도로 눈물을 흘려댈지도 모를 상황이었다.

"여기. 평소에도 끼고 다니고 싶었는데 그러질 못해서 목걸이에 걸어서 매고 다녔어."

산나가 해맑게 웃으며 목에 걸고 있던 목걸이를 들춰 보였다. 그녀의 마음을 알고 나니 그녀의 목걸이가 더욱 마음에 사무쳤다. 태풍은 '이렇게 안으면 옷 다 젖는데'라는 산나의 말을 뒤로 넘겨버린 채 그대로 그녀를 껴안았다.

"널 어떡하면 좋냐, 진짜."

태풍의 한숨이 그녀의 어깨를 간질였다.

콰앙.

허니문 스위트, 2439호의 문이 호기롭게 닫혔다. 그 소리를 시작으로 태풍은 격정적으로 산나에게 달려들었다. 문이 닫히기가 무섭게 그녀를 몰아세운 그는 오래전부터 참아온 욕망을 거침없이 드러냈다.

"하아, 잠깐……."

"더 이상은 못 기다려줘. 이만큼 기다렸는데 얼마나 더 기다리라는 거야."

태풍은 그 짧은 순간마저 아깝다는 듯 산나를 밀어붙였다. 밀린 그녀의 등이 캐비닛에 닿자 태풍은 그녀의 턱을 들어 입을 맞췄다. 보드라운 입술을 포악하게 짓누르다가 잘근잘근 씹었다. 포동포동한 아랫입술을 입안 가득 빨아들이는데도 가슴속에서 피어오른 갈증은 쉬이 잦아들지를 않아 태풍은 작은 산나의 입술을 재촉했다.

태풍이 재촉할 때마다 산나는 끝을 모르는 샘처럼 달콤한 꿀물을 내주었다. 그의 혀가 온통 들어가기도 벅차 보이는 작은 동굴 속을 잔뜩 열어 그를 받아들이는 산나의 얼굴은 고통과 쾌감으로 범벅이 되어 있었다.

태풍의 손이 그녀의 가느다란 허리를 잡아 단숨에 들어올렸다. 허리가 들린 채 허공에 붕 뜬 산나는 본능적으로 자신의 몸을 지탱하는 태풍의 허리에 다리를 감고 매달렸다. 태풍은 그녀의 엉덩이를 잡아 단단히 고정시킨 뒤 자유로워진 손으로 그녀의 옷을 벗기기 시작했다.

셔츠를 입듯 착용할 수 있는 원피스를 돌돌 말아 그녀의 머리 위로 벗겨낸 뒤, 아직도 물이 잔뜩 배어 있는 비키니를 끌러냈다. 그녀가 입고 있던 옷들이 바닥에 떨어질 때마다 툭, 툭, 무거운 소리가 났다. 반대로 그 옷들을 짊어지고 있던 산나의 몸은 한결 가벼워졌다. 그녀는 물을 머금어 촉촉해진 피부를 스스로 매만지며 그를 유혹해왔다.

"젠장. 오산나, 너……."

반응은 빨랐다. 안 그래도 터질 것 같은 바지춤을 애써 참고 누르고 있던 태풍이 으르렁거리는 모습은 급발진하는 오토바이처럼 아슬아슬해 보였다.

뜯어 삼켜버릴 것처럼 송곳니를 드러내던 모습과는 달리 태풍의 움직임은 아주 다정하고 섬세했다. 그는 일단 시야에서 흔들거리는 그녀의 가슴부터 입안 가득 물었다. 촉촉하게 물을 먹은 데다 차갑게 식어 있기까지 해 맛과 식감 모두 완벽한 조화를 이루었다.

"내 입맛에 딱이야, 오산나."

"읏!"

짧은 신음 소리가, 간헐적으로 들리는 숨넘어가는 소리가, 욕망에 전율하는 헐떡거림이 모두 아름다운 선율이 되어 태풍의 청각을 자극했다.

태풍은 그녀의 젖꼭지를 희롱하던 입술을 살금 뗐다. 그녀의 가슴과 태풍의 입술에 매달린 가느다란 실 같은 타액이 그의 흥분을 돋웠다. 태풍이 다른 쪽 손으로 산나의 가슴살을 한 움큼 그러쥐었다. 태풍의 손바닥에서 시작된 열기는 산나의 가슴을 데우고도 모자라 그녀의 온몸에 뜨거운 불을 지폈다.

그녀의 변화를 알아챈 태풍의 몸짓이 더욱 다급해졌다. 그는 셔츠를 찢어발길 듯 벗어던지고 그녀를 안은 채로 침대로 걸어갔다. 그러고는 그녀를 안은 채로 침대 위로 쓰러지듯 누웠다. 그의 단단한 어깨를 매만지는 작은 손길이, 불편하다는 듯 엉덩이를 씰룩거리는 그녀의 허리놀림이 태풍을 성마르게 만들고 있었다.

몸을 섞는 것이 오랜만인지라 그녀의 몸 구석구석을 탐미하고 싶었지만 그조차 녹록지가 않았다. 태풍은 바싹바싹 말라오는 입술을 혀로 축인 뒤, 벨트 버클을 풀었다. 바지를 채 벗을 틈도 없이 그대로 산나의 뜨거운 몸 안에 자신을 밀어 넣은 그는 묵직한 신음을 흘리며 굵은 땀방울을 뚝뚝 흘렸다.

"흐윽."

"아아, 태풍! 자기야!"

산나의 속살은 한 번도 누군가를 받아들이지 않은 것처럼 꼭 닫혀 있었다. 누군가와 오래 하지 않으면 벌려두었던 틈이 그대로 붙어버리는지 다시 좁아져버린 탓에 태풍은 끙끙 신음을 흘리며 그녀의 속살을 헤집었다.

"젠장, 너무 좁아."

태풍의 투정에 산나는 몽롱해지는 의식을 간신히 부여잡으며 그의 등을 소리 나게 찰싹 때렸다. 물론 입 밖으로 낯간지러운 말을 꺼냈다는 것에 대한 보복이었는데 그것은 애초의 뜻대로 보복의 성격을 유지하지 못했다.

산나의 손길에 태풍의 검은 눈에서 섬광이 번쩍거렸다.

"그렇게 하고 싶어?"

"뭐?"

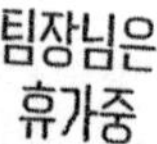

"때리는 건 취미가 아닌데."

"윽, 변태!"

"그러게, 네가 내 안의 변태성을 일깨웠어. 어쩌냐. 나, 이제는 어쩌지 못할 정도로 흥분해버렸다."

말하지 않아도 느낄 수 있었다. 그의 페니스를 가득 품고 있던 산나는 그녀의 속살에 파묻힌 채로 꿈틀거리며 그 부피를 더해가는 그것의 크기를 제대로 느꼈다.

"하악!"

그의 물건이 점점 커다래지며 그녀의 몸 안을 가득 채워나갔다. 포악하게 여린 살을 밀고 들어온 그는 그녀의 아주 깊은 곳까지 정복한 뒤에야 거친 숨을 내쉬며 그녀의 얼굴을 바라볼 수 있었다.

"지금 생각이 난 건데, 아까 그런 모습은 칸쿤에서만 묵인해주는 거야."

"음?"

"아무데서나 훌훌 벗고, 몸매 드러내는 옷 입고 다니고, 그러는 날에는……."

태풍이 매섭게 말하자 산나가 어디 끝까지 말해보라는 투로 눈썹을 꿈틀거렸다.

"그러는 날엔?"

산나가 저돌적으로 되묻자 태풍이 피식 웃더니 그녀의 가느다란 허리를 단단히 받쳐 들었다. 그러고는 그녀의 가느다란 다리를 자신의 어깨 위에 올려두고 그대로 엉덩이를 튕겼다.

"너 죽고."

"하악!"

반쯤 빠져나갔다가 그대로 가장 깊은 곳까지 찔러 들어오는 그의 움직임에 산나는 자지러지는 비명을 내지르며 시트를 움켜쥐었다.

"나 죽고!"

"하으응!"

머리가 어떻게 될 것만 같다.

산나는 두 눈을 느릿하게 뜬 채 그녀의 몸 안에 자신을 묻는 태풍을 바라봤다.

"내가 누구야?"

"음?"

"널 가지고 있는 사람, 그게 누구야!"

"태풍. 풍이, 너……."

"잊지 마. 언제까지나 너는 내 거야."

그가 한 번, 두 번 그녀의 안을 치고 들어오자 산나는 너무나 노골적인 감각을 이기지 못하고 양손으로 자신의 아랫배를 감쌌다. 커다란 그의 분신이 그녀의 아랫배를 불룩하게 만드는 느낌에 산나는 몇 번이고 몸을 떨어대며 자신의 입술을 짓이겼다.

"그런 말 말고. 다른 거 해줘."

"백 사줄게."

"야."

"구두 사줄까?"

"태풍!"

무슨 말을 원하는지 빤히 알면서.

산나는 씨근덕거리며 태풍을 노려봤다. 그러자 그는 장난이 가득한 얼굴로 웃으며 그녀를 향해 입술을 내렸다.

"사랑해, 오산나."

"진즉 해주지."

"알잖아? 사랑하는 거."

"몰라서 듣고 싶대, 누가?"

"듣고 싶음 해줘야지. 사랑한다, 오산나."

"하악!"

태풍은 산나의 몸 깊숙이 자신을 찔러 넣은 채로 허리를 능수능란하게 움직였다. 그러다 그녀의 몸에서 쑥 빠져나왔다. 아쉬움에 산나가 손을 휘젓거리자 그는 그녀의 손을 붙잡아 엎드리게 만든 뒤 엉덩이를 붙잡았다.

"엉덩이 좀 제대로 들어봐."

태풍의 말에 산나가 끊어질 것처럼 허리를 휜 채 엉덩이를 들었다. 태풍은 그녀의 등 뒤에 몸을 바싹 붙이고는 그녀의 안으로 돌진해 들어왔다. 축축하게 젖은 그녀의 깊은 샘은 별다른 통증을 동반하지 않고 수월하게 그를 받아들였다.

"아!"

처음에는 묵직하기만 했던 그가 제대로 느껴지지 않았다.

"너, 지금 엄청 젖었어."

"음."

그가 움직일 때마다 각기 다른 살덩이에 만나 질척거리는 소리가 요란하게 들려왔기에 산나는 애써 아는 척하지 않았다. 그저 그가 주는 쾌감에 도취된 채 눈꺼풀을 파르르 떨었다. 눈이 저절로 감기고 있었지만 억지로 떴다. 눈을 감는 순간, 그녀의 사랑이 앞뒤 분간 못할 정도로 맹목적이 되어버릴 것 같아 두려웠기 때문이었다.

아아, 그렇지만 사랑이 시작됐다는 것을 이미 안 이상 사랑은 맹목적일 수밖에 없었다.

산나는 힘겹게 사투를 벌이다 스르르 눈을 감았다.

"하아아."

노곤한 한숨이 새어 나왔다. 산나는 이불로 몸을 가리고 누워 욕조에 물을 받고 있는 태풍을 바라봤다. 아직도 손끝과 허벅지 근육이 파들파들 떨려오는데 태풍은 멀쩡한 것 같아 괜히 입이 튀어나왔다. 그가 욕조에 따뜻한 물을 받고 있다는 것이 자신을 위한 것임을 알지만 그래도 서운해지는 마음은 어쩔 수가 없었다.

"몸은 좀 괜찮아?"

"응. 괜찮아."

"이리 올 수 있겠어?"

욕조에 배스 솔트를 톡톡 털어 넣은 뒤 손으로 몇 번 휘저은 태풍이 자리에서 일어나며 묻자 산나는 어린아이처럼 양팔을 죽 뻗으며 고개를 저었다.

"어린애 다 됐네."

"그래서 싫어?"

"싫긴. 이리 와, 우리 아기 곰."

애교를 부리는 것도 낯간지러운데 태풍이 그 애교를 받아주니 더욱 속이 간질거린다. 낯설긴 하지만 썩 나쁘진 않다고 생각하면서 산나는 해맑게 웃으며 그의 품에 쏙 안겼다.

"이제는 부끄럽지도 않아?"

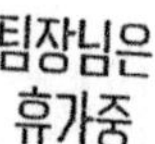

알몸으로 그에게 안겨드는 산나의 모습에 태풍이 묻자 그녀가 싱글거렸다.

"볼 거 다 본 사인데, 뭘."

태풍에게 안겨 욕조 안에 몸을 담갔다. 따끈따끈한 물에 몸을 담그자 마음이 푸근해졌다. 하아아, 한숨을 내뱉은 다음에야 욕조 반대쪽 자리가 비어 있다는 것을 깨달은 산나는 고개를 돌려 태풍을 찾았다.

"안 들어올 거야?"

"들어가."

"그런데 거기에서 뭐 해?"

산나가 트렁크를 열고 부스럭대는 태풍의 등을 바라보며 투덜거렸다. 그러자 그는 자리에서 일어나 산나에게로 걸어오면서 탁자 위 유리병에 꽂혀 있던 꽃송이를 뽑았다.

"뭐야?"

"예전에 하려던 걸 지금에야 하게 되네."

"응?"

"내 마음이야."

그가 꽃을 내밀며 다른 한 손에 든 벨벳 상자를 보여주자 욕조에 몸을 담그고 있던 산나가 두 눈을 동그랗게 뜨며 상체를 곧게 세웠다.

"이게…… 뭐야?"

"오래전에 사놨던 거야. 우리 결혼하기로 결정 내린 다음 날."

그렇게 말한 태풍이 상자를 열었다. 그 안에는 쿠션 커트의 2캐럿 옐로 다이아몬드 주변을 마흔다섯 개의 둥근 다이아몬드가 두 줄로 감고 있는 반지가 들어 있었다. 태풍이 차마 산나에게 건네주지 못한 그 반지가.

“프러포즈 하려고 아이스크림 속에 반지를 감춰뒀었어. 그런데 이 여자가 계약 결혼을 하자네?”

“어머, 그럼 그때!”

“열 받아서 그 여자 앞에 놓인 아이스크림을 빼앗아 먹어버렸지.”

그때의 기억을 떠올릴 때 이렇게 편안하게 웃음 지을 수 있어 정말 다행이다. 태풍은 그렇게 생각하며 금방이라도 눈물을 흘릴 것 같은 산나를 바라봤다.

“그때 이후로 줄곧 가지고 다녔어.”

태풍은 꽃다발을 바닥에 내려놓고 산나의 손을 잡아당겼다. 그러고는 그녀의 약지에 딱 맞는 반지를 끼워주며 말했다.

“이제 그만 애태우고 내 여자 해라, 오산나. 아주 오랫동안 마음앓이를 하는 바람에 이젠 속이 만신창이야.”

결국 산나의 얼굴이 일그러지더니 울음이 왈칵 터져버렸다. 그녀가 굵은 눈물방울을 뚝뚝 흘려대며 태풍의 목덜미를 끌어안자 그는 그녀의 맨 등을 껴안으며 안 되겠다는 듯 중얼거렸다.

“어어, 이러면 안 되는데? 로맨틱하게 나가려고 마음먹었는데 그 다짐이 무너져버린다고.”

“흐윽, 바보.”

“몸이 저절로 반응하는 거야. 몇 번이고 안았으면 내성이 생겨야 되는데 이게 도대체 내성이라는 게 안 생겨서. 안 떨어지면 에로틱하게 변해버린다?”

태풍이 장난스럽게 말하자 산나가 그의 등을 찰싹 때리며 투덜거렸다.

"뭘 망설여. 덮치면 되지."

뾰족한 그녀의 목소리에 태풍이 킬킬 웃으며 바지를 벗어버리고 곧장 욕조 안으로 들어갔다. 그의 무게가 더해지자 욕조를 가득 채운 물이 출렁 넘쳤다.

"아무래도 뾰롱이라고 해야겠어, 애칭을."

"뾰롱이? 뭔가 매지컬한 느낌인데?"

성미가 부드럽지 못해서 남을 대하는 것이 몹시 까다롭고 걸핏하면 톡톡 쏘기를 잘하는 것을 일컫는 말이라는 것은 일단 비밀이다.

태풍은 대답하지 않고 웃으며 키득거렸다.

"그렇지. 내게 오산나는 매직 그 자체니까."

그렇게 말한 태풍은 산나를 향해 팔을 벌렸다.

"이리로 와."

그의 부름에 산나는 몸을 돌려 그의 앞에 자리를 잡고 앉았다. 그의 등에 기대고 앉아 허공에 한 손을 활짝 펼치고 보았다. 사랑의 결실처럼 예쁜 보석이 허공에서 반짝거렸다.

"이로써 난 결혼으로 한 재산 챙긴 건가?"

"뭐?"

"반지만 몇 개야?"

"하여간. 생각하는 것 하고는. 귀여운 자식."

태풍은 산나의 젖은 목덜미와 어깨에 자잘한 키스를 흩뿌리며 그녀의 젖가슴을 어루만졌다. 그가 움직일 때마다 산나의 깊은 곳에서 열기가 솟구쳤기에 그들의 느긋한 목욕은 금세 열락의 향연으로 바뀌어버렸다.

태풍을 마주보고 끌어안은 산나는 그의 위에서 가장 아름다운 춤을 추었고, 그 춤에 맞춰 태풍은 그녀의 몸 안에 자신의 모든 것을 내주며 산산이 부서져 내렸다. 이런 쾌감이라면 몇 번이고 그녀의 안에서 부서져도 좋겠다 싶었다.

그리고 다음 날.

태풍의 제안으로 새하얀 원피스를 입고 산책에 나간 산나는 그 어느 때보다도 행복한 미소를 지은 채 태풍을 바라보았다. 한 손에는 산책을 나오기 전 그에게서 받았던 꽃다발을 든 채 그와 손을 맞잡고 걷던 그녀는 그의 손길에 따라 해변에 자리를 잡고 앉았다.

고운 백사장에 그와 나란히 앉아 그의 어깨에 기댄 산나는 오늘도 찬란히 빛나고 있는, 또 내일도 빛을 잃지 않고 찬란할 카리브해를 바라보았다. 누군가와 같은 곳을 바라보며 살아간다는 것, 같은 풍경을 눈에 담고 같은 추억을 공유한다는 것. 그것이 사랑일지도 모른다는 생각을 하며 그의 어깨에 기대 있는데, 태풍이 맞잡은 그녀의 손등을 살금살금 쓸어내리며 조용히 속삭였다.

"오산나는 태풍을 남편으로 맞이하여 평생 한결같이 사랑하며 살아갈 것을 맹세합니까?"

아아, 그제야 알았다. 태풍이 왜 산책을 권했는지. 그녀가 왜 새하얀 원피스를 입길 바랐는지. 그리고 그는 왜 다발이라고 할 수도 없는 단출한 꽃묶음을 건넸는지.

눈을 질끈 감은 산나의 눈가에 물기가 배어 나왔다.

진실하지 못했던 두 사람의 결혼. 그리고 이제야 진실해진 두 사람만의 비치 웨딩.

산나는 떨리는 목소리로 그의 품에서 속살거렸다.

“세상에서 가장 친한 친구로, 가장 사랑하는 남편으로, 가장 믿을 수 있는 동반자로……. 나를 사랑하는 것처럼 당신을 사랑할 것을 맹세해, 태풍.”

“아아, 이제야 안심이다. 우리의 맹세가 진실해졌잖아? 게다가 난 나보다 너를 더 사랑하고 있는 것 같거든.”

그의 고백에 뱃속이 다시 곰실거렸다.

아아, 행복하다.

산나는 그와 달콤한 키스를 나눈 뒤 다시 그의 어깨에 머리를 기댔다. 두 사람만의 시간이 평온하게, 또 온전하게 흐르고 있었다.

따르르르릉.

휴가가 끝난 날의 오후, NVU 브랜드 팀에 한 통의 전화가 걸려왔다. 시끄러운 벨 소리를 듣다 못한 수진이 자리에서 일어나 종종걸음으로 전화기로 다가갔다.

“네, NVU 브랜드실의 이수진입니다.”

– 팀장님 계신가요?

“휴가 중이십니다.”

– 오 팀장이나 태 팀장 둘 중 아무나 바꿔주셔도 되는데.

“두 분 팀장님 모두 휴가 중이십니다. 죄송합니다. 전화번호 남겨주시면 메모 남겨드리겠습니다.”

수진은 상냥한 목소리로 대답하며 책상 귀퉁이에 놓여 있던 포스트잇을 앞으로 끌어당겼다. 그러고는 수화기 너머의 누군가가 하는 말을 놓치지 않고 꼼꼼히 메모를 한 뒤 전화를 끊었다.

"아아, 팀장님들 휴가 중이시니 편하기는 한데 찾으시는 전화가 너무 많네요."

수진의 너스레에 일하고 있던 직원 한 명이 웃으며 답했다.

"일에 진척이 없는 것 같지?"

"그래도 다행이죠, 뭐. 지금 당장 바쁜 일은 없어서."

"그러게. 토론토에 가신 일은 잘돼가나 몰라."

"전화 드려볼까요?"

"전화하시기로 했어, 내일 아침에."

"네에."

그렇게 말한 수진은 포스트잇 한 장을 뜯어 단단히 닫혀 있는 1팀 팀장실 유리문에 붙여두었다.

[X월 XX일 2시 20분경. SH 어패럴에서 연락.

연락처: 000-0000-0000]

메모지가 떨어지지 않게 검지로 꼭 눌러 붙인 수진은 싱긋 웃고는 제자리로 돌아갔다. 또각또각, 하이힐 소리가 팀장실에서 멀어져 갔다.

아직도…… 팀장님은 휴가 중!

에필로그

사무실에 평화가 찾아온 것은 1팀과 2팀이 하나로 합쳐지고 난 다음이었다. 리더는 MD팀의 태풍 팀장이 맡기로 했고, 오산나 팀장은 기획팀의 팀장으로 옮겨 갔다. 그제야 팀원들은 내내 암 걸리는 줄 알았다는 한탄을 내뱉으며 평온한 회사 생활을 만끽했다.

문제는…… 태풍에게 있었다.

[언제 끝나? 같이 퇴근하자.]

하지만 문자를 보내기가 무섭게.

[미팅 있어. 먼저 가.]

단칼에 끊어버리는 답장이 되돌아온다. 태풍은 1팀과 2팀이 합쳐진 이후로 꽤 오랫동안 이런 문자를 주고받으며 은근한 마음고생을 해야만 했다.

애초에 팀을 합치자고 제안한 것도 산나였다. 두 사람이 함께 추진한 프로젝트가 성공리에 끝나고, 브랜드도 어느 정도 안정을 찾아가고 있을 즈음에 일어난 일이었다.

「우리 둘이 나름대로 호흡을 잘 맞춰왔잖아? 그런데 대체 왜?」

「애초에 MD와 VMD를 구분해서 각기 다른 팀장에게 맡긴다는 건 시간 낭비라고 생각했어. 서로의 의견이 명확하게 다르잖아. 그리고 브랜드를 지금 정도로 끌어올린 건 다 당신 덕이니까.」

「그래서?」

「기획 쪽에 자리가 났어. 그쪽으로 갈 거야.」

「VMD는 어쩌고?」

「명한이를 두고 갈 생각이야. 자기와 명한이 두 사람, 일 쪽으로는 죽이 잘 맞잖아?」

싫었던 건 아니었다. 오히려 산나의 말이 옳았다. 일에 있어서 산나와 태풍은 자꾸 부딪칠 수밖에 없었고, 그럴 때마다 시간과 자원을 낭비할 수밖에 없었다. 그래서 산나가 선택한 길은 기획이었다.

그녀의 판단은 옳았다. 그녀가 기획한 디자이너 컬래버레이션은 성공했고, '자신만의 단 하나뿐인 아웃도어 아이템을 만들자'는 DIY 기획 역시 성공리에 막을 내렸다. 결국 톡톡 튀는 감성과 그녀만의 독특한 스타일, 똑 부러지는 일처리 능력 덕분에 그녀는 'NVU'만의 색깔을 찾아낸 주인공이라는 세간의 평을 들었다.

산나와 태풍은 각자 다른 분야에서 승승장구하며 서로의 이름을 세상에 알렸다. 두 기업의 자제로 명목상 한 자리씩 꿰차고 앉았다는 세간의 인식을 단번에 뒤집으며 서로의 능력을 증명해나가는 시간들이 이어지는 가운데, 태풍은 극도의 스트레스에 시달렸다.

"또 미팅이야?"

줄줄이 이어지는 야근과 미팅, 외근과 출장 때문이었다.

"그래도 우리, 아직까지는 신혼이라고."

하지만 그걸 아는 건지 모르는 건지, 산나는 일에 푹 빠져 지내는 중이었다. 태풍에게 빠져 있던 시간이 언제인지도 모를 만큼 그녀는 또 다른 즐거움을 찾아낸 듯했다.

「나, 부탁이 있어.」

「뭔데?」

「들어준다고 약속해. 그럼 말할게.」

「들어보고.」

「에이, 그럼 말 안 할래.」

「뭔데. 들어줄게. 내가 들어줄 수 있는 거라면.」

「나, 아이 갖고 싶어.」

「아이? 벌…… 써?」

어느 날 그녀와 나눴던 대화를 떠올린 태풍은 한 손으로 이마를 감쌌다. 망설이는 듯했던 태풍의 태도에 아직은 때가 아니라고 생각했던 산나는 임신을 아예 미루기로 한 모양이었다. 아이를 가지려는 생각은 접어두고 대신 일에 몰두해 있는 모습에 태풍은 한숨만 푹푹 내쉬었다.

"하늘을 봐야 별을 따지."

산나의 얼굴을 보며 잠들었던 것이 언제인지 기억도 나지 않을 지경이었다. 그보다 먼저, 변변히 대화는 했던가? 얼굴 마주보고 식사를 했던 적도 가물가물했다.

"내가 왜 담배를 끊었는데! 내가 왜 술도 끊었는데!"

임신을 위해 3개월 전쯤부터 몸을 만들어야 한다고 해서 몸에 나쁘다는 것들은 단번에 끊어버린 태풍은 이제 슬슬 억울해지려고 하는 참이었다.

「우리, 아이 말이야.」

「아, 그때 내가 한 말? 너무 신경 쓰지 마. 요즘 일도 바쁘고, 생각해보니 임신을 하면 일도 제대로 못할 것 같더라. 우리, 그렇게 나이 많은 것도 아니니까 천천히 생각하자.」

"오늘이 무슨 날인지는 알고 있냐고."

태풍은 아무 반응도 없는 휴대전화를 뚫어져라 들여다보며 한숨을 내쉬었다. 잠금 화면에는 칸쿤에서 찍었던 두 사람만의 결혼식 장면이 떠 있었다.

산나는 방금 전 도착한 문자 내용을 보고 피식 웃었다. 같이 퇴근하자는 태풍의 문자를 한두 번 받은 것은 아니었지만 그때마다 어쩔 수 없이 그에게 먼저 가라는 문자를 보내야 했던 그녀는 그럴 때마다 마음이 불편했다. 하지만 오늘만큼은 예외였다.

"아, 다 됐다."

오늘부터 한 주간의 휴가를 얻은 그녀는 간단한 짐가방을 꾸려놓은 뒤 땀을 닦아냈다. 이 휴가를 받기 위해 얼마나 힘든 시간을 보내야 했던가.

"생각만 해도 치가 떨린다, 정말."

산나는 몸을 부르르 떨고 두 개의 트렁크 위에 비행기 표 한 장씩을 올려놓았다. 이미 사장 태우리에게서 태풍과의 일주일 휴가를 결재 받아놓은 상황, 태풍을 깜짝 놀라게 해줄 이벤트는 모두 끝난 참이었다.

"참, 책이라도 몇 권 챙겨 넣어야겠다."

산나는 서재 책꽂이에서 읽으려고 사두었던 책 한 권과 아직 봉투에서 꺼내지 않은 책 두 권을 꺼냈다.

〈엄마가 알아야 할 101가지〉

〈육아의 모든 것〉

산나는 새 책 냄새가 그득한 책 표지를 가볍게 쓸어보고는 트렁크에 넣었다. 그러다 자리에서 벌떡 일어나 창고로 향했다. 창고는 쓰지 않는 물건들을 넣어둔 박스들로 가득했다. 그중에서 산나는 '책'이라고 적힌 상자 하나를 꺼내 그 안을 뒤지기 시작했다. 그녀가 오랜 시간 상자를 뒤져 꺼낸 것은 노랗게 색이 바랜 〈폭풍의 언덕〉 원서였다.

「편지…… 못 받았어? 네가 매일 들고 다니던 책, 거기에 꽂아뒀는데.」

「Wuthering Heights(폭풍의 언덕)? 그…… 영어로 된, 엄청 두껍던 원서?」

산나는 웃음기가 가득한 얼굴로 두툼한 원서를 매만졌다.

"내 허세의 상징이었지."

그녀의 허세 때문에 태풍과 마음이 엇갈리게 될 줄은 상상도 못했던 터라 억울하기까지 했다. 그녀는 책을 못마땅하게 바라보고는 책갈피 사이를 뒤졌다. 몇 번 툭툭 치자 얇은 편지봉투 하나가 바닥에 툭 떨어졌다.

'이렇게 쉽게 찾을 수 있는 걸 왜 그땐 몰랐던 건지.'

산나는 고개를 설레설레 젓고는 바닥에 떨어진 편지 봉투를 집어 들었다. 태풍과 어울리지 않는 귀여운 편지 봉투를 가만히 들여다보고 있던 산나는 봉해진 입구를 뜯어 그 안의 편지를 꺼냈다. 비로소 십대 시절, 거침없던 태풍을 보여주는 것처럼 힘찬 필체가 눈앞에 드러났다.

[오산나 보아라!]

시작되는 문구에 산나는 풋 웃음을 터트렸다.

"뭐야, 결투장이야?"

산나는 묘한 감정으로 범벅이 된 눈을 하고 찬찬히 편지를 읽어 내렸다. 말 한 마디, 글자 하나 놓칠세라.

[오산나 보아라!

나야, 태풍. 솔직히 이렇게 오글거리는 짓은 하지 않는데 너 때문에 이렇게 펜을 든다. 보고 있냐?

그때는 미안했다. 언제냐면……. 옥상에서. 내가 멋대로 키스했을 때. 갑자기 열 받아서 그런 건 맞는데 실수는 아니었어. 만일 그렇게 느꼈거나 내가 그렇게 느끼게 만들었다면 오해야. 난…… 꽤 오래전부터 너한테 그렇게 하고 싶었으니까.

나, 유학 가게 됐다. 편지를 쓰는 것도 이걸 얘기해야 해서야. 직접 얼굴 보고 말하고 싶었지만 넌 그닥 중요하게 생각하지 않을 수도 있어서.
오산나라면 또 그러겠지.
그래서? 어쩌라고. 잘 가라. 아, 속 시원하다.
딱 봐도 답 나온다. 이러니저러니 해도 꽤 오랫동안 얼굴 보고 지내온 사이인데 그런 말이 나오냐? 치사하게. 그래도 우리, 나름대로 소꿉친구 아니냐. 조금은 서운해해줘라.
이건 내가 유학을 가니까 하는 말은 아니고. 엄청 오랫동안 하고 싶던 말이라서 하는 거야. 유학 떠나기 전에 괜히 화가 동해서 이런 말 한다고 생각하지는 마. 오해니까.
나, 너 좋아한다. 좋아한 지 오래됐어. 그래서 말인데 우리 형 좋아하지 마라. 우리 형이랑 약혼하려고 하지 말고, 결혼하려고 하지 말고. 너 우리 형한테 가면 난 어떡하냐? 평생 다른 여자 못 만나고 둘이 행복한 거 보다가 죽어버릴지도 몰라.
그러니까 그냥 한 사람 구제해준다고 생각하고 나한테 오면 안 되냐? 잘 생각해봐. 그리고 그럴 마음이 있다면 공항에 배웅하러 나와줘. 이왕이면 오는 쪽으로 해주면 좋겠다. 네가 배웅하러 온다면 난 너 하나만을 생각하면서 잘 지내다 돌아올 거야. 돌아오면…… 다시 제대로 고백할게. 네가 좋다고. 정식으로 만나자, 그땐. 부모님께도 알리고, 약혼식도 하고.
아직은 내가 힘이 없어서 부모님의 뜻을 거스를 수도 없고, 하라는 대로 움직여야 하는 어린애지만…… 힘을 길러서 돌아올게. 앞으로도 더 힘을 기를 거고. 그러니까 내가 보여준 지난날의 철없던 모습은 잊고, 너 하나만을 위해 변할 나를 생각해줘.
오산나만을 위한 태풍이 될게. 평생. 영원히.

좋아한다, 오산나. 0월 00일 11시 비행기로 떠나.

제발.

—태풍]

산나는 보다 깊어진 눈으로 다 읽은 편지를 곱게 접었다. 사랑한다고 썼다가 지우고 좋아한다고 바꿔 쓴 흔적이, 중간중간 '아이씨, 미치겠네'라는 말이 떠오르는 상상이 그녀를 웃게 만들었다.

"아, 웃프네. 웃프다, 태풍."

산나는 촉촉하게 젖은 눈가를 닦아내고는 감상에 잠겼다. 언제나 태풍은 산나가 웃고 있을 때에도, 울고 있을 때에도 같이 있어주었다. 생각해보면 태양에게 저돌적으로 고백했다가 처음으로 퇴짜를 맞은 날, 그녀를 찾아왔던 것은 태풍이었다.

「뭐 하냐, 오산나. 설마 울고 있는 건 아니지?」

「뭐야, 너. 저리 꺼져.」

「아무리 기분 나빠도 나한테 화풀이 하는 건 아니지.」

「그러게 기분 나쁘니까 가라고. 왜 괜히 와서 험한 말 들어?」

「나 밥 먹고 놀다 갈 거야. 아줌마도 밥 먹고 가라고 하셨어.」

「그럼 밑에 내려가서 혼자 놀아.」

「싫은데? 네 방에서 보려고 비디오 빌려왔는데?」

그뿐만이 아니었다. 사사건건 참견에 자식의 인생을 멋대로 휘두르려는 어머니의 태도에 반감을 갖고 대든 뒤, 아버지에게서 호되게 혼이 났을 때에도 산나를 찾아온 것은 태풍이었다.

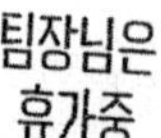

「잡았다, 오산나!」

「뭐야? 이것 놔.」

「어딜. 잘났다, 정말. 한 번 혼난 걸 가지고 집을 뛰쳐나가서 곧장 탈선이냐?」

처음으로 아버지에게서 뺨을 맞았던 그날, 산나는 어린 치기에 담배를 손에 댔었다. 나쁜 친구들과도 어울리고, 어른인 척 아버지의 술에 손을 댔던 것도 같다. 그럴 때, 그녀를 찾으러 온 사람은 태양이 아닌 태풍이었다.

태풍은 산나가 물고 있던 담배를 당장 비벼 끄고, 그녀의 손목을 잡아끌었다.

「놓으라니까?」

「조용히 하고 얌전히 따라오는 게 좋을 거다.」

매섭게 윽박지른 태풍은 그녀를 끌고 공원 벤치에 앉히고는 봉투를 건넸다.

「뭔데?」

「뺨 맞았다며. 얼굴에 좀 대고 있어.」

봉투 안에서 나온 것은 찬물에 적신 수건이었다. 집에서 수건 하나 빼서 급하게 적셔 온 것이 분명한 그것. 그것을 보는 순간 산나의 입에서도 작은 웃음이 튀어나왔다. 뺨을 맞은 사람에게 필요한 것이 무엇인지, 본인도 알지 못했으리라 생각했다.

"그러고 보면 난 태풍의 앞에서 늘 편하게, 얼굴이 엉망진창이 되는지도 모르고 울 수 있었지."

오랜, 하지만 오래지 않은 것 같은 예전을 회상한 산나는 부드러운 미소를 지었다. 그를 상상하니 현실의 그가 더욱 보고 싶어졌다. 그녀를 향해 웃어주고 만져주는 그의 실물이 필요했다.

산나는 곧장 휴대전화로 문자를 보냈다.

"퇴근 같이 하자더니 왜 이렇게 늦어?"

깜짝 이벤트 준비가 끝난 지 오래건만 정작 주인공이 도착하지 않았다.

[어디야?]

[바 프라이빗. 왜?]

"이 자식이 또?"

[꼼짝 말고 딱 기다려.]

태풍에게 문자를 보낸 산나는 카디건 하나를 집어 들고 자리에서 벌떡 일어났다.

태풍이 단골로 가는 '바 프라이빗'에는 언제나 마담 혜언이 있었다. 난초 같은 외모에서 풍기는 야릇하고 묘한 매력은 뭇 남성들의 발길을 '바 프라이빗'으로 향하게 만들었다.

태풍은 같은 자리에 앉아 혜언과 도란도란 대화를 나누고 있었다. 어쨌든 혜언은 태풍의 오랜 친구였고 의지할 수 있는 상대였다.

"슬슬 들어가보는 게 좋지 않겠어?"

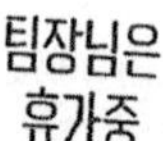

"아무도 없는 불 꺼진 집에 혼자 들어가는 건 싫어."

"예전에는 잘만 들어가더니."

"이제는 상황이 변했잖아?"

"변했지. 무척 심술궂던 네가 애처가로 변할 정도니까. 부인 없으면 아무것도 못하는 어린애인 줄 알았더라면 상담도 안 해줬을 텐데."

혜언은 고개를 설레설레 저으며, 술 한 잔 입에 대지도 않으면서 바에 찾아와 넋두리 중인 민폐 손님을 노려봤다.

"1주년이라며."

집에 가라는 무언의 압박이다. 그런데도 태풍은 눈치 없이 혜언에게 하소연을 해댔다.

"근사한 레스토랑에서 식사하고 선물도 줄 생각이었는데 다 글렀어. 미팅이라잖아."

"지금 문자 왔잖아?"

문자 왔으니 두 사람이 알아서 해결하라는 뜻이었다. 그런데 태풍의 생각은 혜언의 것과 영 다른 모양이었다.

"이 여자도 질투 좀 해봐야 해. 매일 나만 안달복달. 신혼여행 다녀온 이후로 전세가 완벽하게 역전이 됐다고."

"싫진 않잖아?"

"싫어. 무지 싫어! 이 관계의 주도권은 오산나가 쥐고 있고, 그래서 나만 속 태우는 이 상황이 정말 싫다고."

"어째 결혼을 하고 마음이 통한 뒤로도 내내 욕구불만이다?"

결혼을 하면 안정을 하고 진짜 '어른'이 될 줄 알았건만, 철이 들지 않는 것은 나이가 들어도 해결할 수 없는 문제인 모양이었다.

"뭐가 어떻게 싫다고?"

두 사람의 뒤에서 섬뜩한 목소리가 들려왔다. 날카로운 하이톤의 목소리는 언젠가 사무실을 빙하기로 안내하던 목소리와 똑같았다. 하지만 놀랄쏘냐. 태풍은 불만 가득한 얼굴을 하고 산나를 돌아보았다.

"왔어?"

"왔어?"

"이제 퇴근했어?"

"궁금한 게 그거니?"

"그럼?"

"내가 말했잖아. 너 여기 오는 거 싫다니까, 나는?"

"그럼 어떡해? 나의 또 다른 소울메이트가 여기 있는데."

"소울메이트? 소울메이트라고 했니, 지금?"

"그럼, 영혼의 반쪽이라고 할까?"

매를 번다, 매를 벌어.

혜언은 골치 아프게 왜 자신을 끌어들이는지 모르겠다는 얼굴을 하고 슬그머니 뒷걸음을 쳤다. 하지만 성공적으로 그 자리를 빠져나오기 전, 산나에게 걸리고 말았다.

"우리 초면은 아니죠?"

"아니죠."

"남편이 이렇게까지 말하는데 이리로 오세요. 영 상관없는 문제는 아닌 듯하니까."

산나가 매의 눈을 하고 혜언을 응시하자 그녀는 어쩔 수 없다는 듯 앞으로 다가갔다.

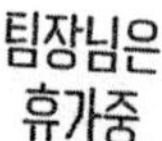

"어떻게 생각하세요?"

"뭐, 뭘요?"

"소울메이트라는 말요. 난 당연히 소울메이트는 부부여야 한다고 생각해요. 부부나 연인이 소울메이트가 아니라면 왜 만나요? 다른 소울메이트와 사귀지. 안 그래요?"

"아……, 아무래도 부군께서는 '친구'를 소울메이트라는 단어를 사용해 말하신 게 아닐까요?"

혜언은 난감하다는 얼굴을 하고 변명한 뒤 태풍을 매섭게 노려봤다. 하지만 태풍은 분해 죽겠다는 듯 씩씩대는 산나가 귀여워 미치겠다는 얼굴을 하고서 히죽히죽 웃고 있었다. 결국 폭발한 것은 언제나 그랬듯 산나였다.

"내가, 내가 억울해서 정말."

"어? 너…… 울어?"

"마누라는 너 때문에 일찍 퇴근해서 놀라게 해준다고 1주년 이벤트도 기획했는데 너는 바에 와서 마담이랑 시시덕대? 그것도 내가 경계하는 사람이랑? 이럴 바에야 그래, 이혼 해준다 이거야. 앞으로 우리 부부 사이에 저 여자가 함께할 바에야 내가 해줄게, 이혼. 둘이 살아. 영혼의 반쪽끼리 살아버리라고!"

산나가 울분에 차 고함을 지르는 순간, 어찌 된 일인지 태풍은 더없이 환한 미소를 짓고 그녀를 부서져라 껴안았다.

"마누라, 화내는 것도 예뻐 죽겠네."

흥분해서 두 주먹을 파르르 떨어대는 산나의 손을 꼭 붙들고 집으로 함께 돌아온 태풍은 내내 그녀를 달래느라 정신이 없었다. 산나의 오해를 단번에 풀 수 있는 한 마디가 있었으니 그는 바로.

“지금은 혜언이라는 이름을 쓰고 있지만 사실 선배 이름은 주언이었지.”

“뭐?”

“남자일 적에는 주언, 여자인 지금은 혜언.”

“무슨 개 풀 뜯어 먹는 소리야?”

“외국에서 만난 형이야. 형이라고 부르는 걸 싫어해서 지금은 마담이라고 부르지. 트랜스젠더라고, 사실.”

태풍의 덤덤한 설명에 산나의 한쪽 눈이 찌푸려졌다. 진실인지 거짓인지 알기 힘든 그의 말을 가늠하는 산나의 표정에 태풍이 어깨를 으쓱였다.

“말했잖아? 좋은 친구라고.”

“……거짓말.”

“거짓말 같으면 직접 물어보라고.”

입 바른 소리나 거짓말에 서툰 태풍임을 알기에 산나는 놀라운 진실을 어떻게 받아들일까 잠시 고민했다. 멋대로 눈이 동그래지고 입이 벌어질 정도로 놀라운 사실이었다.

“그거 실례 아니야? 멋대로 아웃팅이나 하고.”

“주변 사람들은 다 알고 있는 사실이야. 실제로 마담도 아무렇지 않게 생각하고. 그리고 넌 내 부인이잖아. 앞으로 자주 보게 될 텐데 실수하는 일은 없어야지.”

“그런데 트랜스젠더라면 어쨌든 너는 그 사람의 이상형 범주 안에 속해 있는 거잖아?”

“미안하지만 애인 있는 사람입니다. 그리고 따지고 보면 나보다

명한 씨 쪽이 이상형에 가까울 거야.”

“아…….”

산나가 안심한 얼굴을 하고 한숨을 내쉬자 태풍이 그녀의 어깨를 감싸 쥔 채 집 안으로 들어왔다. 그러고는 ‘이벤트’를 떠올리면 연상되는 풍선이나 촛불이라고는 하나도 없는 집안을 살펴보며 질문했다.

“그럼 나는 어느 부분에서 놀라면 되는 거야?”

“어?”

“이벤트 준비했다며.”

“아, 그거……. 그냥 지금 놀라면 돼.”

“지금?”

“짐 다 싸놨어. 내일 아침 비행기로 떠날 거야.”

“뭐? 어딜?”

“제주도 별장. 여행 가자, 우리. 결혼 1주년 기념으로.”

“하지만…….”

“자기 휴가는 이미 받아놨지.”

“그래서 요 며칠 업무가 많았던 건가.”

“나도 죽는 줄 알았다고.”

산나가 혀를 쏙 내밀며 웃었다. 그 미소에 지금까지의 불만이 단번에 녹아버리는 것을 느끼며 태풍은 산나를 껴안은 채로 소파에 주저앉았다.

“그럼 이제 오산나는 온전히 내 건가?”

“처음부터 네 거였어.”

“일주일 내내 독차지할 수 있는 거야?”

"은근히 독점욕 강해."

"은근히가 아니야. 대놓고 강해, 난."

"아, 참! 선물도 있어."

"선물?"

태풍의 무릎에 앉아 그의 어깨에 머리를 기대고 있던 산나가 생각이 났다는 듯 허리를 곧추세웠다. 산나의 말에 태풍이 그녀의 목덜미에 자잘한 키스를 하며 그녀의 가슴을 움켜쥐었다.

"아이, 잠깐. 선물 있다니까."

"그러게, 내가 좋아하는 선물이 뭔지 잘 알잖아?"

"잠깐만."

"내내, 죽 오산나가 고팠다고."

금방이라도 옷을 벗겨버리고 달려들 듯한 태풍의 기세에 산나가 그의 무릎 위에서 내려와 몇 걸음 뒤로 물러났다. 물론 그가 놓아주지 않으려고 그녀의 가느다란 허리를 끌어안았지만 산나는 그의 약점이 어디인지 잘 알고 있었다.

왼쪽 젖꼭지!

"진짜, 오산나! 못 이기는 척 좀 넘어오면 안 돼?"

"지금은 안 돼."

"뭐가 안 돼? 일주일간 우리 둘뿐이라며. 나는 솔직히 제주도 여행도 필요 없다고. 너만 있으면 돼, 너만. 그냥 집에 짱 박혀서 너 끌어안고 하루 종일 침대에서 뒹구는 것만으로 충분하다고."

짐승.

산나는 입술을 비죽거리면서도 기분 좋은 웃음을 숨기지 않았다. 그녀는 트렁크에서 작은 봉투를 하나 꺼내더니 태풍에게 건네주었다. 그는 심드렁한 얼굴을 하고 봉투를 열어 그 안에 든 스틱을 손에 쥐었다.

"이게…… 뭐야?"

"두 줄이 의미하는 게 뭔지 알아?"

"너, 설마……."

태풍이 하얗게 질린 얼굴로 스틱을 뚫어져라 바라보자 산나는 봉투 안에 들어 있던 또 다른 사진 하나를 그에게 건넸다. 초음파 사진이었다.

"병원 가서 확인까지 했지. 짠, 놀랐지?"

"이게……."

"2개월 정도 됐지롱. 그동안 숨기느라 얼마나 힘들었게? 1주년 때 기쁘게 해주려고 내내 숨겨왔는데 입이 간질거려서 죽는 줄 알았어. 괜히 미팅 잡고 일만 했지. 뭐, 결국 일이 잘돼서 두 마리 토끼를 잡은 꼴이지만. 설마 기쁘지 않은 건 아니겠……!"

산나가 밝은 목소리로 조잘거리며 태풍의 곁에 다가온 순간, 자리에서 벌떡 일어난 태풍이 그녀를 번쩍 들어 안았다.

"언제지? 언제야, 대체! 2개월 전이면……."

"아무도 없는 사무실에서 우리 둘이."

"오산나! 최고다, 너."

태풍은 기쁜 미소를 감추지 않으며 그녀를 안은 채 자리에서 뱅글뱅글 돌았다. 그러고도 흥분된 마음이 가라앉지를 않는지 부엌과 거실을 정신없이 오가다 다시 산나를 끌어안았다.

"나도 선물을 준비했는데 내가 받은 선물에 비할 바는 아니겠는걸."

"뭔데?"

"디자이너 제이 칼튼과의 미팅. 내달 초에 한국에 내한한다기에 내가 미팅 잡아놨지."

"꺄아아악! 안 그래도 미팅 잡기 힘들어서 고군분투하고 있었는데, 내 남편 멋쟁이네! 센스쟁이!"

산나가 그 어떤 선물보다도 기쁘다는 듯 그의 목을 끌어안으며 매달리자 태풍은 그녀가 다리를 허리에 감게 만든 뒤 그녀의 엉덩이를 받치고 안았다.

"미팅 취소해야겠어. 임산부가 일은 무슨 일. 집에서 쉬어야지."

"내가 이럴까 봐 막달까지 숨길까 고민했다고."

"막달? 웃기시네. 이제부터 얌전히 태교하라고."

태풍은 그녀를 단단히 붙잡고는 얼굴이며 입술에 자잘한 키스를 퍼부었다. 새가 모이를 쪼듯 시작된 키스는 조금씩 깊어졌고, 달콤하던 숨결은 점차 끈적해졌다.

서로의 눈빛이 녹아들며 탐하는 욕망을 내보인 순간, 태풍이 안 되겠다는 듯 그녀를 안고 침실로 향했다.

"얌전히 태교하라며?"

"이것도 태교의 일종이야."

"누가 그래?"

"내가. 아빠가 처음으로 아이와 교감하려는 중이니까 방해하지 말라고요, 엄마."

태풍은 산나를 안고 침실로 들어가며 발로 문을 꽝 닫아버렸다. 닫힌 문 너머로 숨이 넘어갈 듯한 산나의 웃음소리가, 뒤이어 한데 어우러진 두 사람의 달콤한 숨결이 새어나왔다.

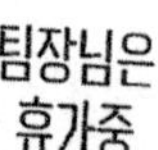

두 사람의 휴가는 일주일 내내 이어질 예정이었다.

– fin.

작가 후기

난폭하게, 치열하게, 불타는 것처럼, 열정적으로!

이 글과 어울리는 수식어가 아닐까 싶습니다. 처음으로 시리즈물을 쓰면서 제가 창조한 세계의 식구들이 많아지는 것이 무척 행복하다는 것을 느꼈습니다. 더불어 많은 독자 분들께서 제 전작들의 인물들을 떠올리며 즐겨주셨던 것 역시 기쁨이 아니었나 싶습니다.

이 글은 '화끈하게' 써보자고 기획 때부터 생각했던 글입니다. 그동안 제 전작들이 다소 밋밋하게 느껴졌기에 이번만큼은 제목에 어울리게 치열하게 사랑하는 사람들의 이야기를 써보고 싶었습니다.

완결 후, 1년 반 만에 세상의 빛을 보게 되네요. 감회가 참 남다릅니다.

산나와 태풍, 이 두 사람은 오해로 시작해 사랑을 하는 인물들입니다. 물론 이해와 관용, 신뢰가 바탕이 되는 남자주인공이 각광(?)받는 세상이지만 이번만큼은 어리고, 유치하고, 제멋대로인 공주님과 왕자님의 이야기를 그려봤습니다.

글을 쓰는 내내 과분한 사랑을 받았습니다만 한편에서는 두 사람의 사랑이 지친다고도 하셨습니다. 사랑할 만하면 싸우고, 싸우다가 또 사랑하는 일의 연속이었기 때문입니다. 하지만 살아보니 사람이 너그럽게 이해만 하고 살 수는 없는 노릇이기에 이 두 사람을 따뜻하게 지켜봐주셨으면 좋겠습니다.

결혼을 하고 나니 정말이지 사소한 일들로 다투고, 쪼잔해지고, 양보하기 힘들어지는 일들이 발생하더라고요. 그럴 때마다 내가 어른이지만 어린아이 같다고 느껴질 때가 한두 번이 아닙니다. 그렇기에 이 두 사람 역시 어른이나 어른이지 못하는 게 아닐까 싶습니다. 어쨌든 두 사람이 하는 사랑은-어쩌면 모두의 사랑도- 사랑이기에 어른스러워지지 못하는 게 아닐까 생각해보기도 합니다. 애초에 어른스러운 사랑이 무엇인지 모르겠습니다.

이 글에는 많은 사람들이 등장합니다. 주인공 태풍은 '캔디보다 이라이자'의 주인공 태우리와 '그렇게...악마가 웃었다'의 주인공 태양의 막냇동생입니다. 태풍의 첫사랑이었던 나이수는 '인생은 멜로, 사랑은 에로'의 주인공이었고요.

이 글을 세상에 내놓는 지금, 설레면서도 서운합니다. 물론 앞으로 제가 글을 쓰면서 만나게 될 수많은 주인공들이 있지만 그들은 그들 나름대로, 이들은 이들 나름대로 사랑했기에 이렇게 떠나보내는 것이 참 개운하면서도 아쉽습니다. 특히나 산나와 태풍 커플은 이전에 제 글에서 보지 못했던 캐릭터들이라 더욱 그런지도 모릅니다.

연재를 끝낸 지 1년 반 정도가 흘렀습니다. 한국도 다녀왔고, 처음으로 도서출판 가하와 인연도 맺었고, 교보 연재도 했고, 새 책도 여러 권 나왔습니다. 칸쿤에도 다녀왔고, 또 감사한 기적도 제게 생겼습니다. 참 많은 일이 있었습니다만 다시 이 글을 보니 1년 반 전의 설렘이 다시 떠오릅니다.

이런 부족한 글이 세상 빛을 볼 수 있도록 해주신 도서출판 가하와 꼼꼼히 리뷰를 해주신 편집팀 분들께 감사의 인사를 드립니다.

끝으로 글을 사랑해주셨던 독자님들, 언제나 지지해주는 가족과 남편, 친구들에게 무한한 감사와 사랑을 전하며.

늘 발전하는 모습으로 인사드리겠습니다.

2015년 10월,

(쿤과 함께하는)

이경하 드림.

- 이 책의 시리즈

에필로그, 캔디보다 이라이자, 인생은 멜로, 사랑은 에로, 그렇게...악마가 웃었다